KB131596

붉은 꽃 페르난디

3

월강 장편소설

붉은 꽃 페르난디 3

위즈덤하우스

차례

1장. 그에게 접근하는 방법 ⋯⋯ 7

2장. 탈출 ⋯⋯ 78

3장. 새로운 조력자의 등장 ⋯⋯ 141

4장. 차원의 붕괴 ⋯⋯ 213

5장. 결전 ⋯⋯ 273

6장. 너를 얻기 위한 사투 ⋯⋯ 341

작가후기 ⋯⋯ 414

1장

그에게 접근하는 방법

메이는 아르모트가 있는 동굴에 대해 이렇게 설명했었다.

'처음 은둔 마법을 걸 땐 동굴 뒤로 산사태가 일어나 돌무더기 가 쌓여 있는 것처럼 보이게 했어요. 이후 감시병이 사라졌을 땐 완전히 사람의 시야에서 지워버렸죠.'

'그렇다면 이제 그 동굴은 다른 사람은 아무도 들어갈 수가 없 는 거예요?'

니안의 질문에 메이가 답했다.

'아니요. 들어갈 수는 있어요. 그저 보이지 않게만 해 놨을 뿐 문 을 막은 건 아니어서. 아르모트 경의 심복은 드나들 수 있어야 하 거든요. 그래야 음식과 필요한 물건들을 나를 수 있으니까요.'

충분한 마나 양을 확보하지 못해 마법이 아직까지 잘 유지되고 있는지 걱정이라는 메이의 말과 다르게, 다행히 동굴은 누구의 눈에도 띄지 않고 있었다.

덕분에 비밀 부대를 이끌고 한스넬에 도착한 빈트는 화가 머리 끝까지 치밀어 있었다.

"이런 젠장! 대체 어디에 있는 거야?"

분명 황제가 알려준 위치에 가 보았지만, 무너진 돌무더기는커녕, 산을 막고 있는 커다란 바위, 심지어 동굴의 흔적조차 없었다. 황실의 특수 부대를 이끌고 한스넬까지 온 보람이 사라지는 순간이었다. 그는 곧바로 황제에게 아무것도 발견하지 못했음을 전서구로 날렸으나 그렇다고 추적을 멈출 수는 없었다. 찾지 못한다면 그 자체로 황제에게 큰 불경이 될 터. 황제가 죽으라 해도 할 말이 없는 상황이었다.

한스넬의 오래된 주민에게서 들은 바로는 근처에 동굴이 두 개가 있다고 했다. 하나는 이미 찾았다. 물론 아무것도 없는 빈 동굴. 나머지 하나의 위치는 마을 주민까지 대동하고 있던 자리를 찾아보았으나 흔적조차 찾을 수 없었다. 원래 동굴이 있어야 할 자리엔 아무것도 없는 절벽뿐이었다. 귀신이 곡할 노릇이었다.

수장인 그의 히스테리가 날로 높아질수록, 마을을 다니는 병사들의 행동도 거칠고 험악해졌다. 그들은 조금만 의심스러운 사람이 눈에 띄면 말도 안 되는 이유를 갖다 붙여 잡아가곤 했는데, 대체 잡혀간 사람들이 어찌 되었는지는 제대로 아는 사람이 없었다. 분위기가 정말 흉흉했다. 그러니 외부 사람인 니안 일행은 함부로 여관 밖으로 나다니기도 곤란했다.

레오 피트제럴드. 메이를 제외하고 아르모트의 동굴을 알고 있는 유일한 사람.

레오는 현재 아르모트의 동굴을 드나들며 음식과 생필품을 날라주는 심복이었다. 본래는 황실 소속 시중이었고, 빌카인 3세 황제가 아르모트에게 기사단장 직위를 내리면서 함께 하사한 종자로 오랫동안 아르모트와 연을 맺어 왔으며, 아르모트가 동굴에 갇히는 처지가 되어서도 그의 곁을 떠나지 않고 살뜰하게 챙길 정도로 충직했다.

그런 그가 니안이 깨어났다는 소식에 일행이 묵고 있는 숙소로 한달음에 찾아왔다.

"어서 와요, 레오!"

멜드린이 방문을 열자마자 레오는 니안의 침대에 앉아 있는 데릭의 앞으로 성큼성큼 걸어와 한쪽 무릎을 꿇었다.

"멜롯 가문과 쿠커스 황국에 영원한 번영과 평화를. 헤이드 멜롯 황태자 전하의 만세를 빕니다."

"오랜만에 들어보는 인사말이군."

데릭이 쓰게 웃었다.

"송구합니다."

레오는 정말로 민망한지 살짝 얼굴을 붉히고 고개를 숙였다. 데릭에겐 오랜만에 들어보는 인사였겠지만, 수도와는 먼 곳에서 태어나 주류는커녕 제대로 된 귀족 생활도 충분히 경험해 보지 니안으로서는 상당히 낯설고 신선한 인사말이었다. 예전 메이가 처음 데릭을 만났을 때도 그랬었다. 예를 갖춘 그녀의 인사가 어찌나 놀랍던지.

그런데 레오의 인사는 황실 가족에게 바치는 정통 인사법으로, 차원을 넘어온 메이의 인사보다 훨씬 격식 있었다.

"황국의 수호, 붉은 용이 깨어났다는 소식을 듣고 달려왔습니다."

이 표현 역시 낯설긴 마찬가지였다.

오빠의 뒷바라지를 하던, 평민보다 못한 몰락한 귀족의 삶을 살던 천덕꾸러기 니안에게 이런 격조 높은 인사라니.

니안이 처음 듣는 송구한 대접에 얼굴을 빨갛게 붉힌 채 조심스럽게 물었다.

"말씀 들었어요, 레오. 아르모트 경을 보살펴 드리고 있다고요. 요즘 아르모트 경은 어떻게 지내고 계신가요?"

"평소와 다름없이 건강히 잘 지내고 계십니다. 하루라도 빨리 황태자 전하와 붉은 용을 뵐 날을 고대하고 계십니다."

레오가 정중히 고개를 숙이며 대답했다. 니안은 데릭에게 슬쩍 눈짓을 해 보였다.

저 부담스러운 태도 좀 어떻게 할 수 없을까?

"레오, 아무리 우리끼리 있다지만 예상치 못한 일로 누군가에게 이런 모습을 보이게 될까 걱정된다. 그러니 그만 일어나서 다른 일행들처럼 편히 날 대해 줘. 격식을 갖춘 인사는 궁에 가서 받겠다. 그리고 '전하'라는 표현도 쓰지 말고 '데릭'이라는 내 예명을 사용하도록 해."

"송구합니다."

그제야 레오가 한결 편안한 자세로 몸을 일으켰다. 숨이 콱 막히는 듯한 부담이 좀 가시는 듯해 니안도 한결 편안한 표정이 되어 레오에게 물었다.

"요즘 경비가 삼엄한 걸로 아는데 어떻게 드나들고 있나요, 레오?"

"하루 한 번, 새벽 시간을 이용하고 있습니다. 혹시라도 눈에 띌까 봐 새벽 시간 내에서 불규칙하게 들어갑니다."

"그럼 우리도 아르모트 경을 만나려면 새벽 시간을 이용해야겠군요."

"네. 동굴 입구가 보이지 않는데도 병사들이 그 주변을 계속 살피며 정찰을 하고 있습니다. 저 혼자야 어찌어찌 드나들고는 있지만, 만약 모두가 함께 가야 한다면 위험 부담이 훨씬 높아집니다.

세심한 주의가 필요합니다."

"큰일이군요."

이제 니안의 시선은 제이디에게 닿았다. 그는 아르모트를 동굴에서 구해낼 수 있다고 호언장담해 왔었다.

"제이디, 정말 아르모트 경을 동굴에서 빼낼 수 있겠어요?"

그러자 제이디가 레오에게 물었다.

"동굴 안에 주술진을 그릴 공간이 충분합니까?"

"네. 충분할 겁니다. 그런데 정말 하실 수 있는 겁니까?"

레오 역시 믿기지 않는지 의심스러운 얼굴로 되물었다.

"해 봐야죠. 안에서 주술진을 그릴 공간과 시간만 충분하다면 가능할 거라 봅니다만."

"그럼 차라리 레오와 제이디만 먼저 동굴에 들어가서 아르모트 경을 빼 오는 건 어떨까 싶은데."

멜드린이 조심스럽게 의견을 꺼냈다.

"그건 안 되겠습니다. 제이디를 못 믿겠어서요."

데릭이 말했다. 간결하고도 명확한 대답이었다.

"어이쿠……."

제이디가 고개를 절레절레 저으며 이마를 짚었다.

"아르모트 경을 동굴에서 꺼내 제가 만나보기도 전에 황실에 팔아넘길 가능성도 있어요. 그러니 일단 최초는 다 함께 들어가는 거로 해야 할 것 같아요."

"황후 쪽은 어떻게 처리하시기로 했습니까?"

레오의 질문에 데릭이 답했다.

"일단은 무시하기로 했어. 이제 와 사태를 파악하고 새로운 사람을 보내려면 시간이 걸리겠지. 그 정도면 우리는 이곳에서의 일을 해결하고 아르본으로 향하고 있을 거야."

그래서 돌아갈 때는 조금 다른 루트를 선택하기로 했다. 밀리온 강 항구를 통해 작은 배를 타고 바다로 나가, 그곳에서 다시 대형 선박으로 갈아타고 아르본으로 가는 거다. 돌아가는 길에 루드빌 근처를 지나가고 싶은 마음도 없었을뿐더러 이미 지나온 곳의 사람들에게 제이디와 니안이 일행이 된 것을 보이고 싶지 않았기 때문이었다. 육로로는 조금 돌아가는 형국이 되겠지만, 배를 이용한 구간은 훨씬 여정이 짧아질 테니 실질적으론 한스넬에 올 때와 시간 차이가 크지 않을 게 분명했다.

니안은 레오에게 비자금 관련해서도 물을까 하다가 입을 다물었다. 아무리 그가 심복이라고는 하나 비자금은 전적으로 데릭의 일이었고, 무엇보다 그런 중요한 내용은 아르모트에게 직접 듣는 편이 훨씬 나을 것 같아서였다.

레오는 뭔가 곰곰이 고민하듯 턱을 어루만지며 가만히 있더니 입을 뗐다.

"전하, 황공하지만 한 말씀 드려도 되겠습니까?"

"'전하'라고 부르지 말랬잖아, 레오. 그냥 데릭이라고 부르라고."

"앗, 죄송합니다."

"충분히 이해는 해. 아무래도 불편하겠지. 하지만 그렇게 익숙해지는 편이 나중을 위해 훨씬 나을 거야. 제이디 같은 사악한 주술사가 어디 또 있을지 모르니까."

그러자 제이디의 표정이 뾰로통해졌다.

"단언컨대 저만큼 실력 있는 주술사는 세상에 없습니다!"

"알았어, 알았어."

데릭이 귀찮은 표정으로 대강 얼버무리곤 레오에게 말했다.

"말해 봐."

"저는 황후가 황제와 결탁할 가능성도 없지 않다고 봅니다만."

"……."

모두 조용해졌다. 물론 데릭도 그 가능성에 대해 생각 안 해 본 것은 아니었다. 하지만 현재 황후의 위치를 고려해 봤을 때 아무리 다급해도 황제와 결탁할 가능성은 적어 보였다. 저 스스로 자신이 가짜라는 것을 증명하는 꼴이 될 테니. 황후가 아무리 머리가 나빠도 스스로 무덤에 걸어 들어가는 짓을 할 리가 없었다.

"그래도 알 수 없습니다. 황후는 제이디의 능력을 알고 있으니, 다른 방식으로 황제를 꼬드겨 우리를 위협할지 모릅니다. 게다가 우린…… 황제가 전하의 존재를 아는지 모르는지조차 정확히 모르고 있잖습니까."

한스넬에 도착하고 나서야 황제가 비밀 기사단까지 동원해 찾으려 한 것이 아르모트의 동굴이라는 사실을 알게 되었다. 하지만, 역시, 황제가 데릭의 존재를 아는지 여부에 대해서는 정확한 정보가 없었다.

"황후에게 가짜 정보를 보내주는 건 어떻습니까?"

"그 생각도 안 했던 건 아니야."

데릭이 회의적으로 말했다.

"하지만 그러려면 누군가 제이디의 매개가 되어야 하는데 우리 중 누구도 그에게 눈을 내어 줄 수가 없어."

그가 불신 가득한 눈으로 제이디를 슬쩍 쏘아보곤 말했다.

"그럼 전 어떻습니까?"

레오가 묻자 멜드린이 단호하게 말했다.

"레오는 더 안 됩니다. 아르모트의 위치를 알고 있는 유일한 사람이잖습니까. 당신이 아르모트의 동굴로 들어가는 걸 황후가 본다고 생각하면…… 절대 안 될 일입니다."

"음…… 그러면 제이디 본인의 시야는 어떻습니까?"

그러자 모두 눈을 동그랗게 떴다. 제이디가 보는 것을 황후에게 보여주라고?

"어차피 대화 소리는 상대에게 전달이 안 된다고 하지 않았습니까. 장면만 보여주는 거라면 황후에게 보여줘도 될 만한 의미 없는 장면들을 마치 데릭이나 멜드린의 시선인 것처럼 전송하는 거죠. 제이디가 우리 일행이 됐을 거라고는 황후가 절대 상상도 하지 못할 테니, 제이디가 전하, 아니 데릭인 척하고 니안과 멜드린 경의 모습을 보여준다면 의심을 사지 않고 시간을 더 끌 수 있지 않습니까?"

"제이디가 황후가 봐도 괜찮을 만한 장면만 선별해서 보여준다는 걸 어떻게 장담해?"

그러자 제이디가 가슴을 쿵쿵 쳤다.

"아니, 제가 황후에게 여러분 모습을 보여주려고 마음을 먹었으면 진작에 보여 줬겠죠. 여태 가만히 있었겠습니까?"

"지금까지는 우리가 한스넬에 도착하기 전이었잖아. 그리고 네 매가 내 손아귀에서 움직일 수 있다는 걸 뻔히 아는데, 바보가 아닌 이상 그리 빨리 첩자 짓을 할 리도 없고. 혹시 허튼짓이라도 했다간 한스넬에 도착하기 전에 편지를 통해서 들통날 게 뻔하잖아."

"아닙니다! 아니에요!!"

제이디가 펄쩍 뛰며 또 가슴을 쳤다. 레오가 그런 제이디를 진정시키려는 듯 한결 더 차분한 목소리로 질문했다.

"그럼 황후에게 한스넬에 도착했다고 연락은 했습니까?"

"네. 하지만 작업 이야기는 꺼내지 않았습니다."

"그럼 곧 독촉이 날아오겠군요."

"아마도 그렇겠죠. 이후엔 매를 보내지 않을 생각입니다."

제이디가 데릭을 못마땅하게 슬쩍 흘겨보곤 말했다.

"데릭, 어차피 제이디가 우리를 속이겠다 마음을 먹으면 얼마든지 속일 수 있어요. 그러니 차라리 그를 믿고 황후에게 거짓 장면을 보여주고 일단 안심시키는 것이 어떻겠습니까? 지금은 황제의 병사들을 따돌리는 일만으로도 벅찰 것 같습니다."

무거운 공기 위로 무언의 공감대가 형성되는 것이 느껴졌다. 그때 레오가 덧붙였다.

"비자금 문제도…… 있으니까요."

모두의 시선이 일시에 레오에게 날카롭게 꽂혔다.

비자금.

차마 묻지 못했던 주제가 레오의 입에서 먼저 나오는 바람에 모두에 어깨에 긴장이 내려앉았다. 심지어 데릭은 비자금이 어떤 형태로 되어 있는지조차 알지 못했다. 금인지, 현금인지, 아니면 보석인지……. 또는 채권이나 유가증권의 형태일 수도 있었다. 서류로 되어 있는 것이라면 일단 이동은 어렵지 않을 것이다. 그것을 자금화하는 데에 시간이 걸리겠지만. 하지만 금은보화 같은 현물이라면 얘기가 복잡해진다.

데릭은 잠시 눈을 감았다. 고민의 시간은 길지 않았지만, 보는 이들에겐 절대 짧지 않은 시간이었다. 긴 한숨과 함께 마침내 데릭이 입술을 뗐다.

"좋아. 그렇다면!"

그가 두 눈을 번쩍 떴다.

"레오의 의견을 받아들이도록 하겠어."

그의 푸른 눈동자가 그 어느 때보다 총명하게 반짝거렸다.

'그렇다면 내게 어느 시간대에 어떤 식으로 시야를 보여줄 것이냐?'

'황후 폐하의 상황에 맞추는 것은 무리가 있습니다. 일단, 제가 길을 떠나면 즉시 소통은 어려울 것이니 말입니다. 그렇다고 시간을 정해 놓기에는 그들의 상황을 알 수 없습니다. 황후 폐하에겐 여유 있는 시간대라도 그들에겐 아무것도 하지 않는 의미 없는 시간일 수 있고, 황후 폐하에겐 바쁜 시간이라 하더라도 그들에겐 중요한 시간일 수도 있으니까요.'

'그렇겠구나.'

'그러니, 제가 그들의 동태를 살피고 적당한 때에 시야를 열겠습니다.'

'만약 내가 황제 폐하를 알현하고 있다거나 한다면 어떻게 해야 하지? 갑자기 눈앞에 뜬금없는 장면이 나온다면 내가 놓인 현실은 어찌 보겠느냐?'

그때 제이디는 여전히 고개를 숙인 채 차가운 대리석 바닥에 반지 하나를 내밀었다. 붉은 알이 박힌 은색 반지였다. 모든 하녀와 시중들을 내보낸 터라 알현실에는 제이디와 황후 둘밖에 없었다.

'이리로 직접 가지고 오라.'

황후의 명령에 제이디가 바닥에 내려놓았던 반지를 집어 들어 자리에 앉은 황후의 손에 전달했다. 그녀가 흥미로운 눈으로 반지를 돌리며 세밀하게 관찰했다. 붉은색인가 싶었던 알은 실제 투명했고, 그 안에 피처럼 붉은 액체가 가득 담겨 흔들리고 있었다. 반지의 몸체는 세공 하나 없이 투박했으나 액체가 담은 알의 형태가 독특해 묘한 매력을 뿜고 있었다. 제이디가 말했다.

'아무 손가락이든 편한 곳에 끼워도 알아서 크기가 맞춰집니다. 일단 손가락에 맞춰지면 알을 두 번 누를 때마다 반지에서 침이 나오고, 그것이 폐하의 살을 뚫고 알에 안에 담긴 액체를 흘려보낼 것입니다. 평상시에는 아무 효과도 없으나 저와 연결되었을 때는 제 영상을 차단하는 효과가 있을 것입니다. 제가 보낸 시야를 다시 보고 싶으시면 반지를 두 번 더 누르시면 됩니다. 그럼 저와 재연결됩니다.'

'결국, 몸에 흠집을 내야 한다는 것이구나.'

'송구하옵니다.'

제이디가 더욱 머리를 조아렸다.

'네가 내게 시야를 보낼 땐 어떤 전조를 보이느냐?'

'갑자기 눈에 이물질이 들어간 것 같은 이질감과 통증이 느껴지실 것입니다. 보통은 그러면 본능적으로 눈을 감게 되지요. 그렇게

눈을 감았다가 이물감이 사라진 후 뜨면 보이는 세상이 바뀌어 있을 것입니다.'

그리고 지금이 딱 그랬다. 제이디가 말한 눈의 이물감.

바람에 흩날리던 모래가 눈에 들어간 듯, 따끔하면서도 불편한 느낌. 그렇게 본능적으로 눈을 질끈 감는 순간, 소피아의 머릿속에 제이디와 나눴던 대화들이 떠올랐다. 시간상 그가 한스넬에 충분히 도착하고도 남는 시간이었다. 안 그래도 마지막 소식을 보낸 후 연락이 오지 않아 초조해하고 있던 때였다.

"폐하, 괜찮으십니까?"

옆에 앉아 있던 시녀 로라가 그녀의 변화를 민감하게 눈치채고 긴장된 목소리로 물었다.

"괜찮다. 눈에 잠깐 뭐가 들어갔나 보구나."

"제가 봐 드릴까요?"

"아니야. 이제 괜찮아."

그러자 귓가에서 오스만의 목소리가 울렸다.

"이런, 이런. 기사들이 너무 격렬하게 시합을 하는 바람에 황후의 눈에 폐를 끼쳤군."

그 순간 함성이 울렸다. 마상시합에서 누군가 이긴 모양이었다. 황제 즉위 10주년을 기념하기 위해 열린 야외 마상시합. 계절에는 맞지 않았지만, 황제에게는 크게 문제 될 것이 없었다. 몸에 닿는 철갑은 추운 날씨에 뼛속까지 시릴 테지만, 그건 자신의 차례를 기다리는 기사들의 문제였다. 두꺼운 모직 코트에 양털 이불을 덮고 있는 귀족과 황제에겐 해당하지 않는 일이었다.

오스만이 마상시합에 다시 열중하는 것을 느끼며 소피아는 천천히 두 눈을 떴다. 그러자 신기하게도 전혀 다른 시야가 눈앞에 펼쳐졌다. 귓가에서는 여전히 사람들의 탄식과 웅성거리는 소음이 울리는데, 눈앞에 보이는 것은 초라한 시골 거리의 오후. 소리와 장면의 간극이 너무도 커서 소피아는 잠시 정신이 어지러웠다. 하지만 이내 적응했다.

과연 내가 보는 것은 누구의 시선일까? 니안? 데릭? 그것도 아니면 멜드린? 그러나 궁금증은 오래 가지 않았다. 곧, 니안과 멜드린의 얼굴이 차례로 보였기 때문이었다. 그제야 황후는 자신이 보고 있는 것이 데릭의 시야라고 단정했다. 니안과 멜드린의 입이 움직이는 걸로 봐서 무언가 대화를 나누는 듯했지만, 소리가 들리지 않으니 내용을 알 수가 없었다.

'이것이 눈으로만 보여서는 소용이 없구나.'

그들은 한참 심각한 대화를 나누는 듯하더니 곧 시선을 돌려 창밖을 내다보았다. 조금 전까지 촌스러운 시골뜨기들만 지나다니던 길에 바짝 군기가 들어간 채 조급하게 뛰어다니는 병사들의 모습이 보였다. 그때까지만 해도 그러려니 했다.

한스넬이 네오포르족과 국경을 맞대고 있다 하니 야만적인 것들이 국경을 어지럽히기라도 하나 보지.

하지만 곧 그녀의 눈이 놀라움으로 둥그렇게 커졌다. 황실 기사 단장인 빈트의 말 탄 모습이 보였기 때문이었다. 대체 무슨 임무 때문인지는 몰라도 그는 황실 기사단의 복장을 하고 있지 않았다. 그저 국경 수비대의 기사 복장을 하고 있을 뿐.

황제가 빈트를 어디론가 파견 보냈다는 사실은 알고 있었지만, 그곳이 니안이 향한 한스넬일 줄은 꿈에도 몰랐다. 관심이 없었기 도 했고, 그의 파견이 니안 일행과 관련 있을 수도 있다는 것은 상 상조차 해보지 않았기 때문이었다. 그것도 빈트가 황실 호위 기사 라는 것까지 숨기고 그곳에서 해야 할 일이 무엇일까? 니안이 있 는 곳으로 황제가 황국 최고의 기사를 보낸 것은 우연일까?

습관대로 그녀의 손톱이 입가를 향했다. 오스만이 있는 자리에 선 보여 본 적이 없었는데, 지금 눈 앞에 펼쳐진 광경에 잠시 그의 존재를 잊고 말았다.

콰드득. 손톱이 찢어지고 깨지는 소리가 났지만, 그녀는 상관하 지 않았다. 가슴 속에 오스만을 향한 의문과 불신이 솟아올랐다.

"무슨 일이오, 황후?"

옆에서 놀란 오스만의 목소리가 들려왔을 때야 소피아는 자신 의 실수를 깨달았다. 그녀는 깜짝 놀라 제이디의 반지 알을 누르 고 말았다. 따끔한 충격과 함께 알싸한 느낌이 피부 속을 파고들 었다. 그제야 그동안의 장면이 사라지고 오스만의 얼굴이 나타났 다. 소피아는 당황한 나머지 새빨갛게 얼굴을 붉히고 말했다.

"죄송합니다. 제가 응원하던 기사가 생각보다 좋은 성적을 거두지 못했기에……."

황급히 둘러댄 핑계 대고는 꽤 괜찮았는지 오스만은 유쾌한 목소리로 크게 소리 내어 웃었다.

"아하하하, 황후가 마상시합에 이리도 감정 이입을 할 줄 몰랐소. 대체 그대가 이리도 열렬히 응원하는 기사가 누구요? 그래투스? 에빌?"

그녀의 눈에 시합을 마치고 어깨를 늘어뜨린 채 대기석에 앉은 한 기사의 모습이 보였다. 다행히 그녀가 이름을 아는 기사였다.

"딘 파르야입니다."

"아아, 목장이 있는 동쪽 영지의 주인. 황후가 그 가문과 그리 친분이 있는지 몰랐는데."

"송구하옵니다."

"아하하하, 송구할 게 무엇이 있소. 오늘 그의 상대가 너무나 막강했던 게지. 운이 나빴던 거요."

딘이 누구랑 싸웠더라?

그때 방금 시합에서 승리한 기사가 황제에게 인사를 올리기 위해 투구를 벗었다. 갈색 머리에 부드러운 보랏빛 눈동자. 부드럽고 유쾌하기로 소문이 자자했던 그의 눈동자엔 여느 때와 다르게 불굴의 투지가 불타오르고 있었다. 다소 과격하기까지 한 그의 눈빛에선 방향을 알 수 없는 분노마저 느껴졌다.

"에이든 그렛 베오만. 빌리어드의 아들이 지금 3승째 연승을 하는 중이란 말이오."

그가 뿌듯한 목소리로 외쳤다.

"그는 빌리어드처럼 장사에만 관심이 있지 않은 모양이야. 지금 왕립 아카데미에 다니고 있는데 검술에 꽤 진지한 관심과 재능을 보이는 데다 졸업 후엔 황실 기사단을 지원한다 하더군. 이번 마상 시합에서 좋은 결과만 보여준다면 특별히 황실에 들여 요직에 앉힐 생각이오. 아, 그렇지. 황후의 특급 경호를 맡으면 어떻겠소? 그러고 보니 황후 궁에 이렇다 할 만한 인재가 없는 것 같으니."

"그리 절 생각해주시다니 영광입니다, 폐하."

"당연한 일 아니겠소? 그대는 하늘이 정해준 나의 배필, 황국의 붉은 꽃 아니오?"

콰쾅. 소피아의 심장으로 벼락이 꽂혔다. 그녀는 나오지 않는 미소를 억지로 짓기 위해 입가의 근육을 끌어당기느라 죽을힘을 다해야 했다.

"그렇지요. 앞으로도 최선을 다해 폐하를 보필하겠습니다."

그리고는 마상시합이 어떻게 진행되고 있는지 전혀 눈에 들어오지 않았다. 그녀는 제이디가 보내는 장면을 연결해서 보기 위해 고통을 참고 힘주어 반지를 눌렀다. 그러나 이미 그의 영상은 끊겨 더는 보여지는 것이 없었다.

제이디가 옆에 있다면 당장 다시 연결하라 명령이라도 내리겠건만. 그에게 연락하려면 아무리 빠른 매를 날려 보낸다 해도 족히 사흘은 걸릴 터였다. 그렇다고 오스만에게 한스넬로 빈트를 보낸 이유를 직접 묻기도 곤란했다. 그의 임무는 대외비였기 때문이었다.

아무리 자신이 귀한 붉은 꽃이라 한들, 오스만이 정치적인 상황까지 자신에게 알려줄 리가 없었다. 그녀는 답답해 심장이 터질 것 같았다.

에이든은 최종까지 그 누구에게도 기회를 주지 않고 승리를 거머쥐었다. 역대 마상경기 이래 최고의 성적이었다.

"내게 그대에게 하사할 공주가 없어서 안타까울 따름이군, 에이든. 혹시 그대가 원하는 것이 있다면 말해 보게. 내가 해 줄 수 있는 일이라면 다 들어줄 것이네."

오스만은 황실 기사단을 지원하고 싶다는 대답을 내심 기대하며 눈을 가늘게 떴다. 하지만 투구를 옆에 낀 에이든의 대답은 전혀 생각지 못했던 것이었다.

"절 베오만 가문에서 공식적으로 파하여 주시고 새로운 성과 작위를 내려주시어 완전히 다른 새 가문을 이끌게 해 주십시오."

경기장에 있던 사람들이 술렁이기 시작했다.

그는 베오만 가문의 장자이자 유일한 후계자였다. 그냥 가만히 있어도 빌리어드의 어마어마한 재산과 권력이 그대로 대물림될 터였다. 그런데 어째서?

이미 관람석에 앉아 있던 빌리어드는 자리에서 벌떡 일어나 있는 상태였다. 질식한 사람처럼 얼굴이 보랏빛으로 꺼멓게 죽어가고 있었다. 그 옆에 있던 카트린느 역시 마찬가지였다. 그녀는 너무도 놀란 나머지 자리에서 일어나지도 못한 채 창백한 이마에 손을 얹었다. 기절하기 직전 같았다.

당황하긴 오스만도 마찬가지여서 그는 버벅대다 숨을 고르고선 천천히 질문했다.

"짐이 너무 당황스럽구나. 나는 그대가 황실 기사단에 지원하고 싶다 할 줄 알았다. 그런데 새로운 가문을 이끌겠다니. 그대는 베오만 가의 유일한 후계자가 아니더냐. 그대가 가문을 잇지 않겠다 하면, 그대의 가문은 어쩌란 말이냐?"

"제 아버지이신 빌리어드 후작과 어머니는 건강하시니 얼마든지 새로운 아들을 보실 수 있을 것입니다. 그러니 제 소원을 꼭 들어주십시오, 폐하."

오스만은 관람석에 앉은 빌리어드를 흘긋 쳐다보았다. 그는 자신의 중요한 자금줄, 황실의 든든한 재정적 버팀목이었다. 그런 그의 마음을 상하게 할 수는 없었다. 그렇다고 그의 아들과 척을 질 수도 없었다. 빌리어드의 재산과 권력은 이대로 둔다면 그의 아들에게 고스란히 물려 질 것이 뻔하니. 약속을 지키지 않은 자신에게 앙심이라도 품으면 앞으로 황실의 미래는 매우 암울할 게 분명했다.

고민에 빠진 오스만이 미간을 구기며 입술을 앙다물었다. 그가 다시 입을 뗄 때까진 오래 걸리진 않았지만, 기다리는 사람들에겐 지루할 정도로 길었다.

"만약 그대의 아비가 동의한다면 내 기꺼이 그대에게 새 이름과 작위를 주겠다. 또는 그대 대신 가문을 이을 아들이 생긴다면 그때에도 내 다시 고민해보도록 하지. 아무리 황제라 할지라도 한 가문의 존폐가 걸린 일을 함부로 할 수는 없지 않겠는가."

"······."

에이든은 고개를 숙이고 돌처럼 꼼짝도 하지 않은 채 오스만의 이야기를 경청했다. 소피아는 멀리서도 에이든의 귀가 빨갛게 물들어 있는 것을 알 수 있었다. 그것은 수치심이라기보다는 분노에 가까운 빛이었다. 그녀의 고개가 의문으로 갸우뚱하게 기울었다.

오스만이 말을 이었다.

"대신 내 그대에게 황실 기사단의 기사 작위를 내리도록 할 테니 짐과 황실을 위해 충성을 바치는 것은 어떤가? 아카데미 때부터 그쪽에 뜻이 있다고 들었는데."

"가문의 영광입니다, 폐하."

에이든이 차분한 목소리로 대답했다. 자신이 버리겠다는 가문에 폐하의 영광을 돌리는 상황이 우스워 에이든은 속으로 조소했다. 수백의 관객 중에도 물론 그렇게 생각하는 사람이 있었겠지만, 아무도 내색하는 이는 없었다. 하지만 오스만은 개의치 않았다. 오히려 곤란한 상황을 벗어나게 된 것이 좋은지 흡족한 표정마저 지어 보였다.

"그대에게 황후궁의 경호를 맡기도록 하겠다. 황후는 나와 황실, 더 나아가 쿠커스 황국의 보배이니 모쪼록 그대가 잘 지켜주길 바라네."

"제이디."

"……."

"제이디?"

황후에게 자신의 시야를 전송한다던 제이디가 한참을 창가에서 눈을 떼지 못한 채 멍하니 있는 것을 보며 니안이 조심스럽게 제이디를 불렀다. 제이디는 니안이 걱정 담긴 목소리로 초조하게 세 번 불렀을 때야 잠에서 깨어나듯 두 눈을 끔뻑이며 몸을 일으켰다.

"괜찮아요?"

"네, 괜찮습니다."

니안으로서는 그러한 주술을 처음 보는 것이었기에 신기하면서도 걱정스러운 마음뿐이었다. 제이디가 묘한 표정을 지으며 고개를 갸우뚱하게 기울였다가 말을 이었다.

"사실 중간에 황후가 접속을 끊었기에 거꾸로 제가 황후의 장면을 훔쳐봤습니다. 마상 경기가 열리고 있더군요."

"마상 경기? 이 한겨울에?"

멜드린이 뜨악한 표정을 지어 보였다.

"네. 황제 즉위 기념일이 며칠 남지 않았으니 그럴 수도 있지요. 그런데 전혀 싸움과는 어울릴 것 같지 않은 사내가 우승을 했더군요."

"아, 그래?"

데릭이 관심 없다는 얼굴로 심드렁하게 대꾸했다.

"베오만 가의 장남 말입니다. 에이든이던가? 상당히 자상하고 성격 좋다고 평판이 나 있다죠. 그 사람이 그리 운동신경이 좋을 줄 몰랐는데. 아비가 이름만 후작이지 실상은 평민 장사치 출신 아닙니까? 그것도 불모지나 다름없는 서쪽 제도를 개척해 큰돈을 벌었죠."

'에이든'이라는 이름이 나오는 순간, 니안과 데릭은 약속이나 한 듯 동시에 우뚝 움직임을 멈추었다. 그저 하던 손을 멈춘 거로도 모자라 제 타이밍에 숨조차 쉬지 못했다는 걸 둘은 깨닫지 못하고 있었다.

니안에게 에이든은 마냥 안쓰럽고 미안한 상대였다. 그가 자신을 얼마나 좋아했던가. 그런 그를 어떤 식으로 제게서 돌아서게 만들었던가.

이런 사정을 알 리 없는 제이디가 계속 말을 이었다.

"황제가 그에게 바라는 걸 물은 것 같은데 대체 뭘 요구한 건지 장내가 몹시 술렁이던걸요. 아, 이럴 땐 소리를 듣지 못하는 이 반쪽짜리 능력이 정말 원망스럽단 말이죠."

"소리도 못 듣는다면서 우승한 사람이 에이든이라는 건 어떻게 알았어?"

"그 집 사람들 얼굴은 알고 있으니까요. 서쪽 제도에 한 번 다녀온 적이 있었는데 돌아오는 길에 그 가족들과 함께 배를 탔어요. 그땐 갈색 머리에 천진한 보라색 눈동자를 하고 있던 소년이었는데 많이 영글었던걸요. 아주 눈에서 불꽃이 이글이글……. 그 가족들에겐 별 감정 없지만, 베오만이라는 이름이 썩 달갑지는 않아요. 말이 개척이지 베오만 상사가 서쪽 제도에서 현지인들한테 한 짓이 딱히 인간적이지는 않아서요. 못 봤으면 모를까 제 두 눈으로 직접 보기도 했고, 제도인 중에 친구가 한 명 있어서 들은 이야기가 좀 있기도 했고……."

"……."

니안과 데릭은 입을 다물었다.

엄마는 가문에서 쫓겨날 각오까지 하고 니안이 자신의 딸임을 밝혔지만, 다행히 빌리어드는 그런 그녀를 그대로 받아들였다. 그 일에 충격을 받은 에이든이 어디론가 여행을 떠났다는 소문은 들었다. 하지만 그가 어떤 식으로 그 좌절과 충격을 이겨내는지까지는 알 수 없었다. 그런 그가 황제의 마상 시합에 나타나 우승을 거머쥐고 사람들을 기함하게 할 이야기를 던졌다니. 궁금하고 걱정스러웠다. 더구나 자신과의 결혼이 깨져 원하는 것을 손에 넣지 못한 빌리어드는 또 어떻게 되었는지, 백작의 건강은 아직 양호한지도…….

'메이한테 살짝 물어볼까?'

"메이한테 물어보자."

마치 자신의 속내를 읽은 듯한 데릭의 반응에 니안의 눈이 둥그렇게 커졌다.

"지금 당장은 메이도 이 사실을 모르겠지만, 오늘 저녁이나 내일쯤이면 마상 대회에서 후작의 아들이 상으로 뭘 요구했는지 파다하게 소문이 나지 않겠어? 너도 궁금하지, 니안?"

"……"

그 순간 갑자기 창밖에서 사람들의 비명과 함께 부산스러운 발소리들이 쏟아졌다.

니안 일행은 일제히 창가에 가 매달렸다. 겁에 질린 사람들이 한쪽으로 대로를 내달리고 있었고, 국경 수비대는 무장한 채 사람들이 도망 오는 쪽으로 정신없이 달려가고 있었다.

무슨 일이지? 다들 궁금해하는데 보이지 않는 도로 끝에서 괴상한 짐승의 소리와 비명이 들려왔다. 도로 반대편 건물 안 사람들이 모두 창문을 내리고 나무로 빗장을 걸어 잠그는 것이 보였다.

"서…… 설마."

"마수야. 마수가 분명해."

창틀을 잡은 데릭의 팔에 힘이 들어가 근육이 불끈 솟아났다. 멍하니 그 모습을 보고 있는 아이들을 뒤로 잡아당기며 멜드린이 황급하게 창문을 닫고 빗장을 걸어 잠갔다.

"우리도 문을 닫아야 하지 않겠니?"

"데니펫! 데니펫은 어디에 있지?"

니안이 황급히 몸을 돌려 방 안을 둘러보았다.

"데니펫이 없어!"

"늘 그랬잖아. 데니펫은 항상 바빠."

"설마 밖에 나타난 마수가 우리 데니펫은 아니겠지?"

"아닐 거야."

하지만 니안의 눈동자에서 불안은 사라지지 않았다. 그녀가 간절한 눈빛으로 데릭의 푸른 눈을 뚫어지라 응시했다. 데릭이 한숨을 푹 내쉬며 잠시 정신을 집중하다 말했다.

"불렀으니 곧 올 거야."

하지만 아무리 시간이 흘러도 데니펫은 숙소로 돌아오지 않았다. 밖에서 들리는 소음은 멀었지만, 쉽게 사그라지지 않고 있었다. 니안은 점점 더 불안한 모습이 되어 결국 자리에서 일어났다.

"가 봐야겠어. 꼭 데니펫 때문만은 아니야. 사람들이 죽거나 다칠 것 아냐. 내가 가면 금방 끝날 거야."

"니안! 여긴 황실 기사들이 와 있어. 안 돼."

"하지만 저 소리를 들어 봐. 너무 끔찍해. 그리고 데니펫이 이렇게 안 나타나는 것도 이해가 안 돼."

그러고 보면 이해 안 되는 것이 또 하나 있었다. 아무리 황실 병사들이 싸움에 능하다 해도 인간의 힘으로 마수를 이리 오래도록 방어할 수 있을 리가 없었다.

상식적으로 생각해보면 마을 입구쯤에서 벌어지는 싸움이라면 진즉 마수가 마을로 난입하고도 남았어야 했다. 하지만 소리는 쉽게 가까워지지 않고 있었다. 그렇다고 더 멀어지지도 않는 걸 보면 한 자리에서 계속 사투를 벌이는 것이 틀림없었다.

니안이 몸을 가릴 로브를 집어 드는 걸 보며, 데릭이 몸을 일으켜 그녀의 팔을 잡았다.

"네가 가면, 나도 가."

"데릭……!"

"기다려. 신발과 무기를 챙겨야 하니까."

"으어어, 닭살!"

데릭의 말투가 제법 비장했는지 제이디가 몸서리를 치며 이죽거렸다. 그러자 멜드린도 천천히 자리에서 일어났다.

"그럼 보호자인 내가 빠질 수 없겠구나."

"글쎄요. 선생님은 별 도움이 안 될 것 같은데요. 마수라잖아요."

제이디가 또다시 빈정거렸다.

"그럼, 제이디가 함께 가요!"

"옛? 뭐라고요?"

니안의 말에 비뚤어진 어린애처럼 비아냥거리던 제이디의 눈동자가 커다랗게 부풀었다.

"저요?"

검지로 자신을 가리키는 몸짓에 황당함이 묻어났다.

"네."

"아니, 제가 왜요? 전 죽어도 된답니까? 제가 니안처럼 마수를 쪼그라들게 만들 수도 없고, 데릭처럼 마수한테 상처를 낼 수도 없는데요."

"우리가 마수를 물리치고 난 다음 자리를 피할 땐 도움이 될 것 아냐."

데릭이 끼어들며 그에게 칼을 던지곤 말했다.

"실력은 그냥저냥 아주 나쁘진 않잖아."

"나빠요! 나쁘다고요! 제 검술은 두 분에 비하면 어린애 장난이라니까요! 안 그러면 뭐하러 동굴 친구를 구하네 마네 하면서 목숨을 구걸했겠습니까?"

"그런 거 아닌 거 아니까 다녀오게, 제이디!"

여느 때와 다르게 공손한 목소리로 멜드린이 말했다. 제이디의 눈동자가 더욱 황당하게 빛나며 멜드린을 향했다.

"선생님까지 왜 이러십니까?"

하지만 니안이 제이디에게 함께 가자고 한 이유는 따로 있었다.

그녀는 루드빌에서 제이디가 휘두른 칼에 검은 손들이 상처를 입는 모습을 두 눈으로 똑똑히 봤었다.

어쩌면 그는 단순한 주술사가 아닐지도 몰라.

그것이 지금 니안이 제이디를 끌어들인 이유였다. 자신이 잘못 본 것이 아니란 것을 니안은 다시 한번 확인하고 싶었다.

얼결에 칼을 받아든 제이디의 옷자락을 니안이 잡아당겼다. 그는 소파에 몸을 묻고 앉았다가 니안의 등쌀에 '어어?' 소리를 내며 엉거주춤 일어섰다.

"빨리 가요!"

니안이 독촉했다. 그사이 준비를 마친 데릭이 먼저 문을 열며 말했다.

"어린애처럼 그만 투덜대고 빨리 따라와."

"젠장!"

욕을 작게 뇌까린 제이디가 결국 인상을 찌푸리며 검을 고쳐 잡았다.

"잠깐만 기다리라고! 나도 신발 끈 좀 제대로 조입시다!"

크르르릉

이건 아무리 잘 훈련된 병사라도 쉽게 용감해지기 어려운 상황이었다. 지금 황실 기사단장 빈트의 눈앞엔 그 유명한 엘카트가 세 마리, 정체를 알 수 없는 늑대 크기의 마수가 다섯 마리나 있었다. 수비대장의 말로는 마수가 이리 떼로 나타나 마을을 덮친 것은 유례없는 일이라고 했다. 다른 지역에 비해 마수 출현이 빈번한 지역이긴 했지만, 그래 봐야 숲을 헤매던 떠돌이나 외진 곳에서 보초를 서던 보초병들이나 겨우 마주치곤 했단 거였다.

늑대 크기의 녀석은 생전 처음 보는 녀석이었다. 신화와 전설 책에서도 본 적이 없는 종류였다. 꼬리가 도마뱀처럼 길었다. 한 번 휘두를 때마다 병사들이 지푸라기처럼 무더기로 날아갔다. 아무리 자신이 마수에게 상처를 입힐 수 있다 해도 이건 너무 많았다. 저 엘카트 한 마리가 아니었다면 나머지 마수들에게 진즉 방어선이 뚫리고 말았을 터였다.

빈트는 작게 속으로 욕을 뇌까렸다.

'젠장! 찾으라는 동굴은 못 찾고, 생전 보도 듣도 못한 마수 떼랑 접전이라니.'

그나저나 저 녀석은 대체 뭐지?

빈트가 작은 마수들을 상대하며 전진을 막는 사이, 어디선가 갑자기 튀어나온 엘카트 한 마리가 무리의 선두에 선 엘카트 두 마리를 상대하고 있었다.

같은 종족이어서 그런지, 아니면 힘이 비등비등해서 그런지, 방어를 맡은 엘카트는 단순히 방어만 할 뿐 상대에게 크게 상처를 입히진 않았다. 녀석을 알아볼 수 있는 것은 그들이 방어와 공격의 자세를 취하고 있기 때문만은 아니었다.

목덜미에 새겨진 작은 흉터.

처음엔 어디선가 다친 땜빵인가 했는데 자세히 보니 세밀한 문양이 새겨져 있었다. 마치 누군가의 애완동물이나 가축이라도 되는 것처럼. 일부러 누군가 찍어 놓은 화인처럼. 세상에 엘카트를 길들인 사람이 있다고는 들어보지도 못했는데. 더구나 엘카트는 전설의 동물로 사람들 눈에 띄기 시작한 지는 얼마 되지도 않지 않았나.

그가 싸움을 거듭하며 복잡한 머리를 굴리는 사이, 뒤에서 누군가의 외침이 들려왔다.

"데니펫!"

방어하던 녀석이 마치 자신의 이름이라도 되는 양 반응을 하는 것을 느끼며 빈트는 소리 나는 쪽으로 고개를 돌렸다. 검은색 로브를 걸친 자그마한 남자! 아니, 소년…… 아니……

'여자?'

놀란 그의 동공이 커다랗게 벌어졌다.

있을 수 없는 일이다. 엘카트를 조련한, 아니, 조련했을 수도 있는 사람이 여자라니. 그 믿을 수 없는 가정에 정신이 팔려 있는 사이, 기다란 마수의 꼬리가 그의 옆구리를 강타했다.

젠장. 망했다.

깨달았을 땐 이미 늦은 후였다. 그의 몸은 속절없이 부웅 허공으로 날아 땅으로 곤두박질쳤다. 낙법을 구사할 틈도 없이 무방비하게 처박히는 바람에 마른 땅과 격하게 조우해버린 갈비뼈와 팔꿈치가 욱신거렸다.

고통에 일그러진 빈트의 얼굴을 목격하고 나서야 니안은 섣불리 데니펫의 이름을 부른 자신의 경솔함을 후회했다. 위기는 땅에 처박혀 고통스럽게 신음하는 병사에게만 찾아온 것이 아니었다. 니안의 목소리에 반응해 귀를 쫑긋거리던 데니펫 역시 엘카트 두 마리에게 공격의 기회를 허용했다.

크아아앙.

단지 방어만 하던 데니펫과 달리 두 마리 엘카트의 공격에는 살의가 다분했다. 데니펫의 목덜미와 등으로 엘카트의 날카로운 이빨이 파고들었다. 뜯어진 살 틈으로 새어 나오는 피비린내. 다급한 나머지 니안이 제 몸의 마력을 돌리기 시작했다.

"안 돼!"

데릭의 외침에 붉게 변해가던 니안의 눈동자가 다시 원래의 상태로 돌아왔다. 데릭이 팔을 잡아당기자 니안의 몸이 그에게로 확 돌았다. 코가 닿을 정도로 가까운 거리에 그의 얼굴이 보였다. 데릭이 얼른 니안의 귓가로 고개를 숙이고 말했다.

"안 돼, 니안. 제발……. 저기 오스만이 보낸 병사들이 있어. 정체를 보이면 안 돼."

"하지만 데니펫이……."

"지금 뭐 하시는 겁니까?"

그들의 부산스러운 동작이 마수의 시선을 잡아끌어서일까. 어느 틈에 그들은 긴 꼬리 마수의 타겟이 되어 있었다. 마수의 공격을 힘겹게 받아내며 제이디가 불만 섞인 목소리를 토해냈다.

"제발, 정신 좀 차리세요."

그 순간 니안과 데릭을 향해 기다란 초록색 꼬리가 날아왔다. 데릭은 본능적으로 니안을 등 뒤로 물리곤 들고 있던 검으로 있는 그 꼬리를 받아쳤다.

아뿔싸. 워낙 다급하게 반응하다 보니 검날이 아닌 편평한 면으로 쳐내고 말았다. 덕분에 녀석에겐 아무런 상처도 내지 못했다. 튕겨 나갔던 푸른 꼬리는 그 반발력으로 순식간에 다시 날아왔다. 데릭이 채 자세를 잡기도 전이었다. 제이디가 끼어들어 검날로 녀석의 꼬리를 내리치지 않았다면 하마터면 죽을 뻔했다. 정확하고도 날랜 동작이었다.

덕분에 녀석의 꼬리는 순식간에 몸에서 떨어져 버렸고, 그 순간 니안은 제이디의 검에서 순간 희미하게 피어오르는 보라색 검기를 목격했다. 그것은 지난번 루드빌에서 검은 손과의 혈투를 벌일 때 봤던 것과 동일한 것이었다.

댕강 잘려나간 꼬리는 마수의 몸으로 돌아가지 못했다. 꼬리가 잘린 녀석이 고통에 발악하듯 몸부림치고 있었다.

"제이디! 당신!"

마력을 쓸 줄 아는군요! 하지만 그 말은 차마 말이 되어 나오지 못했다. 전혀 상상치도 못했던 장면을 목격한 탓이었다.

'맙소사!'

한 병사의 칼이 데니펫의 목덜미를 물고 있는 엘카트의 몸통을 꿰뚫었다. 국경수비대의 정복을 입고 있지만, 일반 병사는 아니었다. 최소한 대장급 이상일 게 틀림없었다. 아니, 황실 문양이 새겨진 그의 검은 그가 단순한 국경수비대가 아니라 황실 기사라는 뜻이었다.

니안은 그의 검이 엘카트의 몸통에 꽂히는 순간, 희미하게 피어올랐다 사그라지는 보라색 검기를 똑똑히 보았다.

제이디의 검에서 보이던 것과 흡사한 형태. 아니나 다를까. 딱보기에도 치명타일 게 분명한 곳을 찔린 녀석은, 그대로 쓰러져 일어나지 못했다. 병사가 숨을 헐떡이며 달려와 녀석의 몸에서 검을 빼낸 후에도 말이다. 일반적인 검에 입은 상처라면 검이 뽑히는 순간 아물어야 맞았다.

저 남자도 주술사인 걸까? 그것도 아니면 마법사?

니안은 혼란스러웠다. 그리고 아르모트를 만나러 가야 하는 지금, 둘 중에 뭐가 되었든 황제의 기사 중에 그런 능력이 있는 사람이 있다는 건 결코 좋은 징조가 아니었다. 니안의 심장이 불안으로 두근거렸다.

엘카트 한 마리가 쓰러진 것이 마수 무리에게 심리적으로 큰 위축을 선사했음이 틀림없었다. 게다가 보통의 인간들과 달리 자신들을 해할 수 있는 사람이 셋이나 나타나 호전적으로 덤벼드니 부담스러웠나 보다. 승리를 장담하기 어렵다는 판단이 들은 듯 녀석들은 슬금슬금 뒤로 물러나기 시작했다.

한 녀석이 몸을 돌리기가 무섭게 다른 녀석들도 따라 달아나기 시작했다. 제일 마지막으로 데니펫과 사투를 벌였던 엘카트 한 마리가 분하다는 몸짓으로 마지못해 몸을 돌렸다.

멀어지는 엘카트에게 사람들의 시선이 빼앗긴 사이 니안은 얼른 데니펫을 작은 모습으로 변화시켰다. 긴장이 풀린 데니펫은 그대로 땅바닥에 축 늘어졌다. 니안이 그런 데니펫을 안아 들려 얼른 달려갔고, 그런 그들을 보호하려 데릭 역시 뛰어들었다.

"너희들 정체가 뭐냐?"

노련한 기사답게 기회를 놓치지 않고 빈트가 끼어들었다. 결코 좌시할 수 없는 자들이었다. 그들이 황제의 편이든, 그렇지 않든 말이다.

이 세상에 마수가 등장한 후 그것들을 물리치기는커녕, 평범한 사람은 몸에 상처조차 내기 불가능하다는 것을 빈트는 깨달았다. 황국 최고의 기사들만 모여 있다는 황실 기사단에서조차 마수를 물리칠 능력을 갖춘 사람은 자신을 포함해서 단 세 명뿐이었다.

그런데 이 보잘것없는 변방에서 엘카트를 길들인 것으로 보이는 소녀와 마수에 상처 입힐 수 있는 남자를 둘이나 마주친 거였다. 적이라도 생포해 같은 편으로 끌어 들어야 할 판이었다.

"알 거 없고."

데릭이 호전적으로 칼을 들이밀며 말했다. 빈트는 묘한 위화감을 느꼈다.

언제나 경이롭게 우러러보기만 하던 우아한 황금빛 머리카락과 투명한 푸른 눈. 이제 갓 성인이 된 것이 분명해 보이는 남자의 푸른 눈동자는 지금껏 봐 왔던 그 어떤 푸른 눈보다 총명하게 반짝거리고 있었다.

대적할 의지조차 무력하게 만들어버리는 주인의 모습을, 빈트는 평범한 옷을 입은 변방의 이름 모를 소년에게서 느끼고 있었다. 당황스러웠다. 단 한 번도 황실을 향한 제 충정을 의심해 본 적이 없었기에 더욱 그랬다. 하지만 상대에게 그토록 혼란스러운 속내를 들켜서는 안 되었다. 그는 더욱 눈에 힘을 주며 칼을 움켜잡았다.

그 사이 니안이 안아 든 데니펫을 제 치마폭에 감싸곤 제이디를 향해 뛰기 시작했다. 그를 따라 데릭도 물러나려 뒷걸음질 쳤다.

"기다려!"

빈트가 외쳤다.

"황실의 이름으로 명한다. 당장 너희들의 신분을 밝혀라."

그때 뒤에 서 있던 제이디가 들으란 듯이 말했다.

"아, 정말 짜증 나게. 안 죽일 거야?"

그 말에 빈트는 몸의 무게 중심을 앞으로 실었다. 도망치지 못하게 그들의 앞을 막을 계획이었다.

"그럼 내가 알아서 한다."

뒤에 서 있던 남자, 제이디가 다시금 짜증스러운 말을 내뱉었을 때다. 갑자기 빈트의 눈앞에서 '펑'하는 폭발음과 함께 뿌연 연기가 피어올랐다. 빈트는 콜록콜록 격한 기침을 쏟아냈다. 눈이 쑤시고 목이 칼칼했다.

"콜록콜록…… 기……기다리라고!"

잠시 후 연기가 사라졌을 때, 세 남녀의 모습도 사라져 있었다. 알 수 없는 노릇이었다.

"단장님, 괜찮으십니까?"

부하 하나가 눈치를 살피며 빈트에게 물었다. 빈트는 본능적으로 불길함을 감지했다. 마을 입구에서 마수를 마주친 것보다 더한 위기감이었다.

"예전 동굴이 있었다는 장소에 경비를 더욱 강화하도록 해. 병사들 숫자도 더 늘리고."

"저들이 동굴과 상관있다고 생각하십니까?"

"쓸데없는 궁금증은 명을 단축하는 법이지."

그의 날카로운 시선이 부하의 얼굴을 향했다. 당황한 부하가 얼굴을 붉히며 고개를 숙였다.

"죄송합니다. 명령대로 하겠습니다."

그가 빠른 동작으로 돌아섰다. 빈트는 수상한 남녀가 사라진 길 끝을 한동안 노려봤다. 역시 동굴이 눈에 띄지 않는 데에는 특별한 이유가 있음을 확신했다.

이쪽 세계에서는 금지된 그 어떤 초자연적인 힘. 마수가 이리 날뛰는 현 상황과 무관하지 않을, 차원의 경계 너머에 봉인된 마법이나 그에 버금가는 그 무엇. 그는 머릿속으로 빠르게 황제에게 보낼 전언의 문구를 정리하고 있었다.

꽃장식

"경비 대장으로 보이는 남자와 마주쳤었다고?"

니안, 데릭, 제이디로부터 마을 입구에서 벌어진 싸움에 관해 이야기를 전해 듣던 멜드린이 심각한 어조로 물었다.

"네. 이곳 도로에서도 간혹 보던 남자요. 황실 문양이 새겨진 검을 들고 있던."

"그가 아마 기사단장 빈트 알브레트일 거야. 얼굴은 본 적이 없지만, 이야기는 전해 들은 적 있다. 검기가 남다르다고 하더구나. 그를 대적할 만한 사람이 황국에 손에 꼽힐 거라고. 아마 지금 동굴에 있는 아르모트 정도? 하지만 아르모트가 10년이나 검술을 익히지 못하고 동굴에 갇혀 있었다는 걸 생각해 보면 아마 지금은 그가 훨씬 뛰어난 실력을 갖추지 않았을까 싶다. 더구나 아르모트보다 그가 못해도 대여섯 살은 더 젊을 테니까."

"그가 우리 얼굴을 봤어요. 우리가 마수에게 상처를 입히는 것도요."

"그것뿐이 아니지. 마수에게 상처를 입히는 자가 황실의 외양을 가지고 있으니, 예리한 자라면 뭔가 수상함을 충분히 느끼고도 남았을 거야. 더구나 그들이 황제의 명으로 찾고 있는 게 단순히 동굴이 아니라 그 안에 있는 아르모트라는 사실을 알고 있다면……."

"거 봐요. 역시 나서길 잘못했죠."

제이디가 퉁명스럽게 말했다.

"그냥 뒀어도 될 뻔했잖아요."

"하지만 데니펫이……."

니안이 침대에 놓인 데니펫을 안타깝게 바라보며 말끝을 흐렸다. 데니펫은 정신을 찾지 못하고 있었다. 분명 피를 너무 많이 흘린 게 분명했다. 오자마자 레오의 도움으로 약을 구해 데니펫을 치료했지만, 상태가 그다지 좋아 보이진 않았다. 녀석은 마치 밀린 잠을 자듯, 쌕쌕 거친 숨을 몰아쉬며 계속 의식을 놓고 있었다.

잠시 머뭇대던 니안이 다시 말을 이었다.

"느낌이 이상했어요. 특히 데릭이 부르는데도 오지 않는 게……. 다른 마수들을 막는다는 생각은 하지 못하고, 어쩌면 엘카트로 변한 데니펫이 병사들과 대치 중일지도 모른다는 생각이 들어서…… 어쨌든 우리가 가지 않았다면 상황이 그리 빨리 끝나진 않았을 거예요. 어찌 된 이유에선지 데니펫은 다른 엘카트를 심하게 공격하진 않고 방어만 하고 있었으니까. 그래도 괜히 나 때문에 데니펫이 다친 것 같아서……."

자책으로 눈물이 나왔다. 하마터면 정말로 큰일 날 뻔했다. 그러자 데릭이 그녀의 등에 손을 올리며 위로의 말을 건넸다.

"너 때문이 아니야, 니안. 네가 네 능력을 바로 썼다면 데니펫은 다치지 않았겠지. 내가 널 막아서 그래. 그러니까 그렇게 자책하지 마. 엄밀히 말하면 널 막은 내 잘못이니까."

"아이고……."

제이디가 답답하다는 듯 끌끌 혀를 찼을 때 니안의 시선이 다시 들렸다. 그녀는 팔짱을 끼고 못마땅하게 벽에 기대 서 있는 제이디를 향해 질문했다.

"제이디…… 이젠 답을 들어야겠어요."

"뭘 말입니까?"

"어떻게 마수에게 상처를 입히는 거죠? 분명 처음 만났을 땐 그러지 못했잖아요."

"……."

"주술에 필요한 반지도 우리가 가지고 있는데 주술진 없이 황후와 시야를 교환하는 것도 그렇고…… 뭔가 앞뒤가 맞지 않는 것 같아요."

잠시 흔들리는 듯하던 제이디의 눈동자는 금세 안정을 찾았다. 그가 심드렁한 목소리로 대꾸했다.

"황후와의 일은 제가 미리 주술을 걸어 놓은 거라 말하지 않았습니까?"

"그럼…… 제이디의 칼에 흐르던 그 보랏빛은요?"

"……."

"그건 대체 어떻게 설명할 건가요?"

"……."

제이디의 볼이 못마땅하게 부풀었다. 그는 마치 심통 난 어린애처럼 잠시 멍하게 바닥을 쏘아보다가 마침내 벽에 기댔던 몸을 바로 세웠다.

"무슨 뜻인지 모르겠군요, 니안. 보랏빛이요?"

"네."

니안은 제이디를 똑바로 바라보았다.

"글쎄요. 제 눈엔 아무것도 안 보이던데요. 혹시 니안이 우리와 다른 능력자라서 그런 게 보이는 것 아닙니까?"

"네?"

"니안은 용이잖습니까. 평범한 사람에겐 안 보이는 것도 니안의 눈에는 특별하게 보일 수 있죠. 혹시 그 보랏빛이 제 검에서만 보이던가요?"

니안은 고개를 갸우뚱했다. 그런 걸까? 정말로? 그럼 예전에 제이디가 주술진을 그릴 때 봤던 그의 다른 모습은? 그의 모습 위로 스쳐 지나듯 겹쳐 보였던 은발에 투명한 회색 눈동자 말이다.

"그건, 아니에요."

"그럼 어디서 또 보셨습니까?"

"아까 마수를 쓰러뜨렸던 황실 기사단장 빈트요. 그리고…… 데릭. 하지만 데릭은 원래 보통사람과는 다르니까요."

"전 다르지 않습니다."

"그런데 어째서 그런 빛이 보였던 걸까요?"

"저도 모르죠. 아마도…… 검기…… 이런 게 아닐까 싶은데. 빈트에게서도 보였다고 하니까."

"검기요? 단순한 검기가 눈에 보인다고요?"

좋아. 그렇다면!

니안은 멜드린을 돌아보았다. 데릭은 마법사, 제이디는 술법사, 자신은 용이니 지금 이 방에 평범한 사람이라 불릴 만한 사람은 멜드린 한 명뿐이었다. 멜드린이 빈트의 검기는 보지 못했어도, 제이디의 검기는 보지 않았을까? 그러나 멜드린은 아무 말도 하지 않았다. 그저 의아한 눈을 뜨고 제이디를 몰아붙이는 니안을 차분히 바라볼 뿐이었다. 그런 니안의 마음을 읽었는지 데릭이 짧게 대꾸했다.

"걱정하지 마, 니안. 난 봤어. 많이 흐릿하긴 하지만, 보라색 기운이 피어오르다 사라지는 거 말이야."

제이디는 알 수 없다는 얼굴로 그저 어깨를 으쓱해 보이더니 늘어지게 하품을 하며 소파에 주저앉았다.

"아, 간만에 힘을 썼더니 너무 피곤하네요. 자, 그럼 한숨 자고 일어나서 언제쯤 그 동굴에 갈지 다시 심도 있는 대화를 나눠 볼까요?"

슬그머니 눈을 감는 제이디를 바라보며 니안은 살짝 입술을 깨물었다. 그를 믿는 것만큼이나, 그를 믿기가 어려웠다.

모든 것은 운명과도 같았다. 아르모트의 동굴 앞에 일행들이 섰을 때, 니안은 더욱 운명의 존재를 믿게 되었다. 계획대로 모든 일이 순조롭게 이루어져 어려움 없이 그 앞에 설 수 있었다는 사실만으로도 그랬다.

붉은 용인 니안의 눈에도 동굴 입구는 완벽한 절벽으로 보였다. 사방으로 자라난 덩굴줄기가 너무도 자연스럽게 연결되어 있었기에 그 누구도 그곳에 동굴 입구가 있을 것이라 상상하기 어려울게 분명했다. 설마 병사들이 절벽 단면에 일일이 몸을 부딪쳐가며 확인해 보진 않을 테니 말이다. 새벽 중 가장 깊은 시간이었다.

떨림을 줄이기 위해 주먹을 꽉 쥔 니안은 작전을 짤 때 제이디가 했던 말을 떠올렸다.

'이 주술은 딱 20분간만 유효합니다. 아주 어렵고 복잡한 주술이에요. 주술을 거는 시간 대비 효율이 너무 떨어져서 이론만 알지 써 본 적은 없습니다. 성공을 장담할 순 없지만, 그래도 지금 상황에선 이게 가장 안전할 듯하니 한번 해 보도록 합시다.'

'그게 뭔데요?'

'성전환이요!'

모두가 뜨악한 표정을 지었다. 병사들의 눈을 어떤 식으로 따돌릴 것인가를 놓고 설전을 벌이다 나온 아이디어였다. 처음엔 눈을 조종하는 제이디의 능력을 이용해 그들의 시선을 교란시키자 했다가, 그럼 제이디의 피를 어떤 식으로 그들에게 먹일 것인지가 문제로 대두됐다.

사람을 쓰는 것은 너무 위험하니 일행 중 유일한 여자인 '니안'을 이용하자 했다가, 빈트에게 모습을 들킨 적이 있어 위험하다고 펄펄 뛰는 데릭 덕분에 회의가 결론 나지 못하고 표류하던 중이었다.

그래서 참다못한 제이디가 제안한 것이 남자 중 한 명이 여장하고 병사들에게 제이디의 피가 섞인 술을 먹이자는 거였다. 그들이 술에 취해 잠들면 더욱 좋고, 설사 깨더라도 시선을 교란할 수 있으니 일거양득이라고…….

'그런데 왜 하필 접니까?'

레오가 불만스러운 표정을 지어 보였다. 물론 레오가 날렵하다 못해 조금은 마른 데다, 어딘지 모르게 낭창낭창한 느낌이 있긴 했지만.

'일단 동굴이 있는 숲을 가장 잘 알고, 병사들의 위치 역시 완벽하게 파악하고 있으니까.'

'저보단 금발인 데릭이 여자가 되는 편이 훨씬 유혹적이잖아요. 금발은 흔치 않은 데다, 남자들은 금발 미녀한테 약하다고요.'

'지금 지고한 황실을 모욕할 셈인가?'

데릭이 근엄하게 던진 이 한마디가 레오의 입을 단번에 닫게 만들었다. 평소엔 동등한 관계처럼 대해 달라고 했었으면서! 니안은 당황했고, 멜드린은 심각한 표정으로 공감했으나 제이디만큼은 고개를 돌리고 기침하는 척 몰래 웃음을 터뜨렸다.

그리고 디데이가 되었을 때, 일행은 '시간 대비 효율이 떨어진다.' 했던 제이디의 말을 실감했다. 경건하게 목욕 재개를 하고 찾아온 레오를 앞에 두고, 제이디는 아침 이른 시간부터 여관 방바닥에 주술진을 그리기 시작해 해가 질 때까지 그 안에서 나오질 못했다. 사람 한 명이 누울 수 있을 만한 크기의 원 안에는 알아보기도 힘든 언어가 깨알처럼 작은 글씨로 가득 채워졌다. 레오는 그때까지 정자세로 의자에 앉아 꼼짝도 하지 못했고, 두 사람 다 식사조차 하지 못했다.

'도대체 저걸 어떻게 다 외운 거지?'

데릭이 멜드린과 니안에게만 들릴 목소리로 나지막하게 속삭였다.

'그러게 말이다.'

멜드린이 대꾸했다. 멜드린의 코 밑에 고양이 수염을 만들었던 때와 달리, 이 주술은 제이디가 직접 설계하는 것이 아니라 이미 나와 있는 공식을 외워 그대로 시전하는 것이라고 했다. 세 사람은 가끔 어리숙해 보이기까지 한 제이디의 놀라운 머리에 감탄을 마지않았다.

자정이 다 되어갈 무렵, 예전 숲에서 봤던 대로 공기 중에 빛의 실선이 나타나기 시작했다. 그때와 다른 점이 있다면, 활짝 열린 창문을 통해 밖으로부터 실선들이 모여들었다는 사실이었다.

제이디는 그것을 대자연의 힘이라고 불렀다. 땅 위에 살아 숨 쉬는 모든 생명으로부터 마나를 끌어모으는 것이라고. 사람들의 시선을 끌면 어쩔까 걱정이 되었지만, 마력을 알아볼 사람들은 많지 않다는 말에 불안을 덜었다.

빛의 실선이 주술진 안에 가득 찼을 때, 니안은 만일을 대비해 창문의 커튼을 쳤다. 마치 폭발하듯 주술진 안에 갇혀 있던 빛이 눈부시게 터져 나왔다.

눈부심이 가신 후 레오가 앉았던 의자를 바라봤을 땐, 그곳엔 이미 부드러운 갈색 머리를 한 늘씬한 여자가 앉아 있었다.

"오올, 꽤 미인인데. 그대로 살아도 되겠어."

데릭의 농담에 레오는 아무런 말도 하지 못했다. 데릭은…… 그가 모시는 황국의 태양, 헤이드 멜롯이기에.

주술의 효과가 지속되는 20분이라는 시간은 짧았지만, 레오는 빈틈없는 각본대로 동굴 앞에 진을 치고 있던 병사들을 단번에 유혹해 술을 먹이는 데 성공했다.

아무것도 없는 절벽을 열흘이 넘도록 지켜본다는 것은 꽤 지루하고 힘든 일이었을 터였다. 그런데 예쁜 아가씨가 찾아와 황실에서 내리는 하사품이라며 술을 내미는데 거절할 이유가 뭐가 있을까.

술을 마신 병사들은 오래지 않아 잠에 빠져들었다. 일행이 유혹을 위한 술로 그 비싼 길렘 지방의 독주 '르비앙'을 선택한 이유였다.

"아, 자식들. 한 방울도 안 남겼잖아."

허리에 두른 치마를 신경질적으로 벗겨낸 레오가 쓰러진 병사 옆에 세워진 술병을 입안에 탈탈 털며 투덜거렸다. 이미 그는 본래의 모습을 되찾은 후였다. 지금껏 봐왔던 레오는 단정하고 차분했지만, 웬일인지 그 순간만큼은 조금 흥분한 것 같았다. 아니, 화가 났다는 표현이 더 맞을지도 모르겠다.

"레오, 그만하고 얼른 안내해. 시간이 없어."

그제야 레오는 애써 평소다운 태도를 보이며 대답했습니다.

"네. 죄송합니다. 이쪽으로 오십시오."

아무리 봐도 니안은 절벽의 다른 단면과 입구의 차이를 알아볼 수 없는데도 성큼성큼 걸어가는 레오의 발걸음엔 조금의 망설임도 없었다. '어, 저러다 벽에 그대로 박는 거 아니야?'라는 생각이 들 때쯤, 놀라운 일이 벌어졌다. 그가 그대로 벽 너머로 사라져 버린 것이었다. 그의 뒤를 따르던 일행은 순간적으로 걸음을 멈추고 얼떨떨한 표정을 짓고 말았다.

아무리 그래도 눈앞에 보이는 건 거칠디거친 암벽과 무성한 덩굴줄기뿐인데 도저히 걷던 속도대로 머리를 들이밀게 되진 않았다. 그들이 따라오지 않는 것을 느꼈는지 절벽에서 레오의 머리가 불쑥 튀어나왔다.

"뭐하십니까? 어서 들어오십시오. 아르모트 경이 기다리고 있습니다."

가장 먼저 앞선 것은 역시 데릭이었다. 그는 결연한 표정으로 숨을 크게 들이쉬더니 그대로 절벽에 몸을 던졌다. 그 어떤 충돌음도 없이 데릭의 몸이 벽 안으로 쑤욱 들어갔다. 멜드린이 니안을 돌아보며 말했다.

"먼저 들어가거라."

니안은 잠시 주저하다 두 눈을 질끈 감고 앞으로 빠르게 걸어

나갔다. 눈을 감고 걷다 보니 중심을 잡기 어려워 몸이 휘청거리는데, 익숙한 향기를 지닌 손이 그녀의 허리와 어깨를 휘감아 왔다.

"잘했어."

뿌듯함이 담긴 목소리에 반짝 눈을 떴다. 역시 눈앞에 환한 표정의 데릭 얼굴이 보였다. 그제야 긴장으로 참았던 숨이 내쉬어졌다.

"어서 오세요, 니안. 붉은 용을 직접 제 눈으로 뵙게 되다니, 영광입니다."

다부진 몸매, 어깨까지 닿은 희끗희끗한 갈색 머리, 뺨과 턱밑을 감싼 수염, 그럼에도 또렷한 빛을 잃지 않은 영민한 눈동자.

"아르……모트 경?"

"그렇습니다. 오시느라 고생 많으셨어요, 붉은 용."

성큼성큼 다가온 아르모트가 니안에게 손을 내밀었다.

"에이든! 대체 넌 무슨 생각을 하고 있는 게냐?"

마상 경기가 끝난 후 집으로 돌아온 빌리어드는 가문을 버리고 싶다 황제에게 말한 에이든에게 불같은 화를 쏟아냈다. 카트린느도 로렌도 그런 아버지를 말릴 수가 없었다. 아직은 천진난만했던 로렌조차 자기 오빠의 행동이 너무 지나쳤다는 데에 동의하지 않을 수가 없었다.

하지만 에이든의 고집은 이후에도 변하지 않았다. 그는 아버지가 일찍 퇴근하는 날이면 서재나 침실로 찾아가 끊임없이 자신을 가문에서 나갈 수 있게 해달라고 요구했다. 빌리어드가 없을 때 카트린느가 에이든 앞에 무릎 꿇고 울면서 빌어봤지만, 소용이 없었다.

"황제 폐하께선, 아버지께서 허락하시면 제게 새로운 작위와 가문을 주시겠다고 약속하셨습니다. 아버지께서도 들으셨잖아요."

"내 대답은 같다, 에이든. 언제나 같아! 넌 우리 가문의 유일한 후계자야. 너 외의 다른 자식에게 가문을 물려줄 생각은 눈곱만큼도 없다. 아직 젊고 아름다워 보이지만, 네 엄마는 아이를 갖기엔 힘든 나이야. 그런데 어떻게 네 엄마에게 이리 잔인하게 비수를 꽂을 수가 있냐?"

"잔인하게 비수를 꽂는다고요? 제가? 어머니에게요?"

그의 한쪽 입술 끝이 삐뚜름하게 밀려 올라갔다. 반항기 가득한 목소리에 칼날 같은 아픔이 배어 나왔다. 빌리어드에게도 선명히 느껴질 정도였다. 그는 속으로 움찔했지만, 드러내지는 않았다.

언제나 착하고, 순하고, 다정하기만 했던 아들이었다. 자라면서 단 한 번도 반항이라곤 한 적이 없던 아들이었다.

빌리어드는 고집을 부리는 에이든에게 강하게 맞섰지만, 속으로는 가슴이 무너져내렸다.

'내가 한 선택이 잘못이었을까?'

스스로 그런 질문을 던졌다가도 이내 다시 고개를 저었다. 그만큼 아벨 백작의 항구 관리권은 포기하기 힘든 것이었다. 당장 눈앞에 놓인 향신료 브람의 유통문제뿐만이 아니라, 미래의 더 많은 이득을 위해서도 그랬다.

어쩔 수 없다. 모든 게 어쩔 수 없는 일이다. 그러니 네가 포기하렴, 에이든.

그는 온몸으로 에이든에게 그런 메시지를 보냈다. 하지만 에이든은 꺾이지 않았다.

"네가 이러는 것이 니안 때문이냐?"

"……."

에이든은 대답하지 않았지만, 빌리어드는 알 수 있었다. 침묵이 바로 긍정의 의미라는 걸.

빌리어드는 절레절레 고개를 흔들었다.

"그래도 소용없다. 네가 가문을 나간다고 해서 해결될 수 있는 문제가 아니야."

"해결됩니다. 최소한 법적으로는."

"그럼 도덕적으로는 어쩔 셈이냐? 이미 황국의 모든 귀족이 다 알고 있어."

"네. 이미 황국의 모든 귀족이 다 알고 있죠. 저와 니안이 피 한 방울 섞이지 않은 남남이라는 사실을요!"

에이든은 이 생각만 하면 울화가 치밀다 못해 심장이 터질 것 같왔다. 이런 고민은 원래 자신의 것이 아니었다. 데릭의 것이었다. 아니, 데릭의 것이어야 했다.

"제발, 에이든. 이런 식으로 억지를 부리는 건 옳지 않아. 다른 걸 다 떠나서 니안은 널 사랑하지 않는다고 했다. 이젠 아벨 백작마저 이 일에서 손을 뗐어. 누구도 이 결혼을 강제할 수 없단 말이다!"

그러자 얼굴이 새빨개진 에이든이 버럭 소리를 질렀다.

"아버지가 그렇게 만드셨죠. 아버지 욕심 때문에!"

"그래. 그럼 엄마를 버리란 말이냐? 너와 로렌을 정성을 다해 길러준 카트린느를?"

화가 난 빌리어드 역시 목소리를 높였다.

"아니요!"

에이든이 분통을 터뜨렸다.

"얼마든지 다른 방법이 있었어요. 저와 니안이 결혼해서 다 같이 사는 방법이요."

"말이 되는 소리를 해!"

"결국, 제 상처 따위는 아무래도 상관없었던 거예요. 관심 있는 거라곤 귀족답게 보여서 귀족에게 귀족으로 인정받는 것, 그리고 그 빌어먹을 항구 관리권뿐이었죠."

"그래. 그게 뭐가 어때서? 다 우리 가족과 너를 위한 일인데."

에이든의 입가에 냉정한 조소가 떠올랐다.

"지금 절 위해서 니안과 절 남매로 만드셨다고요?"

"……."

빌리어드는 결국 아무 말도 하지 못했다.

니안 페르난디 베오만.

니안이 한스넬을 향해 떠난 지 일주일이 지난 후 베오만 가문의 호적에 새로이 오른 이름. 당사자조차 알지 못하는 새에 이루어진 입적이었다.

'항구 관리권은 원래대로 제게 이양을 하셔야겠습니다, 아벨 백작.'

카트린느의 공개적인 폭로 이후, 생각을 정리한 빌리어드가 아벨 백작을 찾아가 다짜고짜 꺼낸 말이었다.

'그게 무슨 소립니까, 후작.'

생명이 꺼져 가는 눈빛으로 아벨 백작이 힘겹게 물었다.

'니안과 제 아들놈과의 결혼 말고도 제가 백작과 했던 약속을 지킬 방법이 있습니다.'

'그게 뭡니까?'

'니안을 가족으로 받아들이는 데 꼭 제 아들과의 결혼만이 답은 아니란 뜻입니다.'

'그럼……?'

'니안을 제 딸로 베오만 가문의 호적에 올리겠습니다. 그 아이의 어미와 제가 재혼을 했으니 당연한 일 아니겠습니까?'

'……'

'약속드리지요. 니안을 반드시 좋은 가문에 시집보내겠습니다. 베오만 가의 정식 영애, 제 딸로 말입니다.'

이미 지방 소도시의 항구 중 상당수가 이미 베오만 가문의 관리로 넘어가고 있었다.

"절 내보내 주세요."

"절대 안 된다."

에이든은 화가 난 나머지 서재 문을 박차고 빠르게 걸어 나갔다. 문밖에서 초조하게 두 부자의 대화를 엿듣고 있던 카트린느와 눈이 마주쳤지만, 무시하고 계단을 뛰어 내려갔다.

"에이든!"

카트린느가 이름을 불렀지만, 그는 그대로 계단 아래로 사라져 버렸다. 뒤따라온 빌리어드가 불안하게 떠는 카트린느의 어깨를 감싸 안았다.

"너무 마음 쓰지 마시오."

"하지만……."

빌리어드의 위로에도 카트린느의 불안과 걱정은 쉽게 사그라지지 않았다.

"며칠 후면 황궁에 들어가잖아요. 그럼 얼굴을 자주 보기도 힘들 텐데. 이런 식으로 보내는 건 마음이 편치 않아요."

"오히려 잘 된 걸 수도 있소. 니안이 돌아와도 쉽게 만나진 못할 테니. 황제 폐하께선 에이든을 우리 가문에서 파하는 걸 절대로 허락하지 않으실 거요. 일단 내가 원하질 않고 있으니."

"에이든이 마음을 잡지 못하는 게 문제죠."

"생각해 둔 니안의 혼처가 있소. 돌아오면 곧바로 결혼을 서두릅시다. 니안이 결혼해 가정을 꾸리게 되면 에이든도 포기하게 되지 않겠소."

"……."

카트린느는 대답하지 못했다. '그럼, 니안의 의견은요?'라고 묻고 싶었지만, 자신과 니안을 가족으로 받아 준 남자에게 차마 그것까지 요구할 수가 없었다. 카트린느 얼굴에 그늘이 더욱 짙어졌다.

"이게 도대체 어떻게 된 일이야? 다들 정신 차리지 못해?"

빈트는 술에 취해 아무렇게나 쓰러져 있는 병사들을 발로 차며 소리를 질렀다. 어쩐지 이상하게 잠이 오질 않았다. 자려고 침대에 누웠다가 결국 다시 옷을 갖춰 입고 보초병들을 둘러보러 나온 참이었다.

그런데 대체 이게 무슨 일이란 말인가? 눈에 불을 켜고 지켜도 모자랄 판에, 술판을 벌이고 잠이 들어 있다니. 게다가 어찌나 술을 많이 먹었는지 발로 걷어차도 끙끙 앓는 소리만 낼 뿐 쉽게 일어나질 못했다.

"이 새끼들이! 도대체 무슨 일이야? 어서 말해!"

그는 개중에 가장 크게 꿈틀대는 병사 하나의 멱살을 잡아 일으켜 세웠다. 지금 자신을 깨우는 것이 황실 기사단장임을 알아보는 유일한 병사였다. 그는 어떻게든 정신을 차리려 노력하며 풀린 발음으로 띄엄띄엄 설명을 이어나갔다.

"변방에서 고생하는 병사들을 위해…… 황실에서 하사하는 하사품이라고……."

빈트는 짜증스러운 표정으로 잡은 멱살을 거칠게 팽개쳤다. 여전히 몸을 가누기 힘든 병사의 몸이 땅바닥으로 흐느적 주저앉았다. 그는 술병을 들어 입구를 코에 가져다 댔다.

"이렇게 어리석을 수가. 르비앙이다. 우리와 오랫동안 적대시해 왔던 길렘 지방의 술. 아무렴 황제 폐하가 황국의 병사들에게 적국의 술을 하사할까!"

그는 자신이 데리고 온 병사에게 명령했다.

"당장 부대에 남은 병사들을 모두 소집해 이쪽으로 보내라. 절벽을 샅샅이 훑어야겠다."

니안은 호기심 어린 눈으로 아르모트의 동굴 안을 훑어보았다. 동굴은 자신이 생각했던 것보다 훨씬 크고 넓었다. 천장은 건장한 성인 남자 키의 세 배쯤은 되어 보였고, 너비는 작은 저택의 메인 홀쯤 되어 보였다. 인상적인 건 동굴 내부의 모습이었다. 마치 녹아 흐르는 기하학적 모습으로 커튼처럼 펼쳐진 암석들은 거대하고 아름다웠다. 표면을 타고 얇게 흐르는 물 때문에 보석처럼 반짝거리기까지 했다. 땅으로 스며든 지하수들은 암석을 타고 낮은 곳에 모여 커다란 호수를 만들고 있었다. 내부는 횃불 하나 없이도 옅은 보랏빛으로 불을 켠 듯 환했는데, 호수의 색깔이 그 불빛을 머금어 더욱 맑고 깨끗해 보였다. 모든 것이 신비롭고 환상적이었다.

"햇빛을 볼 수 없다는 것만 빼면, 환경이 그다지 열악하진 않은 것 같아 다행이로군."

멜드린이 옅은 신음을 흘리며 중얼거렸다.

"햇빛, 볼 수 있습니다. 다행스럽게도요."

아르모트가 싱긋 웃으며 따라오라는 듯 몸을 돌렸다. 그를 따라 안쪽으로 한참 들어간 곳엔 넓게 뚫린 천장 사이로 무수한 별이 떠 있는 맑은 밤하늘이 보였다.

"아…… 이래서 이렇게 지하수가 흐르는데도 그다지 습하게 느꺼지지 않았나 보군요."

데릭이 감탄했다. 그때 제이디가 나섰다.

"그럼 여기가 좋겠군요."

"……."

"안 그래도 어디에 주술진을 그릴까 고민하고 있던 차였습니다. 주술진을 가동하려면 마나가 필요해서 동굴 입구 쪽에서 할까 했는데, 그러다 보면 병사 중 마나의 빛을 알아보는 사람이 입구를 발견할 가능성이 커지거든요. 이곳이라면 상대적으로 더 안전할 것 같군요."

이미 통신을 통해 제이디의 존재를 알고 있던 아르모트였다. 그가 자신을 동굴에서 빼낼 술법사라는 말에 반가우면서도 '과연?' 하는 의심 또한 있었다. 아르모트는 신기한 눈으로 제이디가 손가락에 끼운 반지를 뾰족하게 늘이는 것을 바라보았다. 그리고 그것으로 거친 동굴 바닥에 주욱 그린 선에서 빛이 반짝이는 것도.

멜드린이 큼큼 기침했다.

"그럼…… 이제 본론으로 들어가 볼까요? 제이디에게 방해되지 않을 만한 곳으로 자리를 옮겨 봅시다. 레오, 자네가 제이디를 좀 지켜주게."

레오의 표정이 썩 좋지 않았다. 제이디의 주술 작업이라면 이미 종일토록 신물 나게 보지 않았던가. 하지만 그렇게 하라는 아르모트의 강렬한 눈빛이 더해지자 그는 아무런 토를 달지 못하고 고개를 끄덕이고 말았다.

데릭, 멜드린, 니안은 아르모트를 따라 다시 입구 방향으로 걸었다.

"횃불 하나 없이 한밤중의 동굴 안이 어떻게 이렇게 밝을 수 있는지 신기해요. 역시 메이의 마법이겠죠?"

니안의 질문에 아르모트가 고개를 끄덕거렸다.

"그렇습니다."

"메이 말로는 이곳의 마나량이 저쪽 세계에 비해 충분치 않아서 자신이 걸어 놓은 마법들이 아직도 제대로 작동할지 장담하기 힘들댔어요."

"보다시피 잘 작동되고 있습니다. 아마 이곳이 차원의 경계와 가까운 곳이기에 그런 게 아닐까 짐작 중입니다만."

니안이 눈이 둥그렇게 커졌다.

"여기가 차원의 경계와 가깝다고요? 어떻게 아시나요?"

"쿠커스에서 가장 마수 출현이 빈번한 곳이니까요. 이미 중앙에서 마수의 출현을 알기 전인 시절에도, 이곳은 마수가 등장했었습니다. 저 역시 동굴에 갇히기 전에 이곳에서 마수를 만났었고요. 그때 막 경계를 넘어온 메이 아멜리아 양을 만났습니다."

"메이가 저쪽 세계에서 전투병이었다고 하는데, 그럼 아르모트 경께서는 메이의 그런 모습을 먼저 보신 건가요?"

"네. 그렇습니다."

니안은 여전히 실감이 나질 않았다. 자신이 본 메이 아멜리아는 더없이 환하고 부드러운, 천생 여자의 모습을 하고 있었기 때문이었다.

"이쪽입니다."

입구를 향하던 아르모트가 어느 곳에선가 갑자기 모퉁이를 돌았다. 그러자 침대와 4인용 테이블이 놓은 작은 공간이 나타났다. 침대 바로 옆 협탁 위에는 낯익은 보라색 돌, 통신석이 놓여 있었고, 그 옆으로 끓는 주전자가 놓인 작은 화덕이 있었다. 덕분에 그곳은 동굴 안의 다른 곳과 달리 온기가 흘렀다. 문득 니안은 차가운 밤하늘 밑에서 주술진을 그리고 있는 제이디와 그 옆을 지키는 레오에게 미안해졌다.

"이렇게 말하면 우습지만…… 제 방입니다. 앉으시지요."

아르모트의 정중한 권유에 모두 자리에 앉았다. 그가 한쪽 구석에 놓인 화덕에서 주전자를 꺼내어 나무로 된 컵에 나누어 따랐다. 이미 주전자 안에 찻잎을 넣어 놓았는지 고소하고 향긋한 향이 코끝을 간지럽히고 있었다. 랜톤차였다.

"동굴 생활이 길어지다 보니 이래 봬도 없는 것 없이 다 갖추어 놓고 있습니다. 레오가 워낙 살뜰하게 절 챙겨주고도 있고요."

아르모트가 차가 담긴 컵을 각자의 앞에 내려놓으며 말했다. 옅게 숨을 몰아쉰 그가 자리에 앉아 제 몫의 차를 한 모금 마시고는 다시 입을 뗐다.

"헤이드 전하, 요즘처럼 마수로 흉흉할 때에 제가 굳이 이곳까지 오시라고 한 이유가 궁금하시겠지요?"

"대충 짐작은 하고 있어. 비자금 때문이겠지?"

빙긋, 수염 아래로 미소 짓는 그의 입꼬리가 얼핏 보였다.

"네. 맞습니다."

"안 그래도 궁금했어. 대체 그 비자금이라는 게 어떤 형태로 되어 있는 거지? 금이나 은? 보석? 아니면 유가증권?"

"굳이 설명하자면…… 지금 현재로는 유가증권이라는 편이 가장 적절할 것 같습니다."

데릭의 얼굴에 안도의 표정이 스쳤다. 아르모트의 말대로 마수 출현이 빈번한 시기에, 그것도 황실 병사들이 쫙 깔린 상황에 비자금이 실물 형태로 되어 있다면 운반에 상당한 어려움을 겪을 게 분명했다. 하지만 유가증권이라면…… 그는 조금 이해가 되질 않아 이마를 찡그렸다.

"아르모트 경. 그대가 날 보고 싶어 하는 건 이해하지만, 비자금이 당장 실물 형태가 아니라면 굳이 날 오게 할 필요는 없었잖아. 레오를 시켜 내게 전달해도 되지 않았어? 안전을 위해 용병 기사 몇 명 고용해서 말이지. 메이 아멜리아의 수입 정도면 그 정도는 충분히 감당이 가능했을 텐데."

"전하의 말씀이 맞습니다. 일반적인 문서였다면 저 역시, 그렇게 했을 겁니다."

끽해야 재산권을 증명하는 문구일 뿐이었다. 그런 문구가 적힌 것이라야 종이나 가죽이 다일 텐데. 대체 남한테 배달을 시키기 어려울 정도의 일반적이지 않은 문서라는 게 어떤 것인지 도무지 상상되질 않았다.

"그럼…… 그게 일반적인 문서가 아니란 말이야?"

"네. 그렇습니다."

데릭의 표정이 오묘하게 일그러졌다.

아르모트는 조용히 웃옷을 벗기 시작했다. 예상치 못한 행동에 니안의 얼굴이 빨개졌다. 데릭과 멜드린 역시 당황하긴 마찬가지였다. 하지만 그의 표정은 결연했고, 행동은 민첩했다. 덕분에 그들은 얼떨결에 그의 맨살을 보고 말았다. 상의를 완전히 벗은 아르모트가 천천히 뒤를 돌았다.

"헉!"

모두가 놀라 숨을 들이켰다. 저게 뭔가 싶어 두 눈을 끔뻑이며 자세히 보기 위해 상체를 내밀었다.

"이건…… 뭐죠? 문신인가요? 왜 황실 직인이 찍힌 토지소유권이 아르모트 경 등에 쓰여 있습니까?"

멜드린이 빠르게 말을 내뱉자 니안이 중얼거렸다.

"아…… 이런 게 토지소유권이군요."

법적 효력을 가지는 공인된 문서는 출생증명서 따위를 제외하고는 태어나서 처음 보는 것이었다. 신기했다.

"문신은 아닙니다."

"그럼요?"

"저도 잘 모르겠습니다. 무언가 이상한 낌새를 느끼셨는지, 빌카인 3세께서 한스넬로 출병하기 직전 제 몸에 넣어 두신 것입니다."

멜드린이 눈을 가늘게 뜨고 깨알같이 쓰인 글자를 읽어보았다. 최신 문서가 아니었다. 고대어가 수두룩하게 적혀 있는 그것은 못해도 몇백 년 전, 아니, 어쩌면 1000년쯤 전에 적힌 것일 수도 있었다.

"주술……인 건가요?"

니안은 판별을 위해, 주술진에 한참 몰입하고 있는 제이디를 잠깐 멈추고 데리고 와야 하나 심각하게 고민하며 물었다.

"모르겠습니다. 폐하께서 말씀하시길 황실 가문에서만 은밀하게 내려오는 비술이라 하시더군요."

도대체 뭔가? 데릭은 머릿속이 혼란스러웠다.

제가 알기로 할아버지인 빌카인 2세 때부터 마법을 떠올리는 예언이나 주술 등은 엄격하게 금해왔었다. 그런데 황가에서만 은밀히 전해오던 비술이라니.

일반 백성들에게만 금하고, 황실이나 귀족들은 뒤로 몰래몰래 이러한 것들을 사용해 왔단 말인가? 그러고 보니 숙부인 오스만도 그랬다. 주술을 이용해 아르모트를 이곳 동굴에 가두지 않았나.

이런 것이 지배자의 특권이라는 건가? 특별한 힘을 독점하는 것.

문제는 이 문서에 적힌 토지에 대한 소유권을 황실에서 보증하고 있다는 것이었다. 황실 직인이 찍혀 있다는 것이 그 증거였다. 하지만 지금의 황실은 오스만이 장악하고 있지 않은가. 말 그대로 그림의 떡이었다. 이 재산권을 행사하려면 멜롯 직계의 승인을 받아야 한다.

데릭은 망연자실했다. 그 사이 눈을 가늘게 뜨고 빽빽하게 적힌 문자를 읽어나가던 멜드린이 중얼거렸다.

"굉장히 오래전에 쓰인 문서입니다. 제가 고대어에 능통하지 않아 완벽하게 해석할 수는 없지만, 타르밀 지역 전체를 멜롯 황실에서 소유한다는 내용인 것 같습니다. 그리고 그것은 황제의 지위에 오르는 직계로만 승계되고요. 문서를 보증하는 것은 두 곳입니다. 멜롯 황실, 그리고 헨루드 결의회."

"헨루드 결의회? 그건 또 뭐지? 처음 듣는데?"

"네. 저도……."

멜드린이 난감한 표정을 지어 보였다. 문제는 또 하나 있었다. 문서에서 황실 소유라고 증명하고 있는 땅, 타르밀. 도대체 그게 어디인지 도무지 알 수가 없었다.

"이해가 안 돼. 이게 어떻게 황실 비자금이라는 거야? 왜 어머니께서 이걸 그토록 찾으라고 말씀하신 거지? 결국, 자금화할 수 있는 건 아무것도 없는 거잖아. 땅이라니! 땅으로 대체 뭘 할 수 있는데?"

"꼭 그렇진 않습니다."

아르모트의 목소리가 낮게 울렸다.

"자세히 보시면 문서 아래에 별도로 보궤가 묻힌 장소가 적혀 있습니다. 한스넬에서 멀지 않은 고대의 신전 유적지였죠. 메이와 레오가 저 대신 그곳에 가 그 보궤를 찾아왔고, 그중 일부를 메이의 드레스숍 사업자금으로 썼습니다. 그러니 아르본에 있는 아멜리아의 숍은 메이가 아니라 황태자 전하께서 주인이신 겁니다."

"그렇다면 그 보궤는 지금 이 동굴에 있단 말이야?"

"네. 많은 양은 아니지만, 유물에 가까운 오래된 보물이라 값어치가 상당했습니다. 한꺼번에 물건을 다 풀면 의심을 살 수 있어서, 들어 있던 금괴만 현금화해 자금으로 사용했습니다. 그 외에 원석과 장신구는 그대로 두었습니다."

그가 침대로 걸어가 아래에 있던 작은 상자를 꺼냈다. 너비가 아르모트의 가슴 너비보다도 작았다. 그 안에 보석이 잔뜩 들어 있다 해도 니안 혼자 들 수 있는 정도가 아닐까 싶었다.

그가 상자를 열었을 때, 투박한 보석이 박힌 목걸이, 팔찌 따위와 정체를 알 수 없는 돌 같은 것들이 들어 있었다. 아르모트가 원석이라고 했으니, 아마 가공되기 전의 보석이라고 보는 편이 맞을지도 몰랐다.

"이게 왜 이러지?"

아르모트가 당황한 표정을 지었다.

"뭘 말하는 거야?"

데릭이 물었다.

"이…… 이 원석 말입니다. 전에는 이렇게 빛나지 않았었습니다."

세 개의 원석 중 반들반들한 타원형의 돌 한 개가 희미한 빛을 발하고 있었다. 일행들은 보궤의 원석을 처음 본 것이었기 때문에 그게 특별한 일인 줄 알아보지 못했었다. 원인이 뭘까? 혹시 보궤의 주인인 데릭이 왔기 때문일까? 아니면 영험한 붉은 용?

데릭이 손을 뻗어 희미한 빛을 내는 원석을 집어 들자 그것이 반응하듯 더욱 환한 빛을 뿜어냈다. 햇살처럼 투명한 흰빛이었다.

데릭이 신기한 눈으로 제 손에 들린 원석을 이리저리 돌려보며 조심스럽게 살피는데 갑자기 아르모르의 입에서 "윽!" 하는 신음이 흘러나왔다.

니안과 멜드린이 자리에서 벌떡 일어났다.

"괜찮으세요?"

고통스러운지 아르모트가 인상을 찌푸린 채 등을 돌려 보이며 말했다.

"등이 타는 것처럼 뜨겁습니다. 꼭 폐하께서 제게 이것을 새기실 때처럼요. 어떻게 보입니까?"

문자가 적힌 테두리로 불이 붙은 듯 붉게 달아오르고 있었다. 마치 몸에 들러붙어 있던 종이가 일어나는 것 같았다. 니안은 타듯이 모서리가 말려 들어가는 문서를 잡기 위해 저도 모르게 손을 뻗었다. 하지만 그것은 니안의 손끝이 닿자마자 더욱 무섭게 타들어 갔다. 진짜 불이라도 붙인 것 같았다.

모두가 당황했다. 그 문서는 대대로 황실에서 이어 내려오던 황실 소유의 문서였다. 그런데 이렇게 타버린다면? 당황하고 놀라 얼굴이 하얗게 질려갔다. 하지만 "어? 어?" 하는 소리를 내는 것 외에 할 수 있는 일이 없었다. 데릭조차 자리에서 벌떡 일어났다.

곧 아르모트의 등에서 분리되어 일어난 문서는 새카맣게 타서 공기 중으로 흩어져버렸다. 문서가 사라진 곳에는 언제 그랬냐는 듯이 아르모트의 매끈한 등만 남아 있을 뿐이었다.

"우리가…… 황실의 유산을…… 태워버렸어."

데릭이 넋이 빠진 얼굴로 자기 의자에 주저앉았다. 어느 틈에 그의 손에 쥐어진 하얀 돌에서 나던 빛도 사라져버린 후였다. 그것은 마치 커다란 조약돌처럼 하얗고 반들반들한 모습으로 돌아가 있었다. 다들 방금 무슨 일이 벌어진 것인지 믿기지 않아 멍하니 자리에 앉아버렸다.

당황하긴 아르모트도 마찬가지였다. 이 일을 어떻게 수습해야 할지 알 수가 없었다.

"이……일단…… 완벽하진 않지만, 그 문서 중에 대략 중요한 내용에 대해서만 기억해 보도록 하죠. 황실 소유의 땅 이름이 타르밀…… 타르밀이었고…… 그리고 문서를 보증한 게 황실 자체와 헨루드 결의회……."

멜드린이 정리하려는데 데릭이 탁자 위에 팔을 올리고 머리카락을 쥐어뜯었다. 도대체 아버지, 어머니는 무슨 생각이셨던 거지? 복권 과정이 이렇게까지 특이할 거라고는 상상조차 하지 못했다. 자신이 가진 능력도 이미 상식의 선을 넘은 것이었는데 본래의 자리를 찾아가는 길에 벌어지는 일들은 점점 더 기이하고 기괴하기만 했다. 비자금 문제에서까지 이런 비현실적인 일이 터질 줄 몰랐다. 그런 그의 속내를 알아채기라도 한 듯 멜드린이 데릭의 등에 손을 올렸다.

"차원의 경계가 붕괴할 날이 머지않아서일 거다. 이런 희한한 일들이 자꾸 벌어지는 것은……."

니안이 데릭의 손에서 떨어져 테이블 위를 뒹구는 하얀 돌을 다시 상자에 넣곤 뚜껑을 덮었다.

"어쨌든 이건 다 챙겨가야 하니까."

"……."

"타르밀과 헨루드 결의회에 대해서는 아무래도 신전이나 도서관에서 자료를 찾아봐야겠죠?"

니안이 멜드린을 돌아보며 물었다.

"이미 찾아봤습니다. 메이가요."

아르모트가 대신 대답했다.

"타르밀은 황국 서쪽 끝에 있는 사막지대를 말합니다. 사람이 살기 어려운 데다 그 끝은 바다라 그대로 버려진 땅이죠."

"설마 '악마의 평야'를 말하는 거야?"

"네."

최악이었다. 곡식을 기를 수 있는 곡창지대도 아니고 하다못해 벌목이 가능한 임야나 광산도 아니고 사막이라니. 그런 황무지를 황실에서 비밀리에 소유권까지 만들어 승계해 왔다고? 도저히 말이 되질 않았다.

"그럼 헨루드 결의회는? 그건 대체 뭔데?"

"저희 쪽에는 자료가 없습니다만…… 메이는 알고 있더군요."

"메이가?"

"네. 저쪽 세계의 역사서에서 배운 적이 있답니다. 고대 마법 의회라고 하던걸요. 이름만 바뀌어 그쪽 세계에서는 아직도 유지되고 있다고 합니다. 실제 마법 세계를 지배하는 수장과 원로들의 모임이고, 그곳에서 대마법사가 나온다고……."

"그럼 이 문서는…… 차원의 경계가 나뉘기 전에 만들어진 거란 말이야?"

데릭의 눈이 동그래졌다. 그런 것이 황실에 존재한다는 건 들어 보지도 못했다.

"그럼…… 이 돌들은……."

"마력석의 종류라고 했습니다. 원석으로 되어 있어 메이도 정확하게 이름이나 용도는 알지 못하겠다고요. 하지만 이것이 황실 직계로만 내려온다면 멜롯 황실 특유의 능력과 관련이 있지 않을까 싶습니다. 그리고 그것을 알아내고 활용하는 것은 이제부터 전하의 몫이겠지요."

"그럼, 이제 와 오스만이 이 동굴을 찾으려고 혈안이 되어 있는 건 아르모트 당신 때문이 아니라 이 문서와 보궤 때문인가?"

데릭이 중얼거리듯 물었다.

"그건 모르겠습니다. 하지만 짐작건대…… 황태자 전하께서도 이것들에 대해 전혀 정보가 없으셨다면…… 그리고 황실 직계로만 승계된다는 문구와 지금껏 멜롯 황실이 1000년이나 이어져 오면서 중간에 몇 번의 반란 정권이 있었지만, 결국 본래의 직계 손을 통해 이후 황통이 이어졌다는 점들을 미루어 짐작해 보면…… 오스만은 이것의 존재를 모를 확률이 높습니다."

"그런데……이제 다 타버렸으니 어쩌죠?"

도돌이표처럼 문제의 원점으로 돌아가고 나니 다시금 말문이 막혀버리고 말았다. 아르모트가 벗어 놨던 상의를 집어 들어 다시 입는 동안 침묵은 계속되었다. 땅바닥을 뚫을 듯 무겁게 가라앉은 공기를 긴장으로 팽팽하게 잡아당긴 건 그 순간 밖에서 들려오는 소음 때문이었다.

"샅샅이 훑어라, 샅샅이. 사특한 것으로 우리의 눈을 가린 걸 수도 있다. 그러니 눈으로만 보지 말고 직접 두드리고 찌르고 몸으로 부딪치란 말이다!"

그리고 땅을 헤집거나 두드리는 소리가 그 위에 덧대어졌다. 위기를 감지한 본능이 모두를 자리에서 벌떡 일어나게 만들었다. 한 번밖에 맞닥뜨린 적이 없지만, 니안과 데릭은 그 목소리의 주인이 누군지 금방 알아챘다.

"빈트!"

둘이 동시에 외쳤다.

"뭐야! 보초병만 잠재워서 될 일이 아니었어. 빈트가 병사들을 데리고 온 거야."

"제이디! 제이디의 주술은 어디까지 진행된 거지?"

"진정하거라, 아르모트. 혹시 이 동굴에 다른 출구는 없습니까?"

멜드린이 애써 침착을 찾으며 아르모트에게 물었다. 하지만 아르모트의 낯빛은 결코 밝지 않았다.

"없습니다. 아까 보셨던 뚫린 천장이 밖으로 나갈 수 있는 유일한 다른 출구입니다."

"하지만 높이가……."

니안은 입을 다물고 말았다. 그 천장 높이는 최소 성인 남자 키의 10배는 되어 보였다. 벽도 험했다. 도저히 사람이 맨손으로 기어올라 탈출할 수 있는 수준이 아니었다.

"이렇게 되면…… 제이디가 주술에 성공해 아르모트 경을 탈출 가능한 몸으로 만든다 해도 나갈 수가 없잖아!"

모두의 얼굴이 하얗게 질렸다.

탈출

"니안, 넌 어서 제이디에게로 가 봐."

데릭이 검을 빼 들며 낮게 말했다. 멜드린과 아르모트 역시 검을 들고 방어 태세를 갖췄다.

그나마 다행이라면 입구 밖에서는 동굴 안쪽의 상황이 전혀 보이지 않는다는 것이었다. 데릭과 멜드린은 뒤에서 공격할 수 있게 동굴 입구 옆에 바짝 붙어 섰고, 아르모트는 정면에 자리 잡았다. 밖에서는 여전히 부산한 소음이 들려오는 가운데 모두가 긴장으로 칼을 힘껏 움켜쥐었다.

동굴 안쪽으로 달리던 니안은 제이디를 큰 소리로 부를 수도 없었다. 행여 그의 주술진이 터지기라도 하면 처음부터 다시 시작해야 한다는 사실을 잘 알고 있었기 때문이었다.

그녀가 헐떡이는 숨을 참아 가며 뚫린 천장 아래에 도착했을 때, 제이디는 여전히 심각한 얼굴로 주술진 안에 앉아 있었고 레오는 그 옆에서 짝다리를 짚은 채 팔짱을 끼고 서 있었다. 짜증이 가시지 않은 눈을 니안에게 향했던 레오가 입 모양으로만 '무슨 일이십니까?' 하고 물었다. 니안은 속도를 거의 줄이지 않고 레오에게 달려들었다. 거친 숨을 참고 속삭이느라 그의 팔을 잡은 손에 강한 힘이 들어갔다.

"빈트의 군대가, 절벽을 직접 두드리고 찔러가며 입구를 찾고 있어요. 이 상태로는 곧 들킬 것 같아요. 저들이 못 들어오게 할 방법 없어요?"

레오가 놀란 눈으로 고개를 절레절레 저었다. 니안은 하늘 높은 줄 모르고 솟아 있는 천장 입구를 검지로 가리켰다.

"그럼, 저기는요?"

레오의 시선이 그녀의 손가락을 따라 하늘로 향했다가 절망적으로 변했다.

"될 리가 없잖아요."

"그럼, 이 안에서 어떻게든 병사들을 막아내야 한다는 거예요?"

레오는 대답 대신 심각한 표정으로 입술을 물어뜯었다.

"레오!"

그의 이름을 부르는 낮은 목소리에 힘이 들어갔다. 10년 동안 그는 이 동굴을 드나드는 유일한 사람이었다.

제발…… 제발 다른 방법이 있다고 말해 줘!

니안의 간절한 두 눈이 레오의 얼굴을 뚫어지라 바라봤다. 하지만 구겨진 그의 얼굴은 쉽게 펴질 기미가 보이질 않았다. 하얀 이에 표피를 물어뜯긴 입술엔 주름을 따라 붉은색이 희미하게 번졌다.

"아무래도 누군가 나가서 시선을 끄는 게 좋을 것 같아요."

"네?"

"제가 가장 적당할 거예요."

잘못 들었나? 어떻게든 동굴 입구를 찾으려는 병사들로 동굴 밖은 쫙 깔렸는데, 지금 이곳에서 나가겠다고?

"레오! 그들이 찾는 건 동굴이에요. 이 안에 있는 우리가 아니라고요. 나가 봐야 의미 없어요. 시선을 끄는 데 한계가 있을 거예요. 오히려 동굴 입구만 알려주는 꼴이 될걸요."

"제이디가…… 병사들의 시야를 제게 보여줄 수 있잖아요. 제가 병사들 눈을 피해 동굴 밖으로 뛰어나가면 돼요."

"지금 벽을 두드리고 있는 병사들은 우리가 르비앙으로 잠재운 병사들이 아니에요. 빈트가 새로 데려온 맑은 정신의 병사들이라고요."

하지만 레오는 그녀의 말을 끝까지 듣지 않고 그대로 입구를 향해 달려나갔다. 니안은 어떻게 해야 좋을지 알 수가 없었다. 둘의 이야기를 들은 제이디가 주술진을 그리던 손을 멈추고 숨을 골랐다.

니안이 긴장으로 침을 꼴깍 삼켰다.

"제이디, 잠시 대화 가능해요?"

"네. 대화하는 거야 문제없습니다."

"어떻게 해요?"

"모두가 빠져나갈 방법을 찾는다 해도, 제가 저주를 풀지 못하면 아르모트는 빠져나갈 수가 없어요."

"알아요."

"니안……."

"네?"

"니안은 용이죠?"

"네?"

"진짜 붉은 용, 맞습니까?"

"네……?"

뜬금없이 그가 여기서 왜 용 이야기를 하는 걸까? 니안의 표정이 어리둥절해졌다.

"니안이 생각하는 용은…… 아니 신화나 역사책에 나오는 용은 어떻게 생겼습니까?"

"그야……."

책에서 봤던 용의 그림을 떠올린 니안은 갑자기 뇌리를 때리는 어떤 생각 때문에 그만 말문이 막혀버렸다.

데릭이 아카데미를 준비하며 역사 수업을 받을 때, 니안도 항상 그 옆에 함께 있었다. 그가 공부하던 역사책에는 마수 그림은 많지 않아도 용 그림은 종종 등장했었다. 분명 내용은 용이 인간의 모습으로 사람들 사이를 유람했었다는 것인데, 이상하게도 그림만큼은 용의 본래 모습만 묘사되어 있었다. 한결같이 날카로운 발톱에 커다란 날개가 달린, 입에서는 불을 내뿜고 있는 괴수의 모습으로.

니안은 떨리는 목소리로 지금 자신의 머리를 점령하고 있는 생각을 입으로 내뱉었다.

"제이디, 지금…… 저 보고…… 용의 본체로…… 모습을 바꾸란 말인가요?"

"……."

제이디는 아무런 대답도 하지 않았다. 그게 긍정의 의미로 읽혀서 더 끔찍하게 느껴졌다.

"그게…… 그게…… 가당키나…… 해요? 저…… 저는…… 사람…… 아아…… 아니…… 용이긴 하지만…… 사람……인데. 사람한테서 태어났다고요. 사람으로 자랐어요. 사람 모습 말고 다른 모습이 될 수 있을 리가 없잖아요."

"……."

제이디는 대답하지 않았다.

단 한 번도, 자신의 모습이 용의 모습으로 변할 수 있을 거라는 상상을 해본 적이 없었다.

어차피 인간 모습으로도 페르난디 가문의 전형적인 특징조차 타고나지 못했는데! 외형은 절대 아니라고, 능력만 물려받은 거라고, 다들 말했잖아. 그런데 왜 그런 눈으로 보는 거야? 도대체 왜?

등줄기로 소름이 몰려왔다.

"제이디!"

"……."

제이디의 침묵을 견딜 수 없어서 그녀가 힘주어 그의 이름을 불렀다.

"제이디!"

"……."

목소리에는 저도 모르게 원망이 묻어났다.

"난…… 사람이에요. 그냥 용의 능력을 가지고 있는 사람이라고요."

니안의 말이 끝나기가 무섭게 그녀의 팔에 끼워져 있던 팔찌가 격렬하게 진동을 시작했다. 놀란 니안이 다른 손으로 얼른 팔찌를 잡았지만, 떨림은 멈출 기미가 보이지 않았다. 심지어 마수를 상대할 때처럼 붉은빛마저 뿜어내기 시작했다.

"이…… 이러지 마. 난 진짜 용이 아니야. 완전하지 않다고! 사람이야. 사람 모습을 하고, 사람 몸에서 태어난 사람."

그녀가 팔찌를 향해 소리치듯 말했다. 심장으로 울컥, 격한 감정이 몰아닥쳤다. 자신이 붉은 용이라는 사실을 처음 알게 되었을 때보다도, 심지어 나중에 인간과…… 아니, 데릭과 결혼하지 못할 수도 있다는 이야기를 들었을 때보다도 더 격렬한 충격과 공포가 찾아들었다. 처음으로 자신이 용이라는 사실을 부정하고 싶었다. 왈칵 눈물이 차올랐다.

"난…… 사람이야. 모습이 바뀔 리가 없어."

인간다운 외모는 자신이 인간임을 깨닫게 하는 마지막 심적 마지노선이었다. 외모마저 용의 모습이라면 진심으로 정체성에 혼란이 올 게 분명했다. 그 순간 머릿속에 떠오르는 얼굴은 엄마도 아빠도 아닌 데릭이었다. 그는 황태자였고, 앞으로 다가올 세상의 새 주인이고, 인간이었다. 지극히 인간다운 인간. 그리고 인간 중에서도 아무나 넘볼 수 없는 고결하고도 고결한 인간.

그에게 자신이 어울리지 않는 이유는 수도 없이 많았지만, 그를 마음에 품는 것을 포기하지 않을 수 있었던 건, 비록 자신이 용이라 하더라도 최소한 외양만큼은 인간이었기 때문이었다. 인간의 외양은 그를 사랑하는 데 갖춰야 할 가장 기본적인 조건이었다. 그런데 외모마저 다르다는 것을 인정하고 나면…….

용이 신성하다고? 영험하다고? 영험함이나 신성함 따위 개나 줘 버리라지!

니안은 자신이 제이디로부터 점점 뒤로 물러나고 있다는 사실을 인지하지 못했다. 눈 밑이 뜨거웠다. 제 목숨뿐만 아니라 모두의 목숨이 왔다 갔다 하는 시점에 이런 이기적인 생각이 드는 자신이 한심하면서도 도저히 그 감정의 파랑을 이겨낼 수가 없었다.

니안을 바라보는 제이디의 얼굴에는 걱정이 차올랐다.

"니안?"

"……."

"니안?"

"……."

"괜찮습니까?"

뒷걸음질 치는 니안의 모습이 너무도 위태로워 보여 제이디는 당장에라도 주술진 밖으로 뛰어나가고 싶었다. 자신이 괜한 소리를 했나 후회되었지만, 가능만 하다면 니안이 용의 모습으로 화하는 건 현 상황에서 최선의 해결책이었다. 저토록 충격받을 거라고는 미처 생각하지 못했었다.

주르륵 볼을 타고 흐르는 눈물에 정신을 차린 니안이 재빨리 손바닥으로 눈물을 닦아냈다. 훌쩍 콧물마저 삼키며 뒤늦게나마 애써 감정을 감추려 노력했다.

그래, 지금은 모두의 목숨이 더 중요해. 아무리 내가 데릭을 좋아해도, 그가 죽고 나면 아무 소용이 없는 거야.

"제가…… 용이 된다면…… 저 정도 높이는 올라갈 수 있을까요?"

"네. 아마도요."

"희생도 거의 치르지 않겠죠?"

"……."

"제가…… 될까요?"

잠시 뜸을 들이다가 제이디가 대답했다.

"책에서 본 그림이 용의 본신이고, 인간의 모습이 화신이라면, 니안의 경우는 반대가 아닐까 가정해 봤을 뿐입니다. 니안은 인간의 모습이 본신이고, 용의 모습이 화신이 되겠죠. 그런데 그렇게 충격을 받으실 줄은 몰랐습니다."

"제 팔찌가 반응했어요."

"네?"

"용의 모습으로 변할 리 없다고 거부하는 순간, 팔찌가 반응을 보였다고요. 아마 제이디의 가정이 맞을지 몰라요."

그때 입구 쪽에서 싸우는 소리가 들려왔다. 병사들이 입구를 찾아 안으로 들어온 것이 틀림없었다. 검날이 부딪치는 날카로운 첫 소리가 거친 숨소리, 기합과 뒤섞였고, 알아들을 수 없는 외침이 동굴 안을 쩌렁쩌렁하게 울렸다. 인간성 따위를 찾을 여유가 없었다.

아르모트는 어쩌지?

니안이 다급한 얼굴로 제이디를 돌아봤다. 눈이 마주치자마자 속내라도 읽은 듯, 제이디는 다시 고개를 숙이고 주술진을 쓰는 데 집중하기 시작했다. 땅 위에 식을 적어 내려가는 손가락 움직임이 아까보다 훨씬 빨라져 있었다. 그런 그를 보호해야 한다는 생각에, 니안이 나서 그의 앞을 몸으로 막고 섰다.

어느샌가 팔찌는 진동을 멈췄지만, 니안은 팔찌를 잡은 놓지는 못하고 있었다. 어쩌지? 어떻게 해야 하지?

동굴의 천장은 대체로 높은 편이었기에, 어쩌면 용의 모습으로 변신한다 하더라도 운신을 못 할 것 같지는 않았다. 만약 입구에 있는 병사들이 이 동굴 안에서 용을 발견한다면 어떤 반응을 보일까? 굳이 용의 모습으로 일행들을 등에 태우고 저 밖으로 달아나지 않아도 될지도 몰랐다. 병사들은 태어나 처음 보는 용의 모습에 기겁하고 혼비백산 달아나겠지? 일단 그렇게만 되어도 제이디가 주술을 완성하고, 아르모트를 빼내어 달아날 더 좋은 방법을 강구할 시간을 벌 수 있을 거다.

니안은 입술을 앙다물었다. 변신해야 한다면, 아무도 보지 않을 때 하는 편이 낫다. 특히 데릭에겐 더더욱.

니안은 루드빌에서 미트라의 결계를 깰 때를 떠올렸다. 그때처럼 두 눈을 감고 자신이 원하는 바를 팔찌를 향해 주문처럼 속으로 되뇌기로 했다. 내키지는 않지만 간절함을 담으려 안간힘을 쓰면서. 그리고 이런 간절함이 팔찌에게 진심으로 들리기를 소원하며.

하지만 팔찌는 루드빌에서처럼 빠르게 반응을 하지 않았다. 니안의 마음이 점점 초조해지기 시작했다. 지금 상황으로는 자신이 용의 모습이 되지 않는다고 해도 큰일이었다.

니안은 팔찌를 잡은 손에 힘을 빼고는 크게 심호흡을 했다. 어떻게든 라우라의 팔찌를 설득해야 했다. 그녀가 다시 눈을 감고 결연한 얼굴로 팔찌에게 자신의 의지를 호소하는 순간이었다.

크와아아앙.

익숙한 짐승의 소리가 멀리 동굴 밖에서 들려왔다. 동시에 우왕좌왕하는 병사들의 움직임도 전해졌다. 니안이 두 눈을 번쩍 떴다.

'데니펫? 아니면, 새로운 엘 카트?'

둘 중에 뭐가 되었든 마수가 등장했다면 이것은 이 난관을 돌파할 새로운 기회였다. 자신이 직인을 찍고, 데릭이 마음껏 움직이면 되는 일이었다. 엘카트 한 마리가 병사들 몇백 명보다 더 큰 역할을 할 수 있었다.

부디 제가 동굴 입구를 빠져나갈 기회쯤은 있기를 간절히 바라면서, 니안은 팔찌에서 손을 떼어 낸 뒤 동굴 입구를 향해 뛰기 시작했다.

"내가 나갈게."

동굴 입구 앞에 도착한 니안이 병사와 싸우는 데릭을 향해 소리쳤다.

"안 돼!"

"병사들 앞에서 능력 쓰면 안 된다는 말을 할 거면 집어치워. 제이디가 주술을 풀어도 이런 상황이면 어차피 아르본까지 무사히 못 가."

"니안, 기다려!"

데릭이 눈앞의 병사에게 마지막 일격을 가하며 소리쳤다. 하지만 이미 니안은 동굴 밖으로 몸을 던진 후였다.

"어서 따라가거라."

여전히 병사와 싸우며 멜드린이 다급하게 외쳤다.

동굴 밖으로 나온 니안은 몸을 숨길 곳이 없어 바로 절벽 벽에 바짝 붙어서야 했다.

이번에도 엘카트와 꼬리가 긴 마수 무리였다.

엘카트는 총 세 마리, 긴 꼬리 마수는 다섯 마리쯤 될까? 니안은 두 눈을 깜빡거렸다. 한스넬이 차원의 경계와 가깝다더니 그 말이 빈말이 아니었나 보다. 다른 곳에서는 쉽게 마주칠 수 없던 마수를 이곳에 머무는 며칠 동안 벌써 두 번이나 마주친 것을 보면.

병사들이 마수에 대응하는 방법도 시내 입구에서 봤을 때보다 조직적이었다. 기다란 창을 든 병사 대여섯 명이 한 조를 이루어 움직이고 있었다. 조마다 마수 한 마리씩을 커버하려고 노력 중이었다.

한 무리의 조에서 긴 꼬리 마수에게 동시에 창을 꽂았다. 여러 개의 날카로운 창에 몸뚱이를 꿰뚫린 마수가 고통스럽게 몸부림치는 사이, 빈트가 빗살처럼 뻗은 창 대를 밟고 날아 마수의 목을 베어냈다. 그의 검에서는 여전히 희미한 푸른빛이 흘렀고, 목이 떨어진 마수는 붉은 피를 뿜으며 그대로 땅으로 쓰러졌다.

병사 중에 마수를 죽일 수 있는 건 역시 빈트뿐이었는지, 대부분 병사는 창을 들고 자신이 속한 조를 이탈하지 않으려고 안간힘을 쓰고 있었다. 그러다가 마수가 휘두른 긴 꼬리에 한 팀이 동시에 우르르 나가떨어지기도 했다. 때로는 창으로 마수를 꿰뚫는 데 성공했다가도, 빈트가 제때에 목을 치러 나타나지 못해 그대로 놓쳐 버리기도 했다.

창살에 한 번 꿰뚫렸던 마수는 풀려나자마자 복수하듯, 자신에게 창을 꽂았던 병사들을 순식간에 꼬리로 날려버리곤, 달려들어 날카로운 이빨로 난도질했다. 사람의 몸 안에 있어야 할 것들이 붉은 피와 함께 공중으로 튀어 올라 흩어지는 잔인한 장면이 순식간에 펼쳐졌다.

니안은 충격으로 몸이 얼어붙어 꼼짝도 할 수가 없었다. 그 사이, 전열을 가다듬은 병사들은 다시 조를 나누어 동굴로 진격해 오고 있었다.

"니안!"

"……"

"니안!"

뒤쫓아 나온 데릭이 넋 놓고 있는 니안의 어깨를 잡아 흔들었다.

"니안, 정신 차려. 어서 다시 동굴로 들어가자. 어서."

"자…… 잠깐만."

"니안!"

"인장을…… 인장을 찍어야 해."

"아니야. 지금은 마수 때문에 정신이 없으니까 제이디가 주술을 풀 동안 그냥 동굴 안에서 들어오는 병사들만 상대해도 돼."

"그 후엔?"

"뭐?"

데릭의 한쪽 눈썹이 삐뚜름하게 밀려 올라갔다.

"만약 병사들이 저번처럼 마수들을 쫓아내고 이곳을 계속 지키고 있으면? 그러면 우리는 어디로, 어떻게 빠져나가?"

니안이 자신의 어깨를 잡은 데릭의 손을 힘껏 쳐냈다. 그리곤 틈을 주지 않고 곧바로 마력을 돌렸다.

마력은 쓰면 쓸수록 운용하는 스킬이 늘었다. 그녀에게 라우라의 팔찌가 생긴 이후로는 더욱 그랬다. 그녀의 몸은 순식간에 붉은 기운에 휘감겼다. 니안이 내뿜는 강한 불빛과 강렬한 기운에 마수와 병사들 모두가 멈칫하고 돌아봤다.

니안은 그 순간을 놓치지 않았다.

그녀가 팔을 하늘 위로 번쩍 들어 올리자, 손끝에서 붉은 광선이 마수들을 향해 동시에 뻗어 나갔다.

쿠아아아앙.

이전엔 듣지 못했던 굉음이 커다랗게 울렸다. 병사들과 사투를 벌이던 마수들이 그대로 공중으로 튀어 올라 고통에 찬 신음을 내질렀다. 병사들의 입에서 탄성과 비명이 동시에 터져 나왔다.

"니안!"

데릭이 니안의 이름을 외쳐 불렀지만, 이미 돌이킬 수 없었다.

몸에 화인이 새겨진 마수들이 숨을 몰아쉬며 하나둘씩 땅바닥에 착지하기 시작했다. 마수들은 더는 괴성을 지르지 않았지만, 완전히 고통에서 벗어나진 못했는지 연신 거친 숨을 몰아쉬며 콧김을 내뿜었다.

마지막 마수의 몸에까지 인장을 찍고 나서야 니안은 붉은 기운을 거뒀다. 마력을 갑자기 한꺼번에 써서 그런지 다리에 힘이 풀리고 어지러워 저도 모르게 비틀거리며 절벽을 짚었다.

"데릭…… 어서……."

니안이 헐떡이며 재촉했다.

어차피 이리된 거, 지체할 시간이 없다.

데릭이 이를 악물었다.

"알았어."

고개를 끄덕인 데릭의 눈에서 푸른 광채가 났다. 몸에서는 안개처럼 오라가 피어올랐다. 그가 돌아서자 마치 약속이나 한 듯 마수들이 일사불란하게 움직여 자리를 새로이 잡으며 으르렁거렸다. 그 바람에 당황한 것은 병사들이었다. 그들은 여전히 기다란 창을 양손으로 꼭 쥔 채 어리둥절한 표정으로 마수들의 움직임을 바라보고 있었다. 다행인 건 마수들이 사납게 으르렁거리기는 해도 이전처럼 마구잡이로 공격해오진 않는다는 사실이었다. 방어막을 치듯, 동굴 입구를 중심으로 둘러서서는 병사들을 향해 이빨을 드러내고 으르렁거리기만 할 뿐이었다.

니안과 데릭의 기괴한 능력에 멍하니 넋을 놓았던 건 빈트도 마찬가지였다. 그는 마수들이 진을 치고 나서야 정신을 차리곤 검을 잡은 손에 힘을 주었다. 어찌 된 일인지 정확히 파악할 수는 없었지만, 마치 훈련받은 군견처럼 돌변한 마수의 행동에 니안과 데릭이 영향을 미쳤다는 것을 분명히 알 수 있었다. 아니, 그저 단순한 영향이 아닌, 조종하고 있다는 것을.

니안은 절벽에 등을 기댄 채 주르륵 미끄러져 주저앉았다. 다리에 힘이 풀려 계속 서 있을 수가 없었다. 지금껏 용의 능력을 쓰면서 충격에 기절한 적은 있어도, 탈진한 것처럼 힘이 빠졌던 적은 없었는데.

니안은 자신이 어떻게 마수들에게 동시에 화인을 찍을 수 있었는지조차 알 수가 없었다. 꼭 그렇게 해야겠다고 생각을 한 건 아니었는데……. 그녀는 자신의 손목에 감긴 팔찌를 내려다보곤, 손으로 쓰다듬었다.

"누구냐?"

빈트가 데릭에게 물었다. 단 한마디였지만, 그 안에 담긴 느낌은 의미심장했다. 어떻게 대답할까, 살짝 갈등 될 정도로. 데릭의 한쪽 입매가 씰룩 움직였다.

"누구일 것 같은데?"

"……."

아무 말도 하지 않은 채 빈트는 굵은 눈썹에 더욱 힘을 줬다.

'헤이드 멜롯. 전 황태자!'

그 이름을 입 밖으로 뱉기엔 보는 눈이 많았다. 처음엔 황제가 겨우 동굴 하나 찾자고 황실 최고 기사인 자신을 보내는 것이 의아하기만 했었다.

하지만, 이젠 알 것 같았다. 자신을 포함해 세상 모두가, 헤이드 멜롯이 죽은 줄 알고 있었다. 그러나 그는 죽지 않았던 거다. 황제는…… 이 사실을 알고 자신을 이곳에 보낸 것이 분명했다.

피식, 웃음이 났다. 사람이란 전혀 생각지도 못한 진실에 맞닥뜨리고 나면 현실감이 떨어지기 마련이니까. 당황스러운 나머지 어이가 없을 지경이었다.

"황실의 명을 받고 공무를 수행 중이다. 우릴 방해하는 것은 반역이야."

데릭은 호기 있게 어깨를 으쓱해 보였다.

"방해한 적 없는데."

"이 마수들, 그대가 부른 게 아닌가?"

"그럴 리가. 다 봤잖아."

데릭이 검 끝으로 니안과 마수의 화인, 그리고 자신을 차례로 가리키며 말했다.

"얘가 찍고, 내가 공격을 멈춘 거."

빈트의 눈살이 살짝 찌푸려졌다.

"마수를 조종하는 사람이 있다는 건 처음 알았다. 저 여자는, 차원의 경계를 넘어온 자인가?"

"그것까지는 알 것 없고."

"……."

"일개 기사 따위가."

자신을 모욕하려는 의도가 분명함을 빈트는 정확히 느꼈다. 어쩐지 그가 자신의 신분을 알고 있다는 느낌을 지울 수가 없었다. 하지만 이상하게 화가 나질 않았다. 그에게서 느껴지는 기개가 범상치 않았다. 그것은 한스넬 시내 입구에서 처음 맞닥뜨렸을 때도 느꼈던 것이었다. 경계를 위해 세운 날은 여전했지만, 이어지는 빈트의 목소리는 냉정할 정도로 차분했다.

"일개 기사가 아니다, 빈트 알브레트. 내 이름이다. 황실 기사 단장일 뿐만 아니라 백작 작위를 가지고 있는 엄연한 귀족이야. 나를 모욕하는 일은 곧 폐하를 모욕하는 일임을 그대는 알고 있나?"

"알브레트 백작!"

데릭이 웃음을 터뜨렸다.

"나는 그런 백작 가문이 있는지도 몰랐는데? 대체 언제부터 알브레트가가 백작 가문이었지?"

그 지점에서 빈트의 얼굴에 동요가 일었다.

본래 그의 가문은 시골에서 공작령의 작은 토지를 돌보던 1대 자작가문이었다. 그랬던 그의 가문이 빛을 본 건 소규모 지방 검술 대회에서 그가 월등한 실력으로 우승하면서부터였다. 그때 우연히 검술 대회를 관람했던 오스만 대공의 눈에 띄어 반란에 가담하게 됐고, 오스만의 군대를 이끌어 반란을 성공시킨 1등 공신이 되었다.

후후.

빈트가 씁쓸한 웃음을 흘렸다.

"아쉽군. 내 병사가 베어 온 그대의 목을 폐하께 전한 건 나였는데. 그럼 이제라도 다시 베어가야 하나?"

눈치챘구나, 빈트 알브레트!

데릭의 입가에 희미한 미소가 떠올랐다. 물론 이런 곳에서, 오스만이 아닌 그의 기사에게 먼저 자신의 신분을 밝힐 의도는 없었지만.

"이번엔 좀 힘들겠어. 보다시피 내 목을 베려면 당신 눈앞에 있는 마수들 목부터 베어야 해서."

"그럼 어쩔 수 없지."

그의 목소리가 낮아졌다.

"베어야지!"

빈트가 왼손을 들어 살짝 주먹을 쥐자 흐트러졌던 병사들의 대열이 바로잡혔다. 다시 대여섯씩 조를 지은 병사들이 날카로운 창을 들어 대치하고 있는 마수들을 겨눴다.

"그럼, 어디 시작해 볼까?"

빈트가 낮게 말했다.

"웃기시네."

'와' 하는 소음과 함께 병사와 마수가 다시 맞붙었다. 데릭은 단단하게 검을 고쳐 들고 곧장 빈트를 향해 뛰었다.

"마수 목은 한 마리도 못 베! 넌 내가 맡을 거니까!"

"니안…… 니안…… 아직도 많이 힘드냐?"

동굴 옆에 주저앉았던 니안을 안아 아르모트의 침대에 눕힌 건 멜드린이었다. 밖에서는 데릭이 마수들을 데리고 병사들과 싸우는 소리가 요란하게 들렸다.

"제이디는요? 제이디는 아직 멀었어요?"

"레오가 다시 제이디 옆으로 갔어. 끝나면 이리로 올 거다."

"오빠가…… 데릭이 혼자 괜찮을까요?"

"마수들을 데리고 있으니 괜찮을 거다. 아무리 빈트가 마수를 죽일 수 있다 해도 혼자 힘으로 저 많은 마수와 데릭을 상대하는 건 무리야. 덕분에 데릭도 마수를 조종해 병사 상대하는 법을 훈련할 수 있게 되지 않았니. 너무 걱정하지 말아라."

니안은 인상을 찌푸렸다. 절체절명의 순간, 이런 나약한 모습을 보이며 짐이 되는 건 원치 않았다. 무언가라도 해 보려 침대에서 벌떡 몸을 일으켰지만, 딱히 자신이 할 일이 떠오르진 않았다. 문득 제이디가 자신에게 했던 말이 생각났다.

'니안은 붉은 용이 맞습니까?'

심장이 두근거렸다. 그럴 리야 없겠지만, 만약…… 만약 데릭과 마수들이 동굴 입구를 사수하는 데 실패하면 어떡하지? 제이디가 주술을 풀지 못하면 어떡하지? 둘 중 어느 경우라도 안전을 위해 용의 화신이 필요할 게 분명했다. 온몸이 징그러운 비늘로 덮이는 상상만 해도 소름이 돋았다. 이런 걸 원한 게 아니었다, 정말.

"선생님……."

"왜 그러냐?"

"만약…… 만약에요……."

"그래."

"제가…… 제가…… 책에서 봤던…… 그런 용의 모습으로 변한다면 어떨 것 같아요?"

"그게, 무슨 소리냐?"

멜드린의 눈이 커다랗게 뜨였다. 그 역시 이런 일은 한 번도 상상해 본 일이 없는 게 분명했다.

"그러니까 만약 제가, 용의 모습으로 변한다면 어떨 것 같냐고요. 제가…… 무섭고 싫어지실까요?"

도대체…… 이게 무슨 소리일까? 용의 모습으로 변한다니.

멜드린의 얼굴이 심각하게 가라앉았다.

"아니. 절대 그렇지 않다."

단호한 멜드린의 말에 니안의 커다란 눈망울이 흔들거렸다.

"네가 어떤 모습이든 넌 니안이잖니. 우리가 알고 있는 니안. 여리지만 강하고, 착하지만 결단력 있는 니안. 그러니 그런 것 따위 아무런 문제가 되질 않아."

"……"

멜드린의 커다란 손이 니안의 머리에 닿았다. 부드럽게 쓸어내리는 손짓에는 아버지 같은 사랑이 가득했다.

"나만이 아니다. 데릭도 마찬가지야. 죽은 루이스도. 너희 엄마 카트린느도. 네가 어떤 모습이든 상관없이 널 지지할 거다. 게다가 그 일이 많은 사람의 생명을 살리는 일이라면. 그만한 가치가 있는 일이라면."

"……"

"그러니…… 두려워하지 말 거라."

그의 말에는 힘이 있었다. 용기를 북돋는 힘. 그러자 데릭이 밖에서 싸우는 소리조차 새롭게 다가왔다. 어떤 상황이 닥쳐도 그를 구할 수 있는 일이라면 기꺼이 할 수 있을 것 같았다.

쿠쿵!

그 순간 엄청난 굉음이 동굴 밖에서 들려왔다. 모두가 벼락 맞은 것처럼 순식간에 얼어붙었다.

"이게…… 무슨 소리죠?"

칼끝을 내리고 니안과 멜드린을 바라보던 아르모트의 얼굴에도 불안한 먹구름이 드리웠다. 동굴이 흔들릴 정도의 엄청난 충격에 제이디의 주술진이 잘못되었을까 걱정스러웠다.

"내가 나가 보마."

침대 앞에 무릎을 꿇었던 멜드린이 벌떡 몸을 일으켰다.

"어차피 저는 나갈 수 없으니 제이디에게 가 보겠습니다. 니안은 여기에 계십시오."

말이 끝나기 무섭게 두 남자가 방을 뛰쳐나갔다. 그렇다고 가만히 앉아 있을 수 없는 노릇이었다. 니안 역시 몸을 일으켜 멜드린을 쫓아 동굴 입구로 향했다. 그리고 막 동굴을 나선 순간에 펼쳐진 광경이란……

"아……"

니안은 너무도 놀라 숨을 멈추었다. 데릭이 조종하던 마수 대부분이 처참한 몰골로 땅바닥에 널브러져 있었다. 가운데에는 땅이 커다랗게 패여 있었다. 마치 무언가 엄청난 것이 떨어졌던 것처럼.

"데릭!"

멜드린이 데릭을 부축하는 모습을 보며 니안이 정신없이 뛰어갔다. 그 역시 무사하지 않았다. 몸 여기저기에 날카로운 무언가에 찢긴 듯한 상처가 셀 수 없이 많았다.

"이게…… 이게 대체 무슨 일이야?"

니안의 질문에 데릭이 짜증스럽다는 듯 인상을 찌푸리며 말했다.

"모르겠어. 뭔가가 우리 가운데로 떨어졌어. 커다란 빛 덩어리 같은 거. 그게 폭발했어. 제이디는? 제이디의 주술진은 괜찮아?"

"모르겠어. 아르모트 경이 확인하러 갔어."

"도대체 누가……."

니안은 범인을 찾으려고 몸을 일으켜 주변을 돌아보기 시작했다. 죽은 것은 마수뿐이 아니었다. 창을 들고 마수와 혈투를 벌이던 병사들 대부분이 같이 뒤엉켜 쓰러져 있었다. 겁먹은 얼굴로 뒤로 물러서 있는 남은 병사들 사이에 빈트의 얼굴이 보였다. 그가 시선을 둔 절벽 꼭대기를 향해 니안도 고개를 돌렸다.

"아……."

온통 시커먼 옷으로 온몸을 감싼 남자가 절벽 꼭대기에 서 있었다. 검은 천으로 머리카락과 얼굴 대부분을 동여매듯 칭칭 가리고 있어 알아볼 수 있는 것이라고는 하나도 없었지만, 니안은 본능적으로 그가 이쪽 세계의 사람이 아니라는 것을 눈치챘다.

그가 지금 이 상황을 연출한 장본인이라면, 그는 마법사가 분명하다. 위화감이 온몸을 덮쳤다. 더구나 그가 서 있는 곳은 절벽 꼭

대기……

"제이디!!"

순간 남자가 휙 몸을 돌렸다.

"안 돼!"

외마디 소리를 지르며 니안이 다시 동굴로 뛰어들어 갔다. 그녀는 정신없이 제이디가 주술진을 그리고 있는 곳을 향했다.

그는…… 절벽 꼭대기로 연결된 뚫린 천장 바로 밑에서 주술진을 그리고 있었다. 그의 주술진은 작은 충격에도 쉽게 망가진다. 그리고 니안이 막 제이디 앞에 도착했을 때였다. 천장 틈으로 익숙한 빛줄기가 제이디의 주술진 아래로 느린 폭포처럼 쏟아지고 있었다. 그리고 그 사이로 강한 빛 덩어리 하나가 화살처럼 쏘아졌다.

"안 돼!!"

니안이 몸을 던졌다. 대체 그게 무슨 소용이 있는지 알 수도 없는데도 그냥 그렇게 몸이 던져졌다.

모든 것인 순식간에 벌어졌다.

'지이잉' 하는 팔찌의 강한 떨림도. 펄럭하고 무언가가 휙 펼쳐진 것도. 땅으로 떨어질 줄 알았던 자신의 몸이 마치 새처럼 가볍게 제이디의 주술진 위를 뛰어넘은 것도.

빛처럼 빠른 속도였으나 눈 밑으로 지나가는 제이디의 정수리는 꽤 오랫동안 잔상으로 남았다.

순간 엄청난 충격과 함께 등 쪽으로 말할 수 없는 격통이 밀려들었다. 지진이 난 것처럼 몸이 흔들리는 바람에 이대로 제이디를 덮쳐버리는 건 아닐까 걱정될 정도였다. 참을 수 없는 통증에 니안이 몸을 뒤틀자 육중하게 느껴지던 몸이 가볍게 부웅 위로 떠올랐다. 도저히 오를 수 없을 것 같았던 절벽 위로 몸이 떠오른 것은 순식간이었다. 그때까지도 니안은 자신에게 무슨 일이 벌어진 건지 채 눈치채지 못하고 있었다.

절벽 위는 제이디가 있던 동굴 안과 마찬가지로 장관이 펼쳐지고 있었다. 하얀 빛줄기들이 숲과 땅을 따라 물처럼 흐르고 있었다. 그 사이에 남자가 서 있었다. 온몸을 시커먼 천으로 칭칭 동여맨 남자가.

니안을 올려다보며 미소를 짓는 남자의 모습이 어쩐지 소름 끼쳤다.

"용이라니……."

그제야 니안은 깨달았다. 자신이 더는 사람의 모습이 아니라는 걸.

신화 속에서만 등장하던 용의 모습으로 자신이 지금 공중에 떠 있다는 사실을 말이다. 모든 일은 흐르는 물처럼 자연스럽게, 그렇게 벌어지고 있었다.

자신이 무언가를 하려고 딱히 노력하지 않았음에도 필요에 따라 딱 그만큼씩. 제 몸에 흐르는 용의 능력은, 라우라의 팔찌는, 그렇게 자신을 운명대로 잡아당기고 있었다.

도대체 넌 누구냐고, 누구길래 내가 사랑하는 사람을 다치게 하고 내 친구를 방해하려 하느냐고 묻고 싶었지만, 말이 되어 나오질 않았다. 어떻게 해야 성대를 울릴 수 있는지 알 수가 없었다. 말하는 것을 까먹어 버린 것 같았다. 순간 아래쪽에서 눈 부신 빛이 터져 나왔다.

제이디의 주술진!

그것이 제힘을 발할 때 나타나던 빛의 폭발과 같은 것이었다.

"하……."

남자가 아쉬움의 한숨을 내쉬며 다시 미소 지었다. 스윽. 머리를 감쌌던 검은 천을 뒤로 넘기자 기다란 은빛 머리칼이 공기 중에 너울거렸다. 살면서 니안은 단 한 번도 본 적 없는 빛깔이었다. 아니, 봤던가?

"다시 만나게 될 겁니다. 붉은 용."

투명에 가까운 연한 푸른 눈이 자신을 향해 웃고 있었다.

"그때까지 안녕히!"

때맞춰 숲속에서 하얀 말이 뛰어나왔다. 작은 얼룩조차 없는 순백의 하얀 말. 그가 훌쩍 말 위에 올라탔다. 하얀 등 위에 올라탄 검은 옷은 나부끼는 은발과 함께 묘한 대비를 이루며 신비한 느낌마저 자아냈다. 남자가 뒷모습을 보이며 들판을 달리더니 숲 안쪽으로 사라졌다. 남자의 모습에서 익숙한 누군가가 겹쳐 보이는 건 착각일까?

멍하니 그 모습을 바라보고 있는데 아래쪽에서 자신을 부르는 소리가 들렸다.

"니안! 니안! 내 말 들립니까?"

니안이 고개를 숙여 동굴 아래쪽을 내려다보았다.

"했어요! 성공했다고요! 니안 아래로 내려와서 우리를 데리고 나가 줘요."

제이디가 자신을 부르고 있었다.

무지개처럼 아롱거리는 비늘은 온통 자줏빛에 가까운 붉은 색이었다. 넓게 펼쳐진 매끈한 날개 역시 마찬가지였다. 기다란 발톱과 날카로운 이빨은 무시무시했지만, 보는 이에게 경외감마저 들게 했다.

아르모트와 레오, 그리고 제이디를 등에 태우고 병사들에게 포위당한 멜드린과 데릭에게 다가갔을 때, 그들은 그 압도적인 위용에 그저 멍하니 입만 벌리고 올려다볼 뿐이었다. 위협적으로 그들을 생포하려던 병사들은 겁에 질려 모래알처럼 흩어졌다. 오로지 빈트 만이 꿋꿋하게 제 자리를 지키고 서서 용을 노려보고 있었다. 그의 칼에서는 그 어느 때보다도 격렬한 검기가 흐르고 있었다.

빈트의 칼이 마수를 다치게 할 수 있다면, 용도 마찬가지가 아닐까?

"하…… 기가 막히는군."

빈트가 혼자 중얼거리는 소리였지만, 니안의 귀에는 선명히 들렸다.

"엘카트에 이름도 모를 병신 같은 마수에…… 이젠 용까지. 세상이 뒤집히다 못해 망하려고 하는군."

니안은 천천히 데릭과 멜드린 옆에 내려앉았다. 분명 처음일 텐데도 제이디는 능숙하게 용의 몸을 미끄러져 내려와 데릭과 멜드린을 부축했다.

"다 봤으면 이제 꺼져. 우리는 네가 상대할 수 있는 사람들이 아니야."

데릭이 짓씹듯 내뱉었다.

젠장. 그 빌어먹을 폭발만 아니었어도 제가 조종하는 마수로 저 녀석을 완전히 박살 내 버리는 거였는데. 분했던 마음이 말투에 고스란히 드러났다.

"가서 네 멍청한 황제한테 동굴 위치도 알려주라고. 이젠 누가 봐도 동굴이 어딘지 쉽게 찾을 수 있잖아."

데릭이 신경질적으로 동굴 입구를 가리키며 말했다. 아르모트의 저주가 풀려서일까? 동굴은 전과 다르게 시커먼 입을 벌린 채 절벽에 붙어 있었다.

더는 그들을 막을 수 없다는 걸 빈트 역시 깨닫고 있었다. 그런데도 검을 내리지 못하는 것은 황실 기사로서의 자존심 때문이었다. 그는 용의 등 위에 앉아 있는 한 남자를 바라보았다. 수염이 덥수룩하게 자랐지만, 그가 누구인지는 도저히 못 알아볼 수가 없었다.

"하…… 전 황태자와 전 황실의 기사단장이라……. 반역인가."

"틀렸어. 반역은 너와 오스만이 한 거지."

"……."

데릭의 일침에 빈트는 입술을 꾹 다물었다.

"황궁 잘 지키고 있으라고 해. 단 하나도 망가트리지 말고 고스란히 잘. 곧 찾으러 갈 테니까. 네 눈으로 봐서 알겠지만, 지금의 오스만은 단 하나도 날 이길 수 있을 만한 게 없어. 귀족들의 후원? 백성들의 지지? 지금의 나와 오스만을 비교해 보면 과연 그들이 누굴 지지할까? 마수? 오스만의 병사 중에 마수를 상대할 수 있는 자가 몇이나 되는데? 지금처럼 한두 마리가 아니라 수십, 수백, 수천 마리가 떼로 덤벼오면? 만약 마법사들이 차원의 경계를 넘어온다면 그들은 또 어떻게 제압할 건데?"

"……."

제이디와 멜드린의 도움을 받으며 데릭은 용의 등에 올라탔다. 기다렸다는 듯 니안이 공중으로 떠올랐다.

"황실에서 대대로 내려오는 비자금은 직계를 통해서만 전해지지. 오스만은 존재조차 모르는 그 비자금도 지금은 내게 있어. 널 죽이지 않는 건 이 모든 게 고스란히 오스만의 귀에 들어가길 바라기 때문이다. 내가 찾으러 갈 때까지, 한번 공포에 떨어보라고 해. 내가 보냈던 지난 10년이 얼마나 끔찍했는지 조금이라도 이해하면서 말이야."

전 황태자를 태운 용이 멀어질 때까지 빈트가 할 수 있는 것은 아무것도 없었다. 그저 그들이 사라진 빈 하늘만 멍하니 바라볼 뿐.

어느새 뿌옇게 동이 터오고 있었다. 일출이 희망을 의미한다면 지금 이 순간 그에게는 좌절을 뜻했다. 전 황태자가 제자리를 찾는다면 오스만의 혁명은 반란이 되고 자신은 반역자로서 형장의 이슬로 사라질 터였다. 지금껏 가문과 명예, 가족들을 위해 노력했던 모든 것들이 수포로 돌아간다는 뜻이다. 거기에 생각이 미치자 다리에 힘이 풀려 무릎이 꿇어졌다. 그는 땅바닥에 꽂힌 검 손잡이를 부여잡고 이마를 기댔다.

대체 이 상황을 어떻게 오스만에게 보고해야 할지, 앞으로 어떻게 대처를 해야 할지 도무지 감이 오질 않았다.

"황국의 붉은 꽃……."

그가 중얼거렸다. 그래, 오스만 황제에겐 붉은 꽃이 있었다. 아마 이 순간을 대비해 황제가 그토록 붉은 꽃을 싸고돈 것이리라.

붉은 꽃이라면 저 말도 안 되는 괴상한 능력을 가진 전 황태자 일당을 물리칠 수 있을 게 분명했다. 그러자 다시금 희망이 솟는 듯했다. 하지만 오스만의 붉은 꽃은 10년 동안 아무런 능력도 보여주지 않고 있지 않았다.

그때였다.

"무엇이 고민이십니까?"

갑작스레 들려온 남자의 목소리에 놀란 빈트가 고개를 들었다. 언제 와 있었는지 백마를 탄 남자가 눈앞에 서 있었다.

"운명은 깨지라고 있는 것 아니겠습니까?"

씨익, 짓는 미소가 이상하리만치 섬뜩했다. 새벽바람에 흩날리는 은발, 생전 본 적도 없는 얼음처럼 투명한 연푸른 눈동자.

"절 황제 폐하께 데려다주시면, 방금 들으신 저 협박에 대한 훌륭한 해법이 되리라 생각됩니다만."

그 말에 뚫어지라 남자를 향한 빈트의 눈동자에 번뜩 섬광이 일었다.

어느 곳으로 향해야 하는지 알 수가 없었다. 아르본을 벗어난 것은 처음이었고, 지도를 보고 길을 찾을 때도 오로지 육로만 이용했기 때문이었다. 용의 등 위에선 불어오는 바람에 지도를 펼치기도 힘들었지만, 용이 되어버린 니안이 전처럼 펼친 지도를 일행들과 나눠 볼 수도 없었다. 결국, 니안은 오래지 않아 땅으로 내려앉았다. 한스넬에서 멀지 않은 작은 강가였다. 거대한 발이 바닥에 닿는 순간 자갈 부딪치는 소리가 요란하게 났다.

"니안. 본래 모습으로 돌아와요."

일행이 모두 내린 뒤 제이디가 니안에게 소리쳤다.

뱀처럼 가로로 찢어진 붉은 눈동자가 물끄러미 올려다보는 데릭의 푸른 눈과 마주쳤다. 동굴 앞에서는 경황이 없어 느끼지 못했던 수치심이 뒤늦게 몰려들었다.

이번 역시 딱히 무언가를 하지 않았음에도 니안은 손쉽게 본래의 모습으로 돌아왔다. 라우라의 팔찌는 그녀의 내면을 읽고 필요에 따라 자동으로 반응하고 있는 게 틀림없었다.

붉은 화염을 내뿜으며 용에서 니안으로 돌아오는 동안, 데릭의 시선은 그녀에게 고정된 채 떨어지지 않았다. 인간다운 높이에서 데릭과 다시 시선이 마주치자 니안은 얼굴로 화르륵 열이 몰리는 것이 느껴졌다. 얼른 달려가 데릭의 상처를 돌봐주고 싶었지만, 몸은 그대로 얼어붙어 움직일 줄을 몰랐다.

"……."

"데릭……?"

데릭은 니안이 다시 사람의 모습으로 돌아왔는데도 아무 말이 없었다. 그 짧은 침묵조차 견디기가 어려워 니안이 먼저 시선을 피하며 중얼거렸다.

"그런 눈으로 보지 마. 충분히 알고 있으니까."

데릭이 잠시 뜸을 들이다 물었다.

"……뭘?"

생각보다 태연한 목소리였다.

"그래도 어쩔 수 없어. 이게 나니까. 덕분에 살았잖아."

니안은 고개를 돌린 채 그의 옆을 스쳐 지나가려 했지만, 데릭이 그냥 지나가게 놔두질 않았다. 니안은 몇 발자국도 못 떼고 그에게 손목을 붙잡히고 말았다.

"뭐가 어쩔 수 없어? 내가 무슨 눈으로 봤는데?"

치솟는 긴장감에 모두가 숨을 죽이고 둘을 바라보고 있었지만, 둘은 자신들의 감정에 완전히 몰입해 있어 그 사실을 인지하지 못했다. 여전히 그에게 등을 돌린 채 어쩔 줄 몰라 하는 니안을 향해 데릭이 다그쳐 물었다.

"말해. 내가 뭘 어쨌는데?"

"아니, 아무것도. 아무것도 아니야."

니안이 고개를 저었다.

"아무것도 아니라고? 날 피하고 있잖아."

"그냥…… 내가 좀…… 내가 좀 부끄러워서 그래."

니안이 손목을 비틀어 빼려고 하자 데릭이 잡은 손에 더욱 힘을 꽉 주었다. 절대로 놓칠 수 없다는 듯이.

"괜찮아!"

그가 외치듯 소리 높여 말했다. 우뚝, 니안의 움직임이 멈췄다.

"괜찮아! 내가…… 내가…… 널 본 건…….."

그러다 천천히 말끝이 흐려졌다.

"……너무 경이로워서……."

그제야 숨을 죽이고 있던 일행들에게서 큼큼, 어색한 기침이 터져 나왔다. 이제 그 자리에서 달아나고 싶은 건 니안만이 아닌 것 같았다.

"어휴, 여관에 돌아가서 말과 짐을 챙겨 나와야 하는데 어떻게 한스넬로 돌아가죠?"

"아니, 일단 여기가 어딘지부터 알아야……."

"제가 알아요. 메투스 강입니다, 여기가."

"그럼, 레오가 길을 안내하면 되겠네."

"병사가 쫙 깔렸을 텐데 마을엔 어떻게 들어가면 좋겠습니까?"

갑자기 왁자지껄 소란스러워졌다. 더는 그곳에 있을 수 없어 데릭이 니안의 손목을 잡아당겼다.

성큼성큼, 이야기 소리가 들리지 않을 만큼 떨어진 곳에서야 데릭이 걸음을 멈췄다. 추운 날씨에 누렇게 말라버린 수풀 뒤에서였다. 그가 니안을 향해 갑자기 홱 뒤돌아서는 바람에 니안은 여전히 붉어진 얼굴로 데릭을 마주하고 말았다. 여자만큼이나 고왔던 피부에 자잘하게 붉은 홍이 새겨진 게 속상해 니안의 미간에 옅은 주름이 잡혔다. 정작 데릭은 전혀 신경 쓰는 것 같지 않았지만.

턱에 새겨진 덜 마른 흉터를 아무렇지도 않게 쓱 손등으로 훔치며 데릭이 말했다.

"조금 놀라긴 했어. 네가 모습까지 용이 될 거라고는 전혀 상상도 못 했거든……."

"……"

"그래서, 그랬을 거야. 네가 내 시선에서 불편함을 느꼈다면."

니안은 말없이 시선을 떨어뜨렸다. 피식, 그에게서 어이없는 웃음이 흘러나왔다.

"그까짓 붉은 눈에 붉은 머리가 뭐라고 네가 집에서 쫓겨났는지 모르겠다. 결국, 진짜 용의 모습을 가진 건 너였잖아."

"……"

"네가 페르난디 가문의 핏줄이 아니라고 떠들던 인간들이 그 모습을 보면 뭐라고 할지 정말 궁금하네."……."

진지한 푸른 눈동자가 여전히 얼굴을 붉힌 채 시선을 피하고 있는 니안의 얼굴을 부드럽게 응시했다.

"그런데 뭐가 그렇게 부끄러워. 자랑스러워해야지. 이젠 외모가 어쩌고저쩌고 헛소리를 지껄이는 인간들 코를 납작하게 눌러줄 수 있게 됐잖아."

"……"

잠시 말이 끊겼다. 빤히 바라보는 시선이 부담스럽게 느껴질 즈음,

"그거 알아?"

툭, 던져진 질문에 니안이 궁금증을 견디지 못하고 고개를 들었다. 멀리서는 일행들이 여전히 뭐라 뭐라 왁자지껄 떠드는 소리가

바람을 타고 윙윙 메아리치고 있었다.

그가 슬쩍 허리를 굽혀 니안의 귓가에 입술을 가까이 가져다
댔다.

"……아름다워……."

"……!"

"……굉장히."

그가 다시 몸을 세우곤 니안을 바라보며 빙긋 웃었다.

"너 말이야. 용이었을 때."

니안의 얼굴은 이젠 다른 의미로 달아오르기 시작했다.

한스넬의 여관에서 짐과 말, 그리고 상처를 치료 중이던 데니펫
을 꺼내 온 것은 레오가 잘 안다는 친구를 통해서였다. 그리고 그
잘 아는 친구가 붉은 기가 감도는 긴 갈색 머리에 호박색 눈동자
를 가진 늘씬한 미녀라는 사실에 모두가 깜짝 놀라는 사이, 레오
는 감사 인사와 함께 그녀와 아쉬운 작별의 포옹을 마쳤다.

예정대로 돌아가는 길은 육로가 아닌 해로를 이용하기로 했다.
그들은 배를 타기 위해 강을 따라 길을 내려갔다. 갑자기 제이디가
레오 옆에 바짝 말을 붙이곤 빙글거리며 말했다.

"오올, 샌님인 줄 알았는데 능력 좋아. 아까워서 어떻게 두고 떠

난대?"

휘익. 레오가 신경질적으로 채찍을 휘두르는 바람에 제이디의 머리에 씌워져 있던 로브가 홀렁 벗겨졌다. 어찌나 매섭게 스쳤던지 정수리가 다 얼얼했다. 잘못해 얼굴이라도 맞았으면 피부가 터졌을지도 모른다고 생각하니 제이디의 얼굴이 금방 사색으로 변했다. 하지만 레오는 아랑곳하지 않고 '흥', 콧바람을 세게 몰아쉬곤 그대로 앞서 나가버렸다.

제이디가 약이 올랐는지 다시 깐족거리기 시작했다.

"어느 포인트에서 화가 난 겁니까? 설마…… 샌님?"

휘익, 채찍이 다시 날아들자 이번에는 제이디가 기다렸다는 듯 재빠르게 몸을 피했다. 하하, 얄밉게 웃음까지 흘리면서.

"적당히 해."

보다 못한 데릭이 제이디의 옆을 스치며 한마디 했다.

"아, 왜요? 왜 나만 갖고 그래? 사실 다들 궁금했잖아요. 저 곱상하게 생긴 레오 총각의 속마음이. 안 그래요? 안 그래? 내가 대표로 확인하려고 한 것뿐이라니까요."

가느다란 눈으로 그런 제이디를 바라보며 니안은 작게 고개를 저었다. 꽤 남자다운 체격과 얼굴을 가지고도 종종 아이처럼 가볍게 행동하기를 즐기는 제이디였다.

니안은 그런 그가 절벽 위의 남자와 자꾸만 겹쳐 보였다. 분명 그 남자의 분위기는 소름 끼칠 정도로 어둡고 무거운 데다 체격도 제이디보다 훨씬 호리호리했는데도.

"하아……."

니안은 한숨을 내쉬며 까치집처럼 비죽비죽 거칠게 솟은 제이디의 검은 머리카락을 바라봤다. 남자의 은발은 분명 처음 보는 것이었다. 이 세계에서는 단 한 번도 본 적이 없는 빛깔의 머리카락색. 딱 한 번만 빼고.

'어떻게 그런 일이 가능하지?'

처음엔 잘못 본 건가 했는데 남자를 보고 나니 자신이 잘못 본 것이 아닐지도 모른다는 생각이 들었다. 제이디가 처음으로 주술진을 시연해 보인 날, 니안은 제이디의 모습 위로 흐릿하게 은발과 투명한 회색 눈동자가 겹쳐지는 것을 보았다. 남자의 외모는 그때 환상처럼 스쳐 지났던 제이디의 모습과 몹시도 닮아 있었다. 그런 남자는 분명 마법사였다.

이번에는 니안이 제이디의 옆으로 다가갔다. 한 번 면박을 들어서 그런지 그는 일행의 제일 뒤에서 작게 휘파람을 불며 천천히 따라오고 있었다.

"제이디……."

그녀가 작은 목소리로 조심스럽게 제이디를 불렀다. 그가 여전히 입술을 모은 채 얼굴을 돌렸다간 느릿하게 대답했다.

"네, 니안."

"나, 봤어요."

"뭘 말입니까?"

"제이디가 멜드린 선생님의 얼굴에 수염을 달아준 날, 제이디의 머리카락이랑 눈동자가 다른 색깔로 변하는걸요."

"제가요?"

그가 피식, 웃음을 흘리곤 다시 물었다.

"어떻게요?"

"은발에 투명한 회색 눈? 파란 눈이었던 것 같기도 하고. 워낙 빨리 지나가서."

그러자 그가 웃음을 터뜨렸다.

"전에는 제 검에서 보랏빛이 보인다고 하면서 사람을 몰더니 이제는 머리카락이랑 눈동잡니까?"

"뭐 처음엔 잘못 봤나 했죠. 동굴에서 나오기 전까진요."

"동굴이요?"

"그날 제이디와 똑같은 머리카락과 눈동자 색을 가진 남자를 봤거든요."

그렇게 말하면서 니안은 흘긋 제이디를 바라봤다. 그는 아무렇지도 않은 척 말 위에서 흔들거리고 있었지만, 니안은 현저히 죽어버린 그의 호흡을 예리하게 감지할 수 있었다.

"머리카락이 진짜 은빛으로 반짝거렸어요. 제이디의 빛줄기가 흐르는 들판 위에 서요. 정말 아름다웠어요. 그 머리카락 색은 이쪽 세계에선 드문 정도가 아니라 아예 없는 빛깔이에요. 눈동자 색도 마찬가지고요. 그 사람이 제이디의 주술진을 향해 빛을 쐈고, 제가 그런 제이디를 보호하려고 용으로 변한 거라고요."

"그리고…… 그자가 데릭의 마수를 죽인 남자와 같은 사람이고요……."

"네."

"그런데 그 사람이 은발이었단 말이죠? 데릭과 선생님은 그런 말씀 없으셨는데요."

그의 목소리에 눈치채기 어려울 만큼 미세한 균열이 일었다.

"동굴 앞에선 온몸을 죄 시커먼 천으로 칭칭 감싸고 있었거든요. 머리끝까지 몽땅. 그리고 그땐 경황이 없어서 그 남자 눈동자가 시커먼 색인지 투명한색인지 알아볼 수도 없었어요. 그 사람이 얼굴을 드러낸 건 제가 용이 되어 마주쳤을 때예요. 여자처럼 길게 머리를 길렀더라고요. 몸도 호리호리한 데다 긴 은발을 휘날리니까 분위기가 뭐랄까…… 굉장히 신비했달까."

고삐를 잡은 제이디의 손이 미세하게 떨리고 있었다. 그가 지금 최선을 다해 평정을 가장하고 있는 게 여실히 드러나는 지점이었다.

도대체 뭐가 그를 이토록 흔드는 걸까? 마법사가 은발이라는 사실? 아니면 자신의 정체가 탄로 났다는 사실? 그것도 아니라면 둘 다?

"솔직히 말해 봐요."

니안이 단호하게 요구했다.

"뭘 말입니까?"

"제이디도…… 사실은 마법사죠?"

"……."

"루드빌에서 손쉽게 검은 손을 베어낼 때 눈치챘어요. 그때 보였던 검기는 선명한 보라색이었어요. 빈트의 것처럼 희미한 푸른색이 아니었다고요. 그런데 어쨌든 빈트도 마법사가 아닌데도 마수를 죽이는 걸 보면서, '아…… 또, 내가 잘못 봤나.' 하곤 속을 끓였었는데 절벽 위의 남자를 보고 나서 깨달았죠. 내가 봤던 것들이 다 잘못 본 것이 아니었다는 걸 말이에요. 게다가……."

"게다가 뭐요?"

"제이디, 지금 떨고 있잖아요."

니안이 고삐를 쥔 제이디의 손을 가리키곤 샐쭉 웃어 보였다.

"그까짓 정체 좀 들켰다고 뭘 그렇게 떨어요. 감출 게 뭐 있다고, 우리 사이에……. 우리, 이제 한 팀 아니었어요?"

먼 곳을 바라보며 경쾌하게 말을 잇던 니안이 제이디를 향해 고개를 돌렸다간 깜짝 놀라버렸다. 당연히 옆에 있어야 할 제이디의 얼굴이 보이질 않기 때문이다. 니안이 당황스러운 몸짓으로 주변을 돌아보니 제이디는 어느새 말을 멈추고 뒤쪽에 우두커니 서 있었다.

마치 엄청난 충격이라도 받은 것처럼.

"란크렌!"

루드빌에서였다, 제이디가 그 빌어먹을 자식을 다시 맞닥뜨린 것은. 나중에 미트라의 환상이었다는 걸 알게 된, 저택 방 안의 감금술 속에서.

방 안의 모든 가구가 어둠에 잠식당하기 시작할 때 느꼈던 공포는 겪어 보지 않은 사람은 상상할 수도 없는 일이었다. 붓 그림처럼 덧씌워지는 칠흑 같은 어둠 속으로 자신의 존재조차 영원히 지워질 수 있다는 그 공포감이란.

제이디는 그 소멸의 위기에서 극적으로 다른 차원으로 떨어졌다. 그가 아주 뛰어난 대마법사 후보였기에 가능한 일이었다.

은빛으로 반짝이는 머리칼과 투명에 가까운 회색 눈동자는 타고난 대마법사의 징표였다. 제이디뿐만 아니라 란크렌 역시도 지닌.

"차원의 경계를 나누는 장벽은 대마법사의 힘으로 유지됩니다. 대마법사의 자리가 비거나 힘이 약하면 세상은 혼란의 빠지게 되겠죠. 지금의 대마법사이신 마론은 연로하시지만, 다행히 아직 그 힘만큼은 강건합니다. 그렇지만 오래지 않아 새로운 대마법사의 힘이 필요하게 될 겁니다. 그러니 열심히 노력해서 그분의 뒤를 이을 수 있도록 최선을 다해 주세요.”

“왜 차원의 장벽을 유지해야 하죠?”

중앙 마법 학교의 특수반에서 제이디와 단둘이 수업을 들을 때 란크렌이 말간 얼굴로 스승인 브리에게 물었다. 제이디 열세 살, 란크렌 열다섯 살 때의 일이었다.

브리가 당황한 얼굴로 대답했다.

“그야 당연히 저쪽 세상의 인간들을 보호하기 위해서죠.”

“왜 저쪽 세계의 인간들을 보호해야 하죠? 그들은 아무런 능력도 가지지 못한, 나약한 인간들일 뿐인데.”

“인간 종족의 보존과 번영을 위한 거라고 말씀드렸던 것 같은데요, 란크렌. 기억력이 뛰어나시니 기억을 못 하실 리가 없으실 텐데.”

브리가 묘한 표정을 지어 보였다.

“그러니까 그게 이해가 안 돼요. 우리는 그들보다 훨씬 뛰어난데 왜 우리가 죽어가며 그들을 지켜야 하는지요. 그들은 우리가 이런 희생을 치르며 이곳에 있다는 걸 알고나 있을까요? 그들만 인간은 아니잖아요. 우리도 인간인데. 왜 우리는 죽어도 되고, 그들은 죽으면 안 되죠?”

그러자 브리가 물었다.

“란크렌, 그럼 하나 물을게요. 아무 대책 없이 두 세계가 합쳐지면, 그들이 우리 대신 죽나요? 마수가 보통 인간만 공격하고 마법사는 공격하지 않을까요?"

"……"

"두 세계가 합쳐지든 나뉘든 마법사인 우리가 마수와 싸워야 하는 숙명은 피할 수 없어요. 그렇다면 쓸데없는 희생은 치르지 않는 편이 훨씬 낫겠죠? 인도적이고요."

브리가 빙긋 웃어 보였다.

"인도적…… 웃기고 자빠졌네."

제이디와 단둘만 남았을 때 란크렌이 짓씹듯 중얼거렸다.

"아무런 대가도 받지 못하고 심지어 인정도 받지 못하고 죽어가고 있는데, 인도적?"

놀란 제이디의 눈이 둥그렇게 커졌다. 단 한 번도 차원의 경계를 지켜야 한다는 점에 의문을 가지지 않았던 제이디였다.

"그럼…… 란크렌은 어떻게 하고 싶은데?"

"지배해야지."

"응?"

"마법사는 보통의 인간을 지배할 수 있어. 그만한 힘을 가졌으니까. 인간을 지배할 수 있다는 게 무슨 뜻인 줄 알아? 세상을 지배한다는 거야."

"계급이라는 건 필요 없는 일이라고 배웠는데."

당시의 제이디는 란크렌이 하는 이야기를 정확히 이해할 수 없었다.

"그야 마법사들만 있는 세계니까 그렇지. 하지만 보통의 인간들이 섞여 있다면 자연스럽게 계급이 나뉘게 되지. 지배 계급과 피지배 계급 간의 관계란 원래 그렇게 형성되는 거거든. 힘을 가진 자가 힘이 없는 자를 보호해주고 그 대가로 부와 권력을 갖는 거."

"대마법사가 되면 그런 거 다 가질 수 있는 거 아니야? 부와 권력?"

"부와 명예겠지."

"그게 그건 거 같은데?"

제이디의 질문에 란크렌은 소리 내 웃었다.

"순진한 녀석."

두 살밖에 차이 나지 않았어도 란크렌은 마치 어른 같았다. 생각하는 것도 말하는 것도 달랐다. 그런 란크렌이 당시의 제이디에게는 몹시 높아 보였다. 그는 분명한 대마법사 감이었다. 자신과 란크렌 중 한 명만이 대마법사가 될 수 있다면, 그건 분명 란크렌이 될 것으로 생각했었다.

"대마법사에게 권력은 없어. 이 세계엔 지배 계급도 제대로 된 권력도 없지만, 그것조차 마법 회의에서 가지고 있으니까."

"그럼 란크렌은 대마법사가 아니라 마법 회의에 들어가고 싶은 건가?"

그가 다시 웃었다. 제이디는 그다음에 나올 말을 기다렸지만, 란크렌은 아무런 말도 하지 않았다. 여느 때처럼 자신이 좋아하던 마법서에 코를 묻고 자신만의 세계로 달아나버렸을 뿐.

란크렌의 마법은 그의 성격만큼이나 거칠고 거침이 없었다. 반면 제이디의 마법은 상성이 강하고 온유한 편이었다. 란크렌의 마법이 폭발력이 강했다면 제이디의 마법은 은근하면서도 지속성이 강했다.

호의적이었던 란크렌의 태도가 돌변하기 시작한 것은 유력한 차기 대마법사 후보로 스승과 원로들 사이에서 제이디의 이름이 거론될 즈음이었다.

그들이 차기 대마법사 후보로 제이디를 꼽은 이유는 차원의 경계를 유지하는 데는 휘몰아치듯 강한 마력 운용력보다는 은근하고 지속성이 강한 제이디의 능력이 더 잘 맞는다는 판단에서였다. 그리고 또 하나, 대마법사가 되기 위한 가장 중요한 덕목, 인류애에 대한 태도였다. 란크렌은 인류애를 실현하기엔 자비도 동정도 공감 능력도 제이디보다는 부족했다.

그즈음 란크렌은 유화 그리기에 빠져 있었는데, 방 안에는 늘 작업 중인 유화 한 점이 작업대에 걸려 있었다. 처음에는 방 안의 꽃병이나 필통, 의자 따위의 정물화를 그려대더니 실력이 점점 느는지 어느 날부터는 기숙사 방 안의 모습을 공들여 그리기 시작했다.

제이디는 본래 그림에는 관심이 없었으므로 같은 방을 쓰면서도 그의 캔버스를 만지기는커녕 근처에도 다가가지 않았었다. 그러던 그가 란크렌의 그림에 관심을 두게 된 것은 완성된 그림 속 방 안 풍경이 진짜처럼 세밀하기도 했거니와 란크렌이 몇 주가 지나도록 완성되어 물감마저 다 마른 그림을 치우지 않고 작업대에 걸어놓고 있었기 때문이었다. 매번 그림이 마르면 바로바로 어디론가 치우던 이전과는 완전히 다른 태도였다.

"흠……."

캔버스에 다가간 제이디는 한 발자국쯤 떨어져 서서 턱을 문지르며 그림을 살폈다. 그것은 마치 방 안에 걸린 거울처럼 캔버스가 걸린 작업대를 포함한 전경을 그대로 보여주고 있었는데, 그림 안의 캔버스에도 똑같은 그림이 그려져 있었다. 그것이 꽤 흥미로워 제이디는 한참이나 서서 그림을 보는 데 집중해 있었다. 그러던 그가 눈을 가늘게 뜨고 허리를 굽힌 건, 아무 짓도 하지 않았음에도 그림 속 캔버스 위로 작고 뿌연 얼룩이 생기기 시작하면서부터였다.

그는 당황했다. 혹시 돌아온 란크렌이 그 얼룩을 발견하면 제이디가 그랬다고 오해를 할까 봐 걱정되기도 했다. 그리고 무엇보다, 갑작스럽게 그곳에 작은 얼룩이 생긴 것이 이해가 되질 않았다. 그는 손을 뻗어 얼룩을 살짝 어루만져 보았다. 그림의 다른 부분과 마찬가지로 딱딱하게 말라붙어 있었다. 방금 찍힌 얼룩이라면 물컹하게 손가락에 묻어날 텐데도.

"뭐지? 원래부터 있었는데 내가 몰랐던 건가?"

그제야 그는 고개를 갸웃거리곤 그림에서 돌아섰다. 그 그림을 계속 보고 있다간 찝찝한 기분을 피할 수 없을 것 같았다. 마침 저녁 식사 시간이 다 되어가기도 해서 그는 그대로 식당으로 가려고 문가로 다가갔다. 그리고 막 문손잡이를 돌리는데,

철컥.

철컥, 철컥.

분명 열려 있어야 할 방문이 잠겨 있었다.

"뭐야, 이거. 왜 이래? 고장 났나?"

당황한 그는 아무 생각 없이 그림이 놓인 창가를 향해 뒤를 돌았다. 그리고 눈에 띈 캔버스 안에는 아까는 없던 그림이 덧그려져 있었다. 불길한 느낌에 오소소 소름이 돋았다. 제이디는 천천히 그림으로 다시 다가갔다. 그림 속 작업대 앞에 누군가가 서 있었다. 짧은 은발에 마법 학교 교복을 입은. 아까 얼룩이 생겼던 지점, 바로 그 위였다.

"……나?"

제이디는 떨리는 손으로 다시 그림으로 손을 뻗었다. 그리고 새로 덧그려진 자신의 뒷모습을 어루만졌을 때, 그것이 막 그려진 그림이라는 것을 믿을 수 없게도 바짝 말라 있다는 사실에 경악했다.

그는 깜짝 놀라 그림에서 한 발자국 뒤로 물러섰다. 갑자기 밀려든 공포에 어깨가 덜덜 떨려왔다. 문득 란크렌이 금서로 지정된 흑마법술 책을 어디선가 구해 밤마다 몰래 보고 있었다는 사실이 떠

올랐다. 더불어, 그와 나눴던 대화도.

'내가 유화를 왜 좋아하는지 알아?'

'글쎄.'

'다른 그림은 한 번 그리면 지울 수 없지만, 유화는 아니거든. 그 위에다 덧칠하면 전에 잘못 그렸던 부분을 완벽하게 지울 수 있어.'

'그래?'

관심 없는 주제였기에 제이디는 건성으로 대꾸했었다.

'가끔은 보기 싫은 것들을 이 그림처럼 지워버렸으면 좋겠어.'

그때 허공에서 란크렌의 목소리가 들려왔다.

"어? 잘 들어갔네?"

"란크렌?"

당황한 제이디가 몸을 돌려 두리번거리며 물었다.

"그 안에서 보이는 건 어때? 내가 널 위해서 진짜처럼 세밀하게 그렸는데. 그 안에서 보이는 것도 그림 같아? 아니면 현실하고 똑같은가?"

"그게 도대체 무슨 소리야?"

"아, 후자구나. 네가 그림 속에 있다는 사실도 깨닫지 못할 정도로."

"……뭐?"

"혹시 전에 내가 했던 말 기억나?"

"장난치지 마, 란크렌!"

"유화는 덧칠할 수 있다는 말."

"장난치지 말라고!"

제이디가 겁에 질린 목소리로 소리쳤다. 뚝, 란크렌의 목소리가 끊겼다. 그리고 잠시 후 다시 들려온 정색한 목소리.

"장난 아닌데?"

"……뭐?"

"너! 지금 내 그림 속에 있어. 그리고 난 지금 이 그림이 상당히 마음에 안 들어."

"뭐?"

"그래서……."

"……."

"……싹 다 지워버리려고."

"뭐라고?"

제이디는 그대로 자리에 얼어붙고 말았다.

"그게…… 대체 무슨 소리야?"

"꼴 보기 싫은 것들을 새카맣게 덮어버리겠다고. 그렇게 넌 소멸하고, 모두가 너의 존재를 잊어버리도록. 아무도 네가 이 세상에 존재했었다는 사실을 기억하지 못하게 될 거야."

"란크렌!"

"잘 가, 내 룸메이트. 내일의 대마법사."

"란크렌!!"

지이이잉.

기분 나쁜 진동이 시작됐다. 그러더니 스윽. 눈앞에 보이던 현실적인 장면 위로 비현실적인 선 하나가 시커멓게 그어졌다. 마치 검은 물감이 묻은 붓으로 덧칠하는 것처럼.

지이잉. 지이잉.

점점 눈앞의 물건들이, 가구들이 시커먼 물감 속에 묻히기 시작했다. 제이디는 얼른 문으로 뛰어갔다. 여전히 문은 잠겨 있었고, 아무리 발길질을 하고 의자로 두들겨대도 열리지 않았다. 그는 난도질처럼 붓질이 그어지는 틈을 뚫고 창문으로 향했다. 창문은 굳게 닫혀 있었고, 그 어떤 물건으로도 유리창은 깨지지 않았다.

그의 노력이 허사로 돌아가는 것을 보며 란크렌이 크게 웃는 소리가 쩌렁쩌렁하게 귓가를 파고들었다.

제이디는 그의 이름을 부르며 울부짖었다.

"당장 그만둬!"

"하하하하하하."

"당장 그만두라고, 란크렌!"

"하하하하하하."

"란크렌!!"

막 자신의 몸 위로 지나가려는 검은 선을 피하며 제이디가 펄쩍 뛰어올랐다. 그의 마법에서 어떻게 빠져나가야 할지 알 수가 없었다.

그 순간 차원의 벽을 허무는 방법을 배웠던 것이 떠올랐다. 일반 마법사는 알지 못하는, 대마법사들에게만 전수되던 차원의 경계에 구멍을 뚫는 방법. 하지만 이론만 배웠지 직접 해본 적은 없었다. 게다가 이곳엔 차원의 경계도 없는데 대체 어떻게?

'이 방법은 비단 우리가 알고 있는 차원의 경계를 허무는 데에만 쓰이는 것은 아닙니다. 마법으로 이루어진 모든 차원의 벽을 허물고 다른 차원으로 넘어갈 수 있는 것입니다.'

마법술 스승은 분명 그렇게 말했었다. 생각을 마친 제이디가 침을 꿀꺽 삼켰다.

그 순간에도 지이잉 하는 진동은 멈추지 않았고, 눈앞에 보이는 방 안의 전경은 계속 시커먼 어둠 속으로 잠식되어 가고 있었다.

그는 란크렌의 캔버스를 다시 봤다. 캔버스에도 검은 선이 죽죽 그어지고 있었다. 생각대로 될지 안 될지는 알 수 없었지만, 가만히 앉아 당할 수만은 없었다.

그는 작업대 밑에 놓인 미술도구를 빠르게 집어 들었다. 그리곤 언젠가 가본 적이 있는 차원의 경계 앞 전경을 떠올리며 검은 줄이 그어지는 유화 위에 그 모습을 그려나갔다. 생전 제대로 된 그림을 그려보지 않았던 터라 낙서 수준이었지만 도리가 없었다.

제이디는 자신이 그은 선 위로 란크렌의 검은 선이 그어지면 다시 그 위에 덧칠해가며 그림을 완성해갔다. 차원의 경계가 특별

할 것 없는 그저 반투명의 거대한 벽이라는 사실이 진심으로 고마웠다.

순간적인 폭발력을 사용하는 마법은 제이디의 주력은 아니었지만, 상황이 그를 몰아붙였다. 기회는 찰나의 순간뿐이었다. 그가 차원의 벽을 완성하고, 란크렌이 그 위에 다시 검은 붓칠을 하기 직전의 아주 짧은 찰나.

그림의 완성을 위한 마지막 한 선을 긋는 동시에 제이디가 손을 뻗었다. 손가락이 차원의 벽에 닿는 순간 보라색 오라가 연기처럼 그의 몸에서 피어올랐다. 차원이 무너지는 소리가 요란하게 귓전을 때렸다. 머리 위로 거대한 돌무더기가 쏟아지는 것 같은 기분이었다.

갑작스레 엄청난 마력을 가동한 후유증일까? 그는 그대로 정신을 잃고 말았다.

제이디가 들려준 이야기가 너무도 충격적이라 니안은 입을 다물지 못했다. 그건 다른 일행들도 마찬가지였다.

"그럼, 그 새끼가 제이디를 죽이려 했다는 거네요?"

레오가 분통을 터뜨렸다.

"그때 나이가 몇 살이었다고요? 열셋? 열넷?"

"열셋. 란크렌은 열다섯."

"맙소사. 아직 나이도 어린놈이 겁도 없네! 어떻게 그 나이에 사람을, 그것도 같이 수학하던 친구이자 룸메이트를 죽일 생각을 합니까?"

"솔직히 말하면 그땐 차원의 경계가 마법 학교에서 가장 먼 곳이었기 때문에 그곳을 떠올린 거였어요. 그리기도 가장 간단했고요. 제가 차원을 허무는 것에 성공하면 란크렌의 캔버스에서 탈출해 그려놓은 차원의 경계 앞에 떨어질 거라고 생각했는데……"

"아예 차원의 경계까지 뚫고 나와 버린 거였군요."

니안이 말했다.

"네……"

대답하는 제이디의 목소리엔 힘이 없었다.

"제가 급박한 나머지 마력을 거의 폭발시키다시피 써 버려서……"

"그래도 성공한 게 어디에요. 한 번도 써 본 적 없는 마법이었다면서요."

"네. 저도 그 점은 정말 운이 좋았다고 생각합니다."

"얼마나 무서웠을까…… 열세 살이면 아직 아이인데……"

니안이 안타까운 얼굴로 중얼거렸다.

차원의 경계를 뚫고 제이디가 도착한 곳은 평범한 인간 세계였다. 한스넬에서 그리 멀지 않은 작은 마을에 딸린 숲의 안쪽.

"헤매다 보니 배가 고팠습니다. 사람이 그렇게 쉽게 허기질 수 있다는 사실에 놀랐고, 먹을 것이 없다는 현실에 좌절했죠. 굶주림은 대마법사 후보로 태어난 제겐 한 번도 겪어 볼 수 없었던 경험이었으니까요."

그때의 기억을 떠올리는 것이 썩 달갑지 않은지 제이디의 얼굴엔 여전히 그늘이 드리워 있었다.

"왜 바로 돌아가지 않았어요?"

멜드린이 물었다.

"이쪽 세계에선 차원의 경계가 보이질 않았습니다. 뭐가 보여야 구멍을 뚫든지 말든지 하죠. 더 충격적인 건 마력이었어요. 체감상 저쪽 세계에서의 10분의 1 정도밖에 운용되질 않았어요. 그것도 죽을 만큼 노력해서요."

세상에! 니안은 입을 벌렸다.

그래, 메이도 비슷한 이야기를 했었다. 이쪽 세계의 마나는 저쪽 세계보다 현저히 부족해 충분한 마력을 확보하기가 힘들다고 했던가. 그래서 아르모트의 동굴에 은둔 마법을 걸어 놓고도 늘 불안하다고 하지 않았던가. 그제야 니안은 고개를 끄덕거렸다.

누군가에게 제 몸을 의탁하며 구걸하고 싶은 마음은 눈곱만큼도 없었던 제이디는 제힘으로 먹을 것을 살 돈을 마련하기로 했다. 그런 그가 했던 게 마법 공연이었다. 적은 마력으로도 충분히 구현 가능한, 마법이라 하기에도 창피할 정도의 마술을 사람들에게 보여주고 푼돈을 모았다. 그는 그것으로 먹을 빵과 잠자리를 마련할 수 있었지만, 그마저도 오래 가지 못했다. 누군가 병사들에게 마법을 부리는 꼬맹이가 있다고 고발을 한 것이었다.

그런 그를 구해 준 게 멧드라하였다.

불법을 저지른 것이 어린아이라는 점을 참작해도 꽤 묵직하게 매겨졌던 벌금을, 멧드라하가 기꺼이 내고 제이디를 감옥에서 꺼내 준 것이었다. 제이디는 자신에게 호의를 베푸는 할머니를 경계했지만, 곧 이유를 알고선 그녀를 따르기로 했다.

"네 마법을 잘 보았다. 하는 모양새를 보니, 내가 가르치는 것도 잘 배울 수 있겠더구나. 나는 술법사란다. 주술을 한번 배워보지 않으련?"

다시 이야기를 마친 제이디는 잠시 눈을 감았다. 그리고 다시 뜬 검은 눈동자에는 만감이 교차하고 있었다. 타고난 마법사여서 그랬는지 그는 멧드라하의 주술도 빠르게 습득했다. 그녀가 기대했던 것 이상으로.

"멧드라하는 훌륭한 술법사이자 예언가였죠. 술법은 공부하고 습득할 수 있었지만, 예언은 배움으로 터득할 수 있는 영역이 아니었어요. 그것은 마법이나 술법과는 또 다른 영역이죠. 바로 영감이라는. 그것만큼은 저도 절대 해낼 수가 없었습니다. 그런 뛰어난 분이 돌아가셨다는 게 너무도 아깝고 안타깝습니다."

'예언'이라는 단어에 니안의 가슴이 괜히 덜컹거렸다. 그 말에 묘한 전율을 느낀 것은 데릭과 멜드린도 마찬가지였다. 니안은 두 근대는 심장을 애써 누르며 태연한 어투로 물었다.

"그래서…… 그 멧드라하라는 스승님께서는 뭘 예언하셨나요?"

"저한테는 말씀해 주시지 않았습니다. 알면…… 자신처럼 위험한 운명에 휩쓸릴 거라면서. 제게 해주신 예언은 딱 하나였어요. 동굴에 갇힌 남자를 찾아 풀어주라고. 그게 저를 찾는 지름길이라고요."

모두들 생각에 잠겨 할 말을 잊고 말았다. 제이디가 제이디를 찾는 지름길? 그러자 모두들 그곳에 란크렌으로 추정되는, 은발의 남자가 나타난 것이 우연이 아닐지도 모른다는 생각에 도달했다.

"그렇다면…… 그 은발의 남자가 란크렌이라고 치면…… 대체 그가 이쪽 세계로 넘어온 이유는 뭘까요?"

"설마 제이디가 살아 있다는 사실을 알고 죽이려고?"

아르모트의 질문에 레오가 대답하며 과장되게 몸을 떨었다. 그러자 니안이 고개를 저으며 말했다.

"그랬다면 그날 어떻게든 제이디를 죽이려고 했을 거예요. 그렇게 쉽게 돌아서지 않았을 거라고요. 그는 제이디가 주술에 성공한 것을 확인하고는 제게 다시 보자는 인사를 남기로 사라졌거든요."

"하지만 제이디를 향해 빛 덩어리를 쐈다고 하지 않았니? 네가 막지 않았다면 동굴 입구에 있던 마수들처럼 제이디도 죽었을 게 분명해."

멜드린이 말했다.

"그런데 이상하건······ 그게······ 꼭 그렇게 느껴지지만은 않는 거예요. 그날 란크렌의 모습을 제대로 본 사람은 어쨌든 저잖아요. 어쩐지······ 절 확인하려고······ 아니, 용을 확인하려고 했다는 기분을······ 떨칠 수가 없어요."

말을 끝낸 니안이 긴장된 얼굴로 아랫입술을 살짝 깨물었다.

"란크렌이 제이디를 죽이려고 했다면······ 그건 아무래도 경쟁자를 없애기 위한 거였겠지? 마법 학교 스승과 원로들은 란크렌보다는 제이디의 능력을 더 높게 샀다고 하니까. 하지만 지금은 벌써 세월이 오래 지나서 제이디가 마법 세계로 돌아간다고 해도 대마법사가 되긴 힘들 거 아니야. 그동안 공부를 못했잖아. 그러니 란크렌이 지금도 제이디를 죽이려 하고, 그래서 이곳에 넘어왔다는 가설은 확실히 맞질 않는 것 같아. 뭔가 다른 의도가 있는 게 분명해."

"그럼 뭘까요?"

레오가 눈을 빛내며 물었다. 그러자 아르모트가 제이디에게 물었다.

"제이디, 혹시 저쪽 세계에도······ 예언이라는 게 있습니까? 그러니까······ 그 멧드라하라는 제이디의 스승 같은 존재가 있느냔 말입니다."

"잘······ 없는 것 같습니다."

"없으면 없는 거지, 잘 없는 건 또 뭐죠?"

레오가 인상을 찌푸렸다.

"마법이 사라진 대신 주술이 발달한 것처럼, 미래를 내다볼 수 있게 하는 그 영감이라는 것은…… 제 생각엔 마력이 사라져버린 이쪽 세계에서 유난히 발달한 영역인 것 같단 말씀입니다. 제가 저쪽 세상에 사는 동안엔 스승님들도 그렇고 원로회에서도 예언 같은 것을 언급하거나 믿는 행위를 본 적이 없습니다. 하지만 제가 보지 못했다고 해서 아예 없다고 말씀드릴 순 없으니 그렇게 말한 겁니다."

"그러니까 예언이라는 것이 활성화되어 있진 않지만, 전혀 없다고 볼 수는 없다. 그렇다면 저쪽 세계에서도 우리가 알고 있는 예언을 누군가가 알고 있을 수도 있단 이야기네."

데릭이 심각한 얼굴로 팔짱을 끼자, 니안이 말했다.

"맞아. 메이는 알고 있었잖아. 아, 진짜…… 메이는 어떻게 알았지? 저쪽 세상에서부터 알고 온 건가, 아니면 여기서 듣게 된 걸까?"

그러자, 제이디가 물었다.

"잠깐만요. 그 '우리가 알고 있는 예언'이라는 게 대체 뭡니까?"

멜드린이 제이디에게 '붉은 꽃'의 예언과 풀이를 이야기해줬다. 제이디의 눈이 둥그렇게 커졌다.

"아…… 그래서 황후를 '황국의 붉은 꽃', '황제의 붉은 꽃'이라고 부르는 거였군요. 전 대체 왜 그런가 했어요. 대체 황후가 무슨 능력을 지녔기에 그러나…… 결국 오스만도 붉은 꽃의 예언은 알고 있지만, 그 정체에 대해서는 모르고 있다는 소리군요. 지금껏 황후를 폐하지 않고 끼고 있는 걸 보면. 헛다리를 짚어도 단단히 짚었군."

"그게 그의 운명이니까."

데릭이 냉정하게 일갈했다.

"그럼 지금 제이디의 그 검은 머리카락과 검은 눈동자는 가짜겠군요."

"네."

제이디가 커다란 손으로 멋쩍게 쓱 검은색 머리를 한 번 쓸어넘겼다.

"마법인가요?"

"네."

"그런 건 어렵지 않은 모양입니다."

"주술도 섞였어요."

"아……."

레오가 고개를 끄덕여 보였다.

"마법으로만 걸어 놓으면 위험하거든요. 마력이 떨어지면 마법이 저절로 풀려버리는 수가 있어서. 주술까지 이중으로 걸어 놨는데…… 하아……."

그가 한숨을 내쉬었다.

"……어떻게 제 본래 모습이 니안의 눈에 띄었는지 모르겠습니다."

니안이 어깨를 으쓱해 보였다. 어떻게 된 일인지 자신도 모르긴 피차 마찬가지였으니까.

"흠……."

갑자기 레오가 침음을 흘리더니 말했다.

"니안이 봤다고 하니까 궁금하네요. 저도."

싱긋, 제이디를 향해 웃어 보이기까지 했다.

"지금 보여 달라는 말입니까?"

제이디가 정색하며 인상을 찌푸렸다.

"싫으면 관두고요. 그저 저는 궁금했을 뿐."

"보여줘도 나쁠 건 없을 것 같은데."

멜드린이 말했다.

"이쪽 세계에는 없는 빛깔이라고 했으니, 물론 어디서든 란크렌을 마주친다면 금세 알아보긴 하겠지만…… 그래도 직접 봤던 것과는 다를 테지. 짐작하는 것과 확신하는 건 다르잖나."

그가 제이디 몰래 레오를 향해 찡긋 윙크를 해 보였다. 응? 이 분위기는 뭔가 돌아가기?

"죄송하지만 주술을 풀었다가 다시 걸리면 시간이 걸려서 안 되겠습니다."

제이디가 엉덩이를 툭툭 털며 자리에서 일어났다.

"기다리시겠다고 하면 한번 해봐 드리고요. 음…… 그런데 그러다 보면 하루쯤 일정이 뒤로 밀리는 건 각오하셔야 할 거예요."

"……."

다들 장대같이 키가 큰 제이디를 멍하니 올려다보다가 그를 따라 툭툭 엉덩이와 무릎을 털며 자리에서 일어났다.

"어휴, 빨리 아르본에 가서 쉬어야지."

"은발이래, 은발. 그냥 어디서든 희한하게 생긴 머리카락 색깔 보면 바로 족치라고!"

"그래, 그래. 그걸 뭐 꼭 봐야 아냐?"

귀여운 사람들!

피식, 말에 올라탄 제이디의 입가에 슬쩍 미소가 걸렸다.

새로운 조력자의 등장

"이런 젠장!"

오스만은 격분했다. 분노에 찬 그가 몸을 휙 돌리자 테이블 위에 올려져 있던 꽃병이 와장창 소리를 내며 바닥으로 떨어졌다. 그의 손에는 구겨진 편지 한 장이 쥐어져 있었다. 전서구를 통해 한스넬에서 날아온 빈트의 근황 보고였다.

동굴을 찾았습니다. 그 안에서 전 황태자와 아르모트가 나타났습니다. 전 황태자는 마수와 용을 조종하고 있었습니다. 온통 붉은색의 용입니다. 전 황태자와 아르모트는 병사들과의 격전 끝에 용을 타고 한스넬에서 도망쳤습니다.

그들이 나타나고 나자 보이지 않던 동굴 입구가 모습을 드러냈습니다. 이후 안을 조사해보니 누군가 오랫동안 생활했던 흔적과 커다란 주술진 하나가 발견되었습니다. 따라서 동굴은 그동안 마법이나 주술로 가려져 있었던 것으로 추정됩니다.

거친 호흡을 내뱉은 오스만의 가슴이 격렬하게 오르내리고 있었다. 그나마 그다음 줄에 빈트가 덧붙인 말들로 애써 분노를 삭이려 노력하는 중이었다.

차원의 경계를 넘어온 마법사 하나를 만났습니다. 마수와 용에 대한 해답을 가지고 왔다 합니다. 황제 폐하를 알현하고 싶어 합니다.

'마수와 붉은 용이라⋯⋯.'
이 찝찝한 기분은 뭐지? 용은 차원의 경계가 생기기 한참 전부터 세상에서 사라졌다고 인정됐었다. 무엇보다 헤이드의 용이 붉은 용이라는 사실에 기분이 더욱 묘했다. 고서에 따르면 오로지 붉은 용만이 멜롯가를 도와 마수를 물리치는 데 일조를 했다고 했는데. 그래서 붉은 용의 후예라고 일컬어지는 페르난디 가문에 백작이라는 작위를 내린 거였다고 들었다. 그리고 향후 300년을 이어 갈 멜롯가의 후손은 그 붉은 용의 후예인 페르난디 가문의 마지막 꽃을 꺾는 자였다.

마지막 붉은 꽃은 10년째 내 손아귀에 들어와 있는데, 어째서 헤이드가 붉은 용을 부린다는 거지? 그 붉은 용의 정체는 과연 뭐란 말이냐?

그렇게 참을 수 없는 분노 끝에 오스만을 찾아온 것은 견디기 힘들 정도의 격렬한 의심이었다.

'혹시…… 소피아가 페르난디가의 마지막 꽃이 아닌……?'

안 돼, 안 돼. 그건 절대 말도 안 된다. 그러면 지난 10년 동안 자신이 헛짓거리를 해왔음을 인정해야 한다는 뜻이었다.

있을 수 없는 일이다. 용납할 수도 없다. 단 한 번도, 자신이 데려온 소피아가 붉은 꽃이 아닐 거라 의심해 본 적이 없었다. 비록 그녀가 10년 동안 아무런 능력을 보여주고 있지 않음에도 말이다. 이제 슬슬 때가 되었다고 생각했는데……

'고대 용은…… 분명 사람의 몸을 하고 인간 세계를 유람한다고 했다. 그렇다면, 전 황태자가 조종한다는 붉은 용은……'

겉모습이 용만은 아니란 뜻이 된다. 평상시 그것은 분명, 사람의 모습을 하고 헤이드의 곁에 있을 게 분명했다.

[페르난디 가의 마지막 붉은 꽃을 꺾으십시오.]

오래전 죽어버린 멧드라하의 목소리가 오스만의 귓전을 때리는 듯했다.

[페르난디 가의 마지막 붉은 꽃…….]

[페르난디 가의 마지막 붉은 꽃…….]

[페르난디 가의 마지막 붉은 꽃……]

결국, 그는 참지 못하고 시종의 이름을 크게 불렀다.

"드레이-크!"

"네, 폐하!"

"당장 베른 지방으로 사람을 보내 페르난디 가문의 모든 것을 조사해 오도록 해라. 특히 외부에서는 알기 힘든 비밀스러운 가정사 같은 것 말이다. 예를 들어 죽은 셰이번 페르난디 백작에게 숨겨둔 혼외자가 있다던가 하는 따위의 것들!"

"그…… 그럼, 황후 폐하께는 뭐라고 말씀을……."

"황후는 절대 알지 못하도록 해. 알겠어? 황후는 절대 알지 못하도록!"

"네, 폐하."

그리고, 만나야겠다, 그자를. 차원의 경계를 넘어온, 마수와 용에 관한 해법을 가지고 있다고 하는 그 꺼림칙한 마법사를!

어깨를 밀어 올리며, 오스만이 비장한 표정으로 팔짱을 꼈다.

"우와! 여기는 벌써 규모가 다르네요."

"아니, 이 정도면 바다를 접한 항구치고는 작은 편이지. 아르본 도착 전에 들르게 될 다른 항구들을 보면 그런 말이 나오지 않을걸?"

니안의 감탄에 멜드린이 웃으며 말했다.

메투스 강을 따라 3일을 이동해 도착한 작은 항구에서 그들은 다시 유람선을 타고 강 하구에 도착했다. 이곳에서 그들은 바다로 나가는 범선을 탈 예정이었다. 이미 코끝으로 짭짤한 바다의 향기가 스며들고 있었다.

"그럼 이제 일주일 후면 아르본에 도착하는 거예요?"

"그렇단다."

"와아! 아르본이라니!"

기쁨에 찬 니안의 눈매가 예쁘게 반달 모양으로 휘었다. 그 사이 데니펫은 많이 회복되어 이전과 다름없이 건강해졌고, 데릭의 상처도 거의 다 아물었다. 아르본 입성을 일주일 남겨두고 그들은 이제 그곳에 도착해서 해야 할 일들을 하나하나 머릿속으로 정리하고 있었다.

"그나저나 놀랍네요. 벌써 항구 관리가 베오만 가문의 손에 들어가 있다니."

니안이 씁쓸하게 말했다. 메투스 강의 작은 항구에서는 몰랐었는데, 하구에 있는 큰 항구로 나오니 실감이 났다. 여기저기 베오만 가문의 인장이 찍힌 깃발이 걸려 있었고, 오가는 모든 문서와 직원들의 옷에도 황실 문양과 함께 베오만 가문의 상징이 작게 새겨져 있었다.

제이디가 황후의 눈으로 마상 경기를 보고 난 직후, 니안은 이미 아르본의 상황이 어떻게 돌아가고 있는지 메이를 통해 전해 들었었다.

- 에이든이 베오만 가문에서 나가 새로운 가문을 일구게 해 달라고 황제에게 간청했다고 해요.

"왜요?"

- 그게…….

메이에게 전해 들은 이야기는 충격적이었다. 빌리어드가 니안을 자신의 호적에 입적시키기로 하고 아벨 백작에게 항구 관리권을 양도받았다는 것. 그리고 에이든은 그 사실을 받아들일 수 없어 가문에서 파문당하길 바란다는…….

거기에까지 기억이 미치자 니안의 눈동자에 그늘이 스며들었다.

"왜 저는 계속 남의 성으로만 살아야만 하는지 이해할 수가 없어요. 그것도 이젠 엄마의 새 남편 성이라뇨. 제 이름인데 왜 제 의견은 하나도 반영될 수가 없죠? 어떻게 당사자도 모르게 성을 바꿀 수가 있어요?"

"그러게 말이다……."

멜드린이 씁쓸한 얼굴로 입맛을 다셨다.

"덕분에 빌리어드는 정말로 큰 것을 얻었구나."

커다란 화물선에서 베오만 가문의 인장이 찍힌 화물들이 속속 내려지고 있었다. 지금 항구에서 가장 많이 보이는 문양은 단연 베오만 가문의 상징이었다. 니안이 억울한 목소리로 말을 이었다.

"어차피 제 성을 사용하지 못하는데 무슨 성을 쓴들 뭐 상관이 있겠어요. 그래도 제 이름 하나에 이렇게 많은 사람의 이권과 욕망이 연결되어 있다니……."

"……"

"딱히 상관없다고 생각하면서도…… 진심 없이 이용만 당한다는 생각이 들기도 해서 착잡해요."

이번엔 가만히 듣고만 있던 데릭이 나섰다.

"그렇게 착잡해 하지 마."

피식, 니안의 입가에서 웃음이 터졌다.

"그럼 어떻게 해야 하는데?"

그러자 데릭이 주저 없이 대답했다.

"기분 나빠 해야지!"

단호한 그의 말에 니안이 입이 꾹 다물어졌다. 데릭은 니안을 돌아보지 않았다. 여전히 배에서 내려지는 베오만의 상자에 고정되어 있을 뿐. 하지만 그의 말은 그 어느 때보다 깊은 울림을 전하고 있었다. 그가 곧바로 말을 이었다.

"화를 내."

"……."

"분노해."

"……."

"그래도 돼"

"……."

"당연히 그래야 하는 거니까."

그가 들고 있던 물병을 입가로 가져갔다. 꿀꺽꿀꺽. 물이 넘어갈 때마다 목울대가 성마르게 오르내렸다. 문득 자신이 처한 상황이 언제나 데릭에게 더 상처였다는 사실이 상기되었다. 니안이 데릭의 시선을 따라 물건을 내리는 인부들을 바라보며 말했다.

"응. 그러려고."

"잘 생각했어!"

"그래서 이번엔…… 내가 좀 이용해 보려고. 아르본에 도착하면 베오만 가에 찾아가서 뭘 요구할까 생각 중이야."

어느덧 승선 시간이 다 되어 그들은 배를 타기 위해 줄을 섰다. 그 사이 말과 필요 없는 물건을 팔러 갔던 제이디와 레오, 아르모트가 돌아왔다. 아르모트는 이발소에 들러 머리와 수염을 멋지게 깎았으며 제이디와 레오는 배 안에서 마실 술과 말린 고기, 과일 따위를 사 가지고 왔다. 집으로 돌아간다는 생각에서인지 다들 표정이 밝았다.

"니안, 이것 보세요. 최고급 르비앙이랑 와인이에요. 배가 출발하면 일단 아르본까지는 안전할 테니, 그때 우리끼리 작게 축배를 들어요."

레오가 밝게 말했다.

막 선두에 섰던 멜드린이 자신의 신분증과 뱃삯을 내보이며 승선 절차를 밟는 때였다.

"일행이 총 여섯 명입니까?"

"네, 그렇습니다."

멜드린이 다른 일행들의 얼굴이 잘 보이도록 살짝 몸을 틀어 보이며 대답했다. 배로 올라가는 다리 입구의 작은 테이블에서, 남자는 일행들을 바라보며 날카롭게 눈을 빛냈다. 무슨 일인가 걱정되려는 찰나, 다행히 남자는 아무렇지도 않게 멜드린에게 신분증을 돌려주곤 고개를 끄덕여 보였다.

그제야 안도의 한숨이 나왔다. 일행들은 상기 된 얼굴로 다리 위로 뛰어 올라갔다. 그리고 막 갑판에 첫발을 딛는 순간이었다. 어디선가 병사들이 몰려들더니 거칠게 그들을 붙잡았다. 너무도 순식간에 벌어진 일이라 반항할 틈조차 없었다.

"이거 놔!"

"이게 무슨 짓입니까?"

짐이 바닥으로 떨어지고, 공들여 골랐던 술병이 깨졌다. 코로 훅

알코올 향이 치밀었다. 가방에 들었던 빵과 사과가 갑판 바닥을 굴렀다. 그때 지휘관으로 보이는 자가 데릭 앞으로 다가와 턱을 잡아 올렸다. 거만하게 데릭의 얼굴을 꼼꼼하게 살핀 지휘관이 말했다.

"황제 폐하의 명이다. 아르본으로 들어오려는 금발에 푸른 눈의 남자는 무조건 체포한다. 일행도 마찬가지다."

얼음물을 뒤집어쓴 것처럼 갑자기 한기가 느껴졌다. 도망갈 수 없도록 배에 오를 때까지 기다린 치밀함에 혀가 내둘러졌다.

"너희들은 이대로 선원용 감옥에 갇혔다가 곧장 궁으로 송치된다."

말을 끝마친 그가 데릭의 턱을 밀치듯 획 털어냈다. 감정이 없는 말투에 더욱 소름이 돋았다.

"아, 안 돼!"

"우리가 무슨 짓을 했다고!"

"이거 놔! 이거 놔!"

선박 바닥으로 직통하는 갑판 문으로 끌려가며 저마다 소리를 질렀다. 온 힘을 다해 저항했지만 한 사람당 둘 셋씩 달라붙은 병사를 힘으로 이길 수는 없었다.

마수를 맞닥뜨렸을 때보다 더한 공포가 밀려왔다. 데릭의 머릿속으로 순식간에 여러 가지 생각이 동시에 떠올랐다.

멀리서 고래를 불러올까? 아니면 지금 배 밑에서 헤엄치는 물고

기를 몽땅 갑판 위로 튀어 오르게 해? 갈매기 떼로 벌집이 되도록 쪼아버려? 데니펫을 엘카트로 바꿔?

짧은 순간이었지만 고민은 치열했다. 당장 이들을 물리치는 건 문제가 되질 않는데, 그다음이 문제였다. 아직 황제는 데릭 르윈느라는 사람이 헤이드 멜롯이라는 사실을 알지 못한다. 헤이드의 조력자가 누군지도 몰랐다. 하지만, 배에 오르기 전에 멜드린이 자신의 신분을 공개하고 일행들의 이름을 탑승자 명단에 고스란히 명기했다. 아르본 입성도 하기 전에 이런 식으로 신분이 들통이 나버리면, 설사 지금 도망치더라도 아르본에는 돌아가기 어려울 게 뻔했다. 아르본에 남은 메이의 안전도 보장할 수 없었다.

그렇게 주저하는 새에 갑판 바닥 문이 열렸다. 가장 먼저 그 앞으로 끌려간 건 니안이었다. 니안을 잡은 병사가 그녀를 문 아래로 집어던지려고 할 때야 그는 더 기다릴 시간이 없다는 걸 깨달았다. 자동으로 몸에 후끈한 열이 몰려들고 푸른 기운이 희미하게 휘감기기 시작했다.

"잠깐! 잠깐만 기다리시오!"

어디선가 들려온 낯선 남자의 외침에 휘돌던 뜨거운 기운이 촛불처럼 훅 꺼졌다. 병사들의 움직임도 그대로 얼어붙었다. 소리가 난 쪽으로 고개를 돌리니, 잘 차려입은 초로의 남자 하나가 다급하게 일행 쪽으로 다가오는 게 보였다. 낯이 익었다. 하지만, 전혀 이곳에 있을 사람이 아니어서 유령이 아닐까 하는 착각이 들었다.

모두의 입이 바보처럼 벌어졌다.

"비…… 빌리어드?"

멜드린이 멍한 표정으로 중얼거렸다.

그를 알아본 것은 비단 일행뿐이 아니었다. 조금 전까지 데릭 앞에서 거만을 떨던 지휘관이 바짝 군기를 세웠다.

"베오만 후작님. 어쩐 일이십니까?"

"후우-."

베오만은 그제야 옷매무시를 가다듬으며 크게 숨을 돌렸다. 본론으로 들어가기 전 귀족답게 허리를 바로 세우고 적당히 턱을 치켜드는 것도 잊지 않았다. 그가 정색한 얼굴로 다짜고짜 말했다.

"그거 아나? 방금 자네가 내 딸을 감옥에 처넣으려고 했다는 걸."

"네에?"

지휘관의 얼굴이 사색이 되었다.

"무…… 무슨 말씀이신지……."

허겁지겁 몸을 돌려 일행을 살피던 그의 시선이 니안에게서 멈췄다. 아무렇게나 잘린 검은 머리와 미천해 보이는 후줄근한 바지. 아무리 잘 봐주려고 해도 그 차림새는 여자로 보기 어려웠다. 그래서 처음엔 소년인가 했더니, ……웬걸! 자세히 보니 선이 지나치게 가늘고 고왔다. 어떻게 남자아이로 착각했나 싶을 정도로 명백한 여자였다.

하, 하지만…… 후작의 딸이라고 보기엔……. 그가 니안을 가리키며 말했다.

"설마…… 저쪽…… 말씀이십니까?"

"그래."

빌리어드가 고개를 끄덕여 보이자 지휘관은 등 뒤로 식은땀이 쭉 흘렀다.

"모…… 몰라 뵈어서 죄송합니다."

그는 당황한 얼굴로 얼른 고개를 숙이곤 병사들을 향해 눈짓을 해 보였다. 마치 병균이라도 묻은 듯 니안을 잡은 손들이 화들짝 놀라며 순식간에 떨어져 나갔다.

그런데도 후작은 여전히 버티고 서서 눈을 부라리고 있었다. 지휘관은 당황해 어찌해야 할 바를 몰랐다. 눈치 없이 그가 어물쩍거리자 결국 후작이 못마땅한 표정으로 입술을 뗐다.

"다른 사람도 풀어주게."

"네?"

"못 들었나? 험한 곳에서도 내 딸을 안전하게 보호해 주던 사람들이야. 다른 일행들도 당장 풀어주라고."

"하…… 하지만……."

"하지만 뭐?"

"황제 폐하의 명입니다. 아르본으로 입성하려는 자 중, 황족과 같은 금발에 파란 눈동자를 가진 남자는 무조건 잡아 황궁으로 압송하라고요. 저분은 따님이시라니 풀어드리겠지만, 나머지 사람들은 곤란합니다."

그러자 빌리어드가 어깨에 더욱 힘을 주며 말했다.

"이들의 신분은 내가 보장하네. 나는 오스만 황제 폐하의 총애하는 신하이자 현재 후작이라는 최고 지위를 가진 귀족이야. 문제가 생긴다면 내가 책임지겠다."

그래도 지휘관은 망설였다. 한동안 제대로 대답도 못 하고 쩔쩔매는 폼이 보기에도 안쓰러웠다.

"그…… 그럼……."

송골송골 솟아나는 이마의 땀을 바르게 손등으로 닦아내며 그가 간신히 말을 이었다.

"후작께서 보증을 서신다니 일단 풀어드리겠습니다. 하지만, 상부에 보고를 빠트릴 수는 없습니다."

"좋을 대로."

지휘관이 손짓하자, 다른 병사들도 금세 물러났다.

세상에! 빌리어드는 지금 자신이 무슨 짓을 저질렀는지 알기나 할까? 데릭이 어이없는 얼굴로 한쪽 눈썹을 밀어 올렸다.

"오랜만이구나, 니안."

병사들이 사라지자 그가 웃으며 양팔을 벌렸다. 한껏 작위적인 모양이었다. 니안은 어떻게 해야 할지 알 수가 없었다. 메이를 통해 들은 정보가 있어 그가 왜 그런 소리를 하는지 알고는 있었지만, 이렇게 보자마자 아무 설명도 없이 그가 아버지 노릇을 하려고 할 줄은 생각지도 못했다. 과연 돈의 힘은 위대하구나. 깊은 깨달음이 밀려왔다. 사람이 이익 앞에서 얼마나 위선적일 수 있는지!

니안이 우물쭈물거리자, 빌리어드가 어서 와 안기라는 듯 눈짓을 해 보였다. 그녀는 마지못해 그에게로 주춤주춤 다가갔다. 그런 니안을 빌리어드가 잡아당기더니 격하게 포옹했다.

"깜짝 놀랐을 거다. 나도 여기서 이렇게 너를 만날 줄은 몰랐구나. 그동안 얼마나 고생이 많았니. 어서 안으로 들어가자꾸나. 할 이야기가 산더미처럼 많단다."

빌리어드 베오만의 배였다. 물론 일행들은 그 사실을 알고 있었지만, 그렇다고 그 안에서 배의 주인인 후작을 만날 줄은 꿈에도 몰랐다. 선내에 마련된 후작의 방은 선장실보다 더 높은 곳에 있었고, 그 어느 방보다 크고 화려했다. 커다랗게 뚫린 창 한쪽으로는 갑판이 한눈에 내려다보였고, 다른 쪽으로는 멀리 지평선이 보였다. 붉은색의 커튼은 고급스러웠고, 가구를 이룬 나무의 재질은 단단했으며, 장식은 더없이 아름다웠다. 그는 한쪽 구석에 놓인 찬장에서 와인 한 병을 꺼내왔다. 테이블에는 이미 크리스털 잔이 준비되어 있었다. 그가 일행들에게 붉은 와인을 따라주며 말을 이었다.

"차를 마시면 좋겠지만, 배에서는 물을 데우기가 쉽지 않아서요. 다행히 남자분들이 많으니 와인으로 대신하죠."

한 잔, 한 잔 와인을 따르면서 그는 일행들과 일일이 눈을 맞췄다.

"아는 얼굴도 있고…… 모르는 얼굴도…… 있군요."

아르모트와 제이디, 레오에게 닿은 빌리어드의 시선에 호기심과 경계가 동시에 떠올랐다.

아르모트는 전 황제인 빌카인 3세의 통치 시절엔 유명한 기사였지만, 빌리어드는 그의 얼굴을 알아보지 못했다. 당시 평민 출신의 일개 상인에 불과하던 그가 황실기사단장인 아르모트를 봤을리가 만무했다. 빌리어드와 눈이 마주치기 전까지 긴장으로 꿀꺽침을 삼켰던 아르모트는 그의 시선이 무심히 제이디에게로 옮겨가자 속으로 안도의 한숨을 내쉬었다. 데릭의 머릿속에 문득 기가막힌 아이디어 하나가 스쳐 지나갔다.

"도와줘서 고맙다는 말은 안 해도 되네, 데릭 르윈느 군. 자네 외모 때문에 큰 곤경을 치를 뻔한 건 알겠지만 말이야."

그가 우쭐한 얼굴로 후후 웃었다.

"아마도 니안을 내 딸이라고 말한 거에 조금 놀라긴 했겠지. 후작씩이나 되는 사람이 황제 폐하의 병사에게 거짓말을 하나 싶기도 하고."

건배를 마친 빌리어드가 유쾌하게 말을 이었다.

"니안, 아마 너도 놀랐을 거다."

"저도 놀랐습니다."

멜드린이 딱딱한 표정으로 대꾸했다.

"네. 멜드린 경. 오랫동안 이 아이들을 친아버지처럼 돌봐주신 것 잘 알고 있습니다. 감사하게 생각하고 있어요."

"후작께 들을 인사는 아닌 것 같습니다만."

"아뇨, 아뇨. 그동안 경께서 모르는 일이 있었답니다. 여러분들이 모두 아르본을 떠나 있을 때 말이죠. 곰곰이 생각해 보니 제가 카트린느와 결혼을 했으니, 아내의 딸도 거두는 게 도리가 아닐까 하는 결론에 도달하지 않았겠습니까. 그동안은 카트린느가 겁을 먹고 자기한테 딸이 있다는 사실을 제게 말하지 않았었죠. 진 즉 알았다면 당연히 제가 품어 안았을 텐데도 말입니다. 물론, 제 아내가 그럴 수밖에 없었던 사정은 이해는 합니다. 아내가 처음 우리 집에 가정교사로 왔을 때 제가 내건 조건이 자식이 없어야 한다는 거였거든요. 그래서 나중에 사랑에 빠지고, 결혼까지 결심하고 나서도 쉽게 사실을 밝히긴 어려웠을 겁니다. 이 부분은…… 니안 너도 이해해 줬으면 좋겠구나."

니안의 마음속에서는 이미 정리가 된 이야기들을 빌리어드는 잘도 끄집어내 애써 정리해 주려 했다. 그 모습이 애처롭기도 하고 가소롭기도 해서 니안은 어떤 표정을 지어야 할지 알 수가 없었다.

"그래서, 하고 싶은 말씀이 뭔가요, 베오만 경?"

멜드린이 불퉁하게 질문을 던졌다.

"아주 기쁜 소식을 전하게 되었다는 말씀을 드리고 싶은 겁니다. 제가, 이 빌리어드 베오만이, 니안을 후작 가문의 정식 딸로 입적시켰단 사실을요."

빌리어드가 니안을 향해 활짝 웃어 보였다.

"니안, 이제 엄마와 떨어져 살지 않아도 된다. 나와 함께, 우리 집에서 한 가족으로 살자꾸나. 넌, 이제 니안 페르난디 르윈느가 아니라 니안 페르난디 베오만이다. 베오만 후작 가의 정식 차녀. 이미 법적 절차까지 다 끝마쳤단다. 앞으로 쿠커스의 모든 귀족 남자들이 너와 결혼하기 위해 줄을 설 거야. 이젠 걱정하지 않아도 돼. 내가 책임지고 반드시 널 훌륭한 가문에 시집보내 줄 테니까."

그가 자랑스럽게 말하며 와인 잔을 입술에 가져다 댔다.

니안은 갑자기 머리로 우지끈 두통이 밀려드는 기분이 들었다. 살면서 단 한 번도 느껴보지 못했던 지독한 지끈거림. 미간이 자기도 모르게 찌푸려졌다.

"미쳤어. 미쳐도 아주 단단히 미쳤어. 사람이 어떻게 그렇게 돈에 눈이 멀 수가 있단 말이냐. 알고 있니, 니안? 원래 항구 관리권은 디올란 가문의 특권이었단 걸 말이야. 그걸 차지하려고 제멋대로 제 아들과 결혼을 강행하려 하더니, 이제 그게 안 되니까 아예 딸로 입적을 시켜? 그것도 우리가 없는 사이에 백작하고 딜을 하고 제멋대로 호적을 바꿔서 말이다!"

"너무 흥분하지 마세요, 선생님. 건강에 해로워요. 이미 메이를 통해 들었던 이야기잖아요."

멜드린은 전에 없이 흥분하고 있었다. 그런 멜드린이 니안은 걱정스러웠다.

"그래! 알고 있었던 이야기였지! 알고 있었지만, 인간이 이렇게까지 뻔뻔하게 나오리라고는 예상하지 못했던 거지. 내가 저놈의 위선을 보고 나니 토가 쏠려서 그런다. 겨우 아벨 백작과 너희 엄마를 설득해 강제 결혼을 피했는데, 이젠 뭐라고 핑계를 대고 결혼을 피할래? 응? 이런 젠장!"

그가 주먹으로 부서지라 벽을 치며 욕을 내뱉었다. 모두가 말이 없었다. 지금 차원의 경계 붕괴가 오늘내일하는 마당에, 마수가 언제 갑자기 떼로 몰려들지 알 수 없는 상황에, 무지한 한 인간의 욕심으로 붉은 용이 곤란한 처지에 놓인 것이다. 아니, 곤란한 게 문제가 아니었다. 평생을 상처 입은 채 살아왔는데, 여전히 그녀의 상처가 현재진행형이라는 게 더 문제였다. 멜드린은 꽤 차분한 성격이었지만, 언제나 니안의 상처 앞에서는 분노를 감추지 못했다. 지금도 빌리어드가 니안을 향해 시커먼 탐욕을 여과 없이 드러내자 눈이 돌아가고 있었다. 그는 진심으로, 니안이 편했으면 했다.

"제 아들까지 가문을 버리고 뛰쳐나가겠다고 길길이 날뛰는데도 눈 하나 깜짝하지 않고 니안한테 말하는 것 좀 보라고."

"⋯⋯."

"돈 앞에서는 제 아들 상처 같은 것도 보이지가 않는가 봐. 대체 사람이 되어서 어떻게 그럴 수 있는 거냐, 응?"

"⋯⋯."

얼굴을 벌겋게 붉힌 채 왔다 갔다 하던 멜드린의 시선이 결국 데릭에게 꽂혔다. 누군가 그가 터트리는 분노에 동참해 줬으면 했는데, 그리고 그것이 데릭이었으면 했는데, 그가 가만히 있으니 더욱 화가 났다.

"데릭, 뭐라고 말 좀 해 보렴. 이런 상황에 가장 화를 내던 건 항상 너였잖니!"

"⋯⋯."

하지만 데릭은 여전히 말이 없었다. 의자에 깊숙이 등을 묻고 팔짱을 낀 채 무언가를 골똘히 생각하고 있었다. 보다 못한 아르모트가 말문을 뗐다.

"멜드린이 붉은 용을 얼마나 아끼는지는 충분히 알겠습니다. 하지만, 이 일은 화를 낸다고 해결될 것 같진 않아 보이는군요."

그러자 멜드린이 다시 버럭 소리를 질렀다.

"게다가 에이든이!! 황후에게 가 있다고요! 호시탐탐 니안 목숨을 노리는 그 황후 말입니다! 이게 다 그 아비 잘못 아닙니까!"

160

"후우……."

제이디에게서 깊은 한숨이 흘러나왔다. 마법 세계에서 넘어온 제이디 역시 용과 인간이 결합하면 무슨 일이 일어나는지 너무도 잘 알고 있었다.

'붉은 용은 지금 이따위 문제로 골머리를 썩일 때가 아니라고!'

그 역시 이렇게 소리치며 빌리어드의 목을 짤짤 흔들고 싶었다.

마침내 데릭이 의자 등받이에 길게 기대었던 상체를 세우곤 자세를 똑바로 했다. 그 바람에 모두의 시선이 그에게로 향했다. 곧 벌어져 말이 새어 나올 그의 입술만을 뚫어지게 주시하면서.

"니안……."

그가 부드럽게 니안의 이름을 불렀다.

"지금부터 내가 하는 말이…… 너한테 상처가 되지 않았으면 좋겠어. 진심이야."

그의 옆얼굴을 응시하던 니안이 가만히 고개를 끄덕여 보였다.

"난 말이지……."

"……."

"……이 상황을 역이용할 생각이야."

그의 말에 모두가 궁금해 못 견디겠다는 표정을 지어 보였다. 잠시 심호흡을 한 뒤, 데릭이 고개를 들어 니안을 똑바로 바라봤다.

"빌리어드한테 말하자!"

"뭐?"

니안이 이마를 찡그렸다.

"사실대로."

"사…… 사실대로라니?"

"너와…… 나의 정체에 대해서 말이야."

모두가 경악했다. 하지만 데릭은 아랑곳하지 않고 일행을 둘러보며 꿋꿋하게 말을 이어갔다.

"말하자고요. 저와 니안. 헤이드 멜롯과 붉은 용의 정체와 관계에 대해서요."

그에게서 새어 나오는 말들이 믿을 수 없게도 또박또박했다. 모두를 향한 시선은 단호하기만 했고, 자신에 넘쳐 있었다.

데릭이 죽은 줄 알았던 전 황태자 헤이드 멜롯이라니! 게다가 재혼한 아내의 버려진 딸이 그런 황태자에게 힘을 실어 줄 진짜 붉은 용이라고?

빌리어드는 도무지 이 이야기를 믿기가 힘들었다.

데릭과 니안이 할 말이 있다고 개인 면담을 요청했을 때만 해도 그는 이렇게 어마어마한 비밀을 듣게 될 거라고는 상상도 하지 못했다.

"그…… 그렇다면……."

"네. 오늘 저와 니안을 병사로부터 구해주셨죠. 황제의 명을 어기고요. 그러니, 이제 후작께서도 황실의 반역자가 되셨다는 말씀입니다."

"……."

오스만은 잔인한 사람이었다. 다른 건 다 용서해도 반역에 연루되어 있다면 아무리 자신이 빌리어드 베오만이라도, 죽이려고 달려들 게 뻔했다. 빌리어드의 어마어마한 부가 적에게 넘어갈 바에야, 차라리 없애는 편이 더 나을 테니까. 빌리어드는 동요하지 않으려고 안간힘을 썼다.

"아니. 나는, 알지 못했으니, 당연히 반역이 아니다."

그가 천천히 힘주어 말했다.

"그럼, 황제께 가서 고하실 겁니까? 제가 듣기로는 후작께서 부인을 무척 아끼신다고 들었습니다. 사랑하는 부인을 죽이고, 가문에 먹칠까지 하게 되겠군요. 반역자를 가족으로 뒀으니까요. 이미 마음이 떠나 버린 에이든과의 관계는 그렇게 영영 돌아올 수 없는 강을 건너게 될 거고요. 에이든이 니안을 얼마나 사랑하는지 잘 아시지 않습니까. 니안 때문에 가문까지 버리고 싶어 할 정도니까요."

이제 오스만의 얼굴엔 노기가 떠오르려 했다.

"지금 날 협박하는 건가?"

"협박이 아니라 현실을 말씀드리는 것뿐입니다."

"……."

데릭을 노려보는 빌리어드의 눈빛은 더할 나위 없이 사납기만 했다. 한동안 둘 사이엔 아무런 대화 없이 팽팽한 긴장감만 오갔다. 약간의 자극만 주어져도, 바짝 당겨진 공기가 툭, 하고 끊어져 버릴 것만 같은.

오래지 않아 맥없이 먼저 끈을 놓아버린 것은 빌리어드였다. 무섭게 데릭을 노려보던 그가 결국, 깊은 한숨과 함께 너털웃음을 터뜨렸기 때문이었다.

"하아, 기가 막히는군. 이거야 원…… 도무지 빠져나갈 수가 없어."

그가 과장된 몸짓으로 고개를 절레절레 흔들었다. 그러자 데릭의 입가에도 씨익 미소가 떠올랐다. 마치 그의 속을 훤히 꿰뚫고 있다는 듯이.

"빠져나갈 수 없는 게 아니라, 빠져나갈 필요가 없는 거겠지, 후작. 지금 후작이 마주하고 있는 사람이 다른 누구도 아닌, 전 황태자인 헤이드 멜롯 본인이니까."

"……."

그 지점에 이르러서야 빌리어드는 웃음기를 거두며 날카롭게 눈을 빛냈다. 그가 이전보다 한결 느린 목소리로 말을 이었다.

"다른 건 모르겠지만, 현 황태자인 로이드보다는 확실히 한 수 위라는 것쯤은 알겠습니다."

"솔직히 말해도 돼. 오스만 황제보다도 낫다고."

동의하지 않을 수 없었다. 잔뜩 오만한 대답에도 빌리어드는 크게 웃음을 터뜨렸다.

"저한테 원하는 게 있습니까?"

"내가 후작에게 원하는 게 있다기보다는, 후작이 내게 원하는 게 있을 거라는 걸 일깨워 주고 싶군. 그래야 알아서 필요한 것들을 갖다 바칠 테니."

"아아……."

이건 또 무슨 망발이람. 빌리어드가 부러 여유 있는 표정을 지어 보이며 의자에 등을 기댔다. 입을 꾹 다물고 잠시 생각을 하는 듯하더니, 다시 말문을 열었을 땐 말투가 한결 공손해져 있었다.

"제가 제 주군이라는 분께 바랄 게 뭐가 있겠습니까? 그저 어떤 세상이 오더라도 제 가문의 부와 지위를 안정적으로 보장받을 수만 한다면야."

"그러면 이제부터 그 자리를 잃지 않기 위해 피나는 노력을 해야겠군."

이제 데릭의 어투는 훨씬 더 거만해졌다. 자신이 진정한 주군임을 은근히 각인시키기 위해.

"세상이 바뀔지 안 바뀔지 어떻게 알까요? 헤이드 멜롯의 세상이 온다고 누가 보장하겠습니까?"

"어차피 인생은 선택의 연속이지. 지금 같은 시기에 중간이란 있을 수 없어. 이것 아니면 저것. 단 하나만 선택해야 해. 후작이 오스만을 선택하겠다면 그렇게 해. 하지만, 내가 후작이라면 그런 무리수는 두지 않을 거야."

"자신감이 넘치십니다."

빌리어드의 눈빛은 여전히 가소로움이 담겨 있었다. 하지만 데릭은 개의치 않았다.

"잘 생각해 봐. 전설로만 내려오던 멜롯가의 능력을 지닌 건, 오스만이 아니라 나니까. 나는 능력도 붉은 용도 다 가졌어. 이 상태에서 예언대로 차원의 경계가 무너지면, 어떤 결과가 벌어질지 뻔히 짐작 가지 않나? 그리고 그대가 날 오스만에게 넘긴다 해도 지금 내 힘으로는 그에게서 도망치는 건 일도 아니야."

"그렇게 다 가지신 분께서 어디 저 같은 것의 힘이 필요하시겠습니까?"

그러자 데릭이 하, 하고 콧방귀를 뀌었다.

"물론 필요 없지. 내가 모든 걸 되찾은 후에 당신을 죽이면, 당신이 가진 재산은 어차피 다 황실 것이 될 텐데. 난 전혀 아쉬울 게 없어."

빌리어드의 눈빛이 싸늘해졌다.

"그런데도 당신을 찾아온 거? 이유는 단 하나야. 내 의지와 철학 때문이지. 난 오스만 같은 황제가 되고 싶지 않아. 어느 날 아침 갑자기 군사를 일으켜 기존에 있던 세력들을 다 숙청하고, 내게 반기를 드는 자들을 힘으로 짓밟고 황위에 오르는 거. 왜냐고? 그럴 필요가 없으니까. 오스만에게는 명분도 능력도 없었으니 그런 식으로 황권을 잡을 수밖에 없었지만, 난 아니잖아. 내겐 명분도 능력도 무기도 충분히 있으니까. 그런데도 굳이 총칼을 들이댄다면 반감만 살 뿐이지. 그런 피의 역사를 되풀이 하고 싶지도 않고."

"귀족 세력을 포섭하고 싶으신 겁니까?"

역시 뼛속까지 장사꾼. 빌리어드는 눈치가 빨랐다.

"맞아. 쓸데없는 희생을 줄일 수 있는 가장 현명한 방법이지."

"오스만 밑에 있던 자들이 하루아침에 그렇게 쉽게 새 권력에 충성을 맹세하리라고 보십니까?"

"그건 당신 역량에 달렸겠지."

"……."

"최선을 다해야 할걸? 세상이 뒤집힌 후에 가진 걸 다 잃고 싶지 않다면."

"……."

빌리어드는 아무런 대꾸도 할 수가 없었다.

"그나마 다행으로 알아. 원래 후작에겐 아무 기회가 없었거든. 오늘 당신이 니안과 나를 귀찮은 곤경에서 구해줬기 때문에 얻은 기회야."

"……."

슬며시 자리에서 일어나는 데릭의 입가에 푸스스 웃음이 번졌다.

"반역자가 될 것인가…… 영웅이 될 것인가……."

그런 데릭을 따라 니안이 몸을 일으켰을 때였다.

"잠깐."

빌리어드 목소리가 니안을 붙들었다. 그의 시선이 이번에는 니안을 향해 올곧게 뻗어 나갔다.

"만약 내가 이 제안을 받아들이지 않는다면, 넌 어떻게 할 거냐?"

"무슨 뜻이세요?"

"내가 황제에게 너희 일행과 오빠를 넘긴다면 말이다."

"저와 엄마는 빼고요?"

"그래."

그러자 니안이 주저 없이 대답했다.

"제가 선택할 수 있는 건 딱 두 가지예요. 데릭과 함께 황제의 손에 죽거나, 살아남아 세상을 뒤집거나."

"……."

"그런데 아마 저희가 죽지는 않을 것 같아요. 당연히 데릭 혼자 힘으로도 거뜬히 그 난관을 극복할 수 있겠지만, 설사 못 한다 해도 제가 그 꼴을 그냥 보고 있진 않을 테니까요. 전 후작님이 짐작하시는 것보다 훨씬 큰 힘을 가지고 있거든요. 궁금하시면 지금 당장에라도 보여드릴 수 있고요."

"……."

빌리어드가 아무 말도 하지 않자 데릭과 니안은 그대로 몸을 돌려 문으로 걸어가 버렸다. 이어 탁, 문 닫히는 소리가 났다. 사람이 빠져나간 공간엔 허무한 공기만이 휘돌았다. 빌리어드는 급작스럽게 밀려드는 허탈감에 그저 웃음만 났다.

그래, 처음부터 협상 따위가 형성될 수 있는 관계가 아니었다. 이건 그냥 통보였다. 힘 있는 자가 힘없는 자에게 일방적으로 전하는 통보. 데릭의 말처럼, 그저 빌리어드가 니안과 데릭을 귀찮고 곤란한 일로부터 구해줬기 때문에 너그럽게 던져 주는 기회일 뿐. 벼랑 끝으로 달음박질치다가 저도 모르게 잡게 된 생명의 동아줄이랄까.

'황제는 이 사실을 알고 있을까?'

그는 스스로에게 질문을 던져 보았다.

그래, 알고 있으니 아르본으로 들어오는 황족과 같은 머리카락과 눈 색깔을 가진 사람들을 몽땅 잡아 궁으로 호송하라고 했을 거다. 그러자 또 다른 질문이 던져졌다.

'황제는…… 이에 대비해 뭘 준비하고 있지?'

가장 먼저 머리에 떠오른 것은 황후였다. 오스만이 황제로 등극하자마자 먼 베른 지방까지 가서 데리고 온 페르난디 가문의 마지막 붉은 꽃. 지금은 황국의 꽃이라 불리고 있는 그…….

그만 커다랗게 웃음이 터져 나왔다.

"하하하하하…… 하하하하하……."

얼마나 웃음이 나는지 눈가에 눈물이 맺힐 정도였다.

"하하하⋯⋯ 페르난디⋯⋯ 페르난디라니⋯⋯. 몰랐어⋯⋯ 몰 랐다고. 오스만은 몰랐던 게 분명해. 하하하하하."

자신이 고른 꽃이 가짜라는 사실을!

"⋯⋯하하하하하⋯⋯ 그런데 알고 보니 그 꽃이⋯⋯ 내 아내 의 딸이라니⋯⋯ 하하하하. 이런 운명의 장난 같은 일이⋯⋯ 하 하하⋯⋯."

그리고 니안은 이제 법적으로 자신의 딸이다!

그래, 신은 처음부터 빌리어드 베오만의 편이었던 거다.

하늘이 정한, 세상에 둘도 없는 행운의 사나이. 그게 바로 자신 이었다.

❦

"뭐라고? 다시 읽어 보아라. 다시!"

"아⋯⋯ 네⋯⋯ 그러니까⋯⋯."

놀란 시종의 얼굴이 벌겋게 달아올랐다.

베른 지방으로 보냈던 밀정이 급하게 전서구를 보내왔다. 그리 고 그 안에서 나온 편지의 내용은 오스만이 상상하던 것 중에서도 가장 최악의 결과였다.

셰이번 페르난디 백작과 재혼한 후처에게 어린 딸이 하나……

큼큼 목을 가다듬은 시종이 떨리는 목소리로 다시 편지를 읽기 시작했을 때, 오스만은 분노를 견디지 못하고 자리를 박차고 일어났다. 그가 시종이 들고 있던 편지를 빼앗았다. 그리고 핏발 선 눈으로 미친 듯이 그다음 내용을 읽어 내려갔다.

……있었습니다. 결혼 후 태어난 아기지만 페르난디 가문의 특질인 붉은 머리카락과 붉은 눈동자를 갖고 있지 않아 모두 재혼한 부인이 외도해서 낳은 아이라고 알고 있습니다. 페르난디 백작이 그 부인과 딸을 무척 사랑해서 호적에 이름을 올리려고 했지만, 장자와 장녀가 극렬히 반대했다고 합니다. 그 일로 백작이 죽기 전까지 집안 내에 갈등이 무척 심했고, 백작 타계 후, 작위와 재산을 물려받은 장자 게오르가 페르난디 부인과 딸을 쫓아냈습니다. 쫓겨난 백작 부인의 이름은 헬레나 르윈느 페르난디, 딸의 이름은 니안 페르난디 르윈느입니다. 딸에게 물려준 성은 부인의 결혼 전 성이라고 합니다.

"으아아아악!"
그가 격노한 나머지 미친 듯이 비명을 질러댔다.
"이게 뭐야! 대체 이게 뭐냔 말이다. 이게 뭐야아아!"
편지가 그의 손아귀에서 맥없이 구겨져 버렸다.

"그럼 지금 전 황태자가 부리는 그 용이 진짜 붉은 꽃이란 말이냐? 그래? 응? 그런 거냐고!!"

그는 분을 참지 못해 발을 쿵쿵 구르고 미친 사람처럼 우왕좌왕했다. 시종은 너무나 겁을 먹은 나머지 바닥에 납작 엎드렸다. 그를 오랫동안 모셔왔지만 이렇게까지 이성을 잃고 날뛰는 것을 본 적이 없었다. 미친 소처럼 혼자 소리를 지르고 길길이 날뛰던 오스만이 결국 벽에 걸린 검 하나를 뽑아 들더니 허공에다 정신없이 휘두르기 시작했다. 그리곤 반쯤 정신이 나가 땅바닥에 머리를 처박고 있는 시종의 목을 있는 힘껏 내리치고 말았다. 검붉은 피가 허공으로 솟구쳤다. 아무 잘못도 없는 무고한 피가 오스만의 얼굴과 옷을 적시고, 검날을 타고 흘러내렸다.

그 모습을 몰래 훔쳐보고 있던 소피아는 놀라 비명을 지를 뻔한 입을 손으로 틀어막았다. 오스만을 알현하러 왔다가 심상치 않은 분위기에 들어가지 못하고 문틈으로만 훔쳐보던 중이었다.

'황제가…… 황제가…… 니안의 존재를 알았어!'

공포가 온몸을 휘감았다. 그녀는 주춤주춤 문에서 물러섰다.

'전 황태자가 부리는 용……이라고? 하, 전 황태자라니! 니안 주변에 그런 사람이 있을 리가 없…….'

순간 번쩍 머릿속에 번개가 쳤다. 데릭 르윈느. 어디서 굴러왔는지도 모르는 니안의 오빠. 그리고 그의 외모는 분명…….

'마…… 말도 안 돼.'

여태 '페르난디의 마지막 붉은 꽃'이 무엇을 의미하는지 몹시 궁금했었다. 소피아는 니안이 궁으로 찾아왔을 때 자신의 방으로 불러들였던 엘카트를 떠올렸다. 황제의 말과 그 일을 조합해 보니, 이제야 '페르난디의 마지막 붉은 꽃'이 뭔지를 깨달을 수 있었다. 그것은 페르난디의 핏줄로부터 용의 외모가 아닌, 용의 능력을 물려받은 사람을 뜻하는 거였다.

마침내 분명해졌다. 현재의 황후, 소피아 넬 페르난디는 진짜 붉은 꽃이 아니라는 것이.

'그……그럼…… 니안 고 더러운 계집애가…… 진짜 아버지 딸이 맞았다는 거야? 걔가…… 진짜 페르난디 가문의 핏줄이었다고?'

인정할 수 없었다. 받아들일 수도 없었다. 도저히…… 도저히 이것은, 현실이어서는 안 되었다.

'……어떻게…… 어떻게…….'

이제 목숨을 보장받을 수 없게 됐다.

그녀는 바로 몸을 돌려 황후궁을 향해 뛰었다. 그곳에 계속 서 있다가 황제 눈에 띄면 무슨 봉변을 당할지 알 수가 없었다. 달리는 내내 눈앞이 새카매져 아무것도 보이질 않았다. 머릿속에는 그동안 자신과 게오르가 새어머니와 니안에게 했던 만행들이 떠올랐고, 그 대가로 교수대에서 처형되는 자신의 모습이 그려졌다. 그러자 억울함이 치솟았다. 니안은 아무것도 한 것 없이 아버지의 사랑을 독차지했고, 황실에서 가장 원하는 용의 능력도 물려받았는데, 자신은 지금껏 제대로 된 무언가를 받아 본 적이 없었다. 오로지 허락된 것이라곤 집안의 모든 재산을 탕진해버린 망나니 오빠 게오르 한 명뿐이었다. 너무도 화가 나, 세상을 다 부숴버리고 싶었다. 닥치는 대로 다 죽여버리고 싶었다.

주목으로 된 담장을 끼고 빠르게 돌았을 때, 소피아는 정복을 입은 에이든과 부딪치고 말았다. 제 가슴팍에 심하게 머리를 찧고 비틀거리는 그녀를 에이든이 얼른 붙잡아 세웠다. 얼핏 봐도 정신이 없는 것이 문제가 있어 보였다. 그의 얼굴에 걱정이 드리웠다.

"황후 폐하, 괜찮으십니까? 무슨 일이십니까?"

그제야 소피아는 풀렸던 눈에 힘을 주고 에이든을 똑바로 바라보았다. 그는 지금껏 자신이 봐 왔던 남자들과는 전혀 다른 눈동자를 가지고 있었다. 선량하고 정의로워 보이는 보랏빛 눈동자는 너무도 잔잔해서 여자의 마음을 묘하게 무장해제 시키는 힘이 있었다.

오스만이 진짜로 사람을 볼 줄 아는 사람이었다면 이런 남자를 황후궁으로 보내지는 않았을 텐데. 이토록 여자가 기대고 싶게 만드는 눈동자를 가진 사내를 말이다. 하지만 이 참한 청년조차 그 빌어먹을 니안에게 마음을 뺏기지 않았던가. 소피아는 마상 경기 시상식에서 그가 황제에게 무엇을 요구했었는지 정확히 기억하고 있었다. 나중에 그가 가문에서 파면되길 그토록 원했던 이유가 니안이었다는 사실을 알고 얼마나 경악했던지.

세상 모두가 소피아가 아닌 니안을 원했다. 지금은 기댈 사람이 너무도 필요했고, 눈앞에 기대고 싶은 눈동자가 있는데도, 소피아가 할 수 있는 일이라곤 아무것도 없었다. 배신감과 외로움, 그리고 공포로 어깨가 떨려왔다. 놀란 에이든이 걱정스럽게 다시 물었다.

"황후 폐하, 무슨 일이 있으십니까? 어디 편찮으십니까? 방으로 모셔다드릴까요?"

소피아는 간신히 고개를 끄덕여 보였다. 그러자 에이든이 조심스럽게, 그리고 아주 공손하게 그녀를 부축해 궁으로 향했다.

"시녀들은 다 어디에 두고 혼자서 이리 뛰셨습니까?"

그제야 그녀는 시녀들을 알현실 앞에 그대로 둔 채 혼자 미친 듯이 도망쳐왔다는 사실을 깨달았다. 워낙 갑작스럽게 전력 질주를 하는 바람에 시녀들이 미처 따라잡지 못한 모양이었다.

방으로 가는 길에도, 소피아의 머릿속엔 앞으로 오스만이 취할 모든 행동이 적나라하고도 구체적으로 그려졌다.

그는 이제 자신과 게오르가 쫓아낸 니안 페르난디 르윈느라는 아이가 어떻게 되었는지 찾기 시작할 것이다. 빌리어드 베오만의 부인인 카트린느가 니안의 생모라는 사실은 금방 알아내진 못하겠지만, 헬레나 페르난디 이름으로 죽은 여자와 자식으로 등재된 니안과 데릭을 찾아낼 게 분명했다. 그리곤, 반란 즈음 새로이 아들로 입적된 남자아이가 누구인지 의심을 해 볼 거다. 아마도, 오스만은 그 아들의 행적을 뒤쫓을 거고, 그가 황실 아카데미에 입학했다가 졸업을 코앞에 둔 시점에 자퇴하고 아르본에서 사라졌다는 사실까지 알게 되겠지. 그리곤, 아카데미 출신의 학생이나 교수를 불러 그의 외모부터 파악하려 할 거다. 아니, 그리 멀리 가지 않아도 그것을 확인해 줄 사람은 여기, 가장 가까이에도 있지 않나.

에이든 그렛 베오만.

그의 옷자락을 잡은 황후의 손가락에 힘이 들어갔다.

'하…… 하지만, 에이든이 날 위해 황제에게 거짓말을 해 줄 리가 없잖아.'

소피아는 너무나 좌절한 나머지 질끈 눈을 감고 말았다.

오랜만에 도착한 아르본은 여전히 활기차고 아름다웠다. 아, 이곳을 얼마나 그리워했던가. 순간 그동안 길에서 했던 고생들이 니안의 머릿속에 주마등처럼 지나갔다.

그에 비하면 확실히 올 때는 안락하고 편했다. 후작의 딸이 되어 후작 아버지 소유의 배를 타고 돌아왔으니까.

데릭이 빌리어드에게 협상의 카드를 던져 준 날 저녁, 빌리어드는 일행들이 모여 있는 방으로 직접 찾아왔었다.

"이게 뭡니까?"

빌리어드가 내민 것을 받아 든 데릭이 묘한 표정을 지어 보였다. 그것은 작은 가죽 주머니였는데, 그 안에는 정체를 알 수 없는 녹색 가루가 들어 있었다. 데릭의 표정을 읽은 빌리어드가 말했다.

"염색약입니다. 제가 서쪽 제도에서 들여온."

"네?"

들어본 적은 있었다. 베오만 상단을 통해 서쪽 제도의 풀에서 추출한 가루가 들어오는데 그걸로 머리카락을 검게 물들일 수 있다고. 하지만 아직 사람들은 머리카락을 물들이는 것보다는 가발 쓰는 것을 선호했다. 식물에서 추출하는 것이다 보니 물량에 한계가 있어 가격이 비싼 데다가, 머리카락이 자라기 시작하면서 꾸준히 관리하는 것이 꽤 번거로운 일이었기 때문이었다. 무엇보다 색깔이 검은색 하나밖에 없다는 것 때문에 더 인기가 없었다. 하지만, 지금 빌리어드가 이것을 들고 방으로 찾아왔다는 것은 많은 의미를 내포하고 있었다.

"이것으로 아까 제안하신 것에 대한 충분한 답변이 되리라 생각됩니다만."

그는 짧은 시간 안에 빠르게 결단을 내렸다. 바로 헤이드 멜롯의 편에 서는 것으로.

"이거면 황실 병사들의 눈을 피해 아르본으로 입성하는데 아무런 문제가 없을 겁니다."

"이미 배에 있는 병사들이 내 모습을 봤는데도?"

"배에서는 많은 일이 일어납니다. 때론…… 별것 아닌 일들이 멀쩡한 사람의 생명을 앗아가기도 하지요. 어처구니없게도……."

그는 곧장 일을 시행했다. 단 한 치의 주저함도 없이.

니안 일행을 붙잡았던 병사들은 단 한 명도 빠짐없이 복통과 설사 증세를 일으키곤 바로 격리조치 되더니, 배에 있던 의사로부터 치사율 높은 전염병 진단을 받고 5일 만에 모두 사망해 바다로 던져졌다. 아르본을 코앞에 둔 시점이었다. 감염의 위험으로 그들은 죽을 때까지 의사를 제외한 그 누구도 만나지 못했다. 덕분에 배의 분위기는 전염병의 공포로 흉흉했지만, 더 이상의 감염자가 발생하지 않으면서 천천히 안정을 찾아갔다.

일행은 모두 그의 행동력에 혀를 내둘렀다.

빠른 결단력과 추진력. 그것이 빌리어드가 치열하고 험한 세상에서 부와 권력을 쥘 수 있었던 힘이었다.

물론 처음에 제이디는 빌리어드의 염색약을 보고 시큰둥해 했었지만 말이다.

"염색약? 필요 없을 것 같은데. 검문을 통과할 정도의 짧은 시간이야 내가 간단히 마법으로 해결할 수 있어요."

"빌리어드가 하자는 대로 따르는 게 나아. 그럴수록 점점 더 우리랑 깊게 관여하게 되는 거니까. 그럼 더욱 빠져나가기 힘들어지지."

이게 데릭의 답이었다.

일행들이 하선 절차의 마지막인 황실 검문을 무사히 통과하자마자 가장 먼저 마주한 것은 빌리어드를 태우러 온 크고 화려한 마차였다. 그 앞에 자랑스럽게 선 빌리어드가 니안에게 말했다.

"우리 집으로 가자꾸나."

"죄송해요."

니안이 단번에 거절했다.

"……할 일이 있어서요. 이쪽 일이 마무리되면 생각해 보겠습니다. 어차피 엄마와는 10년 동안이나 떨어져 살았던걸요. 오늘 제가 가지 않는다고 서운해하시진 않으실 거예요. 안부만 잘 전해주세요."

혼자 마차를 타고 떠나면서도 빌리어드는 아쉬움을 감추지 못했다. 마음 같아서는 당장 그의 호적에서 이름을 빼내 오고 싶었지만, 데릭은 지금처럼 서류상 그의 딸로 있는 편이 그를 조종하는 데 훨씬 유리하다고 했다.

"물론, 네가 원치 않으면 안 해도 돼. 유리하다는 거지, 꼭 필요하다는 게 아니니까. 나한텐 네가 훨씬 소중해. 네가 마음을 다치는 건 싫어."

"이름쯤이야, 뭐. 어차피 지금도 내 이름으로 살지 못하고 있는데. 상관없어."

니안은 이름에 집착하지 않았다. 단 한 번도 그래 본 적이 없었다. 어쨌든 베오만의 성을 가지고 있으면 에이든을 만나도 죄책감을 덜 느껴도 되고, 엄마와도 당당하게 만날 수 있으니 딱히 나쁠 것도 없었다.

그들은 빌리어드가 떠난 자리에서 메이가 보내기로 약속한 마차를 기다렸다. 하지만 아무리 기다려도 메이의 마차는 부두에 모습을 드러내지 않았다.

"무슨 일이 있는 건가? 메이가 약속을 이렇게 안 지킬 사람이 아닌데."

아르모트가 불안한 얼굴로 중얼거렸다.

"그러게 말입니다."

"아무래도 공용 마차를 타는 게 낫겠어."

하는 수 없이 그들은 공용 마차가 다니는 대로로 자리를 옮겼다. 그곳에는 오래된 노점상들이 여전히 쌀쌀한 날씨에도 도로에 매대를 펼쳐놓고 있었는데, 막 배에서 내린 몇몇 선원들과 안면이 있는지 반갑게 인사하며 대화를 나누기 시작했다.

"그거 알아? 자네들이 멀리 다녀오는 동안 아르본에서 아주 난리가 났었다니까?"

"에? 무슨 일이요? 마수라도 떼로 나타났답니까?"

"아니 아니, 그런 게 아니고. 그 황후 있잖아."

'황후'라는 단어에 초조하게 마차를 기다리던 일행들의 귀가 토끼처럼 쫑긋해졌다.

"황후요?"

"그래애. 황제 폐하가 아주, '황국의 붉은 꽃'이라며 신성하게 여기고 엄청나게 아끼던 황후."

"네, 그런데 황후가 왜요? 무슨 일 있었어요?"

"황제가 그 황후를 감옥에 가뒀지 뭔가."

선원들의 눈이 동그래졌다.

"네에? 황후를 감옥에 가둬요? 아니, 이유가 뭔데요?"

"글쎄, 황후가 가짜였다지, 뭔가. 황제가 찾던 '붉은 꽃'이 아니었대. 진짜 '붉은 꽃'은 따로 있고, 그 여자가 '붉은 꽃'인 척 황제를 속이고 결혼까지 해 황후자리에 있었다는 거야. 그것도 장장 10년 동안이나."

순간 일행들은 자신들의 귀를 의심했다. 이제는 아예 노골적으로 그들의 이야기를 듣고 있었다. 그런 자신들의 무례함조차 깨닫지 못할 정도로 집중하면서.

"어이쿠, 맙소사. 하……하하……. 어이가 없네요. 아니, 어떻게 그런 일이 가능하죠?"

"난들 아나? 자세히는 모르겠지만, 아마 반역세력이 관련 있다는 것 같아. 그래서 아주 아르본이 쑥대밭이 됐었어."

"쑥대밭이 되다니요?"

"그그, 황실하고 비슷한 색깔의 머리카락과 눈동자 색깔을 가진 남자는 몽땅 다 잡아 궁으로 끌고 갔으니까 그렇지. 새로 아르본

으로 들어오는 사람뿐만 아니라 오랫동안 여기서 살던 사람까지
죄다 말이야. 그러니, 남은 가족들이 얼마나 억울해."

"그…… 뭔가 냄새가 나는데요. 황실하고 비슷한 외모를 찾는다
는 거 자체가……."

한 선원이 그렇게 말을 하자 동료로 보이는 다른 사내가 그의
옆구리를 팔꿈치로 툭 쳤다.

"어이, 무슨 소리를 하려고 그래? 여기 길거리야."

"아니…… 그렇잖아. 황족 중에 반역을 꾀할 사람이 누가 남아
있다고……."

그러자 상인이 말허리를 자르고 다시 끼어들었다.

"그 왜 있잖아. 델피안 거리에 있는 유명한 옷가게. 거기 어떤 여
자도 반역과 연루되어서 끌려갔다던 걸?"

콰쾅. 갑자기 머리 위에서 천둥 번개가 치는 듯했다.

"그…… 에메……리아? 아멜……리아? 그 왜 있잖아, 돈 많은
귀족이 엄청 드나드는……."

"아, 어딘지 알겠어요!"

"그래, 거기가 아지트였다지, 아마."

모두의 얼굴이 창백하게 질리는 순간이었다.

"더러운 사기꾼!"

"마녀!"

"파렴치한 창녀!"

"반역자를 죽여라!"

"마녀를 죽여!"

"마녀를 죽여라!"

"황실과 황국을 모욕한 마녀와 창녀를 죽여라!"

"죽여! 죽여!"

"죽여!"

소피아를 잡아들인 오스만의 처분엔, 전 황후에 대한 예우 따윈 없었다. 그런 의미에서 황후를 델피안 광장에서 공개 처형하기로 한 것은 아무리 생각해도 너무 잔혹한 처사였다. 인파로 빽빽한 광장을 뚫고 중앙을 가로질러 단두대로 향하는 황후의 수레로 돌과 쓰레기가 던져졌다.

델피안 광장의 인파에 묻힌 채 니안 일행들도 그 장면을 보고 있었다. 니안은 그렇게 황후를 모욕하는 사람들을 도저히 이해하기 어려웠다. 황국의 백성들 대부분이 진실을 알고 있었다. 소피아가 작정하고 오스만을 유혹하거나 속이려던 것이 아니라, 오스만에 의해 끌려오다시피 궁에 와 황후가 된 것이라는 사실을. 그런데 무엇이 이들을 이런 살벌한 광기로 몰아가고 있는 걸까.

"사람들은 그냥 비난할 상대가 필요한 것뿐이야."

데릭이 황후의 마차에 시선을 둔 채 말했다.

"그게 무슨 뜻이야?"

니안이 옆에서 데릭의 잘생긴 콧날을 올려다보며 물었다.

"언제 마수가 나타날지 모르는 데 뾰족한 대책이 없는 상황인 거잖아. 그에 대한 불안과 공포를 저런 식으로 해소하려는 것뿐이라고. 덕분에 오스만은 황후를 희생양 삼아 백성들의 분노가 자신에게 향하는 걸 피하게 됐고."

황후의 이런 결말은 어쩌면 당연한 일일지도 모른다. 니안 자신과 자신의 어머니에게 했던 짓을 생각해보면 말이다. 그런데도 억울한 느낌이 드는 건, 황후 단죄의 이유가 그녀가 진짜로 해왔던 악행 때문이 아니어서였다.

엄밀히 따지면 소피아가 니안에게 잘못한 일은 많았지만, 황제에게 잘못한 일은 하나도 없었으니까. 그녀 역시, 자신이 예언의 붉은 꽃이 맞는지 틀린지조차 알지 못했다. 황후는 일부러 황제와 백성들을 기만하려 한 게 아니었다.

소피아의 수레 뒤에는 또 다른 죄인을 태운 수레가 단두대를 향해 가고 있었다. 푸른빛이 도는 짙은 곱슬머리가 가녀린 어깨 위로 어지럽게 흩어져 내린 여자는……

"메이……."

아르모트가 신음 섞인 소리로 그녀의 이름을 작게 중얼거렸다. 그녀는 메이 아멜리아였다. 니안 일행이 이 순간 델피안 광장에 있는 진짜 이유. 황후가 황제를 기만한 죄로 지금 돌을 맞고 있다면, 메이는 반역이라는 죄명으로 그곳에 끌려 나와 있었다. 그들은 메이를 구해야 했다.

"저들은 메이가 반역을 저질렀다는 것만 알지, 구체적으로 어떤 반역 행위를 했는지 알지도 못하잖아. 그런데 어떻게 메이를 저렇게 비난하고 미워할 수가 있는 거지?"

제이디가 이를 부드득 갈았다.

"그게 바로 권력의 힘 아니겠습니까?"

레오가 대답했다.

"황제가 그렇다고 하면 그런 거죠."

메이의 뽀얀 피부가 사람들이 던진 돌에 맞아 찢어지고 피가 났다. 그녀의 처참한 몰골은 멀리 떨어져 있는 니안 일행의 눈에도 선명하게 보였다. 저절로 주먹이 불끈 쥐어졌다. 아르모트의 얼굴은 분노로 일그러졌고, 데릭의 얼굴은 붉게 달아올랐다. 당장 중앙으로 뛰어들어 그녀를 모욕하는 사람들에게 칼을 휘두르고 싶은 심정이었다.

아르본에 도착한 첫날, 그들이 마차를 기다리던 대로에서 노점상인과 선원이 나누는 대화를 듣게 된 것은 천운이었다. 덕분에 그들은 공용 마차를 타고 아멜리아의 저택을 향하는 대신, 시내에 있는 여관에 자리를 잡을 수 있었다. 만약 아무것도 모르고 아멜리아의 집으로 갔다면, 그곳에 잠복해 있던 황제의 병사들에게 몽땅 잡혔을 뿐만 아니라 빌리어드에게도 큰 화를 끼칠 뻔했다. 아찔한 일이었다.

빌리어드는 베오만 가문에 니안을 입적시킨 이유를 황제에게 해명하고 이해를 구하느라 엄청난 곤욕을 치러야 했다. 그나마 그가 카트린느와 10년 전부터 혼인 상태였던 데다, 최근 들어서야 니안의 존재를 알게 되었다는 점을 황제가 알고 있었기에 간신히 죽음을 면할 수 있었다. 황제로서도 불분명한 이유로 어마어마한 부와 영향력을 가진 빌리어드를 단번에 날리는 건 꽤 부담이었을 테니까.

데릭은 처음 메이의 처형 소식을 알게 된 날을 떠올렸다.

"황실에서 공고가 붙었어요!"

동태를 살피러 외출했던 레오가 여관방으로 뛰어 들어오며 소리쳤다. 모두가 여관방에서 두문불출하며 어떻게 메이를 구해야 할지 전전긍긍하던 중이었다. 일행 중 유일하게 아르본 시내를 돌아다닐 수 있는 건 황제가 존재를 알지 못하는 레오뿐이었다.

"황후가…… 황후가 다음 주에 처형된대요. 그리고 그날, 메이 아멜리아도 같이 처형을 치른다네요. 반역죄로요. 황후는 단두형, 메이는……."

"메이는?"

아르모트가 조급하게 물었다.

"……메이는…… 화형이래요!"

순간 여관 방안엔 무거운 정적만이 감돌았다.

화형이라니!

목이 잘리는 단두형보다 산 채로 묶여 죽을 때까지 불에 태워지는 화형은 몇백 배나 더 잔인하고 끔찍한 처형법이었다.

그날 밤, 모두가 잠을 이룰 수 없었다. 여러 이야기가 오갔지만, 어떤 방식으로 메이를 구출하는 것이 가장 효율적이고 현실 가능한 일일지 확신이 서지 않았다. 뚜렷한 답도 없이 이틀이 흘렀다.

새벽 늦게까지 잠을 이루지 못하고 창가에 앉아 밤하늘을 올려다보던 데릭이, 마찬가지로 잠을 이루지 못해 침대에서 일어나 다가온 멜드린에게 말했다.

"결정했어요."

조용히 흘러나오는 목소리가 낮게 갈라졌다.

"뭘 말이냐?"

"메이를 언제 어떻게 구할지요."

멜드린의 눈이 크게 뜨였다.

"특별한 생각이라도 있는 거냐?"

"……."

대답 대신 크게 숨을 들이쉰 데릭은 잠시 말이 없었다. 꼼짝도 하지 않은 채 까만 밤하늘을 배경으로 우뚝 서 있는 맞은편 건물에 깊은 시선을 던지고 있을 뿐이었다.

"데릭?"

침묵을 견디지 못한 멜드린이 그의 이름을 불렀을 때야, 불꽃을 품은 푸른 눈이 서서히 그에게로 돌았다.

"황후 처형일이요."

"뭐?"

멜드린이 믿을 수 없다는 표정으로 되묻곤 말을 이었다.

"그날은 사람도 너무 많고, 병사들도 엄청나게 모여 있을 텐데. 황제도 직접 탑에 올라 그 모든 것들을 내려다보고 있을 거다."

"네. 바로 그거예요."

"……."

입을 꾹 다문 멜드린은 여전히 이해할 수 없다는 표정을 짓고 있었다.

"그래서 그날이어야 해요. 수많은 백성과 오스만이 보고 있는 그날요. 메이를 구출하고 헤이드 멜롯의 존재를 온 세상에 알릴 수 있는 절호의 날."

회상을 끝낸 데릭은 비장한 얼굴로 광장 끝에 세워진 탑 꼭대기를 올려다보았다. 과거부터 광장에 행사가 있거나, 백성들에게 담화를 발표할 때마다 사용하던 곳이었다. 그곳 발코니에 놓인 화려한 의자 위에 오스만 황제가 앉아 있었다. 불만스럽게 인상을 잔뜩 구긴 채. 마치 소피아에게 속은 것이 몹시 분하고 괘씸하다는 표정을 짓고 있었다. 그런 오스만을 바라보는 데릭의 눈에서 불꽃이 튀었다.

데릭의 심상치 않은 기운을 느낀 제이디도 그를 따라 탑으로 시선을 돌렸다.

훗, 저게 말로만 듣던 오스만 황제로군. 생각보다 별거 없구면.

황궁을 드나들면서도 황후밖에 만나지 못했던 제이디였다. 그가 오스만의 얼굴을 보는 건 오늘이 처음이었다. 오스만의 뒤에는 몇 명의 시종과 황실 기사단이 서 있었는데, 그중엔 빈트와 에이든도 보였다. 천천히 그곳을 훑던 제이디의 눈이 가늘어졌다.

저 익숙한 실루엣은 뭐지?

오스만의 사람들 사이에 도저히 이해할 수 없는 인물 한 명이 끼어 있었다. 갈색 머리카락을 길게 늘어트리고 보라색 로브를 걸치고 있는 의문의 남자. 순간, 제이디의 얼굴이 경악으로 물들었다.

"라…… 란크렌?"

신음과도 같은 소리가 흘러나왔다.

머리카락과 눈 색깔을 바꿨어도 분명 란크렌이다! 아마도 저처럼 마법으로 튀지 않게 색을 바꾼 것이겠지. 그런데 도대체 네가 그곳엔 왜?

한스넬에 나타났다던 란크렌이 오스만 옆에서 등장한다는 건 전혀 예상치 못했던 시나리오였다.

'도대체 무슨 꿍꿍이냐, 란크렌.'

제이디가 입술을 깨물었다.

'질투 때문이 아니었어? 날 죽이려고 했던 게. 저쪽 세계에서 차원의 경계를 지키고 있어야 할 네가 도대체 여기 왜 나타난 건데? 그것도 이렇게 경계의 장벽이 불안정한 때에!'

우우우우-

군중들의 야유가 급작스럽게 커진 바람에 제이디의 생각의 흐름도 뚝 끊기고 말았다. 처형대 위로 황후가 끌려 올라오고 있었다. 오스만 혁명의 상징인 커다란 단두대가 놓인 넓은 처형대 위에서, 황후는 비 맞은 개처럼 덜덜 떨고 있었다. 니안이 있는 곳은 처형대가 너무 멀어 그녀의 모습이 손가락만 하게 보이는데도 그녀가 느끼고 있는 두려움이 고스란히 전해질 정도였다. 대중이 던진 오물을 뒤집어쓴 채 벌벌 떨고 있는 소피아는, 황후였다는 것을 믿기가 어려울 정도로 초라하고 더러워 보였다.

무대처럼 세워진 처형대 옆에는 커다란 화형대가 설치되어 있었다. 엄청난 양의 장작더미 위로 기다란 쇠기둥이 박혀 있었다. 황후에 이어 이번에는 메이가 그 화형 대 위로 끌려 올라왔다. 메이 역시 오물을 뒤집어쓴 더러운 모습이었지만, 황후와는 다르게 담담한 모습이었다. 집행관이 그녀의 양손을 기둥에 매달린 수갑에 매달았다. 허리에도 단단하게 쇠사슬을 둘렀다. 단, 두 발만큼은 자유롭게 풀려 있었는데, 그것이 뜨거운 불길 속에서 고통에 발버둥 치는 모습을 잘 볼 수 있게 하기 위한 것이라는 것을 알고 나서 모두 또 한 번 경악했다. 잔인하고 잔인한 일이었다.

준비가 완료된 것을 확인한 집행관이 두루마리를 펼치고 처형대 위에서 황후의 죄를 큰 소리로 낭독하기 시작했다. 그 말은 즉, 황후의 처형을 먼저 거행한다는 뜻.

햇빛을 받아 번쩍이는 칼날을 향한 소피아의 동공이 커졌다. 집행인이 그녀를 단두대 쪽으로 잡아당기자, 그녀가 발악하기 시작했다.

"안 돼. 안 돼. 난 아무 잘못이 없어. 아무 잘못이 없다고! 도대체 내가 왜 죽어야 하는데? 이렇게 죽을 순 없어. 이렇게!"

그러자 집행관 하나가 더 달려들어 그녀를 붙들었다. 하지만 이미 반쯤 미쳐버린 소피아의 힘은 평범한 여자의 힘보다 셌다. 또 다른 집행관 한 명이 더 달라붙고 나서야 그들은 간신히 소피아의 목을 단두대에 밀어 넣는 데 성공했다. 그 와중에도 그녀는 고래고래 소리를 지르고 욕을 해댔다.

"이거 놔. 이거 놓으라고. 이거 놔! 오스만 이 나쁜 놈! 나한테 페르난디의 마지막 붉은 꽃이니, 영험한 황국의 붉은 꽃이니 지껄인 건 너였잖아! 난 그런 게 있는 줄도 몰랐다고! 붉은 꽃이고 지랄이고 내가 페르난디의 마지막 딸이야. 내가 페르난디의 마지막 딸이 맞다고! 결혼 안 하면 죽일 것처럼 병사들을 보내 청혼해 놓고, 이제 와 내가 널 속였다고? 기만했다고? 천벌을 받을 거다, 오스만!

저주를 받을 거야!"

소피아의 입에서 나오는 막말에 놀란 대중들이 동요했다. 그녀의 말에 동조해서가 아니라, 황후라는 여자가 구사하는 천박한 화법에 놀라서였다. 그러자 대중 속 누군가가 경멸을 담아 소리쳤다.

"닥쳐! 이 마녀야! 저년하고 똑같이 화형시키기 전에!"

그러자 사람들 사이로 와르르 조롱의 웃음이 퍼졌다. 그러나 그녀의 입에서 나오는 독설은 멈출 줄을 몰랐다.

"내가 가만히 안 있을 거야. 죽어서도 저주할 거야. 끝까지 따라다니면서 괴롭힐 거야. 절대 용서 안 해."

그녀의 말이 끝날 때까지 기다리다간 형을 집행할 수도 없을 지경이었다. 턱을 괸 오스만의 입에서 한심하다는 듯 한숨이 흘렀다. 결국, 주 집행관이 짜증스러운 얼굴로 손짓했다. 칼을 내리라는 신호였다.

"니안- 니안-!"

칼이 떨어지기 직전 터져 나온 이름에 놀란 니안의 눈이 커졌다.

"너도 마찬가지야. 널 저주할 거야. 영원히 미워할 거야. 널 내 동생으로 만든 우리 가문도 저주할 거다. 세상을 모두 멸망시킬 테야!"

그 순간 날카로운 칼날이 시린 소리를 내며 떨어져 내렸다. 동시에 앙칼진 소피아의 목소리도 뚝 끊겼다. 그녀의 머리가 붉은 피를 뿜으며 처형대 위를 구르는 것을 보고, 대중들이 '우우-' 하는 소리를 냈다. 하지만 그뿐이었다. 한때는 황후로 모든 것을 누리던 여자였건만, 허망하기만 했다. 이제 대중들은 황후에게는 흥미가 식었는지 금세 화형대 위에 매달린 메이에게로 시선을 돌렸다. 그녀는 황후와는 다르게 여전히 담담한 얼굴로 두 눈을 질끈 감은 채 가만히 서 있었다. 그제야 데릭이 회심의 미소를 지으며 중얼거렸다.

"이제 때가 됐어."

니안은 긴장으로 타오르는 목으로 침을 꿀꺽 삼켰다.

헤이드는 할 수 있지만, 오스만은 절대로 할 수 없는 일.

이미 한스넬을 향한 여정에서 몇 번이나 해 봤던 바로 그 일을 말이다.

"어떤 동물들을 동원할 건데?"

니안이 데릭에게 물었다.

"글쎄. 친숙하면서도 두렵고, 많은 숫자를 동원할 수 있는 거?"

"……."

"저 많은 군중을 내가 원하는 방향으로 통제하는 데 가장 효율적인 것들."

헤이드는 황제의 탑에서 가장 잘 보이는 건물의 지붕 위에 우뚝 섰다. 델피안 광장의 화형대와 군중 모두 훤히 내려다보이는 곳이었다. 그 옆에 데니펫을 안은 니안이 앉아 있었다.

"기다려!"

집행관 하나가 화형대에 불을 붙이기 위해 횃불을 들고 막 나타났을 때 데릭이 외쳤다. 기개 넘치는 울림이 광장 전체에 쩌렁쩌렁하게 퍼졌다. 어찌나 압도적인지 야유와 함성을 지르던 군중들의 목소리가 일시에 뚝 그쳐 버렸다. 오스만 황제의 시선도 단번에 그를 향했다. 데릭과 눈이 마주친 오스만의 두 눈이 화등잔만큼 커졌다.

"헤이……드?"

멀리 떨어져 있어도, 지붕 위에 서서 보란 듯이 로브를 젖히는 청년의 금발 머리가 선명하게 보였다. 대체 어떻게 해서 저런 목소리를 낸 거지? 사람이라면 도저히 단 한마디로 이 넓은 광장의 이목을 장악할 수는 없을 텐데.

"제이디……."

삐뚜름하게 밀려 올라간 란크렌의 입술에서는 작게 제이디의 이름이 흘러나왔다. 데릭이 사용한 목소리의 트릭을 금세 알아챘기 때문이다. 하지만, 오스만은 상관하지 않았다. 아니, 갑작스러운 헤이드의 등장에 놀란 나머지 란크렌이 말을 했다는 사실조차 눈치채지 못했다는 편이 맞았다.

"날 찾아다녔다고요?"

"……."

"그래서 무고한 사람들을 잡아 가뒀다던데?"

"……."

"아, 가두기만 한 게 아니라…… 죽였다던가?"

"……."

"이제 내가 여기 나타났으니 사람들을 죽이는 짓 따위는 그만하시죠, 삼촌."

"……."

"아니, 작은아버지."

영문을 몰라 멍했던 군중 중 계산이 빠른 사람 몇몇이 수군거리기 시작했다.

'전 황태자 아니야?'

그러자 '전 황태자'라는 단어는 순식간에 군중들 사이에 물결처럼 퍼져나갔다. 심상치 않게 술렁이는 군중의 모습에 오스만이 간신히 정신을 차렸다. 현실을 인지하고 나자 가장 먼저 밀려든 감정은 역시 당황함과 분노였다.

오스만은 시뻘게진 얼굴로 자리에서 벌떡 일어나 데릭을 가리키며 소리를 질렀다.

"어서, 저 녀석을 잡아! 어서!"

델피안 광장 가장자리를 둘러싸고 있던 병사들이 개미처럼 줄지어 움직여 데릭이 딛고 선 건물 아래로 모여들기 시작했다.

"황제 폐하를 부탁하네."

몸을 돌려 발코니를 빠져나가며 빈트가 경악에 젖은 에이든의 어깨를 툭 쳤다. 나선형의 계단을 정신없이 뛰어 내려가며 빈트는 한스넬에서 녀석들과 대치하며 겪었던 일들을 떠올렸다. 그러자 갑자기 머리가 지끈거리기 시작했다. 전 황태자와 그 일행은 모두 범상치 않은 인물들이었다. 그들은 마수와 용을 다룰 줄 알았다.

그렇다면 이곳에까지 마수를 끌어들이려는 걸까? 이렇게 사람들이 많은데? 만약 그가 마수를 다루는 모습을 일반 백성들이 보게 된다면 어떤 일이 벌어질까? 제발 내가 도착할 때까지 별일이 없어야 할 텐데!

하지만, 그가 탑 가장 아래에 있는 커다란 문을 통과했을 때, 그의 기대가 무색할 정도로 광장은 아수라장이 되어 있었다. 겁에 질린 군중들이 비명을 지르며 사방팔방으로 뛰어다니고 있었다. 눈앞은 온통 그들이 일으키는 흙먼지로 시야가 뿌옜다.

"쿨럭, 뭐야, 벌써 마수라도 나타난……?"

그가 손등으로 쿨럭이는 입을 가리며 중얼거리다 입을 꾹 다물었다. 마수가 아니었다.

개였다. 아니, 늑대였다. 아니…… 늑대와 개 모두 다였다.

그들은 겁에 질려 이리저리 뛰어다니는 사람들에게 크게 짖거나 이를 드러냈다. 그러면 도망치던 사람들은 혼비백산한 나머지 다른 곳으로 방향을 틀었다. 그러다 또다시 늑대나 개를 마주치면 다시 방향을 바꾸기를 반복하며 목장의 양 떼처럼 한곳으로 몰리기 시작했다. 마치 누군가 의도한 것처럼. 전 황태자가 서 있는 건물로 병사들이 빠져나간 자리를 짐승들이 빠르게 채우며 사람들을 포위했다. 어느덧 광장의 군중들은 몇 개의 커다란 덩어리로 뭉쳐지고 있었다. 군중들 틈에 남은 병사들이 뒤늦게 그것을 눈치챘지만, 제대로 된 명령이 전달되지 않아 어쩌지 못하고 우왕좌왕하다가 함께 갇혀 버렸다.

빈트의 입에서 한숨이 터져 나왔다. 그가 있는 자리에서는 전 황태자의 건물 앞 상황이 보이진 않았지만, 딱히 자신이 서 있는 곳보다 더 나을 것도 없을 것 같았다. 그는 달려들듯 짖어대는 늑대 한 마리를 칼로 쳐 내고는 잔뜩 겁을 먹은 채 벽에 붙어 서 있는 말 위에 홀쩍 올라탔다.

"젠장!"

빈트가 달려드는 늑대들을 쳐내며 도착한 건물 아래엔 또 다른 상황이 펼쳐져 있었다.

'용이랑 마수뿐이 아니었어?'

그는 도무지 이해할 수 없는 광경에 두 눈을 깜빡거렸다.

곰이었다.

분명 아르본 숲 깊은 곳에 있어야 할 붉은 곰들이 병사들을 둘러싸고 무시무시한 소리를 질러대고 있었다. 두 발로 벌떡 일어선 곰의 키는 사람의 두 배는 되어 보였다. 용기를 낸 누군가가 곰에게 창을 겨눴다가 인정사정없이 앞발에 치여 날아가 한쪽 벽에 처박혔다. 그는 목이 부러졌는지 다시 일어서지 못했다. 하지만, 곰들은 병사들이 공격하지 않는 한 먼저 덤벼들어 해치지는 않았다.

그저 소리를 지르며 위협만 가할 뿐. 마치 누군가의 명령을 받고 선 것처럼 말이다.

어떻게 해야 할지 몰라 머리를 굴리는 사이 광장은 짐승들에게 제압된 채 안정을 찾아가고 있었다. 빈트는 분한 얼굴로 위풍당당하게 지붕 위에 서 있는 데릭을 올려다봤다. 그리고 그 옆에 앉은 검은 머리의 예쁘장한 소녀도. 그녀가 품에 안고 있는 작은 족제비 한 마리가 이상하게 신경 쓰인다고 느끼는 순간, 데릭이 말문을 열었다.

"두려워하지 말라, 쿠커스의 백성들아. 그대들이 얌전히 있는 한, 나, 이 헤이드 멜롯의 짐승들은 그대들을 절대 해치지 않을 것이다."

그러자 사람들이 다시 술렁이기 시작했다. 데릭의 입가가 씨익 밀려올라갔다. 그는 사람들이 무엇 때문에 술렁이는지 잘 알고 있었기 때문이었다. 그들은 지금 전 황태자가 짐승을 다룬다는 사실을 막 깨닫고 혼란스러워하고 있었다. 그럴수록 분노와 질투에 절은 오스만의 눈에선 붉은 핏발이 터질 듯이 일어서고 있었다.

"무슨 개수작이야, 이 더러운 사기꾼 새끼! 헤이드 멜롯은 죽었어!"

"아니, 헤이드 멜롯은 죽지 않았어. 지금 내가 보여주는 능력이 내가 바로 헤이드 멜롯이라는 걸 증명하는 거니까."

데릭이 군중들을 향해 더욱 큰 소리로 외쳤다. 여전히 목소리는 비현실적일 정도로 컸다.

"나, 헤이드 멜롯은 유구한 멜롯 가문의 핏줄을 타고 흐르는 특별한 능력을 물려받았다. 지금 너희들이 보고 있는 바로 그것. 짐승을 통제하는 능력! 내가 이 능력을 사용한다는 것 자체가 내가 멜롯 가문의 정통 후계자임을 증명하는 것이다. 이 능력은 오로지 단 한 명의 후계로만 계승되는 거니까."

"닥쳐! 거짓말!"

"오스만! 너는 내 아버지를 죽이고 왕위를 찬탈했어. 네가 혁명이라고 포장한 것이 결국 반란에 지나지 않는다는 걸 백성들은 알아야 해. 내가 거짓말을 하고 있다면 어디 증명해 봐. 내가 데리고 온 이 짐승들을 네 힘으로 한번 물려 보란 말이야!"

병사들을 포함한 광장에 모인 모든 사람의 시선이 일제히 오스만을 향했다. 오스만은 백성들의 시선을 받는 게 처음은 아닌데도 마치 처음인 것처럼 온몸이 부들부들 떨려왔다.

아무것도, 아무것도 할 수가 없었다. 그리고 여전히 화가 났다. 궁 안에 있는 동안, 어린 헤이드는 이런 특별한 능력을 단 한 번도 보여준 적이 없었다. 그리고 지붕에 선 금발 머리 청년이 가졌다고 주장하는 멜롯 가문의 능력은, 오랫동안 발현된 적이 없었다. 전설이라 치부해도 좋을 만큼.

그때 뒤에서 란크렌의 차분한 목소리가 들려왔다.

"말려들어가시면 안 됩니다."

"……."

"이 세계에서 마법은 사라진 지 오래입니다."

"……."

그제야 대꾸할 말이 번뜩 떠오른 오스만이 떨림을 감추며 소리쳤다.

"멜롯 가문의 그 능력은 전설일 뿐이야. 이 세계에서 마법이 사라진 순간, 멜롯 가문의 능력도 함께 사라졌다. 최근 역대 황제 중 그 누구도 그런 능력을 발휘한 적이 없어. 넌 차원의 경계에 생긴 틈으로 흘러든 힘에서 조잡한 능력을 얻어 백성들을 현혹하는 하찮고 허접한 마법사일 뿐이야!"

"아니, 차원의 틈새에서 흘러들어오는 마력으로 내 핏속에 잠자고 있던 가문의 능력을 일깨웠을 뿐이지. 그래서 오늘, 난 너를 백성들에게 헌납하고자 한다. 황국을 속이고, 황민을 기만하고, 멜롯 가문을 더럽힌 너를! 저 군중들에게 심판받게 할 거야!"

그 순간 괴상한 소리와 함께 하늘 먼 곳에서 먹구름이 몰려오기 시작했다. 이상한 기운을 느낀 사람들이 시선이 까만 먹구름이 몰려오는 하늘 끝에 닿았다.

먹구름이 낄 때 원래 저런 소리가 났었나?

사람들이 이상함에 고개를 갸웃거리는 동안에도 먹구름은 빠른 속도로 다가오고 있었다. 그것이 거의 광장에 다다랐을 때야 사람들은 그 먹구름의 정체를 알아볼 수 있었다.

"새다!"

"박쥐야!"

"새! 새야! 아니, 박쥐랑 새! 다야!"

"세상에! 대낮에 박쥐라니!"

사람들이 하늘을 손가락질 치며 소리쳤다. 온갖 새들이 뒤섞여 있었다. 가장 앞을 차지한 것은 맹금류들이었다. 사람들은 커다란 새 떼가 만들어내는 소리에 다시 한번 겁을 집어먹었다. 그것이 그대로 자신들을 덮칠까 봐 두려웠다. 하지만, 새들은 사람들의 머리 위를 지나 탑에 매달린 황제의 발코니로 무섭게 몰려들었다.

황제는 맨 앞에서 자신을 향해 곧장 날아드는 커다란 독수리를 보며 공포에 질린 나머지 뒤에 서 있는 란크렌을 돌아보았다.

"돌아보지 말고 손을 뻗으십시오!"

"뭐…… 뭐라?"

"백성들이 보고 있습니다. 겁내지 말고! 앞을 보고! 손을 뻗으세요!"

얼결에 오스만이 팔을 쭉 뻗는 순간, 란크렌은 망토 속에 짚고 선 지팡이로 바닥을 쿵 두드렸다. 그 순간 오스만의 뒤에서 투명한 빛 덩어리가 생겨나더니 번개처럼 뻗어 나갔다. 발코니 앞으로 반구 형태의 투명한 장막이 펼쳐짐과 동시에 제일 앞서 날아들던 독수리가 그 장막에 부딪혀 목이 꺾였다. 사람들의 입에서 탄성이 나온 것도 잠시, 이내 발코니는 새카맣게 몰려든 새들로 뒤덮여 버렸다. 시끄러운 소리가 허공을 울리고 죽은 새가 한두 마리씩 후두두 땅으로 떨어져 내렸다. 그럴 때마다 놀란 사람들의 입에서 탄성이 터져 나왔다. 그리고 '우우웅' 하는 미세한 진동을 광장에 있는 사람들이 모두 느꼈을 때쯤, 새들을 둘러싼 발코니에서 커다란 폭발음이 들렸다.

우어어-

군중들 사이로 탄성이 파도처럼 흘렀다. 새들은 폭발음과 함께 뻗어 나온 눈부신 광선과 함께 터지듯 날아갔다. 발코니 앞 광장 아래로 붉은 피와 죽은 새의 사체가 비처럼 쏟아졌다.

새들이 사라진 발코니 안에는 여전히 팔을 앞으로 쭉 뻗은 오스만이 멍한 표정으로 서 있었다. 어디 한군데 다치지 않은 멀쩡한 상태로.

'이제 어떻게 해야 하지?'

오스만은 란크렌을 돌아보고 싶었지만, 경이에 찬 백성들의 시선이 오롯이 자신을 향하고 있다는 것을 깨닫고는 꼼짝할 수가 없었다. 그의 속내를 꿰뚫었는지, 란크렌이 뒤에서 조용히 중얼거리듯 말했다.

"화형을 집행하십시오."

그제야 정신을 차린 오스만이 팔을 내리고는 목소리를 가다듬은 채 소리쳤다.

"어서, 반역자의 화형을 집행하라!"

횃불을 든 채 멍하니 사형대 단상 아래에 서 있던 병사들이 그제야 머리를 흔들며 놓았던 정신을 붙잡았다.

"뭣 하고 있느냐! 어서 불을 붙이지 않고!"

오스만의 호령에 깜짝 놀란 병사들이 부랴부랴 화형대로 달려가 메이의 발밑에 놓인 장작더미에 하나, 둘, 횃불을 내렸다.

"안 돼!"

분노에 찬 데릭의 목소리가 날카롭게 갈라졌다.

미리 기름을 뿌려놓은 장작엔 순식간에 불이 붙었다. 열기를 내뿜으며 타오르는 불꽃 위에서 죽음을 목전에 둔 메이는 아이러니하게도 아름다웠다. 마치 너울거리는 꽃 위에 서 있는 것 같달까. 아르모트가 미친 듯이 달려가 횃불을 든 병사를 때려눕혔다. 그는 무리하게 곧장 화형대로 뛰어오르려 했지만, 금세 그를 따라잡은 레오와 멜드린에게 잡히고 말았다.

"이거 놔! 놓으라고!"

아르모트가 발악하듯 발버둥 쳤다.

"메이! 메이……!"

그의 입에서 흘러나오는 메이의 이름이 처절하도록 애절했다. 그렇다고 아르모트까지 위험에 빠트릴 수가 없어 레오와 멜드린은 필사적으로 그를 붙잡고 늘어졌다. 모두가 뛰어난 능력을 갖추고 있었지만, 화염에 휩싸인 사람을 구할 방법은 갖고 있지 않았다. 거세게 솟구치는 불길을 바라보고 있자니, 모두의 심장도 함께 활활 타오르는 것 같았다. 심지어 용으로 변할 수 있는 니안조차, 불길은 뿜어낼 순 있어도 타오르는 불을 끌 수는 없었으니까.

제이디는 숨이 막힐 것 같았다.

'주문도…… 마력을 돌리는 방법도…… 잘 기억나지 않아…….'

죄 없이 불 속에서 타오르는 메이를 보는 것도, 그런 메이를 바라보며 절규하는 아르모트를 보는 것도 그에겐 고통이었다. 자신이 확실한 해결책을 내놓지 못한다는 사실이 더 그랬다. 그래도 마냥 손 놓을 수만은 없어서 그는 단두대가 놓인 단상 위로 뛰어 올라갔다. 바로 옆으로 메이가 묶인 화형대가 훤히 보였다. 그런 제이디를 느낀 걸까? 메이의 고개가 힘없이 돌았다. 그 바람에 제이디는 메이의 커다란 청회색 눈동자와 정통으로 마주쳤다.

'젠장…….'

그는 속으로 욕을 되뇌며 입술을 깨물었다.

이대로 저 여자를 죽게 놔둘 수 없어!

그는 두 눈을 감고 필사적으로 자신이 기억하는 모든 마법의 주문을 되새겼다. 불을 끄는 마법을 배운 기억은 없었다. 마법을 배운 게 너무 오래전인 데다 그나마도 어린 나이에 중단했기에 이런 위기상황에 적용할 만한 것이 있을지 확신이 서지 않았다.

문득 변신술 고급반에 막 올라가자마자 배웠던 이론이 떠올랐다. 변신술의 기본은 나의 모습을 다른 모습으로 바꾸는 거지만,

그보다 한 단계 더 높은 기술은 제삼자의 모습을 다른 모습으로 바꾸는 것이었다. 하지만 그건 최고 경지에 달한 대마법사만 구사할 수 있는 최고사양 마법 기술이었기에 제이디가 할 수 있는 것이 아니었다. 그가 기억하는 것은 형체를 가진 작은 무생물을 비슷한 모습의 생물로 바꾸는 것이었다. 그를 시행하기 위한 기본 마력 운용법을 배우며, 그가 깃털 하나를 살아 있는 송충이로 만들려고 얼마나 애를 썼던가.

'불을 끌 수 없다면…… 저 불을 다른 걸로 변화시키면 돼. 하지만 불은 물질이라기보다는 에너지에 가까운데…… 저렇게 형체가 없는 것도 가능할까?'

어쩌면…… 불과 관련된 마력운용법을 접목하면 가능할 것도 같다. 그는 최대한의 마력을 끌어모으기 위해 눈을 감았다. 장작을 불연 물질로 바꾸는 것도 생각해 봤지만, 그것은 변신술보다는 연금술에 가까운 기술이었고, 그 역시 자기 능력 밖의 일이었다. 응용마법은 이미 란크렌이 자신을 그림에 가둬 죽이려 했을 때도 한 번 성공한 경험이 있었다. 하지만…… 마력이 부족한 이곳에서 이렇게 큰 마법 시전이 가능할까?

란크렌은 흥미로운 눈빛으로 그런 제이디를 내려다보고 있었다. 과연 어린 나이에 마법 세계에서 쫓겨난 네가 어디까지 할 수 있을까?

마력이 부족한 이곳에서 저 불을 꺼트릴 만큼 마법을 쓸 수 있을까?

하지만 그런 그의 여유 있는 호기심은 오래가지 못했다. 제이디가 눈을 감고 마력을 모으기 시작하고 얼마 지나지 않아 마력을 끌어당기는 제이디의 에너지가 란크렌을 덮쳤기 때문이다.

"헉!"

망토 사이를 비집고 란크렌의 옷 속에서 보라색 빛줄기가 제이디를 향해 빠져나가기 시작하더니 점차 굵고 두꺼워졌다. 화들짝 놀란 란크렌은 망토 속에 입고 있는 조끼 안쪽을 더듬었다. 마법에 필요한 마력을 충당하기 위해 주머니 안쪽에 저쪽 세계와 통하는 작은 구멍을 만들어 놓았었다. 자신만이 사용할 수 있는 그 구멍에서 제이디가 마력을 빼 가고 있었다. 당황한 그가 놀라서 손으로 주머니를 막았지만, 소용이 없었다. 빛줄기는 막히기는커녕, 오히려 물결처럼 큰 줄기가 되어 곧장 제이디에게로 흘러가고 있었기 때문이었다.

"이런 젠장! 이게 대체 어떻게 된 일이야!"

마력이 새어 나가는 것을 막을 수 없다면 란크렌 자신이 직접 나서서 제이디의 마법을 방해하는 방법밖에 없었다. 하지만 수많은 백성이 황제가 서 있는 발코니를 바라보고 있었다. 지금은 이 모든 행위를 황제가 하고 있다고 믿게 만들어야 했다. 당장 훌쩍 몸을 날려 단상으로 내려갈 수 없는 이유였다.

그 순간 제이디에게서 눈 부신 빛이 폭발했다. 수천 개의 장미꽃

송이가 화형대에서 허공으로 튀어 오르더니 눈처럼 떨어져 내렸다. 흰색, 붉은색, 분홍색, 그리고 푸른색 꽃잎들이 꽃송이와 함께 휘날렸다. 그 자체가 마치 불꽃인 것처럼.

'제이디, 이 녀석! 너 잘도……'

란크렌의 입술 끝이 심하게 실룩거렸다. 제이디가 자신에게서 마력을 빼앗아 간 것도 놀라웠지만, 제대로 해본 적도 없을 게 분명한 마법을 해내는 것이 놀라웠다. 마법 학교에서 정규과정을 모두 마치는 동안, 불꽃을 꽃으로 바꾸는 마법을 배운 기억이 없었다. 그런데 제대로 교육을 받지도 못한 제이디가 그것을 해내다니. 갑자기 원로회에서 차기 대마법사 후보로 제이디를 지목했던 것이 떠올라 기분이 몹시 나빠졌다.

그동안 군중들의 입에선 함성과 같은 탄성이 터졌다. 무서운 기세로 타오르던 불꽃과 열기는 더 이상 보이질 않았다. 꽃송이에 정신이 팔려 불꽃이 사라진 것을 한 박자 늦게 깨달은 군중들이 또다시 술렁거렸다. 긴장한 얼굴로 지붕 위에 서 있던 니안과 데릭의 얼굴에 안도가 어렸다.

메이가…… 메이가 안전해졌다!

그들은 자신이 해낸 일에 얼떨떨해하는 제이디를 경이의 눈으로 바라보고 있었다.

"메이! 메이!"

아르모트는 레오와 멜드린의 손에서 빠져나와 미친 듯이 장작위를 뛰어 올라갔다. 그가 검을 뽑아 메이의 손을 얽어매고 있는 쇠사슬을 힘껏 끊어냈다. 메이의 몸이 아르모트의 품으로 힘없이 쓰러졌다.

"알······."

"메이······ 미안해······ 정말 미안해······."

메이가 안전해진 것을 확인한 데릭이 오스만을 향해 두 눈의 불꽃을 키웠다.

"새를 물리쳤다고 해서 끝이 아니야!"

"······."

"내가 보낼 수 있는 게 새만은 아니니까."

그 순간 니안이 기다렸다는 듯 안고 있던 데니펫을 허공으로 던졌다. 데릭의 몸에서 푸른빛이 번개처럼 뻗어 나와 데니펫을 감쌌다. 사람들의 눈동자에 날카로운 푸른빛이 반사됨과 동시에 데니펫은 무시무시한 모습의 엘카트로 변했다. 엘카트가 무거운 소리를 내며 땅바닥에 착지하는 순간 군중들은 또다시 혼비백산해 비명을 지르기 시작했다.

"엘카트다!"

"괴물이야!"

"까악!"

이번에는 개와 늑대의 위협으로도 사람들을 통제할 수가 없었다. 그들은 개나 늑대에게 물어뜯기는 것보다 엘카트에게 물어뜯기는 것이 훨씬 더 두려웠기 때문이었다.

커다란 덩어리로 모여 있던 군중들이 정신없이 뒤섞이기 시작
했다. 하지만 엘카트는 그런 군중들을 간단히 무시하고 날듯이 단
상으로 뛰었다. 지팡이를 쥔 란크렌의 손에 힘이 들어갔다.

마수다! 마수는…… 더구나, 엘카트는……

자신이 뛰어난 마법사라 하더라도 가만히 서서 몰래 지팡이를
두드리는 것만으로 간단히 없앨 수 있는 종류의 것이 아니었다. 단
상을 디딤돌 삼아 발코니를 향해 뛰어오르는 엘카트를 막기 위해
란크렌이 오스만의 뒤에서 다시 한번 몰래 투명장막을 펼쳤다.

쿵-!

엘카트가 장막에 부딪히는 소리가 커다랗게 울렸다. '쩌저적' 하
는 날카로운 파열음과 함께 장막에 금이 갔다. 수백, 수천 마리의
새 떼가 와서 부딪쳤을 때와는 사뭇 다른 결과였다. 놀란 오스만
이 눈을 깜빡이며 찔끔 어깨를 떨었고, 란크렌은 분해서 입술을 씹
었다. 이렇게 한 번만 더 부딪친다면……

쿠웅-!

땅에 착지했던 엘카트가 다시 뛰어올라 장막에 몸을 부딪치자
금이 갔던 장막은 속절없이 박살 나고 말았다. 충돌의 충격으로
땅에 내려앉았던 엘카트가 다시 도약했을 때, 란크렌은 더는 오스
만의 뒤에 물러서 있을 수 없다는 것을 깨달았다. 엘카트의 무시
무시한 주둥이가 발코니 가장 앞에 선 오스만을 막 낚아채려는 찰

나, 란크렌은 몸을 날려 짚고 섰던 기다란 지팡이를 앞으로 쭉 뻗었다.

창처럼 뾰족한 지팡이 끝은 허공에 뜬 엘카트의 심장을 단번에 꿰뚫었다. 군중들의 입에서 다시금 와아- 하는 함성이 터졌다.

"데니페-엣!"

니안이 비명을 지르며 데니펫의 이름을 불렀다. 그녀의 몸이 당장에라도 튀어 오를 것처럼 아슬아슬하게 휘어서 데릭은 본능적으로 니안의 허리춤을 팔로 휘감았다. 그녀의 몸을 타고 붉은 기운이 퍼지는 것이 보였다.

도대체 왜? 어쩌려고 이래?

놀란 데릭이 니안을 가라앉히려고 안간힘을 쓰며 말했다.

"진정해, 니안! 대리전을 치러야 하는 우리로서는 안타까운 희생도 지켜볼 수 있어야 해."

"하지만 데니펫은…… 데니펫은…….."

강렬한 보랏빛 기운이 담긴 지팡이에 찔린 채, 데니펫은 그대로 피를 토해냈다. 란크렌이 지팡이를 빼내자 무거운 몸뚱이가 순식간에 땅으로 쿵 떨어져 내렸다. 어느덧 니안의 눈에서 눈물이 뚝뚝 떨어지고 있었다.

"……우리 가족이었잖아!"

"알아!"

"가만두지 않을 거야!"

"안 돼! 그러지 마, 니안!"

데릭의 간절한 외침에도 불구하고 니안의 몸은 순식간에 붉은 기운에 휩싸였다. 커다랗게 펄럭이는 소리와 함께 거대한 날개가 펼쳐졌다. 니안의 허리를 감쌌던 데릭의 팔은 어느 틈에 허공으로 밀려났다. 그의 옆에는 이제 가녀린 소녀는 더 이상 존재하지 않았다. 데릭이 밟고 선 지붕을 당장에라도 무너뜨릴 것 같은 무게의 거대한 붉은 용 한 마리가 있을 뿐. 엘카트를 보고 정신을 놨던 사람들은, 그보다 더한 용의 등장에 기함한 나머지 하나, 둘 정신을 잃기 시작했다. 그나마 강한 정신력을 가진 사람들만이 도망치던 발걸음을 멈추고 멍한 표정으로 뚫어지라 전설의 붉은 용을 응시했다.

"니안-! 니안-!"

어떻게든 니안을 말려보려고 데릭이 소리를 질렀지만, 소용이 없었다. 니안은 주저 없이 지붕을 박차고 공중으로 날아올랐다. 그 바람에 그녀의 발밑에 있던 기와가 부서져 우르르 땅 아래로 떨어졌다. 그녀는 꽤 높은 곳까지 몸을 띄웠지만, 워낙 덩치가 커서 몸을 덮은 비늘 하나하나가 반사하는 붉은 무지갯빛까지 사람들의 눈에 선명히 들어왔다. 발코니를 노려보며 허공에 멈춰 선 용이 깊게 숨을 들이쉰다고 느끼는 순간, 잠시 멈췄던 숨이 순식간에 입에서 터져 나왔다.

"아아악!"

데릭뿐만 아니라 광장의 모든 사람이 경악에 찬 비명을 질렀다. 숨을 내뿜는 용의 입에서 나온 것은 단순한 공기가 아니었다. 뜨겁고 격렬한 화염! 탑에 박힌 벽돌 하나도 남김없이 몽땅 잿더미로 만들겠다는 듯, 용이 내뿜는 화염은 그대로 발코니로 쏘아졌다. 화살처럼 날아오는 화염을 정면으로 응시한 오스만의 얼굴이 공포로 물들었다. 그리고, 그것은 차기 대마법사 후보인 란크렌 역시 마찬가지였다. 이쪽 세계로 넘어온 후 처음으로 란크렌의 얼굴에 당황함과 더불어 두려움이 떠올랐다.

"란크레-엔!"

공포에 절은 오스만의 비명이 끝나기가 무섭게 붉은 용의 화염이 그들을 덮쳤다. 이 순간, 황실 기사단 에이든이 할 수 있는 아무것도 없었다. 그는 황제를 지키는 기사라는 사실에 무력감을 느끼며 두 눈을 질끈 감았다.

타는 듯한 격통이 온몸을 덮쳤다.

차원의 붕괴

'이게…… 불에 타 죽는 느낌이 이런 건가?'

피부 세포 하나하나를 갈기갈기 찢는 듯한 고통을 느끼며 에이든은 생각했다. 용이 뿜어낸 불길로 탑은 삽시간에 거대한 화염 덩어리가 되어 버렸다. 놀란 사람들은 마치 개미처럼 줄을 지어 건물 사이의 골목을 향해 사방으로 흩어졌다.

"니아-안!"

데릭이 절규했지만 아무도 관심을 두는 사람이 없었다. 아르본 광장의 허공에서 거대한 용이 고통에 몸부림치고 있었고, 그것은 화염에 휩싸인 탑만큼이나 사람들을 공포에 떨게 만들고 있었다.

데릭 외에는 붉은 용의 가슴에 하얀 김을 내뿜은 투명한 꼬챙이 같은 것이 박힌 것을 알아본 사람들은 거의 없었다. 아비규환 속에서 니안은 순식간에 사람으로 변했다. 공중에서 땅으로 떨어지는 그녀 주변으로 어디선가 새 떼들이 몰려들었다. 아직 남은 새가 있었나? 그 광경을 바라보던 멜드린이 가슴을 쓸어내렸다. 정신없이 지붕을 미끄러져 내려와 땅에 착지한 데릭은 새들이 싣고 오는 니안을 받았다.

니안이 다쳤다! 더는 그곳에 머물 수가 없었다. 메이도 니안도 치료가 필요했다.

탑을 휘감은 화염은 어찌나 뜨거운지 벽돌들마저 까맣게 태우고 녹여버렸다. 얼마 지나지 않아 탑은 힘없이 무너져 내렸고, 거대한 잿더미만 남았다. 따르던 황제를 잃은 병사들과 호기심으로 두려움을 이겨낸 몇몇 사람들이 광장에 남아 그 모습을 지켜보고 있었다. 그러다 그들은 잿더미 속에서 하얗고 깨끗한 김을 뿜어내는 반투명의 거대한 덩어리를 발견했다. 마치 보석을 품고 있는 거대한 원석 같았다. 넋을 잃고 구경하던 사람 중 용기 있는 누군가가 다가가 손을 댔다가 화들짝 놀라 떼어냈다.

"차…… 차갑다!"

"……뭐?"

"차…… 차가워! 얼음처럼…… 차가워!"

하얀 덩어리는 뜨거울 거라는 예상과는 달리 몹시 차가웠다. 갑자기 연기가 더욱 심해졌다. 쩌어억. 마치 바위가 갈라지는 듯한 소음과 함께 반투명의 커다란 얼음 덩어리는 두 쪽이 나고 말았다.

콜록콜록.

뿌연 연기 속에 사람의 인영이 드러났다. 그제야 구경하던 사람들은 그들이 발코니에서 살아남은 자들이라는 걸 깨달았다.

살아남은 사람은 단 세 사람. 오스만, 에이든, 그리고 란크렌.

란크렌은 기침을 하며 짜증스럽게 눈살을 찌푸렸다. 어쩔 수 없는 희생이란 늘 있는 법이다. 상황이 너무나 급박해 거의 반사적으로 시전한 마법으로 자신을 포함에 가장 가까이 붙어 있던 두 사람을 얼음 속으로 끌어들일 수 있었다.

"콜록콜록⋯⋯ 폐하, 괜찮으십니까?"

에이든은 제 몸도 가누기 힘들면서도 기사답게 황제부터 챙겼다. 그러나 그는 신경질적으로 에이든의 팔을 쳐냈다.

"이게 대체 무슨 꼴이란 말이냐?"

그는 에이든을 무시한 채 몸에 붙은 이물질을 털어내는 란크렌에게 소리를 질렀다. 아직 호흡이 불안정해 기침을 토하면서도 격노한 목소리였다. 하지만 란크렌은 태연했다.

"제 덕분에 산 것치곤 반응이 과하군요."

"수많은 백성 앞에서 내가 당한 망신은 어쩌고?"

"⋯⋯."

"이따위로 밖에 일 처리를 하지 못한다는 걸 알았다면 네 녀석을 황실에 들이지도 않았을 것이야!"

뚝, 움직임이 멈췄단 생각이 드는 순간, 몸을 돌린 란크렌이 거칠게 황제의 멱살을 움켜잡았다.

"말조심해. 이대로 죽고 싶지 않으면."

잡아먹을 듯 오스만을 노려보는 두 눈에는 핏발이 서려 있었다. 그가 힘주어 오스만의 멱살을 더욱 거세게 비틀자, 그들로부터 원형으로 붉은 파가 뻗어 나갔다.

아악.

호기심에 광장에 남아 그들을 구경하던 백성과 병사들이 피를 토하며 줄줄이 쓰러졌다. 겁에 질린 오스만의 이마에서 삐질 식은 땀이 새어 나왔다.

"이제 됐나? 지금 이 꼴을 목격한 자들은 다 죽었으니."

그가 신경질적으로 오스만을 밀어내며 멱살을 놓았다. 그리곤 다시 몸에 남은 이물질을 털어내곤 자세를 바로 했다.

"그렇게 멍청하니까 붉은 용을 빼앗겼지. 당신은 내가 아니었으면 차원의 경계가 허물어지기도 전에 저들한테 죽었어."

"……."

겁에 질린 오스만은 아무 말도 하지 못했다.

"목숨을 살려 준 은인한테 도리어 호통이라니. 내가 그런 것을 그냥 봐주고 넘어갈 만큼 너그러운 사람이라고 생각했다면 오산이야."

분한지 잠시 턱을 잘근거린 오스만이 한결 숨이 죽은 목소리로 낮게 물었다.

"그……그럼 이제 난 어떻게 하란 말이냐? 이…… 얼굴의 먹칠을 어떻게 수습해야 해?"

"정치는 내 영역이 아니야. 실추된 명예와 신뢰를 회복하는 건 당신이 알아서 할 일이지. 내가 할 일은 약속대로 마수를 막아내고 저들의 공격으로부터 당신을 보호하는 것뿐이야."

"없애 준다고 약속했잖아!"

날 선 반응에 둘 사이에 서늘한 바람이 불었다. 바람에 흩날리는 갈색 머리가 순간 잠시 은발로 변했다가 돌아왔다. 그 사이 오스만과 마주친 투명한 회색 눈동자는 눈앞에 널브러진 얼음 조각보다 훨씬 더 시리게 번쩍였다. 오스만은 저도 모르게 부르르 몸을 떨었다.

"재주 있으면 붉은 용을 죽여 보시지."

"……."

"용은 내 편으로 끌어들이지 않으면 답이 없어. 용을 죽이는 방법은 용이 사라진 1000년의 공백기 동안 완전히 잊혔으니까."

"당신은 대마법사라고 하지 않았소?"

그 질문엔 어떻게 대마법사라는 자가 그런 것도 모르냐는 질책 어린 힐난이 담겨 있었다.

란크렌이 싸늘하게 대답했다.

"차기 대마법사라고 했지, 아직 대마법사가 되었다고는 하지 않았어. 난 용을 죽이는 방법을 잊었다고 했을 뿐, 용을 처리하는 방법을 모른다고는 하지 않았어."

"……."

"황제는 무너진 당신 이미지나 회복하고 흔들리는 세력을 모으는 데 힘쓰시지. 녀석들은 내가 알아서 할 테니."

쌩하니 황제 곁을 지나치며 란크렌은 입술을 짓씹었다. 반룡인 주제에 용의 모습으로 화하는 것도 납득이 안 되는데, 용의 모습으로 화할 정도로 강한 붉은 용의 기운이 전혀 감지되지 않는 것도 이해가 안 됐다.

'도대체 무슨 꼼수를 부리는 거냐?'

아무리 뛰어난 마법사인 그라도 니안이 라우라의 팔찌와 같은 신묘한 물건을 손에 넣었다는 사실을 알 리 만무했다.

❧

"이게…… 마지막 붉은 용이 준 거라고요?"

메이가 니안의 손목에 채워진 금속성의 팔찌를 경이로운 눈빛으로 만지작거리며 물었다.

"네."

"정말 신기하군요."

다행히 메이도 니안도 치명적인 상처를 입진 않았다. 메이는 약

218

간의 화상이 남았고, 니안의 가슴에 꽂혔던 투명한 꼬챙이는 얼음이어서 금세 녹아 사라졌으며, 용의 영험한 기운 때문인지 입었던 상처도 금세 아물어 버렸으니까.

메이가 신기한 얼굴로 말을 이었다.

"하지만 이렇게 있을 땐, 팔찌에서 아무 기운도 느껴지지 않아요."

"그래요?"

"네."

니안이 용이라는 것을 알려주는 건 여전히 메이의 귀에 걸린 용 안석의 떨림이 다였다. 그것은 아멜리아의 장미 향 부티크에서 처음 니안을 만나 느꼈던 진동 폭에서 크게 달라지지 않았다. 즉, 누구도 온전한 용의 기운을 감지하기란 불가능하다는 뜻이었다.

생각해보니 그랬다. 니안의 팔찌는 꼭 필요한 순간에만 진동하며 존재감을 드러내 왔었다. 지금처럼 용의 힘이 필요하지 않은 순간에는 잠자듯 조용하고도 얌전히 액세서리의 기능만 할 뿐.

광장에서의 사건 이후, 그들은 빌리어드가 비밀리에 제공하는 작은 저택에 숨어 지냈다. 이미 얼굴이 많은 대중에게 알려져 여관을 이용하기도 곤란했기 때문이었다.

"우리가 철수한 뒤 광장에 남은 인원이 모두 죽었다더군요."

빌리어드가 심각한 목소리로 말했다.

"마치 일시에 다 같이 칼에 베인 듯한 상처였답니다."

그러자 제이디가 생각하는 얼굴로 턱을 쓰다듬으며 중얼거리듯 말했다.

"여러 마수를 일시에 퇴치할 때 쓰는 대량 살상 마법이군요. 마력이 뛰어난 마법사만 구사할 수 있는 고급 스킬이죠."

"그럼 오스만이 대체 그 화염 속에서 어떻게 살아남았는지 목격한 사람은 하나도 남지 않은 건가?"

멜드린이 물었다.

"네. 아마도요."

"젠장. 그래도 혹시나 하고 기대했었는데."

레오가 약오른다는 듯 발을 굴렀다. 오스만이 당연히 죽었을 거로 생각했는데 살아 있다니!

"그래서 제가 끝까지 두고 봐야 한다고 했잖아요."

"그때 바로 비어 있는 황궁을 점령했어야 했어요."

제이디의 말에 레오가 씩씩대며 대꾸했다. 그러자 데릭이 진중하게 주장했다.

"그런 식으로 비겁하게 황궁을 차지하면 나중에 아무것도 할 수가 없어. 백성과 귀족의 지지를 등에 업고 제대로 들어가야 해."

"그날, 붉은 용과 전 황태자의 존재가 만천하에 드러났으니, 이제 공론이 들끓을 거예요. 누가 진정한 황실의 후계인지, 그리고 누가 자신들을 마수로부터 보호해 줄 수 있는지를 놓고."

메이의 말에 빌리어드가 대답했다.

"안 그래도 그다음 날 바로 아르본 주요 귀족들의 황실 소집이 있었습니다. 분열되려는 귀족 여론을 다잡으려는 거였죠."

"그래서 귀족들 반응은 어떻습니까?"

"당연히 오스만 황제 앞에서는 변치 않는 충성을 맹세했지요. 하지만, 이미 그들의 마음에 떠오른 불안과 의심을 감출 수는 없었습니다. 제게 은밀히 면담을 요청한 귀족 가문만 열이 넘었으니까요."

"그래서 만나 보셨습니까?"

"하나씩 접촉하는 중입니다. 대부분 도저히 상식으로 설명할 수 없는 현상과 그로 인해 느끼는 혼란에 대한 호소였습니다. 아직은 전 황태자를 언급하는 건 조심스러워하고 있어요. 그러나 이쪽에서 적극적으로 나선다면 쉽게 포섭이 될 것 같습니다. 그동안 오스만은 귀족들에게 큰 신뢰를 받지 못하고 있었거든요. 게다가 영험한 존재라 믿었던 황후가 가짜로 판명이 났으니……."

"그나저나 데니펫을 찌른 자는……."

"란크렌입니다. 저와 함께 마법 학교에서 수학했던."

"란크렌?"

"차원의 장벽을 유지하고 차후 마법 세계를 이끌 차기 대마법사 후보……."

모두의 얼굴에 경악이 번졌다. 특히 대마법사란 존재에 대해 누구보다 잘 아는 메이의 낯빛이 어두웠다. 제이디는 마침내 자신이 누구인지, 어디서 왔는지 일행들에게 숨김없이 밝혔다. 그리고, 그가 이야기를 끝냈을 때, 메이가 조심스럽게 입술을 뗐다.

"마법 세계에 있을 때, 차기 대마법사 후보의 자질에 대해 우려하는 목소리를 얼핏 들은 적이 있었어요. 이제 알겠군요. 그가 왜 이곳에 있는지."

"그게 무슨 뜻이에요?"

니안이 물었다.

"차원의 경계가 불안하다는 건 현 대마법사의 힘이 약해졌다는 걸 의미해요. 즉, 그의 수명이 얼마 안 남았다는 뜻이죠. 이럴 땐, 차기 대 마법사가 힘을 보태야 무사히 현 세계를 유지하며 자리를 물려받을 수 있어요. 그런 그가 여기 있다는 건……."

"여기…… 있다는 건?"

"그가 차원의 경계를 유지할 의지가 없다는 거죠."

마치 선언과도 같은 말에 다들 입을 다물었다. 차원의 경계 붕괴는 자연적이고 필연적인 현상이라고만 믿었었다. 그런데 이 모든 게 누군가의 의도된 결과였다니. 적잖이 충격적인 정보였다.

"대체…… 그가 이렇게 두 세계를 혼란에 빠트려서 얻는 게 뭐죠?"

한참 만에 니안이 더듬거리며 물었다.

"대마법사에게 마법 능력만큼이나 요구되는 것이 선한 마음. 바로 박애에 기반을 둔 헌신이에요."

"인성이란 뜻이군."

레오가 중얼거렸다.

"그는 마법사들이 희생을 치르는 동안 이곳의 평범한 사람들이 안전하고 행복하게 사는 것이 못마땅했던 거예요."

"그래서 어쩌자는 건데? 여기 사람들이 마수들에게 죽고 두려움에 떨면서 살아야 속이 시원하겠다는 거야?"

그러자 그때까지 침묵하던 제이디가 말문을 열었다.

"아니요. 정당한 대가를 받겠다는 거예요. 그들을 마수로부터 지키고 보호하는 것에 대한."

"돈?"

"돈과…… 권력이죠. 즉, 세상을 지배하고 싶은 거예요. 아무 힘이 없는 일반인의 생명을 볼모로요."

"그렇다면……."

아르모트의 얼굴이 딱딱하게 경직됐다.

"그가 제일 먼저 타도해야 할 대상은 마수를 통제할 능력을 갖춘 붉은 용과 헤이드 전하겠군요."

제이디가 심각한 얼굴로 조용히 고개를 끄덕여 보였다.

그러자 레오가 자리에서 벌떡 일어났다.

"하지만, 어떻게요? 그가 여기 헤이드 전하나 붉은 용보다 더 뛰어난 마수 통제력을 가지고 있답니까?"

제이디가 대꾸했다.

"통제할 필요가 뭐가 있겠어요? 그의 목적은 사람들의 생명을 보호하는 게 아닌데요. 그저 적당히 마수를 물리칠 힘만 있으면 되는 거예요. 그러면 사람들은 살기 위해 알아서 그에게 굴복하겠죠."

"……."

그때 메이가 나섰다.

"처음부터 헤이드 전하와 붉은 용이 목적은 아니었을 거예요. 그쪽 세계에선 예언이 흔치 않아요. 예언은 마법의 힘을 갖지 못한 이쪽 세계의 산물, 일종의 신의 선물이죠. 그는 자신의 목적을 이루고자 죽어가는 대마법사를 버려두고 이리로 넘어왔다가 우리를 만난 거예요. 그래서 방법을 찾는 동안 오스만을 도와 헤이드 전하의 집권을 막으려는 거구요."

"그럼 결국 그에게도 아직은 뾰족한 수가 없다는 건가?"

멜드린이 물었다.

"아마도요? 우리가 그의 플랜을 방해하는 변수가 된 거죠. 붉은 용, 고대의 능력을 되찾은 황태자, 그리고……."

메이의 청회색 눈동자가 반짝 빛을 발하며 제이디를 향했다.

"제이디, 당신. 대마법사가 될 수 있는 또 하나의 강력한 후보."

"무슨 생각 해요?"

모두 잠든 깊은 새벽. 제이디는 홀로 작은 정원에 나와 있었다. 시내 중심부에 빌리어드가 구해 준 저택은 건물 뒤쪽에 작은 정원이 있었는데, 그곳 계단에서 제이디가 어스름한 달빛을 받으며 홀로 앉아 있었다. 니안은 가만히 그의 옆에 주저앉았다.

"······란크렌에 대해 생각하고 있었습니다."

"란크렌이요?"

"결전의 날이 오면, 누군가 란크렌을 붙잡아 두지 않으면 안 될 테니까요. 그걸 맡을 사람은 아무리 생각해도 저밖에 없는 것 같아서요."

니안의 입가에 옅은 미소가 번졌다.

"약속대로 동굴에 있던 아르모트 경을 구해줬으니 제이디는 이제 자유의 몸인데요."

"······."

"아무도 제이디에게 우리 일에 동참하라 강요하지 않았어요. 그런데도 이렇게 고민한다는 건······ 역시······ 우리가 좋은 거죠?"

농담처럼 말했지만, 진담이었다. 그런데도 제이디의 진지한 안색에 변화가 없었으므로 니안은 그만 머쓱하게 웃고 말았다.

"농담이에요, 농담. 제이디는 함께 죽음의 고비를 넘긴 동료인걸요. 제이디가 싫다고 해도 우리 일에 동참해 줬으면 했을 거예요. 혹시 섭섭했어요?"

그제야 제이디가 대답했다.

"아닙니다."

"그럼 다행이에요."

니안이 방긋 웃어 보였다.

"너무 부담 느끼지 말아요. 제이디가 마법사라고 해서 혼자 란 크렌을 상대해야 한다고 생각하지 않아요. 마법은 잘 못 하지만, 힘을 보태면 이겨낼 수 있을 거예요."

"……."

"이번 일로 깨달은 게 있어요. 차원의 경계가 붕괴하면 마수뿐만 아니라 마법사들도 이쪽 세계로 넘어올 거란 사실을. 란크렌이 저쪽 세계로 돌아가서 차원의 경계를 지키지 않으면 결국 마법사들도 그가 인류를 배신했다는 걸 알게 될 거잖아요. 그러니 란크렌 문제는 그들과 함께 해결할 수 있지 않을까요?"

"그들에게 세상의 지배자가 대마법사의 능력을 가진 란크렌이 아니라 헤이드 전하라는 사실을 어떻게 설득하시려고요?"

"그건……."

"붉은 용인 당신이 헤이드 전하 편이라서요?"

니안이 생각한 대답을 제이디가 회의적인 목소리로 말해버리자 니안은 어떻게 할지 당황스러웠다.

"붉은 용은 영험한 존재가 맞지만, 그것 자체로 리더의 요건이 될 순 없어요. 용은 워낙에 자유로운 종족이니까요. 헤이드 전하도 마찬가지예요. 헤이드 전하는 분명 마법사가 맞지만, 붉은 용의 지지를 받는다고 무조건 세상의 주인이 될 수는 없다고요. 저쪽 세계에는 핏줄로 나뉜 신분은 없어요. 1000년이라는 공백은 핏줄만으로는 주인으로 섬기기 어려울 만큼 마법사들의 인식을 바꿔 놓았단 말입니다."

"그 말인즉 헤이드 전하가 대마법사인 란크렌보다 더 뛰어난 능력을 가져야 한다는 뜻인가요?"

"글쎄요……."

그가 여전히 회의적인 목소리로 말했다.

"그것도 생각해 봤는데…… 그렇다고 하기에도 뭔가 석연치 않은 구석이 있는 거죠."네?"

"멜롯 황실이 세계가 둘로 분리된 후 생겨난 황실은 아니잖아요. 그 이전부터 존재했었죠. 그 말인즉…… 마법사들이 그전부터 멜롯 가문을 세상의 주인으로 인정했단 뜻이란 말이죠."

"그…… 그렇네요."

그러자 니안의 머릿속에 무언가가 퍼뜩 떠오르는 게 있었다.

"황실 비자금! 토지 소유권! 거기에 고대 마법회의 이름이 적혀 있었잖아요. 헨루드 결의회!"

"……."

"어? 그런데……사…… 사라져 버렸……."

"그러게요. 그랬다면서요."

니안은 무릎을 잡아당겨 그 위에 턱을 묻었다. 자신이 데릭의 곁에 있는 것만으로 충분치 못할 거라는 생각은 하지 못했었다. 너무 오만했던 걸까?

"차원의 경계가 무너지기 전에 황권을 회복하시는 편이 이후 들이닥칠 마법사들을 설득하는 일도, 백성들을 보호하는 일도 더 수월하실 거예요. 그러니 역시 란크렌은…… 우리 힘으로 해결하는 수밖에 없습니다."

"네, 당연히요. 그런데 뭐가 그렇게 걱정이에요?"

니안이 밝은 목소리로 물었다.

"복권이든…… 마수를 물리치는 일이든…… 헤이드 전하에겐 붉은 용이 필요하다는 사실 때문이죠."

"네, 그게 왜요?"

"니안…… 용을 죽이는 방법은 오랜 세월 동안 사라져 있었어요. 용을 죽일 필요가 없었던 건 비단 두 세계로 분리됐던 1000년뿐이 아니에요. 용의 개체 수가 줄어들어 드물어진 건 그 이전부터였고, 용과 마찰을 일으키지 않고 지낸 건 훨씬 더 오래되었거든요. 용은 워낙 마력이 강한 존재이기 때문에 마법사가 아무리 힘이 강해도 죽이기는커녕 상처 하나 내기도 힘들어요."

그제야 니안은 제이디가 무얼 걱정하는지 어렴풋이 느낄 수 있었다.

"지금…… 광장에서 있었던 일 때문에 그러는 거예요?"

황후의 처형이 있던 날, 흥분해 용으로 변한 니안이 황제의 탑을 향해 화염을 내뿜었을 때, 니안은 가슴에 얼음송곳을 맞고 힘을 잃어버렸었다. 그리곤 정신을 잃었다가 다시 차렸을 땐, 이미 상처가 회복되어 있었으므로 대수롭지 않게 여겼었는데, 제이디는 아니었던 모양이다.

"상처를…… 내기 힘들다곤 해도…… 어쨌든 무기도 약했고, 제이디 말처럼 금방 회복도 했잖아요. 그럼 된 거 아니에요?"

"그게…… 아무리 생각해도 이상하단 말입니다."

"뭐가요?"

"란크렌은 갑자기 붉은 용이 등장할 거라는 걸 분명 예상치 못했을 거고, 또 그 붉은 용이 갑자기 화염을 뿜으리라는 것도 몰랐을 거예요. 그 순간 얼음송곳을 당신 가슴에 날린 건 결코 준비되어 있었던 게 아니었을 거란 거죠."

"그래서요?"

"최악의 경우는 그게 의도한 것이 아니었을 경우예요. 그저 자기방어의 목적으로 저도 모르게 얼음송곳을 날렸고, 그게 붉은 용의 가슴을 뚫은 거라면……."

"……."

"그가 작정하고 덤비면 용을 크게 해하거나 다치게도 할 수 있을 것 같단 말입니다."

"……."

"헤이드 전하는 붉은 용인 당신이 없으면 의미가 없는데 무적이어야 할 붉은 용이 만일 차기 대마법사인 란크렌에게 죽거나 회복할 수 없을 정도로 다치기라도 한다면…….'

놀란 니안의 입술이 천천히 벌어졌다.

"……마법사들은 란크렌을 세상의 주인으로 삼겠군요."

제이디가 천천히 고개를 끄덕여 보였다.

"저는 누구보다 란크렌의 성정을 잘 알고 있습니다. 그와 수학했던 기간은 짧았지만, 지금 와 돌이켜보면 잔인한 본성을 많이 가지고 있었어요. 그런 자가 세상의 주인이 된다면 이 세계가 어떻게 될지 짐작도 되질 않습니다. 이미 날 죽이려 했었고, 무너져가는 차원의 경계와 죽어가는 현 대마법사를 두고 이쪽 세계로 도망쳐버렸어요. 네…… 니안 말대로 전 자유예요. 아르모트를 동굴에서 꺼내준다는 약속을 지켰으니까요. 현 황실에 반역자가 되는 위험을 감수하면서까지 여기 남을 필요가 없죠. 그런데도 전 헤이드 전하의 편에 서야겠습니다. 그리고 란크렌이 붉은 용을 해칠 수 있다면, 니안…… 난 그를 물리치기 위해 당신을 그 앞에 세울 수가 없어요."

"제이디……."

"란크렌은…… 어떻게든 제가 맡아야 합니다. 그런데 제 능력이 너무 빈약해서…… 방법을 잘 모르겠단 말입니다."

니안은 무슨 말을 해야 할지 알 수가 없었다. 제이디가 그렇게까지 이 일에 막중한 책임감을 가질 거라곤 생각도 못 했었기 때문이었다. 그리고 이 문제를 이토록 여러모로 고민하고 있을 줄도 몰랐다. 괜히 코끝이 시큰해 왔다.

"너무 걱정하지 말아요. 전 안전할 거예요. 제이디 혼자 란크렌을 감당하게도 하지 않을 거예요. 아직 시간이 남아 있잖아요. 함께 계획을 세우고 준비하면 분명 방법이 있을 거예요."

니안은 확신했다. 그가 말한 내용을 공유하고 단 하루라도 다함께 고민하고 치밀하게 작전을 세운다면 분명 방법을 찾을 수 있다고. 지금 이 순간에 차원의 경계가 바로 허물어지지만 않는다면 말이다.

그때였다. 무언가 이상한 낌새를 느꼈는지 제이디의 눈이 하늘 끝에 닿았다가 불쾌하게 일그러졌다.

"그런데…… 저게 뭐죠?"

"네?"

니안이 그의 시선을 따라 밤하늘에 닿았다. 새카맣던 새벽하늘 끝자락이 뿌옇게 붉은 물이 들어가고 있었다.

"여명인가……?"

우리가 대화를 나눈 지 벌써 시간이 이렇게 되었나? 밤이 홀딱 샐 만큼? 아니다…… 분명 아니다. 아무리 대화에 몰입했었다곤 해도 그 정도로 시간 감각에 무딜 정도는 아니었다. 분명 동이 터 올 때까지는 시간이 한참 남았을 게 분명했다. 더욱 이상한 건, 여명이라 보기엔 붉은빛이 이상할 정도로 부자연스럽다는 거였다. 마치 오븐에 넣은 밀가루 반죽이 부풀 듯, 붉은 기운은 여명과는 확연히 다른 패턴으로 하늘에 번져가고 있었다.

어느덧 니안과 제이디는 저도 모르게 자리에서 천천히 일어났다.

"느낌이…… 느낌이 이상해요."

니안이 중얼거리자 제이디가 불안한 얼굴로 니안을 바라보았다.

"이건…… 음…… 처음 느껴보는 건데……."

"뭐죠? 느낌이 어떻습니까?"

"힘이…… 힘이 차오르는 것 같아요. 이상하게 힘이…… 기운이요…… 꼭……."

"……?"

"꼭…… 제가 마력을 사용할 때처럼요."

그제야 제이디의 얼굴이 하얗게 질려갔다.

"마기……."

"네?"

"마기예요. 마력을 품은 공기."

"네?"

그러자 제이디의 목소리가 다급해졌다.

"어서! 어서 들어가서 데릭을…… 헤이드 전하를 깨워요. 시간이 없어요!"

"왜…… 왜 이래요?"

"차원의 경계가…… 차원의 경계가 붕괴했어요!"

"……!"

"마법 세상의 공기가 밀려들고 있단 말입니다. 차원의 경계가 무너졌다고요!"

도저히 믿을 수 없는 제이디의 외침에 니안의 두 눈이 커다랗게 부풀어 올랐다.

마법 세계의 공기.

마력을 머금고 있어서일까? 인간 세계의 산뜻하고 시원한 공기와는 달리 마법 세계의 공기는 어딘지 모르게 미지근하고 텁텁한 느낌이 들었다. 갑자기 장막이 사라져버리자, 갇혀 있던 공기는 오랜 감금에서 풀려난 죄수처럼 머물던 세계에서 폭발하듯 터져 나오고 있었다.

처음엔 반구 형태로 빛의 띠 형태를 띠다가, 부옇게 새벽하늘의 끝을 물들이는 모습은 마치 여명이 트는 것과 흡사했다. 그러다 이내 물감이 번지듯 까만 하늘에 번져 들더니 이내 이쪽 세계의 공기와 뒤섞여 구분할 수 없게 되었다.

천천히 소리를 내던 심장 박동은 멀리서부터 허공에 퍼지는 울림이 괴수 소리와 섞인 사람들의 비명이라는 것을 인지하게 되면서 점점 더 그 속도를 빨리했다. 사람과 마수가 엄청난 속도로 맞닥뜨리고 있었다.

그리고 그 마주침은 백이면 백, 인간의 패배로 끝나고 있음이 분명했다. 마수들은 신이 나서 포식을 위한 사냥을 하고 있었다. 아니, 어쩌면 흥분한 나머지 배가 부름에도 닥치는 대로 사람들을 해치고 있는지도 모를 일이었다. 본래 그들은 이쪽 세계의 짐승이라면 사람과 동물을 가리지 않는다고 했으니.

진정한 피의 살육.

니안이 집 안으로 채 몸을 돌리기도 전에, 마당에 엘카트 한 마리가 뛰어들었다.

'어떻게 벌써?'

니안은 아르본 숲의 그 넓은 계곡을 단 몇 걸음 만에 뛰어넘던 엘카트의 모습을 떠올리며 입술을 깨물었다. 엄청난 엘카트의 속도에 정신을 차리지 못한 건 마법 세계에서 건너온 제이디도 마찬가지였다. 방어의 준비를 채 하기도 전에 엘카트가 그를 덮치기 위해 더러운 침을 흘리며 공중으로 뛰어올랐다.

"안 돼!"

니안이 소리쳤다.

마법 세계의 공기가 닿았기 때문일까? 신기한 일이 벌어졌다. 니안이 채 의식하기도 전에 그녀의 몸이 빠르게 마력을 돌려 자신의 몸을 휘감은 것이다. 그리곤 미처 정신을 차리지 못한 제이디에게 뛰어드는 엘카트에게 저도 순식간에 인장을 날렸다.

으레 그렇듯, 엘카트는 고통스러운 비명을 지르며 공중에서 몸을 비틀었다. 그리곤 땅에 착지한 엘카트. 어찌 된 일인지 이번에는 작은 동물로 모습이 바뀌질 않았다. 여전히 뜨거운 콧김을 씩씩 뿜어내며 한 걸음 뒤로 물러서기만 했을 뿐.

새빨간 두 눈과 세 개의 노란 눈이 뒤룩뒤룩 구르더니 니안을 빤히 응시했다. 하지만 그 안에 공격 의지는 담겨 있지 않았다. 마치 흥분을 가라앉히기가 몹시 힘드니 빨리 무언가 명령을 내려달라고 간절하게 호소하는 듯했다.

후유. 제이디의 입에서 안도의 한숨이 터져 나왔다. 죽다 살아난 느낌은 마치 온몸을 머리끝부터 발끝까지 뜨거운 물에 담갔다 꺼낸 것 같았다.

"고……고맙습니다. 덕분에 살았어요. 그런데 엘카트 모습이……."

니안이 엘카트를 이쪽 세계의 작은 동물로 만드는 모습을 몇 번 보았던 제이디로서는 화인이 찍힌 엘카트가 본래의 모습 그대로 서 있다는 사실이 놀라웠다.

니안의 의지일까, 마기의 영향일까?

그가 채 결론을 내기도 전에 엘카트 한 마리가 더 나타났다. 니안과 제이디 앞에서 당장 물어뜯으려고 자세를 취하는 녀석에게 방금 화인이 찍힌 엘카트가 호전적인 기세로 끼어들더니 곧장 방어 자세를 취했다. 누가 봐도 니안을 보호하려 하는 것이 틀림없었다. 그 사이 니안이 재빨리 두 번째 엘카트에게도 화인을 찍었다. 녀석 역시 꽤 고통스러운 신음을 흘렸다.

주변에서는 흥분한 마수들의 소리가 점점 두터워 지고 있었다.

"데릭…… 데릭이 필요해요! 화인을 찍어서 엘카트를 제 앞에 굴복시킬 순 있지만, 조종은 불가능하니까요."

소음이 워낙 거세어서일까? 안에서 재킷을 꿰입으며 데릭이 뛰어나오는 것이 보였다. 마치 제 이야기 한 것을 알기라도 하듯. 니안이 외치는 소리를 들었는지 그의 몸은 푸른 오라에 감겨 있었다. 정원에서 거친 숨을 흘리고 서 있던 엘카트 두 마리가 순식간에 담을 넘어 흩어졌다.

"데릭이 보낸 겁니까?"

제이디가 더듬거리는 목소리로 물었다.

"응. 일단 목숨 하나라도 살려야 하니까. 일단 한 마리는 빌리어드 가로 보냈고, 나머지 한 마리는 아무나 위험에 처한 사람부터 구하도록 했어."

그들이 사라지기가 무섭게 정원 안으로 또 다른 엘카트가 뛰어들었다. 니안은 이번에도 주저 없이 녀석에게 화인을 찍었다. 데릭이 고개를 저으며 소리쳤다.

"이런 식으로는 안 돼. 하나씩, 하나씩이라니. 이러면 사람들을 지킬 수가 없어. 니안! 화인을 여러 마리에게 한꺼번에 찍을 수 있을까?"

니안의 몸으로 전해지는 마력의 기운은 지금껏 경험했던 것과는 차원이 다를 정도의 강력한 것이었다. 마법 세계의 공기로 호흡하기 때문인 것 같았다. 하지만 지금은 소리만 들릴 뿐 엘카트들이 어디에 있는지 정확히 보이질 않는다.

아, 몰려드는 엘카트들을 잘 볼 수 있게 높은 곳에 올라갈 수만 있다면! 하지만 아르본에서 가장 높은 탑은 불에 타 무너져버렸다. 그제야 니안은 라우라의 팔찌가 어째서 자신에게 용으로 변할 수 있는 능력을 줬는지 깨달았다. 만약 자신이 용으로 변할 수 있다면, 광장의 탑보다 더 높은 곳까지 날아오를 수도 있을 테니. 그렇다면 몰려드는 마수 떼쯤은 한눈에 내려다볼 수 있겠지.

새삼스러운 깨달음에 니안이 멍해 있는 동안, 데릭은 엘카트를 바닥에 엎드리게 하곤 녀석의 등 위로 훌쩍 올라탔다. 몸을 일으킨 엘카트 위에서 검을 높게 쳐든 데릭의 모습이 마치 신화 속에 나오는 용맹한 신의 아들 같았다.

그는 이성적이고도 차분한 목소리로 빠르게 말을 이었다.

"니안! 가능한 한 보이는 모든 엘카트에게 화인을 찍어야 해. 들리는 소리로 봐선 사람들을 무차별적으로 공격하는 건 엘카트뿐만이 아니야. 분명 다른 마수들도 섞여 있어. 아직은 어떻게 해야 엘카트가 다른 마수들을 복종하게 하는지 모르겠어. 일단, 엘카트만이라도 통제해보자."

말을 마치자마자 데릭은 엘카트를 타고 훌쩍 담장을 넘어 사라졌다.

그사이 제이디와 메이도 칼을 빼 든 채 정원에 나타나 있었다. 드레스를 입은 메이가 보라색 검기를 내뿜는 검을 든 모습은 꽤 낯설고도 매력적이었다.

하지만 역시 걱정되는 것은 어쩔 수 없었다.

"설마 그러고 가실 겁니까?"

레오가 동그란 눈으로 기다란 메이의 드레스 자락을 가리켰다. 그러자 그녀는 그 자리에서 치맛단을 짧게 뜯어내 버렸다. 급하게 나오느라 파니에를 하지 않은 것이 다행이라는 생각 따위를 하면서. 하얀 스타킹에 감긴 메이의 선이 가는 두 다리는 거부감이 들기보다는 묘하게 세련되어 보였다. 희한한 일이었다.

"메이, 처음 만났을 때처럼 내게 마법 검기를 나눠 줄 수 있어?"

아르모트가 물었다.

"아니요. 안 돼요. 제가 싸우는 동안에는요. 아쉽겠지만, 밖은 저와 제이디가 지킬게요. 알과 레오, 멜드린 경은 안으로 들어가 계세요. 지금은 안에 숨어서 마수의 표적이 되질 않는 게 도와주는 거예요."

이제 니안은 결단을 내려야 했다. 한꺼번에 여러 마리에 화인을 찍는 일이 가능할지는 해 보질 않아 알 수가 없었다. 방법도 알지 못했다. 하지만 높은 곳에서라면 한 마리씩 화인을 찍더라도 훨씬 많은 수의 엘카트를 변화시킬 수 있을 게 분명했다.

마음을 정한 니안은 순식간에 공중으로 뛰어올랐다. 물론, 그녀의 몸은 이미 붉은 비늘이 무지갯빛으로 아롱거리는 용의 모습으로 변한 후였다.

❦

"폐하! 오스만 황제 폐하! 큰일 났습니다."

차원의 경계가 붕괴했다는 사실을 오스만이 알게 된 것은 한참 단잠에 빠져 있던 새벽, 호들갑스러운 시종에 의해서였다. 처음엔 절대적 존재인 황제의 단잠을 방해한 것에 대한 단죄를 먼저 하려 했지만, 그가 헐떡거리며 토해내는 사실에 그만 그런 생각을 까맣게 잊고 말았다.

"폐하! 지금 아르본 시내로 엘카트와 마수가 떼로 몰려들고 있습니다. 수 분 내로 이곳 성까지 당도할 것이라는 소식입니다. 속히 일어나 피하셔야 합니다. 어서요!"

그제야 잠이 확 달아났다.

"란크렌! 란크렌은 어디에 있느냐?"

"모르겠습니다. 방에는 계시지 않았습니다."

'혹시 도망친 건가?'

부랴부랴 침대에서 일어나면서도 불안한 생각이 떨쳐지지가 않았다.

"그럼 빈트는?"

황제가 재차 물었을 때, 침실 문이 열리고 에이든이 들어왔다. 그는 침대에서 막 빠져나와 시종의 시중을 받으며 옷을 입는 황제의 발밑에 무릎을 꿇었다. 그가 대답했다.

"기사단장 빈트는 마수와 대적할 수 있는 소수의 정예 병사들을 모아 황궁을 사수하기 위해 나가 있습니다."

"그대도 란크렌이 어디에 있는지 알지 못하는가?"

"어제 잠들기 전, 궁 안 서쪽 탑 꼭대기에 서 있는 것을 본 게 마지막입니다. 차원의 경계 붕괴 소식을 들은 이후엔 그를 찾아볼 겨를이 없었습니다. 황제 폐하의 안위는 곧 쿠커스 황국의 안위와 직결되어 있습니다. 신, 목숨을 걸고 지키겠습니다."

"안 돼! 그대의 힘만으로는 나를 지킬 수 없다! 란크렌을 반드시 찾아야 한다. 무슨 수를 써서라도 란크렌을 찾아라!"

그는 불같은 목소리로 소리쳤다. 하지만 이 넓은 궁에서 대체 그가 어디 있는 줄 알고 찾는단 말인가?

그러나 란크렌은 여전히 서쪽 탑 끝에 서서 멀리 보이는 아르본 시내의 끝을 바라보고 있었다. 그의 눈에도 마법 세계의 공기가 빛을 머금고 밀려드는 모습이 선명히 보였다. 순간, 그의 한쪽 입가가 삐뚜름하게 밀려 올라갔다. 막 잠에서 깨어난 황제가 자신을 찾는 소리를 들은 후였다.

오스만은 이세계의 마법사가 이렇게 먼 곳에서도 제 목소리를 듣고 있으리란 것을 전혀 알지 못하겠지?

오스만을 안심시키기 위해 잠시 황제의 침실에 들르는 것은 일도 아니지만, 이미 차원의 경계가 무너져버린 지금, 란크렌에겐 오스만 따위는 문제가 아니었다.

차원의 경계 붕괴 직전, 란크렌은 늘 하던 대로 대마법사 브루델의 침실을 훔쳐보았다. 망토 주머니의 신성한 홀을 통해 마법 세계의 마력을 끌어당겨 서쪽 탑 꼭대기 방 거울에 일루전을 만들어 낸 것이었다. 대마법사의 상태를 파악하기 위해 매일 저녁 하는 일이었달까. 그런데 어제는 늦은 시각임에도 불구하고 늘 을씨년스러울 정도로 적막하기만 하던 대마법사의 침실 안팎을 웬일로 원로회의 쟁쟁한 의원들이 지키고 있었다. 브루델의 임종이 코앞에 닥친 것이 틀림없었다.

일루전을 통해 그들이 나누는 대화가 선명히 들려왔다.

"결국, 란크렌을 불러오지 못했단 말입니까?"

침실 바깥에서, 원로회의 의장 중 몇몇이 심각하게 대화를 나누고 있었다.

"저쪽 세계로 란크렌을 찾는 특수병을 보냈지만, 단 한 명도 돌아오지 않았습니다. 그에게 돌아올 의지가 없다는 것쯤은 이미 알고 있지 않았습니까?"

"란크렌이 야망이 크고 냉정한 것은 알고 있었지만, 이렇게까지 할 줄은 몰랐습니다. 제이디의 실종도 분명 란크렌 짓일 게 분명해요."

"쉿, 대마법사님께서 말씀은 하지 못해도 다 듣고 계실지도 모릅니다. 가시는 길 만큼은 걱정 없이 편하게 보내드려야 하지 않겠습니까?"

"방 밖에서 이야기하는데 뭐 어떻습니까?"

"아시잖습니까? 마음만 먹으면 우리 이야기쯤은 다 들으실 수 있다는 걸. 어쩌면 란크렌도 어디선가 이런 우리 모습을 훔쳐보고 있을지도 모르죠."

"그러거나 말거나, 이젠 다 소용없어요. 브루델 님의 숨이 끊어지는 순간, 차원의 경계는 곧바로 허물어질 테니까요."

"그래서 지금 마법 부대들이 차원의 경계 앞에서 사투를 벌이고 있지 않습니까? 엘카트와 마수들이 경계 근처로 다가오지 못하도록요."

"그게 무슨 소용이 있습니까? 어차피 경계가 사라지고, 저쪽 세계의 짐승 냄새가 풍겨오는 순간 흥분한 녀석들이 한꺼번에 떼로 몰려들 텐데요. 그걸 막을 수 있을 거라고 보십니까?"

"고서에 남은 멜롯 황가는 어떻게 되었을까요? 제발 건재해야 할 텐데. 이럴 줄 알았으면, 대마법사님의 힘이 남아 있을 때 저쪽과 교류를 해야 했습니다."

"무슨 소리…… 그랬으면 더 골치 아팠을 겁니다. 붉은 용이 없다면 멜롯 황가가 있어 봐야 무슨 소용이 있답니까?"

"……."

"어차피 저쪽 세계의 인류를 구하기는 글렀어요. 인간이 멸족한다 해도 이젠 답이 없단 말입니다. 앞으로 마법사만이 유일한 인간 종족이 될 겁니다. 현실을 받아들이자고요."

"그게…… 무슨 소리입니까? 인류애를 버리잔 말입니까?"

"지금 이 마당에 인류애 나부랭이가 무슨 소용이 있습니까?"

"1000년 동안 마법 세계의 인구는 꾸준히 감소해, 최근 몇십 년은 간신히 숫자를 유지해 왔습니다. 그나마 안전한 세계가 경계 너머에 있었기 때문에 인류 보존의 희망을 가질 수 있었어요. 그런데, 지금 다 포기하잔 말씀이십니까?"

"차원의 경계가 무너지게 되었으니, 이젠 현실적으로 마법사들만이라도 생존에 집중해야 한다는 뜻입니다. 괜히 인류애 어쩌고 해서 힘없는 인간들을 지키려고 하다간 말씀하신 대로 인류 자체가 소멸하고 말 거란 뜻이에요."

피식, 란크렌의 입술에 다시 섬뜩한 미소가 번졌다.

"그래, 내 말이 바로 그 말이다. 제발 좀 현명해지라고."

너희들은 생존에 집중해라, 마법사들아. 대가를 지불할 능력이 있는 소수의 인간을 지키고, 윤택한 마법 세상을 만드는 것은 내가 할 테니까.

쾅쾅, 문이 부서질 듯한 소리에 기억을 곱씹던 란크렌이 정신을 차렸다.

"란크렌!"

오스만이었다. 짜증 나는 놈, 여기까지 직접 찾아오다니!

"차원의 경계가…… 차원의 경계가 무너졌다. 마수들이 떼로 몰려들고 있어. 곧 이곳에도 도착한다고 하는데, 대체 혼자 여기서 뭘 하고 있는 거냐?"

란크렌은 시큰둥한 얼굴로 흘긋 오스만을 바라보았다. 그는 란크렌의 반응은 아랑곳하지 않고 말을 이었다.

"그래서 대책은 있는 거겠지? 설마 아무 방도가 없어 이 골방에 처박혀 있는 것은 아니리라 믿는다!"

란크렌의 눈이 살짝 가늘어졌다.

"그런 말씀을 하시니 섭섭하군요. 지난번 광장에서 제 능력을 보지 않으셨습니까?"

"그럼 어쩔 셈이냐?"

"황제께서 이리 불안해하시니, 일단 마수들이 궁 안에 들어오지 못하게 장벽을 치겠습니다. 바깥 일은 제가 알아서 하지요."

그가 팔을 둥글게 크게 벌렸다가 가슴 앞에서 모아 쥐었다. 잠시 눈을 감고 정신을 집중했을 땐, 마치 지진이 난 것처럼 황궁이 흔들거렸다. 오스만에게 잠시 불안이 스쳤으나 곧 그의 몸에서 뿜어져 나오는 보라색 불꽃이 창문을 뚫고 나가 공중에 서서히 투명한 장막을 그려나가는 것을 보면서 경이의 미소를 지어 보였다.

"대단하군!"

장막이 완성되었을 때, 란크렌이 팔을 내리곤 중얼거리듯 말했다.

"황궁과 근교에만 장막을 쳤을 뿐입니다."

"괜찮다. 수고했다."

흡족하게 변한 오스만의 얼굴이 재수 없다는 생각을 하며 란크렌은 휙 몸을 돌렸다.

황제라는 작자가 마수에 죽어가는 제 백성을 돌볼 생각을 안 하다니. 능력도 없는 주제에 이기적인 건 죄다. 오로지 자신만큼 뛰어난 능력을 갖춘 자만이 대의를 위한 타인의 희생을 치를 자격이 있다고 믿는 란크렌이었다.

황궁을 사수하기 위해 병사들과 황궁 앞에서 진을 치고 있던 빈트도 투명한 장막이 오르는 것을 보곤 입을 벌렸다. 이미 아르본 광장에서 본 적이 있었지만, 다시 봐도 경이로웠다. 더구나 이번엔 이전과 비교할 수 없을 만큼 규모가 거대하고 두터웠다. 장막은 황궁 앞에서 주거지역 일부분까지 감싸고 있었는데, 안쪽의 주민들이 장막을 보곤 신기한지 집에서 하나둘 나와 장막을 두드리거나 둘러보며 감탄을 했다.

"빈트 단장님, 투명 장막 바로 앞으로 병사들을 이동시킬까요?"

"아니다. 우리가 지켜야 할 것은 황궁 이곳이야. 장막이 무너질 때를 대비해야 해."

그때였다. 장막 넘어 먼 허공에 거대한 붉은 용이 나타난 것이.

빈트의 어깨에 긴장으로 힘이 들어갔다. 이미 아르본 광장의 탑 발코니에서 붉은 용의 위력을 겪어보지 않았던가. 더구나 용이라면 하늘 너머로 장막 안쪽으로 넘어오는 것은 일도 아닐 테니까.

햇빛을 받아 반짝이는 붉은 비늘이 거대한 화염에 뒤덮일 때마다 가는 불꽃들이 화살처럼 사방으로 뻗어 나갔다. 장관이었다.

'저건 대체 뭐지?'

붉은 용의 능력을 아직 파악하지 못한 빈트로서는 긴장을 넘어 막연한 두려움마저 느끼게 하는 장면이었다. 꿀꺽 침을 삼킨 그가 검을 잡은 손에 힘을 주었다.

'맙소사!'

니안이 속으로 중얼거렸다. 장막이 오르는 것을 본 것은 비단 안쪽에 있는 자들만은 아니었다. 공중으로 솟아 있는 니안의 눈에도 황궁을 중심으로 거대한 원을 그리며 투명한 장막이 솟아나는 것이 선명하게 보였다. 그리고, 절박한 심정으로 황제에게 도움을 요청하며 궁을 향해 뛰던 백성들이 장막에 가로막힌 채 좌절하며 절규하는 모습도.

"황제가 우릴 구하지 않는다면 누가 우리를 구하겠습니까? 제발 들여보내 주십시오. 제발요!"

사람들은 화를 내며 벽을 두드리고 발로 차기도 했고, 그 앞에 무릎을 꿇고 기도하듯 애원하기도 했다. 어린아이를 업은 엄마, 소녀, 노인, 젊은 남자…… 비단 장막 앞에 있는 사람들뿐이 아니었다. 아이부터 어른까지 쿠커스의 백성이라면 모두가 절박한 순간에 성자도 신도 아닌 황제를 찾았다. 마수로부터 백성들을 보호해 줄 수 있는 건 눈에 보이지 않는 신이 아니라, 쿠커스 황국을 지배하고 통치하는 황제라고 믿기 때문이었다.

니안은 뱀처럼 길게 세로로 갈라진 눈동자를 도르륵 굴려 데릭을 찾았다. 그는 빠르게 늘어가는 자신의 엘카트 군단을 효과적으로 통제하면서 위기에 처한 사람들을 구하기 위해 고군분투하고 있었다. 니안이 제때에 화인을 찍지 못하면 부득이하게 엘카트를 죽여야 할 때도 있었고, 그 외의 마수들은 닥치는 대로 해치우는 중이었다. 밝게 빛나던 금발 머리는 어느새 핏물을 뒤집어쓴 것처럼 붉게 젖어 있었다.

더 먼 곳에선 제이디와 메이가 마수와 사투를 벌이고 있었다. 메이는 전투 병사였다는 말이 거짓이 아니라는 걸 증명하듯 날랜 동작으로 몸을 날리며 검을 휘둘렀고, 제이디는 충분히 확보된 마력으로 마법과 검술을 동시에 사용하며 마수를 퇴치하고 있었다.

빌리어드 가 앞에는 데릭이 추가로 배치한 엘카트들이 아직 화인이 찍히지 않은 사나운 녀석들과 서로 물고 뜯는 혈투를 벌이고 있었다. 그 건물 안에, 자신을 낳아 준 엄마가 있을 테지.

니안은 다시 장벽을 돌아보았다. 자신이 열심히 화인을 찍으며 데릭의 군단을 늘리고 있는데도, 아직 변화하지 못한 엘카트들이 어느 틈에 장벽에 다다라 있었다. 장벽을 사이에 두고 서로 마주 보던 가족들은 갑작스럽게 들이닥친 엘카트와 마수의 공격으로 장막 밖의 가족이 죽어가는 모습을 지켜봐야 했다. 그들이 어쩔 줄 모르며 고통에 찬 비명을 지르고 몸부림치는 모습은 차마 눈 뜨고 볼 수 없는 장면이었다.

용으로 변해도 말을 할 수 있다면 얼마나 좋을까. 그러면 황궁 앞에 솟아난 장막을 알려줄 수 있을 텐데. 그래서 그 앞에서 도망 가지도 못하고 그대로 생살이 찢겨 죽어가는 사람들이 있음을 말 해줄 텐데.

당장 눈물을 쏟아도 풀리지 않을 만큼 안타깝고 답답한 감정이 심장에 솟구쳐 올랐다. 하지만 용의 모습으로는 아무리 슬프고 속 상해도 울 수가 없었다.

그제야 고대 용들이 왜 인간의 모습으로 변장하고 떠돌기를 즐 겼는지 알 것 같았다. 용의 모습으로는 막강한 힘을 과시할 순 있 지만, 인간만큼 감정을 표출할 수도, 쌓인 스트레스를 해소할 수 도 없었다. 아무리 몸부림쳐도 물이 가득 담긴 유리병 속에 갇힌 듯한 기분을 피할 수가 없었다.

더 좌절감이 드는 것은, 그나마 그들이 구할 수 있는 사람들이 오로지 아르본에 있는 사람뿐이라는 거였다. 지방의 소도시나 마 을은 도대체 어떻게 초토화되고 있을지 알 수 없는 노릇이었다.

'눈에 보이지 않는 엘카트들에게도 화인을 찍을 수만 있다면.'

니안은 장막 앞의 처참한 모습을 바라보며 간절한 마음으로 중얼거렸다. 그러자 오랫동안 들리지 않던 목소리가 들렸다.

'넌 무엇이든 할 수 있단다.'

"⋯⋯."

'니안! 생명을 구하고자 하는 그 간절함이 네 마력을 최고치에 닿게 해 줄 거야. 두려워하지 말고, 그렇게 하렴. 넌 신의 가호를 받는 예언의 아이란다.'

'라우라⋯⋯.'

아니, 어쩌면 그 목소리는 라우라가 아니라 팔찌가 내는 소리였는지도 몰랐다. 아니, 어쩌면⋯⋯ 라우라가 팔찌를 통해 니안에게 이야기를 해주고자 하는 신의 소리였는지도.

이럴 땐, 방법을 모른다는 말은 필요 없다는 걸 이미 몇 번의 경험을 통해 배웠었다. 라우라를, 팔찌를, 붉은 용을, 그리고 제 내면의 힘을 믿으면 됐다. 일단 이 세상에 밀려든 모든 엘카트들을 데릭의 군대로 만들어주는 것, 거기까지가 니안이 할 수 있는, 그리고 해야 하는 일이었다.

"아앗! 이게 뭐야?"

놀란 사람들은 눈을 가렸다. 심지어 서로를 물어뜯던 엘카트들조차 그 순간엔 시력을 잃는 바람에 주춤했다. 정신이 혼미할 정도로 눈 부신 빛이 세상을 강타했다. 물론, 그것이 붉은 용에게서 나온 것이라는 걸 눈치챈 사람은 많지 않았다.

"으윽."

여전히 서쪽 탑에 있던 란크렌 역시 제대로 눈을 뜨지 못했다. 그는 장막을 세운 후, 상황을 살피러 탑 꼭대기에 있는 지붕 위에 올라가 있던 중이었다. 색깔조차 구분할 수 없을 정도로 눈 부신 빛은 꽤 오랫동안 지속됐다. 만약 그것이 마력의 힘으로 만들어진 거라면, 과연 그 마법을 시전한 주체가 목숨을 부지할 수 있을까 싶을 만큼 강렬하고도 긴 시간이었다.

'이…… 이게…… 이러고도 무사할 수 있을까?'

그리고 그와 같은 생각을 제이디 역시 하고 있었다.

'아무리 용이라도…… 견뎌내기가 어려울 텐데.'

그리고 마침내 빛이 사그라들었을 때, 세상은 얼마 전까지 살육이 벌어졌다는 사실이 믿어지지 않을 만큼 고요했다. 제이디는 고개를 들어 하늘을 바라보았다. 우려했던 것과 다르게, 붉은 용은 여전히 그 우아한 비늘로 햇살을 반사하며 하늘 위에 떠 있었다. 화염을 뿜은 후 기력을 잃은 나머지 인간의 모습으로 화해 버렸던 아르본 광장에서와는 대조적인 모습이었다.

휴우, 그는 안도의 한숨을 내쉬었다. 하지만, 그런 안도도 오래 가진 못했다. 점점 정신이 맑아지고 판단력이 또렷해질수록, 하늘에 떠 있는 붉은 용의 모습이 절대 강건하지만은 않다는 걸 깨달았기 때문이었다. 제이디는 눈앞에서 저와 싸우던 엘카트를 바라봤다. 씩씩, 거친 숨소리가 여전한 녀석은 엉덩이에 선명한 화인을 드러내고 있었다.

'어느 틈에 여기에……?'

그는 이내 어리둥절해 있는 것은 자신만이 아니라는 걸 깨달았다. 돌아본 옆에는 메이 역시 멍한 표정을 짓고 있었다. 검을 쥔 손엔 여전히 긴장이 풀리지 않은 채였다. 그녀와 싸우던 엘카트도 마치 석상이라도 된 양 그대로 멈춰서 있었다. 녀석의 콧김은 여전히 거칠고 사나움에도 불구하고.

'서…… 설마!'

주변을 두리번거리던 제이디는 마력에 몸을 실어 순식간에 건물 위로 뛰어 올라갔다.

"니안! 니안!"

그는 정신없이 두 팔을 휘두르며 공중에 떠 있는 붉은 용을 향해 소리를 질러댔다.

"니안! 아직 기력이 남았다면…… 정신이 들었다면 제발 내 말 들어요!"

메이는 그런 제이디를 올려다보려 했지만, 그녀가 서 있는 곳에서는 햇살이 눈 부셔 정확히 볼 수가 없었다. 그녀가 팔로 이마를 가리곤 눈을 찡그렸다.

"니안! 그대로 떨어지면 위험해요! 당신도, 사람들도요! 여긴 광장이 아니라 주택가예요. 어서 모습을 바꿔요. 마력이 완전히 소진

되기 전에!"

"……."

"니안! 내 말이 들려요?"

괴상한 용의 징후가 어떤 결과를 초래했는지 데릭이 눈치채는
데는 오랜 시간이 걸리지 않았다. 눈 부신 빛이 사라지자마자 그는
제힘과 연결된 엘카트 군단이 수십, 아니, 수백 배로 늘어났다는
사실을 깨달았다.

'마…… 맙소사!'

놀란 그가 고개를 들었다.

'니안! 넌 대체…….'

날 수만 있다면 당장 니안이 있는 곳으로 올라가 그녀를 안아주
고 싶었다. 한편으론 아르본 광장에서처럼 그녀가 정신을 잃지 않
아서 얼마나 다행인지. 그녀의 커다란 두 날개는 여전히 허공을 가
르며 움직이고 있었다. 가슴이 벅차 와 땅에 발을 붙이고 있다는
사실조차 답답하게 느껴졌다. 그때였다.

장막 안쪽에서 진한 보라색 불덩이 하나가 허공에 떠 있는 니안
을 향해 빠르게 날아갔다. 보라색! 불길한 예감이 뇌리를 스쳤다.

"니안!"

그는 자신이 타고 있는 엘카트의 목덜미를 힘차게 발로 찼다. 그
의 명령에 엘카트가 빠르게 공중으로 날아올랐지만, 하늘에 떠 있
는 니안이나 화살처럼 날아가는 보라색 불꽃에 닿을 순 없었다.

"안 돼!"

그의 애절한 외침이 무색하게도, 보라색 불꽃은 정확하게 붉은 용의 가슴에 명중했다. 아르본 광장에서 얼음송곳이 니안의 심장을 꿰뚫었던 장면이 오버랩 되었다.

다른 것이 있다면, 이번에 그녀를 덮친 것은 얼음송곳이 아니란 점이었다. 그것은 보라색 불꽃으로 만들어진 창이었다. 그것이 니안의 가슴에 꽂혀 등 뒤를 뚫고 나와 잠시 멈췄다간 이내 폭발하듯 빛을 뿜어냈다.

어디선가 제이디의 비명 같은 외침이 들렸다.

"란크렌, 이 개새끼야!"

곧바로 니안이 추락했다. 용의 모습 그대로였다. 그녀는 순식간에 한 건물의 지붕 위로 떨어져 내렸고, 육중한 무게를 견디지 못한 건물은 마치 모래성처럼 순식간에 무너져 내렸다. 제이디도, 메이도, 데릭도 약속한 것처럼 니안에게로 향했다. 뿌연 먼지가 여전히 자욱한 건물 잔해 위에 거대한 붉은 용은 피투성이가 되어 누워 있었다.

"니안! 니안! 정신 차려! 니안!"

데릭이 미친 듯이 달려가 얼굴을 두드렸지만, 얼굴을 덮은 용의 비늘은 벽돌보다도 단단해서 그녀를 깨울 만한 타격감은 하나도 선사하지 못했다.

"니안…… 니안. 제발."

간절히 외치는 데릭의 목소리 위로 제이디의 목소리가 얹혀졌다.

"마나의 양이 형편없이 적어요. 마력 흐름도 엉망이고요."

"왜 사람 모습으로 돌아오지 않는 거지? 전에 아르본 광장에서는 안 그랬잖아."

"마력 흐름이 불안정하니까요. 마력 조절 능력을 완전히 상실한 것 같아요."

그제야 데릭의 눈에도 붉은 용의 몸을 이탈하는 미세한 마나가 인지되었다. 제이디는 자연의 마나를 이용해 마력을 일으키는 마법사와 달리, 용은 자신의 몸에 수없이 많은 마나를 가두고 있다고 했었다.

"마나를 저장하고 마력을 운용하는 건 용의 심장이에요. 란크렌이 니안의 심장 기능을 파괴했어요."

데릭의 눈이 충격으로 시뻘겋게 달아올랐다.

"심장을 파괴했다고?"

"물리적인 파괴가 아니라, 마법적 파괴를 말하는 거예요. 기능을 못 하게. 아…… 이건 정말 생각도 못 한 건데……. 이러면 죽을 수도 있어요. 용을 죽이는 방법은 이미 맥이 끊긴 지 오랜데…… 어떻게 란크렌의 마력이 강력한 용의 마력을 뚫고 심장을 때릴 수 있었는지 모르겠어요. 인간은 아무리 마력이 세도 용의 마력을 이길 수가 없다고 들었는데……. 아무래도 니안이 너무 큰 힘을 써버려서 완전히 약해져 버린 상태라 란크렌의 공격을 튕겨내지 못한 것 같아요."

부들부들 주먹을 떨던 데릭이 벌떡 자리에서 일어났다.

"란크렌 이 새끼! 죽여버릴 거야!"

"잠깐만요! 안 돼요, 데릭!"

"놔!"

"용의 심장을 파괴한 녀석이에요. 그냥 무작정 덤빌 게 아니라고요."

"놔! 이거 놓으라고!"

"저 장막도 깨기 힘들 게 분명해요. 생각해 봐요! 대마법사의 가장 큰 의무가 차원의 경계를 유지하는 거였어요. 일반 마법사의 힘으로는 차원의 경계에 작은 구멍조차 내지 못했다고요. 그런 대마법사의 힘을 가진 게 란크렌이에요. 그리고 저건 그 란크렌이 세운 장막이고요! 그것도 차원의 경계에 비하면 장난감이나 다름없는 규모잖습니까. 그런데 저걸 당장 어떻게 뚫습니까?"

"그럼 저 자식을 그냥 놔두란 말이야?"

"일단 니안부터 원래 모습으로 돌려놓자고요. 데릭은 엘카트들부터 어떻게 정리를 해 보십시오. 니안이 사람들을 구하기 위해 바닥까지 있는 힘을 다 끌어모아서 엘카트들을 데릭의 편으로 만들어 줬는데, 이대로 버려둘 겁니까?"

"......"

"아직 마수들이 많이 남았어요. 지금도 그것들이 사람들을 죽이고 있습니다! 세상의 모든 엘카트를 적재적소에 배치하고 움직이려면 데릭 역시 숨이 끊어질 만큼 힘을 써야 할 거예요. 쿠커스 황국 전체를 컨트롤 해 본 적은 있기나 합니까?"

"제이디 말이 맞습니다, 전하. 제 생각도 같아요."

메이도 거들었다.

"그럼 니안의 모습은 어떻게 바꾸려고? 진짜 바꿀 순 있는 거야?"

"저와 제이디가 고장 난 심장 대신 니안의 마력 밸런스를 일시적으로 맞춰 볼 거예요. 그 순간 잠시라도 니안이 정신을 차리면, 본래 몸으로 되돌릴 수 있게 고양하려고요. 그러니, 전하께선 어서 엘카트들을 정비하고 사람들을 구하는 데 집중해 주세요. 결국, 전하의 백성 아닙니까."

"엘카트가 인간을 공격하지 않습니다!"

"몸에 화인이 찍혀 있어요!"

엘카트를 쫓아 넘어온 마법사들이 인간 세상의 지리를 알 리 만무했다. 그들은 그저 무차별적으로 살육을 저지르는 엘카트를 힘을 합쳐 물리치기에도 버거웠다. 흥분해 날뛰는 엘카트와 마수들에 많은 병사가 죽어가는 데도 그들은 멈출 수가 없었다. 엘카트의 기세로는 하루도 지나지 않아 인간을 멸족하고도 남을 것 같았기 때문이었다.

남은 마법사들의 체력이 거의 고갈되어 갈 때쯤, 놀라운 일이 벌어졌다. 원인을 알 수 없는 빛에 잠시 눈이 멀었다가 정신을 차렸을 때, 세상의 모든 엘카트가 공격을 멈췄기 때문이었다. 그리고 엘카트의 목덜미와 엉덩이에는 이전에 보지 못했던 표식이 찍혀 있었다. 마치 불로 지진 듯한 기묘한 문양. 비교적 고대의 역사에 해박했던 그들은 금세 화인의 정체를 알아챘다.

"용의 표식이라니…… 아니 어떻게 이쪽 세계에 붉은 용이 남아 있을 수가 있는 거지?"

더욱 놀라운 일이 그다음에 벌어졌다. 공격을 멈춘 엘카트들이 마치 약속이나 한 듯 일사불란하게 움직였기 때문이었다. 일부는 작은 마수들로부터 인간들을 지키고 있었고, 나머지는 어딘가를 향해 일제히 뛰어가 버렸다.

무너진 차원의 경계 근처에서 급하게 임시 마법 회의가 소집되었다.

"누군가 붉은 용의 엘카트를 조종하고 있는 것 같군요."

"그렇다면 멜롯 황실이 아직 건재한 게 아닐까요?"

"멜롯 황실이라면……."

"붉은 용과 교감을 나누고 엘카트를 조종하는 멜롯 황가의 후계

말입니다. 그가 힘을 발휘하고 있는 게 분명합니다."

"그럼, 그들을 어서 찾아야 하지 않겠습니까? 어디에 가면 그들을 찾을 수 있죠?"

"그야 당연히…… 타르밀이죠! 모든 마법의 힘이 시작되는 곳이자, 세상을 순환한 마력의 회귀점. 멜롯 가문이 그곳을 밟고 서 있다 하지 않았습니까?"

"아니, 그러니까…… 도대체 그 타르밀이란 곳이 이 세계의 어디에 있느냔 말입니다! 우린 이 세계의 동서남북도 가늠 못 하고 있잖습니까."

"그렇다면 지금 이동 중인 엘카트들의 뒤를 쫓으면 답이 나오질 않겠습니까?"

"아, 그거 좋은 생각이로군요."

"그럼, 어서 추적견과 매를 이용해 엘카트의 이동 경로를 쫓읍시다!"

차원의 경계가 무너진 지 몇 시간 지나지 않아, 인간들을 향한 엘카트의 무차별적인 공격은 멈췄다. 그야말로 기적 같은 일이었다. 혹자는 아르본 시내에 떠오른 붉은 용이 세상을 구했다고 떠들었다. 길들인 엘카트에 올라탄 채 사나운 엘카트와 싸우던 데릭을 목격한 사람들은 붉은 용이 아니라 전 황태자가 자신들을 구한 것이라고 떠들기도 했다.

어느 쪽이든 온전히 맞는 것도, 온전히 틀린 것도 아니었지만, 데릭 일행은 부정확한 소문을 정정할 의욕조차 내지 못했다. 아니, 그럴 정신이 없었다는 편이 맞았다.

메이와 제이디의 노력으로 추락했던 니안은 간신히 정신을 차렸다.

'니안, 우리가 필요한 마력을 끌어다 몸 안에 채워 줄게요. 하지만 워낙 다량이라 오래 붙잡고 있진 못해요. 니안이 원하는 방향으로 마력을 돌리면, 저와 제이디가 니안의 심장을 대신해 마력에 힘을 가해줄 거예요. 그러니 그때 인간의 모습으로 돌아와요. 인간의 모습을 하고 있어야 마력 손실도 덜 하고, 저희가 보호하기도 용이해요. 알겠죠?'

니안은 말을 알아들었다는 듯이 힘없이 두 눈을 끔벅거렸다. 데릭이 쿠커스 전체에 흩어져 있는 엘카트와 마력을 잇고, 운용하느라 남은 수명을 깎아 먹을 만큼 기를 소진하는 동안, 제이디와 메이는 니안을 본래의 모습으로 되돌리는 데 성공했다.

하지만 니안은 제이디와 메이의 지원이 끊기자마자 곧장 의식을 잃고 말았다. 그녀의 기 흐름은 불완전했고, 마나는 간신히 목숨을 부지할 만큼만 남아 있었다. 결정적인 순간 늘 초월적인 힘을 보여주던 라우라의 팔찌조차도 이번에는 니안에게 더는 힘이 되지 못하는 것 같았다.

여전히 마수들은 사람들을 공격했지만, 데릭의 엘카트가 사람들을 지켜줬다. 더불어 빈트처럼 약간의 마력이나마 자신의 무기에 실을 수 있는 자들도 마수에 맞서 싸웠다.

마법사들이 아르본에 나타난 것은 차원의 경계가 붕괴한 지 3일이 지난 시점이었다.

"데릭. 마법사들이 넘어왔다. 메이와 제이디가 그들과 접촉해 마법 회의의 원로들을 만나려고 알아봤는데 이미 란크렌과 오스만이 그들을 장막 안쪽으로 데리고 들어갔다더구나. 어쩔 수 없이 정체를 밝히지 못하고 그냥 돌아왔다."

"……."

"아직은 란크렌이 마법 회의의 원로들에게 무슨 말을 했는지 알 수가 없구나. 그들을 속였는지, 회유했는지, 아니면 협박했는지도……."

"……."

"데릭. 듣고 있는 거냐?"

"……."

"데릭?"

멜드린이 재차 불렀지만, 니안의 머리맡에 앉은 데릭은 턱밑에 두 손을 깍지 낀 채 말이 없었다. 그러자 멜드린이 크게 한숨을 내쉬었다.

"데릭…… 이렇게 있는 건 아무 도움이 되질 않아. 의사 말로는 외상이나 내상은 크게 없다고 하니, 시간이 지나면 나아질 거다. 저번에도 그러지 않았니. 그러니 우리는 우리의 일을 계속해야 한다."

"선생님은 마력을 느끼지 못하시니까 그렇게 말씀하실 수 있는 거예요."

"……."

"붉은 용이 된 니안에게 마나는 생명이에요. 마력은커녕, 마나조차 희미해요. 지금 이곳의 공기에 마력이 이렇게 차고 넘치는데도."

"……."

"제이디 말이 맞아요. 마력을 담고 운용하는 심장 기능에 심각한 타격을 입은 거예요. 인간의 눈으로는 감지되지 않는 치명적인 내상을 입었다고요."

"그렇다고 이대로 손 놓고 있는 건 니안의 희생을 헛되이 하는 거다."

"제이디는 우리 힘만으론 장막을 부수기 힘들 거라고 했어요. 우리에게 힘을 실어줄 마법 회의의 사람들이 이미 란크렌의 장막 안쪽으로 들어가 버렸는데 우리끼리 무슨 일을 할 수 있죠?"

"그러니 이제 함께 고민해 봐야 하지 않겠니."

"설사 장막을 뚫거나, 원로들을 만난다 한들 붉은 용이 없이는

제 계승의 당위성을 설득하기 힘들어요. 이미 화인을 찍어 둔 엘카
트들은 제가 조종할 수 있어요. 하지만, 그 이후에 생겨나는 엘카
트들은요? 그들에게 화인을 찍지 않으면 제가 통제할 수 없어요.
그렇다면 마법 회의는 저보다는 장막 설계가 가능한 란크렌을 더
필요로 할 거예요. 그의 요구 조건을 수용할 확률이 더 크다고요."

"흐음……."

멜드린이 심각한 얼굴로 침음을 흘렸다.

"무엇보다…… 제가 견딜 수 없어요. 니안이 없다면…… 제
가…… 제 마음이…… 니안이 붉은 용이어서가 아니에요. 무슨 뜻
인지…… 선생님은 아시잖아요."

멜드린이 마주친 데릭의 푸른 눈동자에는 이전에는 보지 못했
던 고통이 가득 차 있었다.

"궁으로 들어간 원로회와는 왜 통신할 수 없는 겁니까?"

"장벽 때문이라더군요. 장벽에서 나오는 파장이 통신석의 마법
을 차단한다고 말입니다. 소통이 필요하시면 전서구를 이용하라
는 란크렌 대마법사님의 전언이 있었습니다."

'황제 호위 기사 에이든이라고 했던가…….'

마법군 총사령관 고드릭 헴튼은 에이든을 바라보며 가늘게 눈

을 떴다. 갑자기 장벽이 허물어지는 바람에 아직 전 대마법사 브루델의 장례식도 치르지 못했다. 란크렌은 갑작스러운 실종으로 마법 회의 원로들의 승인도 정식으로 받지 못했고 계승식조차 치르지 않은, 그저 대마법사 후보일 뿐이었다. 그런 그를 멜롯 황가의 호위 기사라는 자가 '대마법사'라고 지칭한 것이 몹시 거슬렸다.

'그래…… 그는 마법 세계의 생리를 모르는 평범한 인간이 아닌가.'

못마땅함을 억누르느라 고드릭이 입맛을 쩝 다셨다.

"란크레엔……."

차마 대마법사란 말이 나오질 않아 이맛살이 저절로 찌푸려졌다.

"……님이 그렇게 말씀하셨다면 어쩔 수 없지만, 저희는 사실 전서구를 사용해 본 적이 없어서요. 군에서 보유한 통신용 비둘기는 한 마리도 없습니다."

아르본에 입성한 원로회와 마법군은 아르본 광장 한쪽 끝에 자리한 성전에 임시 본부를 차렸다. 그들이 입성하자마자 황궁 소속 기사단이 찾아와 란크렌을 언급하며 궁 안에서 황제와 원로회의 면담을 요청했고, 그렇게 원로들이 장막 안쪽의 궁으로 입성한 지 이틀이 지나도록 그들은 돌아올 생각을 않고 있었다.

에이든이 손짓하자 뒤에 있던 병사가 비둘기 두 마리가 들어 있는 새장을 내밀었다.

"안 그래도 대마법사님께서 그 말씀을 하시더군요. 그래서 여기 황실에서 사용하는 통신용 비둘기를 가져왔습니다. 사용법은 간단합니다. 발목에 묶인 통에 편지를 넣고 그냥 새장 밖으로 날려 보내시면 됩니다."

쿠커스 황국 전체를 마수로부터 구하는 건 불가능에 가까운 일이었다. 선택과 집중. 적은 병력으로 할 수 있는 최고의 선택은 수도인 아르본부터 안정시키는 일이었다.

마법군은 아르본을, 황궁을 제외한 다섯 개의 구역으로 나눠 병사들을 배치했다. 다행히 엘카트들은 난동을 멈췄으므로 사람들을 공격하던 마수를 아르본 숲으로 몰아내는 데에는 그리 오랜 시간이 걸리지 않았다.

시민들은 이제 어느 정도 일상생활을 되찾았으나, 문제는 식량이었다. 아르본은 발달된 거대 도시였으므로, 농축산물 같은 대부분 식자재를 외곽의 마을에서 조달받고 있었다. 그중 절반이 아르본 숲 너머에 있었다. 막 마수를 몰아낸 시점이었으므로 숲을 관통하는 지름길로도, 산 둘레를 돌아가는 길로도 식자재를 유통하기가 어려웠다. 게다가 초기 엘카트의 공격으로 마을 사람들과 가축 대부분이 죽었고, 농작물은 짓밟혀 망가져 버렸다.

"그 잔인하고 사나운 엘카트들이 길든 강아지처럼 얌전한 모습은 태어난 이래 처음 봤습니다. 듣기에 저희가 오기 전엔 황실의 엘카트들이 작은 마수들로부터 시민들을 지켜줬다고 하더군요.

가능하시다면 엘카트들로 하여금 아르본을 드나드는 길목을 지키게 해주셨으면 좋겠습니다. 지금 아르본 시민들도 그렇고, 저희 마법군도 그렇고…… 시 안에서 생산된 것만으로는 식량 조달이 어렵습니다."

'이런 문제는 당연히 황제가 먼저 고민하는 것이 맞지 않나?' 하고 고드릭은 생각했다. 현재 돌아가는 상황으로 봐선 멜롯 가는 들어왔던 것과는 다르게 그다지 능력 있는 가문처럼 보이지가 않았다.

"그리고, 지방까지 저희 병력으로 수비하는 건 무리가 있습니다. 마법 세계에 있을 때도 저희 병력은 차원의 경계 주변에 주둔하며 경계를 지키는 데에만 집중했었습니다. 엘카트에 대한 황제의 통제력이 어디까지 미칠 수 있는지 알려주시면, 저희가 차후 마법 병력을 증강하고 배치를 구상하는 데 큰 도움이 될듯합니다."

"하신 말씀은 그대로 황제 폐하께 전달해 드리겠습니다."

"전에도 그렇게 말씀하지 않으셨습니까?"

"전에도 그대로 말씀 전달해드렸습니다."

"그런데 답변을 안 갖고 오셨잖습니까?"

"폐하께서 말씀이 없으셨으니까요."

고드릭은 무언가 더 말을 하려다 입을 꾹 다물었다. 시민들 사이에 떠도는 소문에 관해 물을까 하다가, 생각을 바꿨다. 정황상 소문이 사실 같았다. 붉은 용과 엘카트를 타고 있던 쫓겨난 전 황태

자. 황실 기사를 만나기 전에 그 소문을 먼저 들었더라면 원로회를 그렇게 쉽게 장막 안쪽으로 보내지 않았을 거다.

그렇다고 완전히 소문을 믿기도 곤란한 건, 자신들이 아르본까지 왔는데도 소문의 그 붉은 용과 전 황태자가 실체를 드러내지 않고 있기 때문이었다. 원로회와의 논의가 절실했다.

'젠장…… 그런데 원로들이 돌아와야 말이지!'

예전 마법 학교에서 교수 생활을 하던 친한 친구가 술에 거나하게 취한 채 란크렌 대마법사 후보에게 내리던 야박한 평가가 마음에 걸렸다.

'란크렌 크리투스! 야망 넘치는 마법사지.'

'하하, 곧 대마법사가 될 사람이 더 가질 야망이 뭐가 있다고?'

'그러니까, 그게 말이 안 된다는 거지. 지나쳐. 지나치다고…….'

그는 절레절레 고개를 흔들었다. 친구는 본디 사람에 대한 평가가 후한 편이었다. 그런데 그가 지어 보이는 표정은 실망을 넘어 절망스러워 보이기까지 했었다. 고드릭은 그게 이상하다고 생각하면서도 당장 그와 직접적인 관련이 없는 주제였기에 그냥 넘어가고 말았다. 그리곤 까맣게 잊고 있었다. 란크렌이 갑작스럽게 사라진 후, 마법 세계는 일대 혼란이 벌어졌었다. 그때만 해도 이런 식으로 란크렌의 소식을 듣게 될 줄은 상상도 못 했었다.

"후우–"

고드릭이 길게 한숨을 내뱉었다.

"알겠습니다. 그럼 이번에도 다시 말씀 전해주시고, 다음에 오실 때는 꼭 답변을 가지고 오셨으면 좋겠군요."

고드릭이 상대하는 황실 기사는 기계적이고도 형식적인 답변만을 하고 있었지만, 직책에 비해 많이 어려 보이는 데다 초년병만이 가질 수 있는 순수함을 깨끗한 연보라색 눈동자에 담고 있었다. 아무리 뜯어보아도 인간적이고, 인간적일 수밖에 없는 성격의 소유자였다.

그를 선택해 보낸 것이 란크렌이든 현 황제인 오스만이든, 마법사들을 안심시키는 게 목적이었다면 탁월한 선택임이 틀림없었다. 그것은 바꿔 말해 원로회를 잡은 장막 안 상대가 매우 영악하고도 전략적이란 것의 또 다른 방증이었다.

"이젠 차라리 소문이 진실이었으면 좋겠군."

황실 기사들이 사라진 뒤, 고드릭이 혼잣말로 중얼거렸다.

"시장이 다시 열려서 정말 다행이긴 한데……."

제이디와 함께 시장에 나온 메이가 말끝을 흘렸다. 마수와의 전쟁이 소강상태에 이르자 제이디와 메이는 넘치는 마력을 이용해 흐릿해져 가는 기억을 되살려가며 서로의 마법술을 공유하느라 정신이 없었다. 가장 먼저 완벽하게 마스터한 것이 변장술이었다. 아르본 광장의 처형식 날 어찌나 떠들썩하게 모습을 노출했었던지, 못 알아보는 사람이 이상할 정도였으니까.

제이디는 갈색 머리의 10대 중반 소년으로, 메이는 주황색 머리에 주근깨가 가득한 말괄량이 소녀의 모습이었다. 하지만 긴장을 늦출 순 없었다. 보통 사람은 몰라도 마력이 높은 마법사라면 변장술 따위는 쉽게 꿰뚫어 보기 때문이었다.

"차라리 알아봤으면 좋겠네요."

제이디가 사람들 사이를 지나가며 중얼거렸다.

"뭘요?"

"우리 모습 말이에요."

그러자 메이가 작게 웃음을 터뜨렸다.

"알아봐도 보통은 그냥 다른 부대 소속인가 하겠죠. 그냥 주의 주는 선에서 끝낼 수도 있어요."

"어쨌든 우리 모습을 알아볼 정도면 직책이 꽤 높을 것 아녜요. 그럼 뭔가…… 대화를 해 볼 여지가 있지 않을까요?"

그들은 작은 과일 가판대 앞에 멈춰 섰다. 과일이 많지도 않았지만, 그나마도 여기저기 멍든 것들이 더 많았다. 메이는 그중에 가장 상태가 괜찮은 사과 한 알을 집어 들고는 가격을 물었다.

"사과 하나에 얼마예요?"

"20루리안입니다."

"네에?"

제이디와 메이의 입에서 놀란 목소리가 동시에 터져 나왔다. 20루리안! 예전 같으면 괜찮은 신발 한 켤레는 살 수 있는 가격이었다. 과일 가판대 주인의 표정이 못마땅하게 일그러졌다.

"뭘 그렇게 놀라냐? 지금 물가가 천정부지로 오르고 있는데. 이런 과일이라도 먹을 게 남았다는 걸 다행으로 알아야지."

그가 메이 손에 들린 사과를 휙 빼앗아 조심스럽게 다시 가판대 위에 올려놓으며 말했다.

"좀 싼 음식을 찾는 거면 저기 푸줏간이나 가 봐."

"푸…… 푸줏간이요? 지금 과일보다 고기가 더 싸다는 말씀이세요?"

"그래. 그냥 고기 말고, 마수 고기 말이야. 먹고 무슨 후유증이 있을지는 모르지만, 당장 굶어 죽지는 않을 테니 말이다."

"……."

"그나마 빨리 가지 않으면 남는 것도 없을 거야. 마수 고기도 물량에 한계가 있으니까. 이렇게 전쟁처럼 난리가 났을 때 가장 먼저 일어나는 일이 뭔지 알긴 하냐?"

"예?"

제이디가 반사적으로 물었다. 그게 꽤 멍청해 보였는지 주인이 작게 콧방귀를 끼곤 대답했다.

"사.재.기."

"……."

"특히 먹을 거라면 곧 씨가 마를 거다. 외부에서 식자재를 들여오는 길이 뚫리지 않는 한."

물론 마수를 못 먹는 건 아니었다. 못 먹는 종류가 많아서 그렇지. 제이디와 메이는 서로의 어두운 얼굴을 마주 보았다.

"음…… 그래도 마법사들이 입성했으니까, 최소한 먹을 수 있는 것과 못 먹는 것쯤은 분류해 주지 않았을까요?"

그리고 그런 그들의 기대는 아주 틀리지 않았다. 마법사 초년병으로 보이는 소년 하나가 푸줏간 뒤로 들어가는 입구 앞에서 수레에 실려 오는 마수 사체를 일일이 확인해 주고 있었으니까.

"오랜만에 마수 고기 맛 좀 보겠군요."

제이디가 어깨를 으쓱해 보였다.

"초년병 같으니 우리가 나타나도 정체가 들통나진 않겠어요."

"들통나더라도 황제 편일 확률은 낮아 보이죠?"

직책이 높을수록 황제와 란크렌과 가까울 확률이 높아서 더 위험하다고 판단하고 있었다. 그들은 천천히 푸줏간으로 다가갔다. 역시나 병사는 그들을 알아보지 못하고 여상이 시선을 돌려버렸다. 그제야 안도의 한숨을 내쉬고 그들은 진열된 고기를 주문하곤 포장되어 나오길 기다렸다.

"여깄습니다."

"감사합니다."

손에 든 장 가방에 고기를 밀어 넣고 둘이 막 등을 돌렸을 때였다. 갑자기 그들을 가로막은 커다란 그림자. 그들은 화들짝 놀라 위를 올려다봤다. 어깨가 넓어 보이는 길고 커다란 망토, 번쩍이는 어깨의 금장식, 그리고 머리에 씌워진 지휘관용 모자.

그들은 곧 그 모자 아래에서 번뜩이는 호박색 눈동자와 눈이 마주쳤다. 숨이 턱 막혔다.

"메이…… 아멜리아?"

놀란 메이의 입술이 파르르 몸을 떨었다.

"아론……."

"……."

"아론 그란트……."

"이럴 수가……."

아론의 얼굴에 기쁨의 화색이 돌았다.

"…… 죽은 줄 알았는데……. 엘카트한테 잡아먹힌 줄 알았다고!"

메이가 여전히 멍한 얼굴로 어색한 미소를 떠올리며 말했다.

"나…… 나도. 마지막으로 본 게, 네가 엘카트 발에 차인 거라…… 가시덤불에 날아가 목이 꺾인 걸 봤어. 당연히 죽었을 줄 알았어."

마침내 아론이 참지 못하고 기쁨의 웃음을 터트리더니 메이를 확 끌어안았다. 어찌나 꽉 안았는지 숨쉬기가 버거웠다.

"맙소사…… 메이!"

그가 환희에 찬 목소리로 크게 말했다.

"난 죽지 않았어. 당연히 죽지 않았지."

"아, 아론……."

메이가 캑캑거렸지만, 아론은 아랑곳하지 않았다.

"널 두고 어떻게 죽겠어."

"끅, 아론……."

"보고 싶었다. 정말로 보고 싶었다고!"

제이디의 인상이 확 일그러졌다. 더는 두고 볼 수 없어 그가 거칠게 아론의 어깨를 잡아 메이에게서 떼어냈다.

"그래서 뭐? 지금 이쪽 숨 막혀 하는 거 안 보입니까? 도대체 당신 누군데?"

그러자 그가 깜짝 놀라며 옷매무시를 가다듬더니 예의 바르게 손을 내밀었다.

"아, 일행이 계신 걸, 제가……. 죄송합니다. 정식으로 인사드리죠. 제 이름은 아론 그란트. 메이의 약혼자입니다."

결전

메이의 얼굴이 붉어졌다. 그와 헤어진 지 벌써 10년이 넘었다. 약혼자라고 말을 하기에도 낯 뜨거울 정도였다. 메이가 잠시 주저하다 물었다.

"아, 아론. 아직 결혼하지 않았어요?"

"당연히 안 했지."

"그럼, 혹시 약혼했다거나 혼담이 오가는……."

"없어!"

그가 메이의 말을 댕강 잘라버리며 대답했다. 메이는 그만 말문이 막히고 말았다. 아론과는 약혼한 사이가 맞았지만, 그의 존재는 이쪽 세계로 넘어오기 전부터 이미 희미해져 가고 있었다. 이제 와서 감정을 다시 되살리기엔 무리가 있었다. 오히려 그가 결혼도 약혼도 다시 하지 않고 지금껏 있었다는 사실이 부담스러웠다.

"……."

메이의 입이 빠르게 다물어지자 바보처럼 싱글거리던 아론의 표정이 급히 어두워졌다.

"아, 메이……. 혹시 당신이……?"

메이가 어떻게 말을 해야 좋을지 몰라 버벅거리는데 제이디가 얼른 메이의 어깨에 팔을 두르며 말했다.

"이제 눈치챘습니까?"

깜짝 놀란 메이의 어깨가 옅게 흔들렸지만, 제이디는 모른 척했다. 그래야 저 아론이란 작자가 메이의 동요를 눈치채지 못할 테니까. 아론의 얼굴에 당황스러움이 번졌다.

"미…… 미안해."

"……."

"내가 경솔했군."

목소리에 힘이 빠졌다. 마법 세계에 있을 때도, 아론이 먼저, 그리고 더 많이 메이를 좋아했었다. 그런 그가 안쓰러워 보여 메이가 무언가 말을 하려는데 제이디가 말을 가로챘다.

"그럼, 사과는 받아들이죠. 지금 마법 본부에 계십니까?"

"아, 네."

그제야 무언가 이상한 걸 눈치챘는지 아론이 물었다.

"그런데…… 당신도 마법사잖습니까. 그런데 어떻게 메이와 그런 사이가 된 거죠?"

"풀 스토리가 워낙 대서사라 지금 다 말씀드리긴 곤란하고, 그냥 둘 다 어쩌다 이 세계로 넘어와 방황하다 만났다고 하면 이해가 빠를 겁니다. 그래서, 그쪽은 성전에 차려진 임시 마법 본부에서 근무하시는 겁니까?"

제이디가 다시 말을 돌렸다.

"네. 직속이긴 합니다만, 밖에서 보내는 시간이 더 많습니다. 저희가 아르본 시내를 다섯 구획으로 나눠서 경비하고 있는데, 제가 이쪽 구역 책임자거든요."

마법 본부 사람들의 속내를 알아볼 절호의 기회가 아닌가. 이미 그가 지휘관 복장을 하고 있을 때 알아봤다. 제이디의 머리가 팽글팽글 돌아갔다.

"지금 시내에 먹을거리가 없어서 난리인데 대체 황실이나 마법부는 무슨 대책을 세우고 있긴 합니까?"

"아…… 그게……."

아론이 살짝 인상을 찌푸렸다.

"마수들이 워낙 드세게 날뛰어서요. 가축들도 많이 죽었고, 농작물도 거의 망가졌고…… 게다가 아르본은 외부에서 식자재를 들여오는 편인데 아직 외부를 잇는 도로들은 완벽하게 관리를 하지 못해서요."

"병력이 많이 부족한 모양이군요. 그럼 어떻게 하죠?"

"병력 규모는 군사기밀에 해당해서 외부인에겐 밝힐 수 없습니다."

그러자 제이디가 콧방귀를 꼈다.

"그걸 꼭 말로 해야 아나……."

"큼큼…… 곧 황실에서 엘카트를 동원하면 금세 해결될 겁니다. 조금만 더 기다려 주시지요."

"엘……카트요?"

메이와 제이디가 뻣뻣하게 경직되는 걸 보고 아론이 걱정하지 말라는 듯 손을 휘었다.

"아, 그런 엘카트가 아닙니다. 길들여진 엘카트들이요."

"……."

"저희가 이곳에 입성하기 전에 이미 그것들이 다른 마수들로부터 사람들을 구해줬다고 들었습니다. 그게 사실은 멜롯 황가에서 조종하는 거랍니다."

그가 또 바보처럼 활짝 미소 지었다.

"저쪽 세계에서 책으로 배울 때는 그냥 그런가 하고 실감이 안 났는데 이쪽 세계에 와서 이야기를 들으니 정말 신기하더라고요. 역시, 멜롯 가문이 고대부터 지금까지, 오랜 세월 쭉 황위를 유지해 온 이유가 있었네요."

메이와 제이디는 충격을 받아 그 자리에서 꼼짝을 할 수가 없었다. 어째서 이들은 엘카트를 조종하는 게 오스만이라고 생각하는 거지? 아니면 진실을 알고 있으면서 우리가 외부인이라 모른 척하는 건가?

혼란스러웠다. 결국, 제이디는 조금 더 과감해져 보기로 했다.

"그……."

그가 아론의 눈치를 살피며 조심스럽게 말문을 뗐다.

"……전 황태자가…… 조종하는 거라는 소문이 있던데……."

"아, 그거요?"

어찌 된 일인지 아론의 감정엔 별다른 동요가 없어 보였다.

"아직 확실하지 않습니다. 붉은 용도 나타나지 않고 있고요."

"그거야 용이 다쳤으니까 그렇지. 차원의 경계가 붕괴한 날, 용이 상처를 입고 추락한 걸 목격한 사람들이 얼마나 많은데."

"아, 그렇다고는 하는데……."

메이의 반박에 아론이 자신 없는 목소리로 말끝을 늘였다.

"어쨌든 전 황태자라는 사람도 그렇고, 붉은 용도 그렇고 아직 모습을 드러내고 있진 않으니까 마법 부에서 공식적으로 인정하긴 어려워. 원로회가 지금 황실과 접견을 벌이고 있어. 만일 그 소문이 사실이라면 곧 원로회가 돌아와 진실을 밝히겠지."

그러자 메이가 회의적인 목소리로 다시 말했다.

"그 소문이 사실이라면 과연 황실에서 원로회를 돌려보내 줄까? 난 안 그럴 것 같은데?"

"원로회를 잡아둬서 뭘 어쩌려고? 어차피 본인들 능력으로 해결이 안 되면 우리 마법사들 힘에 의존하는 수밖에 없는데."

"하아······."

메이가 깊은 한숨을 내쉬었다.

"그 안에 란크렌이 있잖아. 전 대마법사 후보."

"전 대마법사 후보가 아니라 이젠 그가 대마법사지."

"정말? 마법부에서도 그렇게 생각해?"

"······."

그러자 아론이 의아하다는 표정으로 입을 꾹 다물었다. 그의 얼굴에 경계와 의심이 떠올랐다.

"메이, 당신······ 뭘 알고 있는 거야?"

위험 신호였다. 더 이야기를 계속하다간 괜한 오해와 의심을 살 게 뻔했다. 제이디가 얼른 둘 사이에 끼어들어 대화를 차단했다.

"바봅니까? 마법 세계를 모르는 사람들도 아니고. 그 정도 유추쯤은 얼마든지 가능하잖소."

"아니. 그럼, 메이 당신이 마법 세계를 떠나기 전에도 란크렌의 이름을 알고 있었단 말이야? 이쪽 세계 출신의 평범한 사람 중에서는 란크렌의 이름을 아는 사람은 아무도 없었어."

"내가 알고 있었습니다. 내가."

제이디가 나섰다.

"그렇다 하더라도 지금 황궁에 란크렌이 있다는 사실을 평범한 당신이 어떻게 압니까? 그건 우리 마법부 소속군들만 알고 있는 내용인데."

"그건……."

제이디가 얼른 둘러댈 말을 찾아 대답했다.

"예전에 광장에서 황후를 처형할 때 마법사 하나가 황제를 지키고 있었던 걸 봤으니까요."

"봤다고? 란크렌을?"

"네."

제이디가 당당하게 대답했다.

"그럼…… 당신이 란크렌 얼굴을 알아봤단 말입니까? 마법사들도 고위 관료가 아니면 얼굴을 아는 사람이 거의 없는데!"

"그야 당연한 거 아닙니까? 대마법사 후보야 워낙 외양이 특이하니까."

아론은 잠시 뜸을 들였다가 말을 이었다. 잔뜩 목소리를 낮춘 채였다.

"아니, 그는 이쪽 세계에서 은발로 돌아다니지 않았어."

"……!"

"상식적으로도 말이 안 되잖아. 이곳 사람들한텐 없는 빛깔이니까. 그렇게 튀는 모습으로 다닐 이유가 없지. 아무도 알아보는 사람이 없는데. 당신들조차 이렇게 변장술로 모습을 바꾸고 다니잖습니까!"

제이디는 아차 하는 마음으로 이를 꽉 깨물었다. 바보처럼 웃길래 진짜 바보인 줄 알았더니 아니었나 보다. 역시 지휘관이라는 직책은 아무나 다는 것이 아니었다.

아론이 눈에 불을 뿜으며 제이디의 어깨를 거칠게 꽉 움켜쥐었다.

"당신! 누구야?"

시장에 간다던 메이와 제이디가 꽤 오랫동안 돌아오지 않자, 집에서 기다리던 아르모트와 레오의 얼굴에도 점점 그늘이 드리웠다. 데릭은 니안 옆에 있었고, 멜드린은 그런 데릭이 걱정되어 그의 옆에 함께 앉아 있었다. 지금 아르모트의 곁을 지키는 건 레오뿐이었다. 부엌에서 창밖을 내다보던 아르모트가 중얼거렸다.

"꽤 늦는구나."

"살만한 물건이 많이 없나 봅니다."

"그렇기는 하겠지만…… 메이 대신 차라리 내가 나갈 걸 그랬다."

"무슨 일이야 있겠습니까? 모습을 바꿨는걸요. 아무래도 마법세계의 생리를 잘 아는 메이와 제이디가 나가는 게 정보를 더 정확하고 빠르게 수집할 수 있을 거예요. 돌발 상황에 대처하기도 편하고요."

레오의 말이 맞다. 아르모트는 고개를 끄덕였다. 하지만, 그는 과거 황실의 기사 단장이었다. 10년이나 동굴에 갇혀 있던 거로도 모자라 풀려난 지금에도 그가 할 수 있는 일이 많지 않다는 사실에 마음이 괴로웠다. 게다가 메이…… 그녀를 아직도 제힘으로 온전히 지킬 수 없다는 사실에 좌절감이 들기도 했다.

그때 문 두드리는 소리가 났다.

"왔나 봐요."

레오가 바람처럼 빠르게 문가로 달려가 벌컥 문을 열었다.

"왜 이렇게 늦었어요? 걱정했……."

하지만 그는 말을 끝맺지 못했다. 긴장한 얼굴로 서 있는 제이디와 메이 뒤로, 난생처음 보는 얼굴이 하나 있었다. 낯선 마법 군 정복을 입은 남자. 그가 메이와 제이디 사이를 비집고 손을 쭉 내밀며 말했다.

"안녕하십니까. 임시 마법 본부 소속 제3구역 지휘관 아론 그란트입니다."

그 손을 잡아야 하나 말아야 하나 레오가 갈등하는 사이, 아르모트가 다가왔다.

"마법군이 여긴 어쩐 일입니까?"

경계를 숨기지 못하는 목소리였다. 아론이 그의 경계를 풀어주려 살짝 미소를 지었다.

"아, 너무 놀라지 마십시오. 저는 메이의 전 약혼자이기도 하니까요."

"약혼자요?"

이렇게 되묻는 아르모트의 한쪽 눈썹이 못마땅하게 밀려 올라갔다. 경계를 풀어주려고 사적인 관계를 밝힌 건데, 아르모트의 경계 지수가 더욱 극한으로 치솟는 것을 이상하게 여기며 아론이 어색한 소리로 웃었다.

"아하하…… 당황스러우실 수도 있을 겁니다. 너무 오래된 이야기라……."

"……."

"그…… 인연이라는 게 그렇게 쉽게 잊히는 게 아니어서요. 저렇게 변장을 했어도 한눈에 알아보게 되더군요."

더는 쓸데없는 말로 시간을 끌 수 없다는 생각이 들어 메이가 나섰다.

"알, 일단 들어가서 이야기해요. 중요한 얘긴 따로 있으니까."

아무리 제이디라도 의심을 품은 현역 군 지휘관을 소리소문없이 가뿐히 따돌리기란 쉬운 일이 아니었다. 더구나 시장에는 마법 군뿐만 아니라 황실 병사들도 많았다. 결국, 제이디는 무리수를 두지 않는 편이 낫다고 판단했다. 더구나 사적으로 그는 어쩔 수 없이 헤어져야만 했던 메이의 전 약혼자가 아닌가.

결국, 그와 메이는 아론에게 어느 정도 솔직해지기로 했다. 원로회가 돌아오지 않은 지금, 마법사들도 아직 현 황실을 온전히 신뢰하긴 어려울 테니까.

'네, 맞습니다. 전 란크렌을 압니다. 그것도 아주 잘. 제가 바로 한때는 그와 함께 수학했던 또 다른 대마법사 후보였으니까요.'

물론 그런 제이디의 폭로에 아론은 경악했다.

마법사들에게 대마법사란 아직 어린 후보조차 우러러 보이는 위대한 존재였기에.

그런데도 아론이 완전히 의심을 거두지 못하는 눈치이자, 메이가 슬쩍 떠도는 소문에 대한 진실을 흘렸다. 그리곤 자신들의 말을 믿고 편이 되어준다 약속하면 그 모든 소문의 실체를 직접 증명해 보이겠다고 장담했다. 아론은 아직 메이에게 미련이 남아 있었으므로, 진심 어린 눈으로 호소하는 그녀를 믿고 싶었다.

'그런데 진짜 나중에 딴소리하는 거 아니죠?'

불안해하는 제이디에게 메이가 몰래 대답했다.

'다른 건 몰라도 아론은 융통성 없다 여겨질 정도로 약속 하난 잘 지켜요.'

그렇게 그들은 니안과 데릭이 있는 저택으로 아론을 데려왔다. 그는 일반 병사도 아닌 지휘관이므로, 설사 자신들의 일을 적극적으로 도와주진 않더라도 마법 본부 내부 사정쯤은 알려 줄 수 있을 거라고 기대했기 때문이었다.

"그러니까…… 이분이…… 붉은…… 용?"

니안을 마주한 아론의 얼굴이 묘하게 구겨지는 것을 보며, 멜드린이 물었다.

"왜요? 뭐가 잘못됐습니까?"

"아, 아닙니다."

아론이 깜짝 놀라며 손을 휘저었다.

"그저…… 제가 상상했던 붉은 용의 모습과 거리가 멀어서요."

"당신이 상상한 붉은 용의 모습이 설마 비늘이 뒤덮인 모습은 아니겠죠? 평상시에도 그런 모습이라면, 아르본 시내에 머무르기엔 무리가 있을 테니까요."

아르모트가 헛웃음을 삼키며 말했다. 아론이 메이의 전 약혼자였다는 사실을 알게 된 순간부터, 아르모트는 아론이 마음에 들지 않았다.

"아, 그런 건 아니고…… 글쎄요. 저는 뭔가 더 강인한 모습을 상상했던 것 같습니다. 솔직히, 여자가 아닌 남자일 거라고……."

"힘에 대한 편견이 있으시군요."

빠르게 치고 들어오는 아르모트의 날 선 대답에도 아론은 전혀 개의치 않고 말을 이어갔다.

"상상력이 부족했던 거죠. 여자인 데다가, 이렇게 젊고 아름다운 모습일 거라고는 생각을 못 했으니까요. 그래서인지…… 마음이 더 아픕니다. 마나가 너무 희박하네요."

그의 목소리가 안타깝게 변했다. 그때 메이가 나서 아론에게 물었다.

"아론…… 용을 죽이는 방법을 알 수 있을까?"

"죽이는 방법? 살리는 방법이 아니고?"

"죽이는 방법을 알아야, 살리는 방법도 찾을 수 있을 테니까."

"글쎄. 대마법사 마법비서에도 용과 관련된 내용은 없는 거로 알아. 신성시되는 동물이니까. 인간 영역 밖으로 취급하잖아. 멸종되기도 했었고. 그러고 보면, 란크렌이 난 인물임엔 틀림없군. 도대체 용한테 어떻게 이런 치명타를 입힌 걸까?"

아론과 메이의 대화를 듣던 데릭에게서 서글픈 한숨이 흘러나왔다. 제발, 너만 다시 건강한 모습으로 돌아올 수만 있다면. 내 목숨을 내놓아도 아깝지 않을 텐데. 황위조차 포기할 수 있을 텐데.

"니안을 잃는다면…… 그 어떤 것을 얻는다 해도 의미가 없어……."

까슬하게 부르튼 데릭의 입술에서 흘러나온 목소리엔 절망만이 가득했다. 아론이 그런 데릭을 보며 단호하게 말했다.

"뭐 마음이 내키지 않아 다 원하는 걸 다 포기하신다 해도 존중해드릴 순 있지만…… 의무를 저버리시는 건 존중해드릴 수가 없습니다, 전하. 황위를 잇든 말든, 그것이 싫든 좋든, 백성을 보호할 수 있는 능력을 물려받으신 건 전하시니까요. 전하께서 의무를 저버리시면, 수많은 목숨이 위험해집니다. 설마, 밖에 있는 저들의 목숨이 여기 침대에 누워 있는 붉은 용의 목숨보다 못하다고 생각하시는 건 아니시겠지요?"

술에 술 탄 듯, 물에 물 탄 듯 마냥 좋기만 하던, 아론의 태도와는 사뭇 다른 말이었다.

"······."

"전 란크렌을 지도자로서 자격 미달로 봅니다. 그는 감정의 노예예요. 원하는 걸 얻기 위해 자신의 의무를 저버렸으니까요. 그런데 전하는 원하는 것을 지키지 못한 슬픔에 의무를 저버리려 하시는군요."

그러자 멜드린이 안타까운 목소리로 중얼거렸다.

"원로와 마법부도 그렇게 생각한다면 좋겠군."

아론은 멜드린의 말에 화답이라도 하듯 당당하게 말을 이었다.

"아마 저와 다르지 않을 겁니다. 그가 대마법사의 의무를 다하지 않아서 어떤 혼란이 왔는지 적나라하게 겪었으니까요. 그가 없는 동안 마법 세계가 얼마나 두려움과 걱정에 떨었는지 모르실 겁니다. 원로회가 그를 만나러 간 건 그를 믿어서가 아닙니다. 그가 세상의 주인인 멜롯 황실과 함께 있기 때문이었죠. 오스만 황제가 세상의 진정한 주인이 아니라면, 원로회와 마법 부도 란크렌과 함께 할 이유가 없습니다."

그가 크게 한숨을 내쉬었다.

"······이제야 장막 안으로 들어간 원로회가 왜 돌아오지 않는지 알겠군요. 돌아오지 않는 게 아니라, 돌아오지 못하는 거였어요."

"……."

다들 한동안 말을 잇지 못했다. 아론이 데릭에게 가한 일침은 그 방에 있는 모두가 동의하는 바였다. 심지어 데릭 자신조차도. 설사 니안을 완전히 잃는다 해도, 그는 주군으로서 의무를 다해야 했다.

잠시 생각에 잠겼던 아론이 결의에 찬 얼굴로 입을 뗐다.

"당장 군 수뇌부에 보고해야겠습니다. 하지만, 그 전에 헤이드 전하께 확답을 듣고 싶습니다."

"뭘 말이야?"

고통에 절은 푸른 눈동자가 아론을 향했다.

"어떤 경우에라도 황국과 백성들을 버리지 않겠다는 확답을요. 그것만 약속해 주신다면, 저는 전하의 편에 서겠습니다. 만약 마법 부가 주저한다면 적극적으로 설득에도 앞장서겠습니다."

누가 들어도 아론의 목소리에는 긍정을 바라는 간절한 염원이 담겨있었다. 그런데도 데릭은 곧장 대답할 수가 없었다. 마음의 고통이 너무 컸다. 누구에게 그 무엇도 약속할 수 없을 만큼.

가만히 표정을 일그러뜨린 채 오랫동안 답을 하지 못하는 데릭을 지켜보던 아론은 결국 마음을 접고 침대에 누워 있는 니안에게로 시선을 옮겼다.

그래, 아무리 주군이라 하더라고, 선택받은 황제라 하더라도 희망이 필요하겠지. 그에게 희망이 될 만한 이야기가 뭐가 있을까?

"생각해보면 란크렌이 용을 쓰러뜨릴 수 있었던 이유가 어쩌면 저 장막 안에 있을 것도 같습니다."

오랜 정적을 깨뜨려서인지 아론의 목소리는 그 어느 때보다 명징하게 주위를 환기했다. 모두의 시선이 일제히 아론에게 향했다. 그는 의문과 기대가 담긴 시선을 흡족하게 여기며 덧붙였다.

"그러니 란크렌이 헤이드 전하가 아니라 궁을 차지하고 있는 오스만을 선택했겠지요."

"그게 무슨 뜻이지?"

여전히 고통스러운 눈을 한 데릭이 궁금증을 이기지 못하고 물었다.

"그냥 제 생각입니다. 확실친 않고요."

"그래서? 그게 뭔데?"

아론은 중요한 이야기를 하기 전엔 누구나 그렇듯, 잠시 길게 심호흡을 하며 뜸 들이는 것을 잊지 않았다. 마침내 그가 기다리던 말문을 뗐을 때, 데릭은 자신의 귀를 의심하지 않을 수 없었다.

"타르밀!"

"……?"

"타르밀이요."

"타……! 타르밀?"

데릭의 동공이 커졌다. 타르밀이라면 아르모트의 등에 새겨진 문서에서 봤던 곳이 아니던가. 황실 소유의 토지로 명시되어 있던.

그런데 그 이름이 지금, 오늘 처음 만난 마법사 입에서 흘러나오고 있었다.

"네. 모든 마법의 힘이 시작되는 곳이자, 세상을 순환한 마력의 회귀점. 고대 기록엔 멜롯 가문이 밟고 선 땅이 타르밀이라고 했습니다."

"멜롯…… 가문이 밟고 선 땅이 타르밀이라고?"

데릭뿐이 아니었다. 모두가 충격받은 얼굴이었다. 한스넬의 동굴, 아르모트의 등에 새겨진 문서, 그리고 그 안에 적혀 있던 글귀가 모두의 머리에 차례대로 스쳐 지나가고 있었다. 그리고 이젠 그 끝에 아르본 중심에 위풍당당하게 솟아 있는 황궁이 있었다. 황궁이…… 타르밀이었다!

아론이 아랑곳하지 않고 말을 이었다.

"저도 타르밀이란 지명을 차원의 경계를 넘고 나서야 처음 들었습니다. 엘카트들이 일사불란하게 움직이는 걸 보고 원로회에서 멜롯 가의 후계를 만나야 한다며 타르밀이 어디냐고 하는 소리를 들었었거든요. 그때 분명 그렇게 말했습니다. 모든 마법의 힘이 시작되는 곳이자, 세상을 순환한 모든 마력의 회귀점, 타르밀! 그 타르밀을 밟고 선 것이 멜롯 가문이라고요. 그러니, 그 타르밀은 바로 장막 저 안쪽, 황궁이 아니겠습니까? 란크렌이 그 주변에 장막을 친 이유도, 바로 그 이유이겠죠. 어쩌면, 용을 쓰러뜨릴 만큼의 강력한 힘을 얻을 수 있었던 것도, 바로 그가 타르밀 안에 있기 때문 아닐까요?"

데릭의 눈동자에 섬광이 일었다.

"타르밀이 만약 황궁이라면, 그 땅을 당연히 찾아야지. 그리
고, 그곳에 그렇게 강력한 힘이 있다면, 누구에게도 내어 줘선 안
되고."

"네. 그리고 가능하다면…… 그 힘을 취해 붉은 용을 치유하는
데 쓰셔야죠."

"그러려면 란크렌에 필적할 만한 힘을 가진 자가 있어야 하는
거 아닌가요?"

레오의 말에 모두의 시선이 이번엔 제이디에게로 향했다. 제이
디는 뻘쭘한 얼굴로 시선을 피하며 큼큼 헛기침했다. 축 가라앉았
던 분위기가 술렁이며 들뜨는 것에 만족해하며, 아론이 데릭에게
말했다. 마지막 일격을 가할 때였다.

"아직 제가 요청한 것에 대해 확답을 하지 않으셨습니다, 헤이드
전하."

"……."

"무슨 일이 있어도…… 설사 붉은 용을 완전히 잃는다 해도, 절
대 군주로서의 의무를 저버리지 않겠다고요. 저는 제가 믿고 존경
할 수 있는 분이 아니면 따르기 힘듭니다. 그건 아마, 오랫동안 전
하를 봐 왔던…… 여기 동료들도 마찬가지일 거라고 봅니다. 전
하, 그리해 주시겠습니까?"

"……."

"저와 여기 동료들과 저 밖의 백성 중 그 누구도, 감정에 휘둘려 저버리지 않으시겠습니까? 끝까지 의무를 다하시겠습니까?"

데릭은 물러날 곳이 없었다. 처음부터 그에게 주어진 운명이었다. 너무 오랫동안 주류의 바깥에서 떠돌다 보니 의무에 대해선 소홀히 생각했었다. 그랬다. 자신은, 멜롯 황가의 적통이며, 천 년 만에 가문의 능력을 물려받은 유일한 자였다. 자신을 돕다 저렇게 된 니안을 생각해서라도, 감정에 빠져 허우적델 수는 없는 일이었다.

"약속하겠다. 다시는…… 개인감정으로 나의 의무와 대의를 소홀히 하는 일은 없을 거야. 무의식적으로라도 목숨에 경중을 매기는 일도 없을 것이다."

마법부 수뇌부와의 만남은 빠르게 이루어졌다. 아론이 마법부 내에서 생각보다 영향력이 있다는 걸 데릭은 그때야 깨달았다.

"장막 때문에 저희가 란크렌을 선택할 수도 있다고 생각하셨다니 유감입니다, 전하. 하지만, 전하로선 당연히 그러실 수도 있었을 거라 생각됩니다."

"이해해 줘서 고맙네, 헴튼 총사령관."

"고드릭이라고 불러 주십시오."

"고맙네, 고드릭."

마법부는 그야말로 쌍수를 들어 데릭을 환영했다. 알고 보니 어릴 때부터 유독 인류애와 정의를 기본 축으로 모든 교육을 받은 탓에, 그들은 지도자의 의무를 저버린 사람을 극렬히 싫어했다. 거의 본능이었다. 즉, 데릭에게 의무 어쩌고 하면서 군주의 도리를 따졌던 게 아론이 특이해서가 아니었단 거였다. 그들은 특히 지도자에게 그에 걸맞은 의무와 역할, 그리고 애민을 강조했다.

야욕에 눈이 멀어 모든 의무를 내팽개치고 목숨마저 가벼이 여기는 란크렌을 두고 그들은……

"반사회적 인격 장애죠!"

이렇게 딱 잘라 정의했다. 그것을 멍하니 보던 제이디가 "마법 세계를 떠난 지 너무 오래되어 감을 잊었었군. 이걸 예상하지 못했다니." 하고 자조적으로 중얼거리자 메이가 작게 픽 웃음을 터트렸다. 그렇게 따지면 감을 잊었던 건 메이도 마찬가지였으니까.

이후, 원로들의 안전을 확보하면서 어떻게 장벽을 허물고 황궁을 공략해야 할지 다양한 의견이 오갔다. 그들은 엘카트를 다룰 수 있는 헤이드 멜롯만큼이나 제이디의 귀환을 반겼는데, 이는 그가 란크렌을 대체할 유일한 대마법사 후보였기 때문이었다. 제대로 대마법사 승계 교육을 이수하진 못했지만, 대마법사란 기본적으로 타고난 능력이 8할을 차지했다. 나머지 2할이 후천적인 교육으로 채워 넣는 거였다. 물론, 그 2할을 채우는 과정이 몹시 고되고 어렵기는 하지만.

란크렌을 교육했던 교수진들이 임시 마법 본부로 긴급히 차출되었다. 비록 전 대마법사 브루델 젠크의 타계로 실제 최고 마법을 시전해 보여줄 수는 없지만, 최소한 이론만큼은 마스터해 줄 수 있을 만큼 탄탄한 배경지식을 가진 자들이었다. 놀랍게도 그들은 그 교육을 헤이드에게도 받도록 권유했는데, 이유는 이랬다.

"세상의 주인이 아니십니까. 이 세상의 모든 말 못 하는 짐승과 마수 중 최상위 포식자 엘카트를 조종하시는. 그 힘은 대마법사에 필적하는 마력 운용력을 요구합니다. 아니, 어쩌면 대마법사보다 더한 힘을 지니신 거죠. 그러니 이 교육을 받으시는 건 당연합니다. 전하가 또 다른 대마법사이시니까요."

서서히 결전의 날을 향한 막이 오르고 있었다.

"지금은 전하가 엘카트를 조종해서 인간을 공격하지 않게 하고 있지만, 엘카트가 진심으로 용과 세상의 주인을 섬기기 시작하면 자발적으로 마수들을 통제할 겁니다. 그러니 조급해할 필요가 없습니다."

엘카트로 하여금 마수를 통제하는 방법을 알지 못해 답답하다는 헤이드의 말에 역사학 교수 브리가 말했다. 또 덧붙이길,

"타르밀은 우주의 중심입니다. 그 자체가 순리에 어긋나는 것을 견디지 못해요. 지금은 저들이 그 땅을 차지하고 있지만, 곧 타르밀이 저들을 밀어낼 것입니다. 그러니 두려워하지 마십시오."

그녀가 빙긋 웃었다. 헤이드가 타르밀의 소유권을 증명하는 문서를 알 수 없는 이유로 태워버렸다고 말했을 때였다.

"문서는 분명 전하의 소유물 어딘가에 보이지 않게 새겨져 있을 겁니다. 타르밀 안에 들어가면 찾을 수 있을 거예요."

대마법사 수업을 들으며 깨달은 건, 헤이드 역시 마법사의 역할을 할 수 있을 만큼 충분한 역량을 갖고 있다는 거였다. 그는 제이디의 도움을 받아 배우는 마법 대부분을 시연해 내는 데 성공하고 있었다. 이렇게 되면, 헤이드는 엘카트라는 군대와 더불어 무소불위의 힘을 갖게 되는 거였다. 제이디조차 혀를 내둘렀다.

"왜 대마법사가 아닌, 멜롯 가문의 후계가 세상의 주인이 됐는지 알 것 같습니다."

그가 존경의 눈으로 경의를 표하며 말했다.

모든 마법 군 병력이 아르본으로 집결되었다. 사상 처음으로 그들에게 차원의 경계를 허무는 교육이 시작됐다. 란크렌의 마법이 아무리 강하다 한들, 수천 명의 마법군의 공격을 이겨내긴 역부족일 게 분명했다. 지금껏, 그들은 장막을 허무는 방법을 배우지 못했을 뿐이니까.

총사령관 고드릭 헴튼이 마법군 병사들에게 말했다.

"우리는 장벽을 허문 뒤, 헤이드 전하가 빠르게 황궁을 점령할 수 있도록, 란크렌만 전담하여 맡는다. 그가 전하를 방해하지 못하도록 발목을 붙들어 두는 거야. 근접 상대는 제이디가, 우리는 원거리 지원을 맡는다. 제이디의 마력이 순간적으로 소진되면, 빠르게 뒤에서 채워주고, 치명타가 될 만한 공격은 힘을 합쳐 방어막을 쳐 준다. 란크렌은 꼭 생포할 필요 없다. 죽일 수 있다면 죽여라."

란크렌은 자신이 만든 장막이 자신들을 철저히 보호할 수는 있을지언정 이러한 장막 밖의 움직임을 파악하는 데 걸림돌로 작용한다는 사실은 미처 깨닫지 못하고 있었다. 그는 오만했고, 인간 세상의 질서와 규칙을 무시했다. 그 결과, 황제 오스만은 귀족과의 연결고리가 거의 끊어지다시피 했다. 장막 때문에, 밖에 있는 귀족들이 황제를 알현하기가 어려웠기 때문이었다. 오로지 황실 기사단에 줄이 있는 몇몇만이, 간신히 장막 안의 사정을 듣거나 사소한 의견을 전달하는 데 그쳤다. 귀족들은 갑자기 들이닥친 마수와 마법사들로 인해 자신들의 정치적 입지가 좁아질 것을 두려워하고 있었다.

이 기회를 효과적으로 이용해 귀족들 틈을 파고든 건 빌리어드였다. 예전처럼 몰래 물밑에서 접근하거나, 하나씩 포섭해 나갈 필요도 없어졌다. 그는 드러내놓고 자신이 헤이드 멜롯의 사람임을 이야기했고, 붉은 용이 의붓딸임을 밝혔다. 그리고 황제가 바뀌어도, 여전히 귀족들의 힘을 필요로 할 것이며, 그들과 함께 정치를 해 나갈 것임을 강조했다. 귀족들은 주저하지 않았다. 빠르게 빌리어드의 세력 밑으로 들어와 오스만 정권을 버렸다.

그러나 정작, 빌리어드는 자기 아들 에이든에게는 이 사실을 말하기가 곤란했다. 에이든이 집에 거의 오지 않을뿐더러, 기사단의 줄을 이용해 연락이 닿는다고 해도, 그가 이 사실을 받아들이고 황제와 란크렌에게 비밀을 지켜줄 것인지 불투명했다. 주저하는 사이 시간은 빠르게 흘러갔다.

결국, 결전의 날이 왔을 때, 그는 헤이드 앞에 무릎을 꿇으며 사정했다.

"전하, 싸움이 시작되면 제 아들놈의 성정 상 치열하게 저항할 것이 분명합니다. 부디 노여워 마시고, 목숨만 살려주십시오. 제가 아르본의 모든 귀족을 전하의 사람으로 포섭하는 데 성공했지만, 제 아들만큼은 설득할 용기를 내지 못했습니다. 에이든은…… 지금 아무것도 모르고 있습니다."

"에이든은 아카데미에서 함께 공부한 동기다. 그의 성정은 나도 잘 알고 있어. 나 역시 죽이고 싶지 않다. 그가 다시 내게 마음의 문을 열었으면 좋겠어."

모두가 뜻을 모아 전력을 다하는 준비는, 그리 오래 걸리지 않았다.

결전의 서막을 알리는 아침의 여명은 유난히도 붉었다. 황궁은 여전히 자신들이 스스로를 고립시켰다는 사실을 모르고 있었다. 마법부는 성전을 찾아오는 황궁 사람들에게도 전혀 내색하지 않았고, 원로회의 안전 보장만을 부탁했었다. 귀족들은 자신들의 미래를 위해 스스로 입을 다물었다.

전투복을 갖춰 입은 헤이드는 기도하는 심정으로 니안의 침대 앞에 무릎을 꿇었다.

"니안, 다녀올게."

그가 니안의 손을 꼭 잡은 채 말했다.

"내가 황궁을 되찾으면 반드시 널 살릴 방법을 가져올게. 그동안 나 때문에 네가 겪어야 했던 굴욕과 부당함을 씻을 수 있게. 네가 날 위해 치렀던 희생에 대한 대가를 갚을 수 있게. 그때까지, 넌…… 그곳에서 기다려. 좋은 꿈만 꾸면서 기다리고 있어. 한편으론 네가 이 피비린내 나는 전쟁을 보지 않아서 다행이야."

그가 니안의 이마에 조심스럽게 키스했다.

"내가 가진 세상을…… 네게 다 바칠게."

"조준!"

"……."

"발사!"

장막을 둘러싼 마법사들이 한 곳을 향해 일제히 마력을 쏘았다. 보랏빛의 섬광이 일제히 한 곳을 향하는 모습은 그 자체로도 장관이었다. 미래의 권력을 노리는 귀족들이 멀리에서 이 장면을 훔쳐보고 있었고, 그 앞에는 엄청난 수의 엘카트들이 흥분된 숨을 삼키며 대기하고 있었다.

그리고 가장 앞에, 제일 큰 엘카트 등에 올라탄 헤이드가 완전무장을 갖추고 있었다.

집중 공격을 하는 지점에서 불꽃이 튀기 시작했다. 마법사들은 자신이 가진 마력을 바닥까지 끌어다 쓰느라 죽을 듯 힘들었지만, 그 모습에 고무되기 시작했다. 엘카트들도 무언가를 눈치챈 듯 거친 콧김을 내뿜으며 발을 구르기 시작했다.

장막 너머에서 무기를 들고 긴장한 채 서 있는 황실 기사단의 표정에 불안과 긴장이 가득했다.

그때였다. 장막 꼭대기에 은발을 휘날리는 남자가 나타난 것이. 란크렌이었다.

"아, 쯧쯧…… 도대체 이게 무슨 매너인지 모르겠네. 인류와 평화를 사랑하는 마법사님들께서 황궁을 공격해 반역을 꾀하다니. 게다가 엘카트라니!"

그가 한쪽 입술을 비스듬히 끌어올려 비릿한 미소를 지어 보였다.

"엘카트는 황실의 전유물인데! 누가 감히 황실의 짐승에게 손을 대지?"

그러자 헤이드가 나섰다.

"맞아. 엘카트는 멜롯 황실의 후계만이 다룰 수 있다. 그러니 오스만은 아니야. 그는 엘카트 털끝 하나 자기 마음대로 못 하니까."

"과연 그럴까?"

란크렌의 비릿한 입술이 더욱 끌어당겨졌다.

"너는 붉은 용이 없으면 아무것도 하지 못하지. 엘카트 한 마리도 네 뜻대로 할 수 없어. 오스만과 똑같아. 내가 저 엘카트들을 너의 속박에서 자유롭게 한다면? 누가 황실의 후계를 주장할 수 있지? 네가? 오스만이?"

그 순간 마법사들이 힘을 다해 공격하던 장막이 뚫렸다. 총사령관 고드릭이 신호를 하자 마력 재충전을 마친 마법 1부대가 제이디의 지휘 아래 엘카트를 타고 일제히 뛰어올랐다. 헤이드가 장막 안으로 진입할 수 있게 란크렌을 붙잡아 두려는 거였다.

그것을 눈치챘는지, 란크렌이 땅을 향해 양 손바닥을 벌리고 마력을 운용했다. 덜덜 장벽이 떨리는가 싶더니 땅속에서 무엇인가 요동치는 것처럼 지진이 일었다. 그러자 하얀빛 가루가 엘카트들을 휘돌고 사라졌다. 빛 가루와 함께 붉은 용의 화인이 허공으로 흩어졌다.

크르르.

엘카트의 숨소리에 기묘한 변화가 이는가 싶더니, 곧 몸을 흔들어 자신들을 태운 마법사들을 털어냈다. 이미 장벽 꼭대기에 다다랐던 터라, 엘카트가 이탈하자 마법사들은 그대로 땅으로 추락했다.

"으아악!"

이 모습을 본 헤이드의 눈에 푸른 불꽃이 일었다. 헤이드의 뒤에 정렬해 있던 엘카트 일부가 그 순간 뛰어올라, 땅으로 추락하는 마법사들을 극적으로 받아냈다.

이후, 이탈한 엘카트들이 사나운 기세로 헤이드 쪽을 향해 덤벼들었다. 아직 화인이 남은 엘카트들이 그것들과 맞붙어 싸우기 시작했다. 그들이 엎치락뒤치락할 때마다 땅에선 뽀얀 먼지가 일고, 피가 튀겼다.

헤이드가 분한 나머지 입술을 깨물었다.

'저 자식, 도대체 어떻게 한 거지?'

"너희는 내게 한 발자국도 다가올 수 없다. 엘카트를 데리고선 더더욱. 장막 안으로 엘카트가 발을 디디는 순간, 그것들이 몸을 돌려 너희를 공격할 테니까."

이건 생각지도 못한 난관이었다. 란크렌이 엘카트에 대항할 나름의 방법을 고안할 것이라고 예상을 하긴 했지만, 이렇게 아예 무력화시킬 줄은 마법부 사람들조차 상상하지 못했던 것이다.

붉은 용인 니안의 심장에 치명타를 입힌 것도, 엘카트의 화인을 지우는 것도, 도대체 어떻게 했길래 가능한 건지 아무도 방법을 알지 못했다.

이 역시 란크렌이 타르밀을 차지하고 있기 때문일까? 도대체 타르밀이 뭐길래, 그 안에 어떤 힘이 있길래, 어떻게 운용하길래, 이것이 가능한 것일까?

란크렌에게 접근해 근접전을 치를 수 없다면, 먼 거리에서 마법력을 쏘아 그를 견제할 수는 있었다. 하지만 장막 안에 엘카트가 들어가지 못한다면, 황궁의 병사와 오스만은 어떻게 굴복시킬 것인가? 마법 병력만으로는 황궁 점령을 장담할 수 없었다. 그 원리를 알지 못한다면 그를 막을 방법을 찾을 수가 없다.

오늘을 총공세의 날로 잡고 완벽하게 준비를 했건만, 이대로 물러서야 하나?

좌절과 무력감이 모두의 가슴을 엄습해왔다. 그 순간 멀리서 '삐-'하고 길게 매가 울었다. 하지만 그걸 인지한 사람은 그 가운데 아무도 없었다. 다들 란크렌을 제압하기 위해 어떤 마법을 써야 하는지에만 관심이 쏠려 있었기에 한낮에 울려 퍼지는 매의 울음소리 따위는 신경 쓰지 않았다. 그것이 란크렌의 머리 위에서 크게 세 바퀴나 원을 그리고 유유히 바람을 타고 하강해 고드릭의 어깨 위에 내려앉을 때까지도.

뒤늦게서야 그 장면을 목격한 란크렌의 표정이 일그러졌다. 뭔가 불길한 예감이 엄습했기 때문이었다. 전서구는 마법이 없던 황실에서 흔히 사용하는 통신 수단이라는 것쯤은 그도 상식으로 알고 있었다. 하지만, 매라? 전서응을 사용하는 경우는 흔치 않았다. 워낙 아날로그적인 통신은 해본 적이 없는 데다 하필, 그것이 매였기에 그만 놓치고 말았다.

고드릭이 매의 발목에 매인 끈을 풀고 편지를 꺼냈다.

"헛, 이건……."

작은 양피지 조각을 들여다보는 고드릭의 눈이 놀라움으로 커졌다. 그는 곧장 헤이드를 향해 질주하기 시작했다. 그제야 란크렌은 커다란 위험을 느꼈다.

막아야 해.

그의 손에 들린 지팡이가 조급하게 겨눠졌다. 끝에서 보라색 불꽃이 뻗어 나왔다.

"안 돼!"

제이디가 손을 뻗었다. 붓 펜처럼 뾰족하게 날이 선 제이디의 반지 끝에서도 보라색 불꽃이 일었다.

파파밧.

두 개의 불꽃이 맞부딪치며 스파크가 튀더니 이내 커다란 폭발이 있었다.

"악!"

마침 그것이 고드릭의 바로 옆에서 터지는 바람에 그가 넘어지며 낙엽처럼 굴렀다. 다행히 다치지 않았는지, 그는 다시 벌떡 일어나 헤이드에게로 향했다. 란크렌의 지팡이 끝에서 다시 불꽃이 일었으나, 이번에는 마법사들이 일제히 마력을 쏘아 작은 방어막을 만들어냈다. 란크렌의 불꽃이 힘을 쓰지 못하고 튕겨 나갔다.

그래도 고드릭은 포기하지 않았다. 그는 끝까지 전력을 다해 헤이드에게 편지를 전달하는 데 성공했다. 헤이드의 어두웠던 얼굴이 양피지를 읽으면서 점점 환하게 변해갔다. 고드릭이 물었다.

"세 개의 돌이 있으신 겁니까?"

헤이드는 고개를 끄덕여 보인 후 휙 팔을 치켜들었다. 엘카트 무리 중 한 마리가 고드릭의 앞에 와 섰다.

"이걸 타고 멜드린과 함께 내 집으로 가라. 그가 세 개의 돌이 든 상자를 찾아 주면 이리로 가지고 와."

헤이드의 얼굴에 자신감이 돌아왔다.

세 개의 돌.

엄밀히 말하면 그것은 거대한 지층이었다. 서로 다른 마력을 가진 거대한 지층이 황궁 지하에서 그 끝을 맞대고 있었다. 그래서 타르밀은 세 가지 성질을 지닌 마력의 힘이 소용돌이를 일으키며 상생과 파괴를 거듭하는 중심점이 되었다. 누구든 타르밀을 점령하고 완벽하게 조종하는 자는 마법사로서 최고의 위치에 설 수 있었다. 그 타르밀의 소유자가 바로 멜롯 황실이었다. 멜롯가문은 붉은 용과 타르밀, 이 두 가지로 인해 최고의 자리에 오를 수 있었던 것이다.

매의 발목에 묶여 고드릭에게 전달된 편지는 황궁 내에 있는 원로 중 한 사람이 작성한 것이었다.

오스만 황제는 진정한 멜롯의 후계가 아니다. 그의 편에는 붉은 용이 없으며, 오스만은 아무런 마력도 갖고 있지 않다. 황궁 지하에 타르밀이 있다. 란크렌이 그 타르밀을 강제로 움직여 힘을 남용하고 있다. 붉은 용과 세 개의 돌을 가진 멜롯가의 후계를 찾아라. 세 개의 돌이 타르밀을 움직이는 열쇠이니, 그걸 가진 자가 란크렌으로부터 타르밀의 조종력을 빼앗을 수 있다.

원로회는 란크렌에 의해 외부와 연락되는 모든 수단을 차단당했다. 그 어떤 마법도 통신도 란크렌의 장막을 뚫을 수가 없었다. 란크렌이 원로회를 구금하며 요구한 건, 란크렌의 공식적인 대마법사 인정과 타르밀의 소유권이었다. 타르밀의 소유권은 황실과 원로회, 두 군데에서 동시에 인정해야 마법력이 발동되는데, 황실에서는 타르밀이 뭔지도 모르는 현 황제 오스만이 이미 인정을 했으므로, 원로회의 직인만 받으면 되었다.

세상의 새로운 주인이 되고자 하는 란크렌의 야욕을 원로회는 끝까지 거부했다. 그리고 마침내, 그들은 란크렌의 눈을 피해 이

이야기를 밖에 있는 마법부에게 전달할 방법을 찾아내고야 만 것이다.

기회는 아주 우연히 다가왔다. 분명 누군가의 통신수로 사용되었을 게 분명한 매 한 마리가 그들의 창가에 날아와 앉았던 것이다. 그들은 마지막 희망을 걸고 양피지에 내용을 적어 그 매의 발목에 매달았다. 그것은 장막 안을 맴돌다가 마법사들이 뚫은 장막의 구멍으로 마침내 세상 밖으로 나왔다.

그 매는 한 원로가 건 마법대로 고드릭에게 편지를 전달하고 다시 하늘로 날았다. 그리고 새로이 내려앉은 자리는……

"마요!"

……바로 제이디의 어깨 위였다.

"마요…….""

마요가 자신의 이름을 알아들은 듯 높고 긴 울음을 뽑아냈다.

"잘했다, 마요."

황후의 새장에 갇혀 있던 마요가, 이런 식으로 제 역할을 다할 줄은 제이디조차 꿈도 꾸지 못했던 일이었다.

란크렌은 양피지의 내용이 뭔지는 몰랐지만, 그것이 자신에게 치명적인 정보가 든 것이라는 걸 직감할 수 있었다. 그는 엘카트를 타고 어디론가 향하는 고드릭을 저지해야겠다고 생각했지만, 타르밀이 있는 장막을 떠날 수는 없었다. 곧, 그의 몸에서 보라색 기운이 발하더니 사람의 형체를 한 커다란 빛 덩어리 세 개가 몸에서 분리되어 나왔다. 그것은 마치 유령처럼 란크렌의 주변을 휘휘 돌다 그의 손짓 한 번에 고드릭이 사라진 쪽으로 곧장 날아갔다.

고드릭은 멜드린을 태우고 바람처럼 빠른 속도로 니안이 누워 있는 저택에 도착했다. 하지만, 그들이 채 엘카트에서 내리기도 전에 란크렌의 보라색 유령들이 쫓아와 그들 주변을 맴돌았다. 파리처럼 귀찮게 툭툭 건드리며 날아다니는 유령에게 고드릭이 짜증나는 얼굴로 팔을 휘둘렀다.

"이건 또 뭐야?"

"고드릭 사령관도 모르는 겁니까?"

멜드린이 걱정스러운 얼굴로 물었다.

"짐작은 갑니다. 란크렌이 보낸 감시자겠죠. 멜드린, 이건 놔두고 얼른 돌부터!"

"그게 란크렌의 감시자라면, 니안의 위치가 드러나는 것 아닙니까?"

"……젠장!"

결국, 그가 검을 빼 들고 그들을 향해 휘둘렀지만, 그것들은 마치 약이라도 올리는 듯 빠르게 요리조리 몸을 휘고 비틀며 빠져나갔다.

"어쩔 수 없어요. 얼른 다녀와요, 멜드린. 시간이 없다고요."

멜드린은 엘카트에서 뛰어내려 니안이 있는 저택이 아닌, 다른 골목을 향해 뛰었다. 뒷길로 이곳저곳을 헤매다 유령이 보지 않는 틈에 저택으로 들어갈 심산이었다. 멜드린이 뛰기 시작하자 유령 중 몇몇이 그를 뒤쫓으려 했다. 고드릭은 필사적으로 검을 휘둘러 그것이 멜드린을 쫓아가지 못하게 방해했다.

"어딜! 어림도 없다!"

멜드린은 자신을 뒤쫓는 유령을 피해, 잠시 몸을 숨겼다가 다시 달리기를 반복하며 간신히 저택으로 들어갔다. 세 개의 돌이 담긴 상자는 니안이 누워 있는 침대 바로 아래에 있었는데, 상자를 열어 확인했을 땐, 다행히 세 개의 돌 모두 본래의 모습 그대로 잘 담겨 있었다.

멜드린은 그것을 가슴에 품고 여전히 유령과 사투를 벌이고 있는 고드릭에게로 돌아왔다. 그가 다시 엘카트를 뛰어올라 장막이 있는 곳을 향했을 때였다. 그전까지는 그저 힘없는 거대한 파리에 불과했던 보라색 유령이 순식간에 사나운 괴물처럼 돌변해 날카로운 이빨로 그들을 공격하기 시작했다.

"윽! 아니, 이것들이 대체!"

고드릭은 멜드린을 보호하기 위해 필사의 노력을 다했다. 멜드린 역시 검을 들어 스스로를 방어하고 싶었지만, 그는 상자를 지켜야 했으므로 손을 쓸 수 없었다. 그들은 엘카트를 탄 채 제자리에서 펄떡펄떡 뛰기만 할 뿐 앞으로 한 발자국도 나가지 못하고 있었다.

결국, 멜드린이 상자에서 세 개의 돌을 꺼내 자신의 재킷 안쪽 깊숙한 주머니에 넣고 엘카트의 고삐를 잡았다.

"이랴!"

일단 방향을 정해 뛰기 시작하면, 엘카트의 속도는 말이나 여타 동물들과는 비교할 수 없을 만큼 속도가 빨랐다. 엘카트가 본격적으로 달리기 시작하니 결국 유령들도 그들을 막지 못했다. 그들은 순식간에 다시 장막 앞으로 돌아왔다.

그들을 따라온 보라색 유령들은 분하다는 듯 비명 같은 소리를 지르며 란크렌에게로 돌아갔다. 헤이드 앞에 선 멜드린은 숨을 헐떡이며 돌을 꺼내기 위해 주머니에 손을 넣었다. 그것들은 몸에 밀착되었다는 것을 감안해도 지나치게 따뜻했고, 따로 떨어져 있던 처음과 달리 세 개가 한 몸처럼 붙어 있었다. 멜드린이 얼른 그것을 잡아 꺼냈다.

세 개의 돌은 마치 끝이 갈라진 손잡이처럼 하나로 몸을 붙인 채 흰색과 푸른색, 그리고 보라색으로 각각 빛을 발하고 있었고, 헤이드의 손이 닿자 더욱 환하게 빛났다.

멀리서 그 모습을 바라보던 란크렌의 얼굴이 창백하게 질렸다. 그는 타르밀의 열쇠 역할을 하는 작은 돌의 존재는 알지 못했지만, 헤이드가 들고 있는 돌이 황궁 지하에 있는 거대한 지층과 같은 성분을 가진 원석이라는 건 금세 알아챘다. 불안이 엄습했다. 그는 본능적으로 마력을 있는 대로 끌어모아 지하에 있는 지층을 움직였다.

또다시 지진이 일고, 타르밀에서 소용돌이치던 마력이 용오름처럼 올라와 그에게로 흡수됐다. 란크렌은 한껏 모은 마력을 헤이드를 향해 전력으로 쏘았다.

콰콰쾅!

엄청난 굉음이 세상을 덮었다. 눈을 뜰 수 없을 정도의 빛과 함께 폭발도 일었다. 란크렌은 내심 기대를 지울 수 없었다. 역시, 타르밀의 힘은 저 재수 없는 멜롯의 황태자를 날려버릴 만큼 강력한 것인가?

마침내 빛과 먼지가 사그라지고, 그가 눈을 가리기 위해 올렸던 팔을 내렸다.

"헉. 이럴 수가!"

그는 어처구니없는 얼굴로 기함하고 말았다. 장막이…… 장막이 감쪽같이 사라져 있었다. 남은 것이라곤 자신이 딛고 선 한 평 남짓한 조각뿐. 그것은 그의 마력의 힘으로 허공에 원반처럼 둥둥 떠 있었다.

반면 엘카트 위에 올라탄 헤이드는 털끝 하나 다치지 않은 채 멀쩡했다. 그가 헤이드 멜롯을 향해 쐈던 거대한 타르밀의 마력이, 그가 조준한 곳으로 향하지 않고, 제멋대로 방향을 틀어 장막을 부숴버렸던 것이었다.

그 순간 헤이드는 교수 브리가 했던 말을 떠올렸다.

'타르밀은 우주의 중심입니다. 그 자체가 순리에 어긋나는 것을 견디지 못해요. 지금은 저들이 그 땅을 차지하고 있지만, 곧 타르밀이 저들을 밀어낼 것입니다. 그러니 두려워하지 마십시오.'

멍해 있던 것도 잠시, 곧 정신을 차린 헤이드가 세 개의 돌을 움켜쥐었다. 그가 눈에서 푸른 불꽃을 뿜으며 가볍게 그것을 돌리자 거대한 타르밀의 마력이 거꾸로 회오리치며 란크렌을 땅으로 끌어당기기 시작했다. 란크렌이 타르밀의 구심점을 향해 빨려 들어가지 않기 위해 안간힘을 쓰며 미친 듯이 외쳤다.

"헤이드 멜롯! 이 개새끼야!"

헤이드는 그대로 엘카트와 병사들에게 진격 명령을 내렸다. 장막이 무너져버린 황궁 내 전력은, 바깥에 진을 치고 있던 헤이드의 엘카트 군대나 마법군과 비교할 바가 못 되었다. 황궁 안에서 창문으로만 밖의 동태를 살피던 오스만의 얼굴에도 핏기가 사라졌다. 그는 만일을 대비해 검을 뽑아 들고 있었지만, 단순하게 비교해 보아도 그의 군대가 저들을 이길 수 없다는 것이 명백했다.

그는 처음 그가 반란을 꾀했던 날을 떠올렸다. 빈트의 기사들과 지방 귀족들의 사병, 그리고 그 앞에서 용감하게 그들을 이끌던 제10년 전의 영광된 모습을.

그의 형이었던 빌카인 3세는 최소한 오스만의 군대와 싸우다 죽어도 여한이 없을 만큼의 저항력은 갖추고 있었다. 그와 그의 군대는 최후의 최후까지 싸웠고, 자신의 검 앞에서 명예롭게 죽었다.

그러나 자신은 저항할 힘조차 없었다. 황궁의 저 너른 뜰 앞에서 무기를 들고 서 있던 황실의 기사와 병사들은 엘카트 앞에서 제대로 싸워보지도 못하고 그대로 몸이 찢겨 죽어갔다. 란크렌이 모든 황실의 기사와 병사들의 무기에 마력을 실어 줬음에도, 수적으로도 힘으로도 도저히 그들을 제압할 수가 없었다. 그들은 그야말로 둑이 터져버린 강물처럼 물밀 듯이 밀려들고 있었다. 위를 향해 있던 그의 검이 힘없이 땅을 향했다.

"ㅎㅎㅎ…… 허허허허…… 으하하하핫……."

그는 미친 듯이 웃으며 터덜터덜 너른 홀에 놓인 커다란 황좌를 향해 걸었다. 그동안 자신이 벌여왔던 모든 일이 주마등처럼 머리를 스치며 지나갔다. 그중, 그의 뇌리에 가장 강렬하게 떠오른 것은, 반란의 성공 여부를 점치러 갔을 때, 늙은 예언가 멧드라하가 했던 말이었다.

'향후 10년. 매해 쉬지 않고 천운이 들었습니다. 그동안엔 무엇을 하시던 원하는 것이 있으면 다 얻을 것이고 바라는 것은 모두 이루게 될 것입니다.'

그녀의 말이 맞았다. 10년. 딱 10년이었던 것이다. 그가 원하는 것을 모두 가질 수 있었던 그만의 세상은.

그제야 오스만은 그녀가 그 이후의 제 운명에 대해선 단 한마디도 하지 않았다는 것을 깨달았다.

"흐흐흐흐……하하하하하"

그는 황좌가 놓인 계단을 천천히 올라 화려한 음각이 새겨진 황금색 의자에 무너지듯 내려앉았다. 그 바람에 그의 머리에 놓였던 왕관이 삐뚜름하게 모양이 흐트러졌다.

"그래…… 어디 오너라. 헤이드. 기다리고 있으마!"

검 손잡이를 움켜쥔 그의 커다란 손에 더욱 힘이 들어갔다.

장막이 사라지고, 헤이드의 엘카트 군단은 거침없이 궁을 향해 나아갔다. 빈트는 가장 앞에서 달려오는 헤이드를 향해 달려갔지만, 곧 마법부 총사령관 고드릭에 의해 앞이 막히고 말았다.

"나랑 상대하시지요, 빈트 단장. 안 그래도 한 번쯤은 개인적으로 겨뤄보고 싶었거든요."

빈트는 낭패 어린 표정을 짓고 말았다. 자신이 헤이드를 상대하지 않으면, 대체 누가 그를 막을 수 있을까? 그리고, 간신히 타르밀의 회오리에서 빠져나온 란크렌 앞엔 제이디가 버티고 있었다.

"오랜만이야, 란크렌. 이렇게 가까이에서 보는 게 얼마 만이야?"

호쾌한 제이디의 말에 란크렌이 입가의 피를 쓱 닦으며 조소를 흘렸다.

"하, 핏덩이. 네가 내 상대가 될 거라고 생각해?"

란크렌이 바닥에서 천천히 몸을 일으켰다. 제이디는 그런 그의 모습에서 눈을 떼지 않은 채 말을 받았다.

"작정한 사람과 그렇지 않은 사람을 상대하는 건 엄청난 차이가 있지. 그때의 난 무방비 상태였고, 지금의 난 작정했거든. 그것도 완전히."

제이디의 입가에 걸린 미소엔 그 어느 때보다 자신감이 넘치고 있었다. 그 사이 헤이드는 눈앞에 거치적거리는 것들을 단칼에 베어내며 우직하게 본궁만을 향해 나아갔다. 어느새 그의 몸은 튀어오른 피로 붉게 물든 상태였다.

그 모습을 에이든도 보았다. 엘카트 한 마리가 자신에게 휘두르는 앞발을 피해 막 몸을 날렸을 때였다. 그 역시도 헤이드를 막고 싶어 했지만, 쉼 없이 달려드는 마수 때문에 가까이 다가갈 수가 없었다.

"데릭 에드워드 르윈느!"

에이든이 또다시 엘카트의 공격을 피하며 목청껏 그의 이름을 불렀다. 하지만, 헤이드는 그 소리를 듣지 못 했는지 고개조차 돌리지 않았다. 데릭, 아니, 헤이드의 머릿속에는 오로지 작은 아버지였던 오스만 멜롯을 만나야 한다는 목표만이 뚜렷했기 때문이었다. 눈에는 오로지 오스만이 머무는 본궁만 보일 뿐, 에이든의 부름도, 그가 마수와 사투를 벌이는 모습도 인지할 수가 없었다.

그가 막 본궁의 거대한 문을 박차고 홀에 발을 디뎠을 때, 그 앞을 막아서는 기사들은 이미 잔뜩 겁에 질려 있었다. 그래도 그들은 최선을 다해 헤이드에게 저항했지만, 엘카트를 탄 그에게 순식간에 제압돼 전멸하고 말았다.

시체와 피가 낭자한 너른 홀 안에는 이제 단 한 명만이 오롯이 서서 그를 응시하고 있었다.

그가 입은 번쩍이는 갑옷은 단 한 번도 사용하지 않은 표가 났고, 얼굴에 쓴 투구는 몹시 답답하고 거추장스러워 보여 과연 실전을 치를 수 있을지조차 의심스러웠다. 투구 사이로 드문드문 보이는 금발 머리를 보자 문득 헤이드에게 육감이 스쳤다.

"로이드?"

헤이드의 부름에 갑옷의 사내가 움찔 어깨를 떨었다.

"하……."

헤이드가 어이없는 헛웃음을 흘렸다. 그래도 나름 황자라고, 황제를 보호해야 한다고 생각한 모양이지? 그렇게 어설픈 복장과 자세를 하고 말이야. 투구 사이로 얼핏 보이는 두 눈빛이 유약하기 그지없었다.

"비켜. 내 손에 죽고 싶지 않으면."

헤이드가 고압적인 얼굴로 낮게 말했다.

"싫어. 넌 내가 상대해."

그래, 그렇게 순순히 물러서지 않을 줄은 알았다만.

'그냥 죽일까?'

그 순간 헤이드는 방패와 검을 쥔 로이드의 손이 덜덜 떨리는 것을 보았다. 이런 나약한 녀석 따위 죽여봐야 무슨 소용이 있을까. 그의 가족을 죽인 건 오스만이지, 당시 젖비린내 나던 저 녀석이 아니었다. 굳이 싸움도 못 하고, 겁까지 집어먹은 사촌을 죽이고 싶진 않았다. 그는 로이드를 그냥 지나치기 위해 엘카트의 목덜미 털을 잡아당겼다. 그것이 꽤 자존심이 상했는지, 로이드가 헤이드의 뒤통수에 대고 소리를 질렀다.

"왜? 네 아빠처럼 죽을까 봐 겁나나?"

"……."

우뚝 헤이드의 움직임이 멈췄다. 그는 천천히 몸을 돌렸다. 로이드의 손은 여전히 지진이 난 것처럼 흔들리고 있었다. 그런데도 도대체 무슨 배짱인지 그의 입은 멈출 줄을 몰랐다.

"내 아버지가 네 아버지를 죽인 것처럼, 나한테 죽을까 봐 겁나냐고, 이 겁쟁이!"

'이쯤 되면 미친 거지?'

헤이드는 어이가 없었다. 저 녀석은 지금 밖에서 무슨 일이 벌어지고 있는지 보기는 한 걸까? 아니, 알기라도 할까? 밖의 상황을 아는 녀석이 이따위로 나온다면, 그건 사리 분별을 하지 못하는 새끼가 분명했다. 지금 헤이드는 엘카트 위에 올라타 있었다. 이것만으로도 모든 것이 설명되는 거였다. 헤이드가 엘카트를 마음대로 움직이는 멜롯가의 정통 후계라는 사실 말이다.

"넌 그 말은 하지 말았어야 했어."

짓씹듯 내뱉은 헤이드가 훌쩍 엘카트 위에서 뛰어내렸다. 그의 손에 들린 검이 호전적인 모습으로 위를 향했다.

"그 정도 위치에 있을 거면 최소한 사리 분별 정도는 할 수 있었어야지."

헤이드는 정확히 기억하고 있었다. 오스만의 칼날이 제 아비의 심장을 꿰뚫는 순간을. 그가 어머니와 함께 도망치다 복도 창문으로 오스만과 싸우는 자기 아버지, 빌카인 3세를 발견했던 바로 그 순간을 말이다. 이제 와 그게 불행인지, 다행인지는 알 수 없었다. 그 일로, 헤이드는 줄곧 고통스러운 악몽에 시달렸지만, 대신 그만큼 대의를 향한 자신의 각오를 다질 수 있었으니까.

"정말 네가 날 이길 수 있을 것 같아?"

문득 헤이드는 단순히 오스만을 죽이는 것만으로는 부족하다는 생각이 들었다. 제 아비가 살해당하는 걸 목격했을 때 느꼈던 처참한 심정을 오스만도 느껴보고 죽어야 한다고 생각했다. 아무리 자기 자신밖에 모르는 이기적인 오스만이라 해도, 자식만큼은 의미가 다르겠지. 피식, 그의 입술에 쓰디쓴 미소가 번졌다.

"잘 들어. 네게 정정당당하게 겨룰 기회를 줄게. 난 그 어떤 마법도 쓰지 않을 거다. 오로지 검만! 검만, 사용할 거야."

살기 띤 눈으로 헤이드가 천천히 로이드를 향해 다가갔다.

"단, 나한테 지면, 넌 죽어!"

10년 동안 쌓아왔던 분노를 담아 읊조리는 말에, 로이드의 눈에 공포가 서렸다. 도저히 전의를 가지기 어려울 만큼. 그래도, 그는 용기를 냈다.

"으아아아아!"

로이드가 비명과도 같은 기합을 넣으며 달려들었다. 그는 어리석은 자가 하는 실수를 처음부터 밟아가고 있었다. 상대의 실력을 제대로 가늠하지 않고 감정에 앞서 서툰 공격을 감행한 것. 그의 빈틈과 허점은 고스란히 헤이드에게 포착되었고, 헤이드는 가볍게 그 공격을 피했다. 붉은 천을 향해 돌진하던 성난 소처럼, 로이드는 우스꽝스러운 자세로 헤이드를 지나쳐 등을 보이고 말았다. 로이드가 비틀거리는 사이, 갑옷 틈새로 그의 옆구리가 훤히 드러났다. 헤이드는 주저하지 않았다. 그 틈새에 곧장 자신의 검을 꽂아 넣었다.

"윽."

터진 장기에서 역류한 피가 로이드의 입에서 터져 나왔다. 평상시에는 인정 넘치는 헤이드였지만, 그 순간만큼은 달랐다. 로이드가 고통스러운 신음을 흘리며 땅 위에 올라온 물고기처럼 할딱대는 데도 눈 하나 깜짝하지 않았다. 헤이드는 잔인하리만치 무감한 얼굴로 그에게 다가가 더욱 깊게 검을 쑤셔 넣었다. 그리곤 로이드의 귓가에 바짝 입술을 붙이고 작게 속삭였다.

"다음 생엔…… 말을 뱉기 전에 좀 더 신중해져라. 내가 저 새끼를 이길 수 있을지, 없을지 판단도 잘해 보고."

그가 로이드의 몸에서 검을 빼냈을 때, 뜨거운 피가 울컥 터져 나왔다. 헤이드의 손도, 옷도, 얼굴도, 로이드의 피가 가장 많은 지분을 차지하며 붉게 스며들었다.

탁.

한쪽 무릎을 꿇고, 그가 검을 휘둘러 로이드의 몸에서 무언가를 끊어냈다. 그것을 움켜쥐고 일어서는 푸른 눈동자가 그 어느 때보다 싸늘하게 가라앉아 형형한 빛을 뿜었다.

이제 준비는 끝났다.

오스만은 본궁의 가장 넓은 접견실에서 밖에서 벌어지는 전투 소리를 눈을 감은 채 가만히 듣고 있었다. 쿵쿵 엘카트가 뛰는 소리, 사납게 으르렁대는 소리, 살이 터지고 뼈가 으스러지는 소리. 사이사이 날카롭게 공기를 가르는 검날의 바람 소리와 사람들의 외마디 비명.

궁 밖에서 시작된 그 소음은 점차 안으로 들어와 그가 있는 접견실의 문 앞까지 다가오고 있었다. 그리고 마지막 한 명의 숨이 끊어지는 소리가 들렸을 때, 그는 마침내 두 눈을 떴다.

끼익.

평상시에는 소리가 나는 줄도 몰랐던 문이었다. 그 문을 열고 엘카트에서 유유히 내리는 한 남자의 인영. 그가 문 앞에 엘카트를 앉혀 둔 채, 문을 통과해 천천히 홀 안으로 들어왔다.

"헤이드……"

왕자의 이름이 실린 오스만의 목소리가 신음처럼 갈라져 있었다. 초연한 얼굴을 가장한 채였다. 뚜벅뚜벅 오스만의 황좌를 향하는 헤이드의 발걸음은 깃털처럼 가벼우면서도 천금만큼 무거웠다. 빛나던 황금빛 머리카락은 이미 본래의 색조차 알아볼 수 없을 정도로 붉게 물들어 있었다. 그 사이로 시리게 빛나는 새파란 눈동자.

"그건……"

헤이드의 왼손에 들린 것을 바라보는 오스만이 고통스러운 신음을 흘렸다. 붉은 핏방울을 뚝뚝 떨어뜨리고 있는 그것은 필시 사람의 머리였다. 반쯤 뜬 눈동자의 색깔은 머리를 쥐고 있는 헤이드와 똑 닮은 사파이어 로열 블루. 긴 손가락에 아무렇게나 잡힌 머리카락은 멜롯가의 상징인 눈부신 황금색이었다.

"로이드……"

헤이드가 그것을 오스만이 앉아 있는 황좌 밑에 툭 던졌다.

"……오랜만이야, 삼촌."

"……"

"내 부모의 목숨값을 받으러 왔어."

"……."

"내 자리와 물건들은 잘 지키고 있었던 거지?"

비릿하게 한쪽으로 밀려 올라간 입술 끝 잔인함은 10년 전, 오스만 자신이 빌카인 3세를 죽이고 지었던 미소와 소름 끼치도록 닮아 있었다. 가슴이 베이다 못해 잘게 썰리는 기분이었다. 오스만은 바닥에 떨어진 로이드의 머리를 보며 두 눈을 느리게 깜빡였다. 그러자 와르르 눈물이 쏟아졌다.

"로이드…… 로이드……."

그는 울음소리조차 흘리지 못하고 로이드의 이름만 연거푸 불러댔다. 그토록 아들을 사랑하는 자가, 어째서 그를 본궁 안 가장 앞에 세워 놓았을까? 정말, 로이드가 헤이드 멜롯을 싸워 이길 수 있다고 생각했던 걸까? 어리석다. 어리석고, 또 어리석은 자다. 그리고 이런 어리석은 자에게 아버지는…… 목숨을 잃으셨다. 그에 헤이드의 가슴에 다시 분노가 치밀었다.

"삼촌…… 아니, 오스만 당신은 인간으로서 하지 말아야 할 짓들을 너무 많이 저질렀어. 당신 아들을 죽인 것도 그중 하나야."

"아니야…… 로이드는…… 로이드는…… 네가 죽였다, 헤이드."

"아니. 로이드는 당신이 죽였어. 그날 밤, 이 황궁에 쳐들어와 내 아버지와 어머니를 죽이고 황좌를 빼앗았을 때, 그리고 본궁 가장 앞에 당신 아들을 세웠을 때."

"아니야…… 아니야……."

헤이드는 칼끝을 세워 오스만의 목에 겨눴다.

"네 아들과 똑같이 여기서 널 죽일 거라 생각하면 오산이다. 넌 네 아들의 머리를 끌어안고 충분한 고통을 맛봐야 해. 내가 나의 모든 것들을 되찾고, 세상을 다시 살 만한 곳으로 만드는 모습을 똑똑히 봐야 해. 그래서 백성들이 내 이름을 부르짖으며 경배하는 소리를 들어야 해. 그리고 붉은 용이 내 옆에서 기쁜 얼굴로 세상을 굽어보는 모습을 보며, 네 가치가 얼마나 하잘것없는지 느끼며 죽어야 해."

"로이드…… 크흐흑…… 로이드……."

둘을 제외하고 사람 하나 없는 길고 넓은 홀은 적막하고 스산했다. 그곳에 오로지 오스만의 구슬픈 흐느낌만이 메아리치고 있었다.

모든 것을 제자리로 되돌리려는 혁명의 불꽃은 끝이 났다. 헤이드는 궁으로 들어갔고, 엘카트들은 사람들 눈에 띄지 않는 곳으로 모두 사라졌으며, 오스만 황제는 잡혀서 감옥에 갇혔다.

사람들은 이제 안심하고 거리를 나다닐 수 있게 되었고, 모이기만 하면 새로이 황제로 등극할 전 황태자와 그동안 황궁을 차지하고 백성들을 위험에 몰아넣었던 낯선 세계의 마법사와 오스만 황제 이야기에 열을 올리곤 했다.

"그…… 마법 세계에서 넘어온 마법사가 그렇게 나쁜 놈이었다면서?"

"그놈이 대마법사 후보였다잖아."

"그럼 지금 있는 대마법사 후보는 뭐야?"

"그분이 진짜지. 그분이 그 나쁜 마법사랑 싸워서 이기신 분이니까."

"황제 폐하 대관식 때 대마법사 승계식도 같이 치른다는 말이 있던데?"

"암, 그럴 만하지. 마법 세계에서는 대마법사가 최고였다고 하던데."

"그래도 우리 황제 폐하를 능가하는 분은 세상에 없지."

"그야 말해 뭐해. 입만 아프지."

빈트는 헤이드 멜롯 황궁 전투에서 장렬히 전사했다. 싸움이 막바지로 치달을 때, 숫자가 불어난 엘카트의 집단 공격을 이겨내지 못했다.

란크렌과 제이디의 싸움을 본 사람들은 두고두고 자신의 목격담을 세상에 떠들었다. 검 하나 맞부딪치지 않고, 오로지 보라색 불꽃만으로 서로에게 타격을 입히던 모습이 신기했기 때문이었다. 타르밀의 회오리로 이미 기력이 많이 쇠했던 란크렌은 결국 제이디의 일격을 피하지 못하고 한 줌의 재가 되고 말았다. 이제 황국의 대마법사 후보는 제이디가 유일했다.

에이든은 하늘이 도왔는지 전투가 끝날 때까지 살아남았고, 마법군에 체포되어 감옥에 갇혔다. 그의 아비인 빌리어드가 새로이 황제가 될 헤이드 멜롯의 주축 세력이었으므로, 그것이 정상 참작이 되어 처형은 면할 수 있게 되었다. 하지만, 언젠가는 같은 아카데미 동문이었던 새 황제의 자비와 빌리어드의 노력으로 풀려나지 않을까 하고 사람들은 조심스럽게 내다봤다.

헤이드는 보란 듯이 엘카트들을 완벽하게 통제했고, 사람들이 필요한 모든 곳에서 활용하도록 지원을 마다치 않았다. 주로 공사 현장에서 무거운 것을 나르거나, 작은 마수들이 인간들을 공격하지 못하도록 도시 간 도로를 지키는 역할을 했다. 도시 간 왕래와 거래가 활발해지고, 세상은 빠르게 정상화되어 갔다.

갇혀 있던 원로들이 황궁으로 입성하는 헤이드와 마법군을 반겼음은 말할 필요가 없다. 그들을 막고 있던 문이 활짝 열리고, 헤이드가 등장하자 그들은 너나 할 것 없이 무릎을 꿇고 경의를 표했다. 굳이 그가 말하지 않아도, 그들은 헤이드를 알아보았다.

새로운 원로회가 자리를 잡은 곳은 마법 본부가 설치되어 있던 아르본 성전이었다. 그곳에서 그들은 황제가 궁금해하는 것에 대한 답과 조언을 해 주었다. 물론, 헤이드가 가장 알고 싶어 했던 것은 붉은 용의 치유에 관한 것이었다.

"란크렌이 붉은 용의 심장에 치명타를 입혔다고요?"

원로들은 크게 놀랐다. 아무리 타르밀의 힘을 강제로 돌렸던 란크렌이라고 하지만, 그가 용에게 타격을 입혔다는 사실이 충격적이었다.

"더구나 인증받지 못한 운용이었습니다. 란크렌은 타르밀의 진정한 주인도 아니지 않았습니까?"

그는 타르밀에게 주종의 계약도 맺지 못했고, 운전대 역할을 하는 세 개의 돌도 가지고 있지 못했다. 오로지 자신의 마력의 힘으로 세 개의 지층을 원하는 방향으로 돌렸다. 그것 자체가 거의 기적에 가까운 일이란 걸, 헤이드는 원로들을 통해서 깨달았다.

"나름 멜롯가의 혈통이었던 오스만이 승인해줬으니 마지못해 움직여 줬던 거겠죠."

"타르밀도 자신의 힘이 용을 치는 데 사용되었다는 사실을 수치스러워할 겁니다."

성전에 새로이 마련된 원로회의 원탁에서, 그들은 마치 타르밀을 영혼과 인격을 가진 존재처럼 대화를 해 나가고 있었다. 헤이드는 혼란스러웠다.

"타르밀이…… 사람처럼 생각도 하고 대화도 하는 존재입니까?"

그 말에 원로회에 작은 웃음이 번졌다. 그들은 어린 새 황제를 존경하면서도 한편으로는 자식을 바라보듯 귀여워했다.

"아닙니다, 폐하."

"하지만 원로들의 이야기를 들으면 마치 타르밀이 스스로 생각도 하고 인간과 소통도 하는 것 같습니다."

"타르밀은 우주 그 자체입니다. 그것은 인간의 말을 구사하진 않지만, 세상의 바른 이치에 따라 움직입니다. 옳고 그름을 판단한다기보다는…… 그것이 움직이는 순리가 그렇기에 저희가 이렇게 이야기를 하는 것입니다."

"어렵군요."

"아마 타르밀의 주인으로서 그곳에 가 보시면 느끼실 수 있으실 겁니다."

"나는 타르밀보다도 붉은 용의 미래에 더 관심이 많습니다."

"멜롯 가문의 후계이시니 당연한 걱정이십니다."

"붉은 용의 능력이 필요해서가 아닙니다. 붉은 용인 니안 페르난디가 내게 특별한 의미가 있기 때문입니다."

"멜드린을 통해 두 분의 어린 시절 이야기를 전해 들었습니다. 하지만, 타르밀을 이해해야 붉은 용을 구할 방법을 찾을 수 있을 겁니다."

"타르밀이…… 붉은 용을 구할 수 있다고요?"

그러자 짧은 회색 수염으로 턱이 뒤덮인 원로가 편안한 표정으로 고개를 끄덕여 보였다.

"추측일 뿐입니다만, 네. 타르밀의 성질상, 아마 돌려놓을 것 같습니다."

"그렇다면 다행이군요."

헤이드의 얼굴에 희망의 빛이 떠올랐다.

"하지만…… 어떻게 말입니까? 타르밀이 치유의 능력도 가지고 있는 겁니까?"

"이미 망가져 버린 심장을 고칠 방법은 없습니다. 설사 고친다 한들, 그것이 원래의 모습 그대로 기능을 하리라는 보장도 없지요. 제가 듣기로는, 마법사들 몇몇이 강제로 마력 흐름을 안정시켜 놓았다고 들었습니다. 맞습니까?"

"네. 그래서 간신히 목숨만 부지하고 있습니다."

"그 정도면 거의 치유가 불가능하죠. 이 세상 그 어떤 마법으로요."

"그런데 어떻게 타르밀이 해결을 해 줄 수 있다고 보시는 겁니까?"

"타르밀은…… 우주의 중심입니다. 모든 마력이 시작되는 곳이자 끝나는 곳이죠. 그곳에는 우리가 가지지 못한 특별한 힘이 있습니다."

"그게 뭔가요?"

"바로…… 시간입니다."

"시간이요?"

헤이드의 눈썹이 잔뜩 치켜 올라갔다.

"타르밀에게 치유의 능력은 없지만, 시간을 되돌릴 수는 있을 겁니다. 그러나 속단하진 마십시오. 시간을 되돌리는 일은 우주의 순리를 거스르는 일이라 함부로 발현되지 않습니다."

"하지만……."

다른 원로가 바통을 받아 말을 이어갔다.

"……용을 해한 것 자체가 이미 우주의 순리를 거스르는 일이고, 그것이 자신의 힘 때문에 벌어진 것을 알아본다면, 스스로 과오를 바로잡기 위해 용의 심장을 망가지기 전의 상태로 되돌려 놓아 줄 순 있을 겁니다."

맙소사. 듣던 중 가장 반가운 소리였다.

만약…… 그런 일이 진짜로 가능하다면, 치유보다는 망가지기 전의 건강한 상태로 아예 되돌려 놓는 것이 훨씬 안정적일 게 아닌가. 그러자 또 다른 원로가 물었다.

"타르밀 소유권은 가지고 계십니까?"

"그게……."

헤이드가 살짝 미간을 찌푸렸다.

"어떻게 된 건지 알 수는 없는데…… 불타버렸습니다."

헤이드는 자신의 아버지가 아르모트의 등에 타르밀 소유권을 숨겨놨던 일과, 그것을 마주했을 때 이유도 없이 불타버렸던 이야기를 전했다.

"안타깝지만…… 그래서 제게 없습니다. 그 소유권이요."

"아니요, 없지 않습니다."

원로회 중 가장 긴 수염을 가진 자가 빙긋 웃었다.

"폐하가 바로 그 문서 자체니까요. 눈에 보이지만 않을 뿐입니다."

"그러면 준비가 다 된 건가?"

머리가 거의 벗어진 또 다른 원로가 환한 얼굴로 말했다.

"이제 타르밀에 가시기만 하면 되겠군요. 세 개의 돌을 가지고 말입니다. 그것이 타르밀을 움직일 수 있는 운전대와도 같으니까요. 타르밀과 주인의 계약을 마치고 나면, 곧장 대관식을 치르실 수 있게 승인해 드리겠습니다."

"그러면 이제 감옥에 있는 오스만의 처형도 합법적으로 진행하실 수 있으시겠군요."

어린 시절, 헤이드는 유모나 시종을 데리고 황궁 안 어디든지 갈 수 있었지만, 딱 한군데만은 발을 들여놓는 것이 절대 허락되지 않았다. 바로 황궁 지하 끝에 달린 나무로 된 작은 문.

그것은 커다란 자물쇠가 세 개나 채워져 있을 뿐만 아니라, 문

자체에 달린 자물쇠로도 단단하게 잠겨 있었다.

'아바마마, 왜 저기엔 들어가면 안 되나요?'

'거기는 때가 되기 전엔 아무도 들어갈 수 없다.'

'아바마마도요?'

'그래, 나도. 자격이 되지 않는 자는 저 안에 발조차 들여놓게 하지 않는다고 하는구나.'

'누가요?'

'글쎄…… 나도 잘 모르겠구나. 하지만 그 어떤 무기로도 저 자물쇠를 부술 수 없고, 설사 들어간다 하더라도 살아 돌아올 수 있을지 보장을 할 수가 없단다. 언젠가 때가 되면, 저 문 스스로 자기를 결박하고 있는 자물쇠를 물리고 활짝 문을 여는 날이 올 거다.'

'제가 그것을 볼 수 있나요?'

'글쎄다. 볼 수도 있고, 보지 못할 수도 있고.'

그리고는 헤이드의 머리를 헝클면서 허허 소리를 내 크게 웃었다.

그 작은 문 앞에, 황제 즉위를 코앞에 둔 헤이드가 다시 섰다. 그의 옆에는 두 눈을 감은 니안이 작은 간이침대 안에 두 손을 포개고 곱게 잠들어 있었다. 그 뒤로는 원로들과 총사령관, 제이디, 그리고 멜드린과 일행들이 엄숙한 얼굴로 서 있었다. 황제에겐 자물쇠를 부술 무기도, 그것을 열 열쇠도 들려 있지 않았다. 그의 손에 들려 있는 것은 하나로 몸이 붙어버린 세 가지 빛깔의 돌, 오로지 그것 하나뿐이었다.

어떻게 해야 문을 열 수 있을지 알진 못했다. 그는 떨리는 얼굴로 오른손에 돌을 든 채 문 앞으로 다가갔다. 그리고 문과의 거리를 두 걸음 정도 남겨 놓았을 때, 딸각, 딸각, 소리를 연달아 내며 문에 달려 있던 자물쇠가 저절로 열렸다. 그러자 뒤에 있던 시종들이 달려와 잠금 고리에서 자물쇠를 떼어냈다. 헤이드는 떨리는 마음으로 문고리를 잡아당겼다.

지하로 향하는 돌계단이 암흑 속에 묻혀 있었다. 도대체 얼마나 깊은 건지 계단의 끝이 어둠에 묻혀 보이질 않았다. '횃불을 가지고 오라고 시켜야 하나?'라고 혼자 생각하는 순간, 벽에 걸린 빈 횃불에 일제히 불이 붙으며 환하게 길을 밝혔다. 계단은 그가 상상했던 것보다 훨씬 깊어서 도무지 끝을 가늠할 수가 없었다.

"니안과 나만 내려갑니다. 아무도 따라오지 마십시오."

누가 그래야 한다고 한 건 아니지만, 막상 그 앞에 서니 꼭 그래야만 할 것 같았다. 타르밀은 신성한 성지이니, 관련인이 아니면 절대 들어가서는 안 될 것 같은, 그런 느낌.

이동 마법을 걸어 놓은 니안의 침상이 천천히 허공으로 떠올랐다. 그가 계단 안에 발을 들이고 천천히 걸어 내려가기 시작하자, 니안의 침상도 그를 따라 지하 문 안쪽으로 들어왔다. 그리고 문은 쿵 소리를 내며 닫혀버렸다. 헤이드는 잠시 흠칫하며 문을 돌아보았으나, 결국 다시 몸을 돌려 앞으로 나아가기 시작했다.

횃불은 그가 발을 내디딜 때마다 다섯 치쯤 앞에서 새로이 켜졌다. 어차피 마법으로 이뤄지는 거라면 어째서 발광석이 아닌 횃불일까 따위의 쓸데없는 생각을 하며 계단을 내려가는 무료함을 달랬다.

끝도 없을 것 같은 계단의 마지막을 밟고, 헤이드는 드디어 땅에 내려섰다. 황궁의 지하에 이렇게 깊고 넓은 공간이 있다는 사실이 놀라웠다.

계단의 마지막엔 작은 방 하나 크기의 너른 땅이 있었고, 그 끝에 작은 제단이 하나 자리했다.

그는 천천히 제단 앞으로 나아가 니안의 침상을 그 위에 올려놓았다. 제단 근처에서 땅 아래를 내려다보았을 때야, 헤이드는 자신이 딛고 선 땅이 넓고 평평한 판자 모양의 바위라는 사실을 깨달았다. 그 아래로 서로 다른 빛깔을 품은 거대한 단층 세 개가 서로 빈틈없이 이를 맞대고 있었다. 실로 장관이었다.

"타르밀…… 나, 헤이드 멜롯. 주종의 계약을 맺으러 왔다."

타르밀의 지층을 내려다보며 헤이드가 조심스럽게 목소리를 냈다. 손에 들린 세 개의 돌에서 빛을 내뿜기 시작한 건 그의 말이 끝나고 얼마 지나지 않아서였다.

당황한 헤이드가 제 손안에서 빛나는 돌을 어리둥절한 얼굴로 바라보는 사이, 그의 눈높이 즈음 허공에 글자가 떠올랐다.

"이건……."

감탄사를 내뱉으며, 헤이드는 한눈에 그것이 아르모트의 등에 새겨져 있던 토지소유권의 내용이라는 사실을 알아보았다. 누군가 글자를 하나하나 읽어 나가듯 글자들은 제목부터 본문까지 차례로 빛을 뿜었다 사그라들길 반복했다.

그러다 맨 마지막 헨루드 결의회와 멜롯 황가의 직인에 도달했을 때였다. 갑자기 타르밀 중심에서 '우웅' 하는 기괴한 소리가 울리기 시작하더니, 꽈배기처럼 꼬인 세 줄기의 빛줄기가 튀어나와 그 아래에 알 수 없는 문양을 새기고 사라졌다. 그러자 허공에 펼쳐져 있던 글자들은 갑자기 종이에 쓰인 문서가 되어 헤이드의 발밑에 툭 떨어졌다. 주종의 계약이 끝난 것이다.

헤이드는 떨리는 손으로 땅에 떨어진 문서를 집어 들었다. 아까 확인했던 내용이 빼곡하게 문서 한 장에 적혀 있었다. 맨 하단에 헨루드 결의회와 황실 문양이 찍힌 것까지 아르모트의 등에서 봤던 것과 완전히 일치했다. 그러나 그 아래 어디에도 타르밀이 방금 했다고 여겨지는 사인은 없었다.

한 가지 달라진 것이 있다면, 황실 직인이 찍힌 자리 밑에 조그맣게 헤이드 멜롯이라는 이름이 새겨져 있다는 것뿐.

그는 그 문서를 조심스럽게 말아 허리춤에 넣고, 여전히 기괴한 소리를 내는 타르밀의 중심부에 대고 소리쳤다.

"붉은 용을 데리고 왔다. 란크렌이 타르밀의 힘을 이용해 붉은 용의 심장을 파괴했어. 이 세상에 마지막 남은 용이야. 그녀가 죽으면, 하나로 합쳐진 세상에서 사람들을 구할 수가 없다. 그러니, 타르밀. 제발 붉은 용의 심장을 원래대로 돌려 놔줘.”

마치 그 이야기를 알아듣기라도 한 듯, 타르밀의 중심부에서 나는 소리가 더욱 기괴해졌다. ‘기우우웅’ 하고 땅속 깊은 곳으로부터 울려 나오는 소리는 마치 당황해 어쩔 줄 모르는 사람의 안달처럼 들렸다. 어쩌면 스스로를 나무라는 소리 같기도 했다. 그렇게 점점 소리를 키워가던 타르밀의 기괴한 울림은 귀가 아플 정도로 시끄러운 정점을 찍는다 싶더니 언제 그랬냐는 듯 갑자기 뚝 그쳤다.

그 순간 그의 손에 들린 세 개의 돌이 몸 안쪽 방향으로 몸을 틀었다. 땅이 흔들리고, 타르밀 전체가 지진이 난 듯 진동을 하더니, 맞물린 지층이 같은 방향으로 몸을 틀었다.

“이…… 이게…….”

당황한 헤이드는 흔들리는 지축 위에서 중심을 잡기 위해 한쪽 손으로 제단을 짚었다.

그 순간이었다. 타르밀 중심에서 붉은빛의 회오리가 솟구쳐 나와 니안이 누운 제단 위를 덮친 것이. 정말 순식간이었다. 어마어마한 마력의 힘에 제단을 짚고 섰던 헤이드가 외마디 소리를 지르며 튕겨 나가고 말았다.

“윽!”

거대한 빛줄기는 마치 불기둥처럼 제단과 니안을 집어삼켰다.

마력의 힘이 얼마나 강한지 바닥에 나동그라져 앉아 있는 헤이드는 눈을 제대로 뜰 수가 없어 팔을 들어 얼굴을 가려야 했다. 거대한 소음과 함께 시간은 마치 영원처럼 느리게도 흘렀다.

그리고 그 모든 소음이 끝났을 때, 타르밀은 '슈우욱' 하는 소리와 함께 제단으로 뻗었던 빛을 다시 중심으로 거두어들였다. 그제야 헤이드는 여전히 제단 위에 잠자듯 누워 있는 니안에게로 달려갔다.

"니안! 니안!"

그의 손이 안타깝게 니안의 뺨에 닿았다.

"니안! 혹시 내 말 들려? 니안?"

깊은 잠에서 깬 듯, 니안의 눈꺼풀이 파르르 진동하더니 살그머니 떠졌다.

그 안에서 마주친 맑고 투명한 녹색 눈동자.

아, 얼마나 오랜만에 마주하는 그리운 눈동자인지!

"니…… 니안……."

헤이드는 가슴이 벅차서 차마 말이 나오지 않았다. 그가 느끼기에도 니안의 몸을 휘도는 마력의 기운은 그 어느 때보다 안정적이었다. 그는 떨리는 손으로 니안의 심장 부근에 손바닥을 가져다 댔다.

"뛰…… 뛰어."

너무도 힘차게! 너무도 규칙적으로!

그때 니안의 붉은 입술이 벌어지고 친근하고 익숙한 목소리가 흘러나왔다.

"나 때문에 걱정했어?"

헤이드는 대답 대신 감격에 겨운 얼굴로 세차게 고개를 끄덕여 보였다. 피식, 니안의 입가에 예쁜 미소가 번졌다.

"나 좀……."

그녀가 일어나려는 듯 손을 내밀었기에, 헤이드가 얼른 그 손을 잡고 상체를 일으켰다. 니안이 호기심 어린 눈으로 주변을 살피며 물었다.

"여기는 어디야?"

"타르밀이야."

"타르밀?"

그녀가 놀란 눈으로 헤이드에게 눈을 맞춰 왔다.

"타르밀을…… 찾았어?"

"응."

헤이드가 웃어 보였다.

"타르밀은 황궁이었어, 니안."

"……."

"황궁 지하에 세 개의 지층이 맞닿은 곳. 그곳이 이 세상 모든 마력의 중심이야. 우리는 지금 바로 그 타르밀 위에 있어."

"세상에……."

니안의 입이 놀라움으로 벌어졌다.

"난…… 어떻게 되었던 거야? 마지막으로 기억나는 건…… 장벽으로 향하는 마수들을 막기 위해 애쓰던 순간뿐이야."

"그동안 많은 일이 있었어."

"그러고 보니……."

그제야 니안은 헤이드의 복장이 범상치 않음을 깨달았다. 그것은 평민도 평범한 귀족의 것도 아니었다. 그가 입은 것은 황족, 그것도 전형적인 황태자 정복.

"오빠…… 설마……."

니안의 동공이 하염없이 흔들렸다. 그녀의 손이 저도 모르게 헤이드의 옷자락을 향해 뻗어 나갔다. 그의 옷매를 쓰다듬는 손짓이 감격으로 떨리고 있었다.

"맞아. 다 끝났어. 오스만은 감옥에 있고, 란크렌은 죽었어. 다 네 덕이야, 니안."

헤이드는 제 앞섶을 매만지는 니안의 손을 잡아 부드럽게 입술에 가져다 댔다. 촉. 손바닥에 닿은 그의 입술이 간지러웠다. 니안은 기쁜 나머지 그대로 헤이드의 목을 끌어안았다. 그런 니안의 등을 헤이드가 가만히 토닥였다.

"고생했어, 니안. 고마워. 그리고 사랑해."

감옥 안에서 오스만은 특별히 제 아들의 머리를 가지고 있을 수 있는 특권을 주었다. 그는 매일 밤, 로이드의 머리를 끌어안고 울 부짖었다. 에이든은 그와 멀지 않은 다른 방에 수감 되었다가, 모두의 예상대로 헤이드의 황제 즉위식 날 특별 사면되어 풀려났다.

합쳐진 세계에서의 황제 즉위식엔 고대 예법에 따라 원로회 승인과 대마법사의 축전이 필요했으므로, 제이디의 대마법사 승계식이 먼저 이루어졌다.

대마법사 후보가 도주한 상태로 차원의 벽이 허물어지는 바람에, 마법사들은 전 마법사 브루델 젠크의 시신을 얼음 관에 안치해 냉동 보관했었다. 아르본의 성전으로 브루델의 시신이 운송되고, 성전 안에서 엄숙한 승계식이 거행되었다.

제이디를 새로운 대마법사로 인정한다는 원로회의 발표가 있고 나서, 대대로 내려오던 마법 지팡이를 제이디가 넘겨받았을 때, 니안은 그야말로 기쁨에 넘쳐 손바닥이 부르틀 정도로 박수를 쳐 댔다. 성전의 상석에서 황태자의 신분을 회복한 헤이드가 앉아 그 모습을 흐뭇하게 바라봤다.

그로부터 일주일 후, 황궁의 메인 홀에서 황제 즉위식이 열렸다. 그 어느 황제의 즉위식보다 크고 장엄한 행사였다. 전국의 귀족들이 초청되었고, 백성들은 황궁의 안뜰을 구경할 기회를 얻었다. 니안은 영험한 붉은 용으로서 가장 상석에 앉았고, 그 옆으로 신관과 대마법사 제이디가 자리했다. 뒤에는 원로회의 원로들이 자리를 차지했다. 신관의 주제로 진행되는 대관식의 하이라이트는 원로회의 황제 인정서 낭독 이후, 신관이 수여하는 대관식이었다.

화려한 금빛 자수가 수 놓인 쿠션에 번쩍이는 왕관이 들려 나왔다. 신관은 파들거리는 손으로 왕관을 들어 금빛으로 찬란한 헤이드의 머리 위에 얹었다. 어린 소년, 소녀들의 합창 속에서 황제의 왕관을 물려받은 헤이드가 몸을 일으켰다.

황제 예복을 입고 왕관을 쓴 헤이드의 모습은 그 어느 때보다 당당하고 멋있었다. 그리고 이러한 헤이드 멜롯의 위풍당당한 행보는 감옥에 있는 오스만에게도 하나도 빠짐없이 낱낱이 전달되었다.

헤이드의 왕권이 정식으로 승인이 났으므로, 전 황제인 오스만은 반란을 일으켜 왕위를 찬탈한 반역자로 완전히 인정되었다. 그는 10년이나 무단으로 황국을 통치한 파렴치한 황족으로 사형대 위에 서게 되었고, 그를 따르던 얼마 남지 않은 귀족들도 모조리 잡혀 재판을 받고 그와 같은 날 참수를 받게 되었다.

오스만의 처형식 날, 헤이드는 마지막으로 오스만을 만나기 위해 직접 감옥으로 향했다. 그는 이미 정신을 놓아버린 상태로 반 이상 썩어가는 로이드의 머리통을 끌어안고 끊임없이 무슨 말인가를 지껄이고 있었다.

헤이드는 방 한구석에서 몸을 웅크리고 앉은 오스만의 앞에 가 무릎을 굽혀 눈높이를 맞췄다.

"삼촌……."

그가 나지막한 목소리로 오스만을 불렀다.

"삼촌. 그 일이 있기 전까지, 난 정말 삼촌을 좋아했었어. 삼촌 역시, 내 아버지의 더없이 좋은 동생이자 신하가 되어 줬었지."

"……."

"로이드 일은 정말 안됐어. 녀석이 정말 날 잘 따랐었는데. 내 손으로 녀석을 죽이게 될 줄이야."

"……."

"하지만 원망은 하지 마. 최소한 삼촌은 로이드를 홀로 외롭게 두진 않게 됐으니까. 오늘이 지나면 곧 로이드가 간 길을 따라갈 수 있겠지."

"……."

"가서 우리 아버지와 어머니를 만나거든, 꼭 사죄하길 바라. 그리고 늦었지만, 당신 아들이 전설로만 내려오던 멜롯 가문의 능력을 되살려 무사히 황제의 자리에 올랐노라고…… 그 어느 때보다 영광스러운 전성기를 맞이했노라고 전해 줘."

그의 목소리는 그 어느 때보다 낮고 진지했으며, 슬픔이 충만했다. 만감이 교차하는 순간이었다. 그로 인해 숨어 살면서 치러야 했던 희생이 얼마나 컸던가. 그의 가슴에 상처는 또 얼마나 아팠던가.

그러나 오스만은 그의 이야기를 하나도 알아듣지 못한 것 같았다. 차라리 그가 맨정신이었다면 이 순간이 좀 덜 서글펐을까?

오스만은 수많은 대중이 보는 앞에서 황후 소피아가 갔던 방식 그대로 마차에 실려 처형대로 향했다. 전 황제를 죽이고 반란을 일으킨 죄가 막중해 그에게는 기요틴으로 깔끔하게 죽는 방식이 허용되지 않았다. 보통의 평민과 마찬가지로 교수형. 사지를 찢는 참수를 면하게 한 것은, 그가 그래도 황가의 핏줄을 타고났기 때문이었다.

그는 자신의 목에 밧줄이 걸리는 순간까지 가슴에 품은 로이드의 목을 놓지 않았다. 마룻바닥이 열리고, 그 사이로 몸이 떨어져 목에 둘린 밧줄에 완전히 목뼈가 꺾이고 나서야, 툭, 로이드의 머리가 바닥을 굴렀다. 헤이드와 니안은 이 장면을 단 하나도 빠짐없이 관전했다. 이후 귀족들의 처형이 이어졌을 때야 그와 니안은 처형장을 빠져나와 궁으로 향했다.

"이제 다 끝났어."

헤이드가 중얼거렸다.

"너와 내가 영원히 행복한 게 마지막이야."

헤이드가 옆자리에 앉은 니안의 손을 부드럽게 잡으며 말했다.

너를 얻기 위한 사투

행복하게…… 영원히…….

그 말의 의미가 뭘까?

헤이드 멜롯이 아름다운 귀족 여식을 황후로 맞아 아이 낳고 알콩달콩 사는 것. 그리고 니안 페르난디는 영험한 붉은 용으로 영원히 그의 곁에서 그와 가족이 행복한 엔딩을 맞이하는 순간까지 함께하는 것.

이 사랑의 결말도 그가 황제가 되고 난 다음으로 미뤄왔는데, 드디어 그 마지막 순간에 도달하고야 말았다.

'나는…… 이제 어떻게 해야 하지?'

예전 역대 공주들이 사용하던 황궁 내의 작은 별궁에서 니안은 생각했다. 아직 헤이드는 정식으로 자신에게 고백이나 청혼을 하지 않았다. 그러니 지레짐작으로 무슨 행동을 취하기도 우스웠다.

그래서 매일 밤 자신의 별궁을 찾아오는 헤이드를 막을 방법이 없었다. 그는 응접실에서 니안의 시녀가 내오는 차 한 잔을 마시다 돌아가기도 하고, 니안의 손을 잡고 별궁 앞 정원을 함께 산책하기도 했다. 마법 세계와 합쳐진 새로운 황국엔 일거리가 넘쳐났고, 매일 매일 해결해야 할 문제가 산더미처럼 쌓여 있으니 그가 자신을 찾아와 소소하게 담소나 산책 따위로 하루의 피로를 풀고 가는 것을 마다할 이유가 없었다. 그런데도 이 만남이 결코 마음 편하지만은 않은 이유는, 그 만남의 마지막이 늘 아찔한 키스로 끝이 났기 때문이었다.

환한 달빛 아래, 부드러운 입술이 닿았다 떨어진 후 마주하는 푸른 눈동자는 언제나 뜨겁게 달아올라 있었다. 다소 거칠어진 숨을 토해내며, 그는 극한으로 억눌린 욕망을 하얗고 긴 손가락으로 니안의 뺨을 훑는 것으로 대신 표현하곤 했다. 하지만 그런 갈증은 헤이드의 것만은 아니었다. 니안 역시, 배 속에서부터 끓어오르는 타는 듯한 갈증을 해결할 방법을 몰랐다. 그럴 때마다 그녀의 머리에 떠오르는 것은 예전 루드빌에서 봤던 미트라의 환상이었다.

하얀 천이 나부끼는 천막, 그 안에서 초야를 치르고 홀로 걸어 나오던 라우라의 모습. 새빨갛게 타오르는 야외의 신방을 뒤로하고 슬프고도 홀가분한 듯, 그 자리를 뜨던 하얀 드레스를 입은 라우라의 모습이…….

'라우라는…… 페르난디와 첫 밤을 보내면서 무슨 생각을 했을까? 그 밤이 지나면 사랑하는 사람을 두 번 다시 볼 수가 없는데도…….'

그때 시녀 렌시아가 방문을 두드렸다.

"페르난디 아가씨, 빌리어드 베오만 후작께서 뵙기를 청하시는데요."

헤이드의 복권 이후 원로회와 기존 귀족들을 아우르는 새로운 내각이 형성되었다. 원로회는 자문하는 자문단과 같은 역할을, 귀족들은 예전부터 해오던 대로 정책의 결정과 집행을 맡았다. 그 선두에 오스만 때와 마찬가지로 빌리어드가 있었다. 사람들은 반역 정권에서 성공적으로 새 정권으로 갈아탄 빌리어드의 행보에 감탄을 마지않았다. 그가 오스만 정권을 받치던 가장 핵심 인물이 아니었던가. 하지만 항간에서 그를 향해 떠도는 소문은 그다지 긍정적이지 못했다.

'배신자.'

그것이 그에게 덧씌워진 프레임이었다. 그러나 따지고 보면 살아남은 귀족 중 배신자가 아닌 자가 어디 있을까. 그는 자신의 등 뒤에서 사람들이 비웃는 소리를 코웃음으로 일축했다.

빌리어드는 타고난 야망가였다. 야망을 좇는 그의 본성은 새 황제의 측근이 되어서도 멈출 줄을 몰랐다. 그것은 원로회에서 새 황제 헤이드 멜롯이 뱉은 한마디 말에서부터 시작되었다.

"성스러운 붉은 용 니안 페르난디를 황국의 황후로 맞고 싶다."

그러자 원로회 의원석이 술렁이기 시작했다. 귀족 대표로 그 자리에 가 있던 빌리어드는 처음엔 그 술렁거림을 이해하지 못했다. 황위 복권이 성공하면, 니안과 헤이드의 결혼이야 정해진 수순이 아니었던가.

"황제 폐하, 폐하께서 아직 모르시는 것이 있는 것 같사옵니다."

"그게 뭔가?"

헤이드가 시치미를 떼고 물었다.

"본디 용과 인간은 하나가 될 수 없습니다. 용의 마력이 워낙 강하기 때문에 인간 쪽에서 용의 힘을 감당하지 못하고…… 목숨을 잃는 일이……."

그는 참담한 표정으로 차마 말을 끝맺지 못했다.

그럴 수밖에. 그가 만나 본 붉은 용, 니안 페르난디는 그 어떤 인간보다 아름다운 여성이었다. 왜, 하필. 붉은 용이 여자인 걸까? 고대 이야기책만 하더라도 인간과 용의 금단의 사랑을 다룬 것들이 얼마나 많았나. 인간이 용과 사랑에 빠지는 것은 그만큼 흔한 일이었단 뜻이다.

하지만, 그 끝은 언제나 비극. 인간 쪽이 죽거나, 결국 마지못해 둘은 헤어지는 수순을 밟았다. 헤어진 인간 쪽은 나름 현실에 적응해 새로운 사랑을 하고 아이를 낳고 평범한 삶을 영위하지만, 대부분 용은 그렇지 못했다. 그들은 사랑하는 사람을 잊기 위해 세상을 떠돌았고, 사랑하는 사람이 죽고 나서 한참이 지날 때까지 한결같은 마음으로 괴로워하다 홀로 쓸쓸한 죽음을 맞았다. 이것은 소설뿐만 아니라, 용의 습성을 다룬 고대 연구서에도 적혀 있는 내용이었다.

원로의 입을 통해 그 이야기를 고스란히 전해 들은 빌리어드는 적잖이 충격을 받았다. 비록 전처의 자식이긴 하지만, 니안은 이제 자신의 딸이기도 했다. 니안의 친정은 이미 망해버렸으니, 니안이 황후의 자리에 오르면 자신이 황제의 장인이 되는 셈이었다. 그런데 니안이 황제와 결혼을 할 수 없다?

그건 야망이 넘치는 그에게 커다란 위기나 다름없었다.

"여러분도 알다시피 니안은 완전한 용이 아니오. 용과의 혼혈 가문에서 1000년이나 인간의 혈통으로만 이어져 내려왔고, 인간의 몸 안에서 용의 능력이 발현된 것뿐이란 말이다. 즉, 용의 마력을 견딜 수 있는 인간의 몸이란 뜻이지."

헤이드가 반박했다.

"그건 장담할 수 없는 일입니다. 아무것도 검증된 것이 없으니까요. 심지어 니안 페르난디 양은 용의 모습으로 변화도 할 수 있지 않습니까? 그러니 지금의 몸이 용의 현신이 아니고 뭐란 말입니까?"

"아니, 그 반대다. 용의 모습이 니안의 현신이야."

"검증되지 않았다는 점은 마찬가지입니다."

"그럼 내가 몸소 검증해 보이지."

"안 됩니다."

원로 한 명이 자리에서 벌떡 일어났다.

"지금 폐하의 신분이 얼마나 중요한 위치에 있는지 모르고 하시는 말씀이십니까? 폐하의 몸은 폐하만의 것이 아닙니다. 황국의 안위, 더 나아가 인류의 안위와 직결된 문제입니다. 그렇게 쉽게 하실 말씀이 아니란 말입니다."

"그럼 다른 자로 검증하란 말인가?"

헤이드의 눈이 서늘하게 빛났다. 그러자 원로회에 잠시 적막이 찾아왔다. 원로회의 가장 상석을 차지하고 있는 자가 그제야 입술을 뗐다.

"폐하…… 붉은 용을 꼭 취하셔야겠습니까?"

"그렇다."

그가 심각한 침음을 흘렸다.

"지금의 붉은 용은…… 예. 폐하의 말대로 완전한 용이 아니니 아무 일도 안 생길 수도 있지요. 하지만, 불확실한 일에 폐하의 목

346

숨을 걸게 놔둘 수는 없습니다. 그러다 만에 하나 잘못되기라도 하면요? 남은 인간들의 미래와…… 무엇보다 붉은 용의 마음이 어떨지 생각해 보셨습니까?"

"……."

그가 헤이드의 가장 약한 부분을 파고 들어왔다. 니안과 결혼하는 것만큼이나 중요한 일이었다. 그녀에게 상처를 입히는 짓은 무엇보다 피하고 싶은 것이 그의 마음이니까.

"붉은 용의 동의를 받아오신다면 저희가 다시 한번 고려해 보겠습니다. 이 말은…… 꼭 승인을 내겠다는 뜻이 아닙니다. 이 문제를 다시 한번 의논하고 고민해 보겠다는 뜻입니다."

그렇게 원로회가 파하자마자, 빌리어드는 재빨리 원로회의 수장을 찾아갔다.

"제가 붉은 용을 설득하겠습니다. 폐하의 마음을 거절하도록요."

수장의 눈이 동그랗게 떠졌다.

황제와 직접적으로 척을 지기 싫어 대부분 이런 일엔 나서려고 하지 않는데, 자진해서 찾아온 귀족이라니. 하지만, 대부분 이렇게 큰 부담을 지길 자처하는 경우 원하는 것이 뚜렷하기 마련이다. 그는 빌리어드를 데리고 은밀히 자신의 개인 응접실로 이동했다.

"그렇다면 뭔가…… 베오만 경이 원하는 것이 있으실 것 같은데요."

그제야 빌리어드의 입가에 씨익, 회심의 미소가 떠올랐다.

"역시 연륜이 있으시니 파악하시는 것도 남다르십니다."

"니안 페르난디 양이 의붓따님이시란 이야기를 들었습니다."

"네. 저로서는 니안이 폐하의 배필이 되는 것이 가장 좋은 선택이지요."

"그런데요?"

"하지만 폐하가 돌아가신다면, 그게 다 무슨 소용이 있겠습니까. 더구나 후사도 없으신데……."

"그렇지요."

"만약…… 붉은 용이 폐하를 거절하고, 귀족 중에서 새로이 황후를 선택해야 하는 때가 오면 말입니다……."

수장은 이 순간 빌리어드의 눈빛이 야망으로 번득이는 모습을 놓치지 않았다.

"……그땐 누구보다 제 딸, 로렌을 황후의 배필로 밀어주십사 해서 말입니다."

"……."

"의붓딸이 황후가 돼도 좋지만…… 제 진짜 피붙이가 황후가 되는 것만은 못해서 말입니다……."

"……."

"제 딸을 황후로 보장만 해 주신다면, 폐하의 눈 밖에 나는 한이 있더라도 붉은 용을 반드시 설득해 보이겠습니다."

잠시간의 고민 끝에, 수장이 빌리어드와 눈을 마주하며 고개를 끄덕였다.

"거절할 이유가…… 없지요."

니안이 시녀에게 소식을 듣고 1층의 접견실에 내려왔을 때, 빌리어드는 조용히 창밖을 내다보고 있었다. 서로 공손히 인사를 주고받고 테이블에 앉아, 시녀가 차를 내오는 순간까지 둘 사이엔 딱히 이렇다 할 만큼 중요한 대화가 오가진 않았다.

그저 요즘 날씨가 어떤지, 황궁 안에서의 생활은 어떤지 하는 따위의 피상적인 안부만 주고받았을 뿐.

서로의 앞에 따뜻한 차가 놓이고, 시녀가 문을 닫고 나갔을 때야 빌리어드가 입술에 가져다 댔던 찻잔을 접시에 내려놓으며 진지한 말문을 뗐다.

"오늘 원로 회의가 있었습니다."

"네, 그렇다고 들었습니다."

"폐하께서 원로회에 다녀오신 후 이곳에 들르셨습니까?"

"아니요. 집무가 많아 곧장 집무실로 가신 걸로 압니다. 관련 부처 대신과 면담 중이신 걸로 아는데요."

"그렇군요."

니안은 이렇게 뜸을 들이는 빌리어드를 본 적이 없었다. 그를 겪은 시간이 많지는 않았어도, 그는 대화할 때 항상 호탕하고 직설적이었었다. 도대체 무슨 말을 하려고 이렇게 빙빙 돌리나, 불안감이 들어 니안은 살짝 아랫입술을 물었다 놓았다.

"폐하께서 붉은 용을…… 황후로 맞이하고 싶다고 선언을 하셨습니다."

드디어 올 것이 왔구나.

그의 말에 갑자기 심박 수가 빨라져서 니안은 천천히 심호흡했다. 그의 마음이 그럴 것이란 걸 뻔히 알고 있었다. 하지만 헤이드가 제게 찾아왔을 땐 결혼에 관한 이야기는 단 한 번도 언급하지 않았었다. 아마, 복잡한 절차에 관한 문제를 어느 정도 해결하고 말하려고 했던 거였겠지. 하지만, 그 문제와 관련해 제 새아버지인 빌리어드가 찾아올 줄은 꿈에도 몰랐었다.

"돌려 말하지 않겠습니다. 붉은 용께서도 제가 왜 이런 이야기를 하게 됐는지 누구보다 잘 알고 계실 테니까요."

그가 니안의 녹색 눈동자를 뚫어지게 바라보며 말을 이었다. 거절이란 용납할 수 없다는 단호한 의지가 담긴 시선이었다.

"황제 폐하의 마음을…… 거절해 주십시오."

니안은 저도 모르게 테이블 아래에 놓인 손을 꽉 움켜쥐었다.

원로회에서 돌아온 날 저녁, 헤이드는 니안을 찾지 못했다. 처리해야 할 일이 생각보다 늦게 끝났기 때문이었다.

'아, 오늘은 꼭 니안을 만났어야 했는데.'

그는 아쉬움에 더욱 잠이 오질 않았다.

원로회에서 결혼을 그리 쉽게 동의해주지 않을 거라는 건 예측했었다. 하지만, 아무도 둘의 결혼을 동의하지 않는데 니안을 설득하는 일은 더 어려울 것 같았다.

'어떻게 해야 니안이 뒤로 물러서지 않을까?'

머리가 아플 만큼 고민했지만, 뾰족한 수를 모르겠다. 니안이 인간과 밤을 보내고 나서도 아무 일도 생기지 않는다는 걸, 어떻게 경험해보지 않고 증명해 보일 수 있지?

원로회에도, 니안에게도…….

'꼭 절차대로 맞이하고 싶었는데…….'

그게 사랑하는 여자에 대한 최고의 대우라고 믿었다. 더구나 니안은 지금껏 귀족 여식으로서 제대로 된 삶을 살아보지 못했다. 언제나 절차를 벗어나서, 변두리의 삶만을 살았을 뿐. 그러니 최소한 결혼만큼은 여느 귀족 여식보다 품위 있게 데리고 오고 싶었다. 더구나 니안과는 남매로 함께 자랐기에, 그렇게 해야지만 거기에서 오는 기묘한 배덕감도 함께 불식시킬 수 있을 것 같았다.

침대에 누웠던 그는 자리에서 일어나 앉았다. 창문으로 새어 들어오는 달빛이 그의 마음을 더욱 애잔하게 만들었다.

'너는…… 지금 자고 있겠지?'

가슴 깊은 곳에서부터 한숨이 흘러나왔다. 원로회에서는 니안도 동의하면 결혼 승인을 생각해 보겠다고 했으니, 일단은 니안을 설득하는 게 우선이다.

'싫다고 할 게…… 뻔해. 니안은 내가 위험해지는 건 절대 하지 않을 테니까. 그러니까 원로회에서도 일단 니안부터 설득하라고 한 거야.'

그렇다면 대책이 없다. 어차피 정식 절차를 밟기는 틀린 것이다.

'아니야…… 생각해보면, 어차피 니안이 결혼에 동의한다고 해도 원로회에서 승인을 안 내줄 확률이 더 커. 오히려 시간만 끌 뿐이지.'

그렇다면, 이 모든 단계를 훌쩍 뛰어넘을 방법은 역시 방법은 하나뿐인 건가?

헤이드 자신이 몸으로 증명해 보이는 것. 결혼에 대한 동의를 구하고 원로회의 결혼 승인을 기다리는 것보다 차라리 먼저 몸을 섞는 게 더 빠르고 현명한 방법이다. 그리고 곱씹을수록, 그것은 거의 확신에 가까워지고 있었다.

쉽게 잠이 들 수 없는 건 니안도 마찬가지였다. 분명 빌리어드는 헤이드가 오늘 원로회에서 자신과의 결혼 승인을 요청했다가 거절당했다고 했다. 그런데도 그는 오늘 일이 늦게 끝났다는 이유로 자신을 찾지 않았다.

'정말 바빠서 그런 건가? 아니면…… 마음에 무슨 변화라도 생긴 걸까? 도대체 무슨 생각인 거지?'

처음엔 저녁에 헤이드가 찾아오면 어떻게 대해야 할지 걱정이었는데, 막상 그가 오지 않자 걱정이 되고 불안하기까지 했다. 니안은 가만히 가슴에 손을 얹었다.

"나는…… 나는……."

사랑하기에 서로를 원하는 건 당연한 일이다. 니안도 평범한 여자답게 헤이드를 원했다. 그게 꼭 결혼이 하고 싶어서는 아니었다. 이제야 죽음을 불사하고 결혼을 강행했던 라우라의 마음을 조금은 이해할 수 있을 것 같았다. 제삼자를 통해 그를 거절하라는 압력마저 받고 보니 그를 가질 수 없다는 사실이 더욱 실감이 났다.

가질 수 없는 사랑은, 순식간에 몇 배의 크기로 마음의 부피를 부풀렸다. 이룰 수 없는 사랑이 점점 더 애틋해져 가고 있었다.

니안은 침대에서 몸을 일으켰다. 얼마나 오랫동안 고민을 했는지, 시간을 가늠할 수도 없었다. 창가를 따라 흐르는 푸른 달빛은 니안의 슬픈 처지를 아는지 모르는지 그저 아름답기만 했다. 홀리듯 천천히 창문으로 다가가 밖을 내다봤다.

"니안?"

니안은 갑자기 들려온 헤이드의 목소리에 화들짝 놀랐다.

"폐……하?"

그가 창문 아래에서 둥그렇게 커다래진 눈으로 자신을 올려다보고 있었다.

"니안, 여태 안 자고 뭐 했어?"

그가 기대도 못 했다는 듯 반갑게 들뜬 목소리로 물었다.

"그러는 폐하는 아직 안 주무시고 여기서 뭐 하세요?"

"오늘은 너를 만나지 못해서……."

"……."

그가 하고 싶은 이야기가 뭔지 말을 안 해도 알 수 있었다.

"보고 싶어서……."

그가 부끄러운 듯 잠시 뜸을 들였다가 나지막이 덧붙였다. 니안도 그가 보고 싶었다. 그가 찾지 않았다는 사실만으로도 불안하고 속이 상했었다. 이렇게 좋아하는데, 아무것도 할 수 없다는 사실이 더 비참하게 느껴졌다.

"내일도 바쁘실 텐데, 얼른 들어가 주무세요."

니안은 이런 틀에 박힌 이야기밖에 하지 못하는 자신의 성격이 원망스러웠다. 하지만, 치러야 할 대가가 큰 사랑은 이렇게 대응할 수밖에 없었다.

"나, 잠깐 들어가도 돼?"

헤이드가 기대로 눈을 반짝이며 물었다. 마치 조금 전 니안의 이야기를 못 들은 것처럼.

"시간이 너무 늦었어요."

"뭐 어때? 너도 잠이 안 오고, 나도 잠이 안 오는데."

"난 졸려요."

"그런데, 왜 여태 안 자고 있었어?"

"……."

딱히 뭐라 대꾸할 말이 없어 잠시 고민하는데, 헤이드가 다시 물었다.

"나 보고 싶어서 못 자고 있었던 거잖아."

"그……."

뭐라 핑계를 대고 싶은데 역시 마땅한 말이 떠오르지 않아 입술만 떼다 말았다. 그의 얼굴에 짓궂은 미소가 떠올랐다.

"아무 말도 못 하네?"

그제야 번뜩, 나름 핑계라 할 만한 거리가 떠올랐다.

"폐하, 시녀들도 다 잠이 들었어요. 문을 열어드리거나 시중들 사람도 없는걸요. 이 시간에 모두를 깨우고 싶으신 거예요?"

"왜 꼭 깨워야 한다고 생각해?"

"그야……."

니안이 잠시 말을 끌면서 미간을 찡그렸다.

"……폐하시니까요. 당연히 예를 갖춰서 모셔…… 앗!"

그러나 니안은 말을 끝맺지 못했다. 갑자기 헤이드가 벽에 매달려 기어오르기 시작했기 때문이었다. 니안은 안절부절못했다.

"폐…… 폐하. 위험해요."

"……."

하지만 그런 니안의 걱정에도 불구하고, 헤이드는 금세 니안이 서 있는 2층 창문에 도착했다. 그리곤 순식간에 훌쩍 창틀을 넘어 방안으로 들어왔다.

"이렇게 들어오면 되잖아."

"대체 이게 무슨 짓…… 읍."

하지만 니안은 또다시 말을 맺지 못했다. 헤이드가 그녀의 허리를 잡아당기며 곧장 입술을 부딪쳐왔기 때문이었다. 아찔하게 넘어오는 숨에 머리가 다 어질했다. 이대로 가다간 정신을 잃을 것 같다는 생각이 들었을 때야, 그가 입술을 떼어내곤 속삭였다.

"아무도 없이 몰래 만나니까 더 좋다. 앞으론 계속 이렇게 올까?"

"아니요. 이러시면 안 돼요."

"왜 안 되는데?"

"그……그건…… 폐하의 체통이……."

그러자 헤이드가 마치 그렇게 웃긴 이야기는 처음이라는 듯 껄껄 웃음을 터트렸다.

"체통…… 하하…… 언제부터 우리가 그렇게 체통 있게 살았는데?"

그의 손이 여전히 니안의 가는 허리를 제 쪽으로 꽉 당겨 안은 채 물었다. 푸른 달빛에도 니안의 얼굴이 붉게 물든 것이 선명히 느껴졌다.

"그야…… 이제부터라도…… 그렇게 살아야죠. 이젠 누가 뭐라 해도 황제 폐하시잖아요."

"황제이기 이전에 사람인데?"

"……"

"……남자이기도 하고."

그가 니안의 한쪽 손을 잡아 자신의 심장 위에 가져다 댔다.

"봐. 느껴져?"

"……"

"뛰고 있어."

그리고 마주한 푸른 눈동자는 지나치게 유혹적이었다. 니안은 손바닥으로 전해지는 거센 심장 소리를 느끼며 뜨겁게 달아오른 푸른 눈동자를 뚫어져라 바라봤다. 도저히 눈을 돌릴 수가 없었다. 니안의 맥동도 빨라졌다.

위험하다. 너무 위험해.

"폐하……."

니안은 황급히 그의 가슴을 밀어내며 뒤로 몸을 뺐다. 그가 다시 니안을 제 쪽으로 잡아당기려고 손을 뻗자, 니안이 그에게 잡히지 않으려고 더욱 뒤로 몸을 물렸다.

"이러지 마세요."

헤이드의 손가락이 아슬아슬하게 니안의 허리를 놓치고 허무하게 허공을 움켜쥐었다.

"니안."

그의 목소리가 금세 안타깝게 젖어 들었다. 그가 뭐라고 하기 전에 니안이 얼른 냉랭한 목소리로 말을 뱉었다.

"오늘 베오만 후작께서 다녀가셨어요."

"빌리어드가?"

"원로회에서 있었던 일을 말씀해 주셨어요. 저와의 결혼을 승인해 달라고 하셨다고요."

그가 당황했는지 잠시 숨을 멈췄다가 "그래." 하고 낮게 대답했다.

"왜 저한테 먼저 말씀하지 않으셨어요?"

"그래서…… 화가 난 거야? 내가 원로회에 승인 요청을 하기 전에 너한테 먼저 청혼하지 않아서?"

"……."

니안은 아무 말도 하지 않았다. 되도록 냉정한 눈빛으로 보이도록 노력하며 빤히 그의 두 눈을 바라보기만 할 뿐. 그러자 해명하려는 그의 목소리가 조금 조급하게 흘렀다.

"그게 섭섭했다면 정말 미안해. 나는 완벽하게 모든 게 준비되고 난 다음에 네게 청혼하고 싶었어. 순조롭게 일을 진행할 수 있도록."

"하아…… 순조롭게……."

니안의 눈꺼풀을 내리깔았다. 그 모습이 화가 나 실망한 것처럼 보여 헤이드는 마음이 졸아붙는 것 같았다. 이 세상 그 누구 앞에서도 눈치를 보지 않는데, 니안 앞에서만큼은 그게 잘 되질 않았다. 니안이 속상해하거나 슬퍼하면 그가 더 마음이 아팠으니까.

"저한테 청혼하고 일을 진행하면 순조롭게 일이 잘 안 풀릴 것 같았나 보죠. 이유가 뭘까요?"

"니안."

"제가…… 거절할 걸 아셨죠?"

"……."

"원로회의 승인을 받은 후, 절 설득하고 싶으셨던 거죠? 그러면 좀 더 설득이 쉬울 것 같아서."

"니안!"

"오빠!"

둘의 입에서 동시에 서로를 부르는 말이 튀어나왔다. 헤이드의 이마에 못마땅한 주름이 잡혔다.

"왜 또 오빠야? 오빠라고 부르지 말라고 했잖아."

"그래야, 오빠가 우리 관계에 대해 좀 더 거리감을 느낄 테니까."

헤이드가 니안에게 손을 뻗으며 한 걸음 다가섰다.

"그런다고 거리감이 더 멀어지지 않아."

니안이 그런 그를 피해 두 걸음쯤 뒤로 멀어지며 말했다.

"난 이쯤에서 선을 긋고 싶어. 그어야 한다고 생각해."

"왜?"

"……."

"네가 용이라서?"

"……."

"네가 날 죽일까 봐?"

"……."

또렷하게 마주쳐오는 눈동자가 격렬하게 니안의 나약함을 질책하고 있었다. 그는 살면서 단 한 번도 니안에게 저런 힐난의 눈빛을 던진 적이 없었다.

덜컥. 니안의 심장이 떨어졌다. 잘못이 아니라고 생각하면서도, 자신이 굉장히 큰 잘못을 하는 것처럼 느껴졌다. 그 눈빛에 압도당해 아무 대꾸도 할 수가 없었다.

"니안. 넌 절대 날 죽일 수 없어."

"도대체…… 무슨 근거로…… 그런 말을 하는 건지 모르겠어."

"그러는 넌? 넌 무슨 근거로 네가 날 죽일 거라고 생각해? 라우라와 페르난디의 환상 때문에?"

니안은 대답 대신 고개를 격렬하게 끄덕여 보였다.

"아니, 넌 못 해. 넌 라우라가 아니니까. 넌 온전한 붉은 용이 아니야."

"난 붉은 용의 모든 힘을 물려받았어. 그랬으니까 오빠가 그 자리에 있을 수 있는 거잖아. 내가 도왔으니까."

"맞아. 네가 도왔지. 하지만 온전히 네 힘만은 아니었잖아."

"그게 무슨……."

그러자 헤이드가 니안의 왼쪽 손을 휙 잡아 올렸다. 그 바람에 라우라의 팔찌가 니안의 손목 위에서 격하게 몸을 떨어댔다.

"이거."

"……."

"네 힘만으로는 부족해서 라우라가 이걸 너한테 준 거잖아. 이게 없었다면 우리는 미트라의 환상 속에서 죽었을 거야. 여기까지 오지도 못했어."

"난…… 용의 몸도 가졌어. 봤잖아."

"그래, 맞아. 하지만 그건 본체가 아니야. 라우라의 힘으로 만들어 낸 현신이지."

그가 더욱 바짝 다가와 니안의 양어깨를 잡으며 다시금 눈을 맞춰왔다. 그리곤 훨씬 더 부드럽고 단호한 어투로 니안에게 속삭였다.

"니안. 넌 인간이야."

"……."

"그저 용의 능력을 가진…… 인.간.이라고."

니안 제 손목을 잡은 헤이드의 손을 탁 쳐내며 말했다.

"모험 같은 거 하기 싫어."

"모험이 아니야. 그게 현실이야."

그가 부드럽게 니안의 손을 잡아 제 쪽으로 잡아당겼다. 니안은 끌려가지 않으려 했지만, 남자의 힘은 쉽게 버티기 힘들었다. 그녀는 어느새 다시 헤이드의 품에 안겨 있었다.

그가 살짝 흐트러진 니안의 머리카락을 손으로 매만지며 말했다.

"우리 이야기의 해피엔딩은 너와 내가 하나가 되는 거야. 바보처럼 참지 마."

"참지 않고 죽으려고?"

니안이 회의적으로 내뱉고는 헤이드를 밀어냈다.

"돌아가 줘. 피곤해."

니안은 절대 보지 않겠다는 단호한 태도로 고개를 돌려버렸다. 사실은 계속 눈을 마주하고 있으면 마음이 약해질 것 같았다.

헤이드의 푸른 눈동자는 무엇이든 집어삼키는 블랙홀 같아서, 그렇게 계속 보고 있으면, 그가 원하는 대로 따라가게 될 것만 같았다. 그런 니안의 단호한 각오가 전달되었는지, 헤이드가 옅은 한숨을 내쉬었다.

"알았어. 오늘만 날은 아니니까."

세상에. 그 말에 진정을 찾으려던 심장이 또다시 요동쳤다. 그러면 앞으로도 계속 이런 식으로 날 유혹하겠다는 거야?

다음을 기약해서인지 창문을 향하는 그의 발걸음은 가벼웠다. 창밖에 다리를 내밀고 걸터앉아서, 니안을 돌아보며 말했다.

"또 올게. 다음엔 더 강력하게 무장하고 와야지. 절대 네가 거절하지 못하게."

개구쟁이 소년처럼 비죽 웃음을 흘리며, 그는 그렇게 창문 아래로 사라졌다.

니안은 한숨을 내 쉬며 무너지듯 침대에 주저앉았다.

"맙소사…… 정말 왜 이래……."

뭔가 조치가 필요했다. 죽을 줄 뻔히 알면서 불 속으로 뛰어드는 나방이 되고 싶지 않았다. 아니, 불 속으로 뛰어드는 나방을 가만히 보고 있어서는 안 됐다.

"어떻게 해야, 헤이드를 안 만날 수 있지? 어떻게 해야……."

헤이드가 로렌을 만난 건 정말 오랜만이었다. 그가 왕립아카데미를 그만두기 직전이 마지막이었으니까, 아마도 거의 반년이 넘어서일 거다.

"황제 폐하, 빌리어드 베오만 후작께서 찾아오셨습니다."

처음 시종이 그 말을 전했을 때는 깜짝 놀랐었다. 불과 전날 당장 처리해야 할 급한 안건들의 합의를 마치고 조금 여유가 생긴

참이었기 때문이었다. 그리고 그가 기다린다는 접견실에 들어섰을 때, 그의 옆에 로렌이 함께 서 있는 걸 발견했다. 그제야 빌리어드의 꿍꿍이가 파악되었다.

'그래, 빌리어드가 야망가라는 사실을 요즘 살짝 잊고 있었군.'

로렌이 우아하게 고개를 숙이며 인사를 했다.

"베오만 후작가의 장녀 로렌 인사드립니다. 그동안 잘 지내셨습니까, 폐하."

"그래, 로렌. 오랜만에 보니 반갑다."

그녀는 예전처럼 얼굴을 붉게 물든 채 헤이드의 얼굴을 제대로 쳐다보지도 못하고 서 있었다. 아직도 내게 연정이 남아 있었나. 너무 오랜만이어서 그런지 그런 모습이 새삼스러웠다.

"폐하, 저희 여식과 함께 아카데미를 다니지 않으셨습니까? 마침 여유가 생기신 듯해서, 인사나 드릴까 하고 찾아뵈었습니다."

그리곤 마주 앉아 잠시 다과를 하다 슬쩍 자리를 피하며 밀어넣는 통에 얼떨결에 로렌과 둘이 미로 안을 산책하게 되었다. 딱히 나눌 이야기가 없어 말없이 묵묵히 걷기만 하다가, 도저히 견디기가 힘들었는지 로렌이 먼저 입을 뗐다.

"니안은 잘 지내고 있지요? 자주 만나시나요?"

"응. 매일 봐. 에이든은 어떻게 지내고 있어?"

그는 얼른 에이든의 이야기로 화제를 돌리며 슬쩍 로렌을 내려다봤다. 그녀의 얼굴이 아까보다 더 빨갛게 달아올라 있었다.

"아…… 황국의 역적인데 그리 편하게만 있을 수는 없지요. 자신이 했던 일을 반성하며 조용히 칩거하고 있습니다."

"그렇게 잔뜩 격식 차린 말 말고, 좀 더 사실적이고 인간적인 답변은 없을까? 그때 에이든의 상황에서는 어쩔 수 없었다는 것쯤은 나도 알아."

"아…… 그……."

로렌은 당황스러운 얼굴로 얼버무리다 입을 다물었다. 헤이드는 조용히 그녀의 다음 이야기를 기다렸다. 사락사락, 발밑에서 잔디 밟히는 소리만이 둘 사이에 울렸다.

잠시 후, 그녀가 한결 편안해진 톤으로 덧붙였다.

"많이 좋아졌습니다. 처음엔 많이 괴로워했는데, 지금은…… 마음을 내려놓은 것 같아요."

"무슨 마음 말이야?"

"가지지 못하는 것에 대한 열망 같은 거요……."

"니안 말하는 거야? 아니면, 명예와 지위?"

"……."

로렌은 또 한참을 생각에 잠겨 말이 없었다. 헤이드는 또 기다렸다. 잠시 후, 그녀의 입술이 조용히 열렸다.

"오빠는 명예와 지위엔 크게 관심을 둔 적이 없었어요."

"……."

'그래, 그래서 널 풀어줄 수 있었던 거다, 에이든. 그게 네가 좋아

서 한 일이 아니란 걸 아니까…….'

로렌은 더는 말을 잇지 않았다. 이번엔 헤이드가 말문을 뗐다.

"알 것 같아. 내게도 가지기 힘든 열망이거든. 이 말이 에이든에게 위로가 되었으면 좋겠다."

그러자 로렌의 눈이 크게 뜨였다.

"폐하……께도요? 폐하께선 원하시면 뭐든 가지실 수 있지 않나요?"

"대부분은 그렇지. 그런데도 쉽지 않다면, 알 만하지?"

"뭐가, 문제일까요? 혹시 니안이 폐하를 안 좋……."

"그런 거 아니야."

그가 정색하며 딱 잘라 말했다. 그 바람에 로렌이 또 화들짝 놀라 얼굴을 붉히며 고개를 숙였다.

"아버지한테 이야기 못 들었나 보네. 어머니께서도 별말씀 없으셨어?"

"네……. 저는 집에서 그냥 사랑스럽고 귀여운 막내일 뿐이에요. 제 앞에서는 심각한 이야기들은 하지 않으세요. 부모님도, 오빠도……."

"그래서구나."

"네?"

"네가 아버지를 따라 황궁에 들어와 내 옆을 이렇게 편안하게 걸을 수 있는 이유."

헤이드가 갑자기 걸음을 멈추자 로렌이 당황한 눈으로 그를 따라 발을 멈췄다. 갑자기 정색하며 뱉은 말이 몹시도 차가워서 로렌의 동공이 불안과 두려움으로 떨렸다.

"로렌, 너희 아버지가 무슨 생각을 하든 내 결정은 바뀌지 않아. 그러니 너도 쓸데없는 기대 따윈 버려."

"무슨⋯⋯."

"에이든에겐 가질 수 없어 포기해야 하는 열망이었지만, 난 아니야. 가지기 힘들다뿐이지, 가지지 못하는 게 아니란 뜻이야. 지금부터 내가 하는 말, 명심하고 가서 너희 아버지에게 전해. 니안을 가지지 못하는 게 로렌 베오만을 선택한다는 뜻은 아니라고. 그러니 앞으로 이런 식으로 속 보이는 뻔한 추파는 던지지 말라고 말이야."

로렌은 그의 직설적인 거절이 너무나 충격적이었다. 눈은 토끼처럼 커졌고, 동공은 하염없이 지진을 일으켰으며, 심장은 터질 것처럼 방망이질해댔다.

아카데미 시절부터 그가 자신을 내켜 하지 않는 건 알고 있었지만, 그때는 그래도 예의를 갖춰 에둘러 표현을 하곤 했었다. 이렇게 직접적이고 적나라한 거절은 난생처음이었다.

집으로 돌아온 로렌은 눈물을 멈출 수가 없었다. 그녀는 방에 틀어박혀 내내 울어댔고, 아버지와 오빠를 원망했다. 오빠와 황제가 사랑하는 니안을 낳은 사람이 자신이 세상에서 가장 의지하는 엄마가 되어 있다는 사실도 자존심이 상해 미칠 것 같았다. 베오만과 카트린느는 통곡 소리가 새어 나오는 로렌의 방문 앞에서 어쩔 줄을 몰라 했다. 문을 꼭 걸어 잠그고, 몇 날 며칠 식음을 전폐한 그녀 때문에 집안이 온통 상갓집처럼 흉흉해져 있었다.

나중에 로렌이 간신히 진정하고 나서야, 헤이드가 그녀에게 무슨 이야기를 했었는지 전해 듣게 되었다. 카트린느는 경악했고, 빌리어드는 입술을 깨물었다. 로렌은 눈에 넣어도 아프지 않은 그의 막내딸이었으니까.

'폐하, 그렇다면 저도 어쩔 수 없습니다. 최후의 방법을 쓰는 수밖에요…….'

일단 결심을 하고 나니 마음이 급했다. 헤이드와 니안이 자신들의 손이 닿지 않는 곳에서 먼저 무슨 일이라도 치르기 전에 빨리 서둘러야 했다.

"앞으로 붉은 용의 처소에 출입을 금합니다."

원로회 수장과 함께 궁을 찾은 대신관의 선포에 헤이드가 앉은 자리에서 벌떡 일어났다.

"도대체 그게 무슨 소린가?"

그의 눈썹이 어느새 험악하게 구겨져 있었다.

"니안 페르난디 베오만은 어제 날짜로 성녀 후보 신청이 접수되었고, 성스러운 절차에 따라 검증 작업이 끝날 때까지 외부인과의 접촉이 금지되기 때문입니다. 검증이 끝나고 성녀 후보로 승인되면, 곧장 성전 소속의 수도원에 입소해 성녀로서의 교육과 절차를 밟게 될 것입니다. 니안이 영험한 붉은 용으로 폐하와 함께 궁에서 지내는 특권을 누리고 있기에, 직접 말씀을 전하러 이렇게 들렀사옵니다."

"니안이…… 성녀 신청을…… 했다고?"

"네."

"그게 말이 돼? 니안이 왜?"

"왜냐고 물으신다면 그건 제가 답해드릴 수 있는 영역이 아닙니다. 본인만이 알겠지요. 어쨌든, 절차엔 아무 문제도 없었습니다. 본인이 직접 신청했고, 부모의 동의도 받았으니까요."

"부모의 동의…… 후작 부부를 말하는 건가?"

"네, 그렇습니다."

헤이드는 망연자실한 얼굴로 털썩 의자에 주저앉고 말았다.

그날, 로렌이 왔을 때, 너무 자극했었나? 이건 도저히 니안 혼자서 생각해낼 만한 일은 아니었다.

그러자 얼마 전, 카트린느가 니안을 만나러 황궁에 왔었다는 사실이 떠올랐다.

'빌리어드…… 당신이…….'

그의 턱이 분노로 질근거리는 와중에도, 대신관은 뻔뻔하게 말을 이어나갔다.

"원래 성녀 심사는 까다롭고 오래 걸립니다만, 페르난디 베오만 양은 워낙 백성들의 지지를 받는 특이한 경우인지라, 우리 교구에서도 되도록 빨리 일을 마무리하려고 합니다. 그래서 석 달의 심사 기간을 한 달로 축소하기로 했다는 기쁜 말씀을 전하면서, 모쪼록, 성전에 입소하는 날까지 아무런 사고 없이 무사히 계실 수 있도록 폐하께서 각별히 돌보아 주시길 부탁드립니다, 폐하."

헤이드는 너무도 분해 고개를 조아리는 대신관과 원로회 수장을 주먹을 쥐고 노려보았다. 자신이 니안과 결혼하고 싶어 한다는 걸 뻔히 알면서 수작을 부리는 게 괘씸했다. 쿠커스 황국에서 성직자는 결혼할 수 없다. 니안이 성녀가 된다면 평생을 성전에 갇힌 채 기도만 하면서 남은 생을 보내야 한다.

그는 대신관과의 면담이 끝나는 대로, 곧장 니안의 궁으로 달려갔다. 이미 성전과 원로회에 매수가 된 건지, 시종들이 모두 매달려 그런 헤이드를 읍소하며 말렸다. 그는 신경 쓰지 않고 뚝심 있게 밀어붙였다. 그런데도, 니안의 궁으로 통하는 입구는 결코 열릴 기미가 보이지 않았다.

"어서, 문을 열라고."

"안 됩니다, 폐하. 이 문 너머는 이제부터 신의 영역입니다. 아무리 황제 폐하라 하더라도 성전에서 정한 성역은 마음대로 넘어가

370

실 수 없습니다."

"도대체 누가…… 어떤 자식이 니안에게 이따위 정보를 넘긴
거야?"

"폐하, 누가 이야기하지 않아도 쿠커스의 백성이라면 이런 상식
을 모르진 않습니다."

"니안과 이야기하겠다. 넘어가지만 않으면 되잖아. 이리로 잠시
만 나오라고 해."

"죄송하지만, 그것도 안 됩니다. 입소 전 절차가 끝날 때까지 관
계자 외에는 접촉이 금지되어 있어서요. 정말 송구합니다."

헤이드는 이를 악물었다.

며칠 전, 빌리어드가 뜬금없이 로렌을 데리고 궁에 들어와 인사
를 시키고 말도 안 되는 핑계를 대며 둘이 시간을 보내게 할 때 이
미 짐작은 했었다. 자신이 한 니안과의 결혼 선언 때문에 귀족과
신관들이 무언가 음모를 꾸미고 물밑 작업을 하리란 걸.

하지만, 이건 상상도 하지 못했던 선택지였다. 성녀라니!

아무리 황제라도 역사를 따라 오랜 세월 견고하게 다져온 체계
를 마음대로 무너뜨릴 수는 없었다.

하루하루 시간이 지날 때마다 궁 밖에 있는 헤이드의 마음은 타
들어 갔다. 나름 길 것 같던 한 달가량의 성녀 검증 기간이 끝나가
려 하고 있었다.

경계 넘어 옛 마법 지대로 여행을 떠났던 제이디가 돌아온 것은 니안이 별궁에 유폐되고 보름쯤 지났을 때였다. 어떻게 하면 대신관과 원로회, 귀족들의 입을 한꺼번에 틀어막을까 하고 헤이드가 고심하던 찰나였다.

"제이디, 오랜만이야."

접견실의 너른 홀에서 머리를 조아리며 인사를 올리는 제이디를 향해 헤이드가 빙긋 웃으며 인사를 건넸다.

"잘 지내셨습니까, 황제 폐하."

"여행은 즐거웠어?"

"네. 오랜만에 저쪽 고향에 다녀오니 더할 나위 없이 좋았습니다. 잊어버렸던 옛 기억들도 추억할 수 있고. 여러모로 충전이 되었습니다."

"그래, 얼굴빛이 더 좋아지긴 했다."

고개를 들어 헤이드를 바라보는 제이디가 걱정이 담긴 목소리로 물었다.

"폐하는 무슨 걱정이 있으셨습니까? 안색이 좋지 않으십니다."

"알면서 뭘 물어?"

제이디의 입술에 피식 웃음이 번졌다. 황제가 되고 나서도 헤이드는 자신을 대함에 있어 예전과 다름없었다. 스스럼없고, 친근하고. 정작 일행이 되어 돌아다닐 때는 으르렁거리던 사이였는데, 모든 것이 끝나고 나니 이전에 없던 끈끈한 감정마저 생겨났다. 황제와 대마법사, 이 관계를 떠나 마치 오래된 친구처럼 느껴졌다.

자신이 없는 동안 이미 헤이드와 니안 사이에 어떤 일이 벌어졌는지 익히 듣고 온 제이디였다.

"제가 돕는 것이 반역이겠습니까, 돕지 않는 것이 반역이겠습니까?"

"당연히 안 돕는 게 반역이겠지."

"흐음……."

제이디가 침음을 흘리며 잠시 생각에 잠겼다.

"폐하께서 원하시면 교구나 원로회가 아무 말도 못 하게 만드는 건 일도 아니었을 텐데요."

"지금 나보고 오랫동안 내려온 규범과 질서를 깨뜨리라는 거야? 그것도 힘으로? 그러면 내가 오스만과 다른 게 뭐지?"

"제가 도우면 딱히 규범과 질서를 깨뜨리지 않고 그들의 고집을 꺾을 수 있습니까?"

"그건 그러네. 그래도……."

헤이드가 턱을 괴며 말했다.

"혼자 사고 치는 것보단 친구랑 같이 사고 치는 게 어쩐지 위안이 된달까."

제이디의 한쪽 입가가 씩 밀려 올라갔다.

"생각하고 있는 방법이 있으십니까?"

"하나씩 부르는 건 비효율적이야. 한꺼번에, 한방에 해치워야 해. 담합하지 못하게. 틈을 주면 꼭 꼼수를 만들어서."

"맞는 말씀이십니다."

"일단 교구랑 빌리어드 쪽은 내가 꼼짝 못 하게 할 카드를 가지고 있어. 문제는 원로회야. 그들의 약점은 내가 알지 못하니까. 할 방법이라고는 기껏해야 마수들을 가지고 협박하는 낮은 수밖에 없잖아. 마법 쪽으로는 어떤 것을 써야 그들이 겁을 먹거나 뒤로 물러설지 알지 못해서. 어차피 내 마법이 대마법사 힘에는 미치지도 못하는 데다, 원로회가 대마법사의 부재를 핑계 삼아 곤란한 자리를 회피할 수도 있잖아. 그래서 기다렸어."

"듣고 보니 그렇습니다."

"나도 아주 말도 안 되는 걸 요구할 생각은 없고. 면회권 정도만 얻는 선에서 타협할 생각이야. 혹여 내 고집대로 했다가 내가 죽으면, 내 사후에 그들이 곤란해질 테니까."

"죽을 수도 있다는 겁니까?"

"아니라고 믿지만, 혹시 모를 가능성도 있으니까."

"그런데도 꼭 강행하셔야겠습니까?"

"응. 그리고……."

"그리고……요?"

"니안이 아직 동의를 안 했어. 니안을 설득하는 게 우선이야."

"그게 가장 넘기 힘든 산이로군요."

"맞아……."

헤이드의 눈빛이 어두워졌다.

"일단 만나는 게 먼저야. 지금 저들은 니안 얼굴도 보지 못하게 하고 있으니까. 만나서 설득해야지."

"좋습니다."

그러자 주저할 필요가 없었다.

급습당하듯, 갑작스레 불려온 대신관과 원로회 수장, 그리고 빌리어드는 어리둥절한 얼굴로 헤이드 앞에 머리를 조아렸다. 헤이드는 일부러 제이디를 제 옆에 세워 두었다. 원로들에게 대마법사의 지위란 황제의 권위에 버금가는 강력한 것이었기에 오히려 헤이드 앞에서보다 눈에 띄게 긴장하는 것이 보였다.

"내가 오늘 그대들을 부른 것은 협상하기 위해서다. 아니, 엄밀히 말하면 '협상'이라는 이름의 협박이랄까."

"붉은 용 때문에 그러십니까?"

가장 먼저 고개를 든 것은 대신관이었다. 저 호전적인 눈빛, 맘에 안 들어. 내 오늘 기필코 저 오만함을 납작하게 밟아 뭉개고 말 테다!

"그대들의 걱정이 얼마나 큰지 내 충분히 이해한다. 하지만, 얼굴도 못 보고 대화도 나누지 못하게 한 건 지나친 처사다. 나는 붉은 용과 긴밀히 의논해야 할 일들도 많다. 마수들 관련해서 말이야."

"하지만, 어쩔 수 없습니다."

"뻔뻔하군."

"네?"

"내가 알아본 바로는 성녀 후보의 격리는 필수 사항이 아니던데? '교구 운영에 관한 원칙과 법규'에 따르면 '성녀 후보 확정 전, 검증이 필요하다 판단되는 경우 대신관의 재량하에 교육 전 속세와 미리 격리할 수 있다'라고 되어 있었어. 결국, 대신관 재량이란 소리인데, 황제의 권위가 그토록 우스웠나, 대신관은?"

"그러하다면 황제 폐하께서는 신의 대리인인 대신관의 혜안을 믿지 못하시는 것이옵니까? 붉은 용께서는 저희 교구에 등록된 신자가 아니었습니다. 즉, 그동안 성실하게 종교 생활에 임한 적이 없다는 뜻입니다. 성녀가 되기 위해서는 종교에 평생을 헌신할 수 있는 깊은 신앙이 필수 조건인데, 그것을 빠르게 확인하는 방법은 세상과 격리되어 오로지 신만을 모시는 생활을 견딜 수 있는지 확인해 보는 길밖에 없다고 생각했습니다. 그리고 아직은 아주 잘 적응하고 계십니다. 폐하께서는 기필코 그런 붉은 용을 흔들고 싶으신 겁니까?"

당연하지. 헤이드는 속으로만 대답하며 입안의 속살을 혀로 쓸었다. 그때 수장 원로가 대신관을 지원하려는 듯 입술을 뗐다.

"폐하, 저희의 생각은……."

그때 대마법사인 제이디가 그의 말을 가로챘다.

"대마법사로서 저는 폐하의 생각과 같습니다. 지금도 새로운 마수는 계속 태어나고 있으니까요. 그것들을 관리하기 위해서라도 붉은 용과의 원활한 의사소통은 필수죠. 한 달이라니요. 그 사이에 길들여지지 않은 엘카트 한 마리가 인간에게 어떤 피해를 입힐 수 있는지, 우리 마법사들이 누구보다 더 잘 알고 있으니까요."

수장 원로는 그만 입을 다물고 말았다. 이마 옆으로 삐질 땀이 흐르는 듯한 착각이 들 정도로 당황하고 있음이 분명했다. 원로회에서 대마법사의 말은 절대적이라 할 만큼 강력한 것이었다. 원로들은 대마법사가 옳은 선택을 할 수 있도록 오랜 지혜와 혜안을 빌려주는 역할 뿐이었으니까. 지금의 대마법사는 황제의 편에 섰음이 확실하게 전달되는 순간이었다.

이번에는 빌리어드 차례였다. 그에게는 당근이 필요했다. 니안을 설득할 만큼의 여유만 얻으면 되기에, 오히려 그를 안심시키는 편이 훨씬 현명하리라는 판단이 들었기 때문이었다.

"후작, 일전에 내가 로렌에게 지나친 언사를 했던 점은 미안하게 생각합니다. 내 후작에게 약속하죠. 만약 내가 귀족 여식 중에서 반려를 찾아야 한다면, 로렌을 가장 먼저 고려하겠다고 말입니다. 대신, 내게 시간을 줘요. 붉은 용과 마지막 정리를 할 시간을요. 그 정도는 해줄 수 있지 않습니까? 설마 내가 끝까지 미련을 버리지 못한 채 로렌을 만나길 바라십니까?"

빌리어드 역시 아무 말도 하지 못했다. 돌아가는 상황이 그에게 한발 양보하라고 소리치고 있었다. 대신관과 수장 원로의 지지 없이는 원하는 것을 얻지 못한다는 걸 누구보다 잘 아는 빌리어드였다. 그러니 다들 주춤하는 이곳에서 어깃장을 놓아봐야 그에게 득될 것이 없었다.

대신관이 마지못해 한 가지 제안을 내놓았다.

"그럼, 하루에 딱 한 번, 신관들의 참관하에 면담의 시간을 드리면 어떻겠습니까? 성녀는 몸과 마음이 모두 백지처럼 깨끗해야 합니다. 시간은 신의 모래시계가 세 번 돌 때까지입니다."

마다할 이유가 없었다. 헤이드는 기꺼이 그 제안을 받아들였다.

"대신 조건이 있다. 참관자는 반드시 오랜 경력을 지닌 신관으로 두 명을 넘기지 않도록."

"좋습니다."

헤이드의 입가에 회심의 미소가 떠올랐다.

오랜만에 다시 만난 니안은 여전히 아름다웠다. 그녀와의 면회권을 얻기 위해 고군분투했던 헤이드가 머쓱할 만큼.

"좋아 보여 다행이다. 난 말라 죽는 줄 알았는데."

"그러셨습니까? 다행히 폐하의 모습이 그렇게까지 나빠 보이진 않으십니다.”

오랜만에 만났는데, 만나자마자 뾰족하게 철벽부터 치려는 니안이 헤이드는 조금 얄미워지려 했다.

“면담권을 얻어내기 위해 내가 얼마나 힘들었는지 넌 모를 거야.”

“저를 꼭 만나야 할 이유가 있으셨던가요?”

“당연하지. 넌 황국의 붉은 용이잖아. 엘카트를 통제하려면 붉은 용과의 소통은 필수잖아. 지금 이 순간에도 세상 밖에선 새로운 엘카트가 태어나고 있다고. 길들여지지 않은 엘카트 한 마리가 인간을 얼마나 해칠 수 있는지 잘 알잖아.”

헤이드는 제이디가 원로회의 입을 막을 때 써먹었던 말을 그대로 니안에게도 썼다. 방 안에 함께 들어와 있는 신관들이 신경 쓰인 니안은 헤이드의 속셈을 뻔히 알면서도 내색하지 못하고 한숨만 크게 내쉬고 말았다.

그가 두루마리 한 장과 깃펜을 니안 쪽으로 내밀며 말했다.

“혹시 새 엘카트가 감지되는지 좀 알려줄래? 그렇다면 어디서 감지되는지도.”

니안이 멍한 표정으로 깃펜을 움켜쥐었다.

‘언제부터 우리가 이런 걸 글로 적었다고 이러지?’

그러자, ‘풉’ 하고 헤이드의 입에서 웃음이 새는 소리가 났다. 니안이 놀란 눈으로 그를 바라보자, 그가 톡톡 두루마리를 위를 손가락으로 두드렸다. 그러자 거울처럼 그곳에 자신의 얼굴이 비쳐보였다. 그것도 머릿속에서 생각하는 것들이 그 옆에 반짝이는 붉은색 글씨로 떠오르면서.

니안이 깜짝 놀라 신관을 바라봤다. 혹시, 들키는 거 아냐? 하지만 그들은 무표정한 얼굴로 가만히 다른 곳을 응시하며 서 있을 뿐이었다. 니안이 설명을 바라는 눈으로 헤이드를 다시 바라보자, 그가 또다시 두루마리를 톡톡 손가락으로 두드렸다. 니안이 두루마리를 내려다보자, 자신의 얼굴이 비쳐 보이는 아래로 빛나는 푸른색 글씨가 떠올랐다 사라졌다.

─ 보통 사람 눈에는 안 보여. 마법사라면 또 모를까.

그러자 그녀가 떠올리는 의문이 자신의 얼굴 옆에 붉은 글씨로 떠올랐다.

─ 저 중에 마법사가 있으면 어쩌려고?

─ 걱정 마. 대신관과 이미 협상했어. 신관 경력이 오래된 자로 단 두 명만 참관하도록 했으니까. 마법사가 끼어들 수가 없어. 그리고 그는 마법사가 아니니 이런 수가 있을 거라는 건 상상도 하지 못할 거야.

─ 하지만⋯⋯

─ 그냥⋯⋯ 가만히 두루마리를 보면서 엘카트를 헤아려보는 척해. 그리고 나랑 이렇게 대화하자. 깃펜만 놓지 마. 깃펜을 놓으면 네 생각을 읽을 수 없으니까.

그러자 깃펜을 쥔 니안의 손가락에 더욱 힘이 들어갔다. 아마 신관의 눈에는 니안이 빈 두루마리 종이를 심각하게 들여다보며 눈에 잔뜩 힘을 주고 있는 것으로만 보일 거였다.

– 대체 무슨 말씀을 하시려고 이런 마법까지 동원하시는 건가요?

– 극존대 시작이네? 철벽 치는 거 다 표나게.

– 그럼 제가 그렇게 쉽게 폐하의 뜻대로 따를 거로 생각하셨어요?

– 아니, 그렇게 생각하진 않았어. 그래서 왔잖아. 이렇게.

그러더니, 갑자기 목소리를 냈다.

"개체 수가 잘 안 보이나 봐. 좀 더, 집중해 봐."

니안이 고개를 들어 마주친 푸른 눈동자에 장난기가 가득했다. 니안이 얕은 숨을 내쉬곤 다시 두루마리로 고개를 내렸다. 그곳에 헤이드가 진짜로 하고 싶은 질문이 떠 있었다.

– 성녀가 되겠다는 거, 네 아이디어야?

그 질문에 니안의 심장이 덜컥 내려앉았다. 어차피 거짓말을 해도 헤이드가 알아낼 방법은 없는데도.

대답하기 전에 생각을 읽힐까 봐 니안은 슬그머니 깃펜을 내려놓았다. 성녀가 꼭 되고 싶은 것은 아니었다. 그냥, 불나방처럼 죽을지도 모르는 길로 뛰어들려는 헤이드를 피해 달아날 곳이 필요했을 뿐. 그때 마침 엄마와 빌리어드가 성녀를 제안했고, 그거면 얼마든지 헤이드를 피할 수 있을 거라는 판단에 충동적으로 선택한 길이었다.

하지만, 막상 헤이드와 격리된 보름간은 그녀에게 몹시 고통스러운 시간이었다. 매일 기도를 한다고 없던 신앙이 생기지도 않았고, 성녀가 되어 헤이드와 다른 여자와의 결혼을 제 손으로 축복하는 장면은 상상할수록 끔찍했다.

자라면서 엄마, 아빠도 온전히 가져보지 못했는데, 이젠 사랑하는 남자까지 소유할 수 없는 제 운명이 원망스러웠다. 두 눈 질끈 감고, 헤이드의 유혹에 넘어가고 싶은 마음이 수도 없이 들었었다.

하지만 그런 치열한 갈등의 끝에 도달하는 결론은 언제나 같았다. 아무리 그래도 자신은 헤이드를 죽음의 길로 가게 할 수는 없다는 것. 니안이 다시 깃펜을 집어 들었다. 그러자 두루마리 위에 선명한 붉은빛의 글자가 떠올랐다.

— 네. 그래야 폐하를 피해 숨을 수가 있으니까요. 제가 가만히 있으면 절 계속 유혹하실 거잖아요.

헤이드의 입가에 피식 헛웃음이 흘렀다. 그 바람에 옆에 서 있던 신관들의 시선이 잠시 그의 얼굴에 닿았다가 떨어졌다.

— 내가 여길 오겠다고 마음먹으면 저들이 아무리 문 앞을 막고

있어도 와. 날아서라도 와. 정 안되면 제이디한테 변신술이라도 배우지 뭐. 그건 네가 성전으로 들어가도 마찬가지야. 이런 식으로는 나한테서 도망칠 수 없어.

니안에게는 확신을 심어줄 필요가 있었다. 절대 니안 때문에 헤이드 자신이 죽지 않을 것이라는 확신. 니안의 붉은 글씨가 다시 이야기를 시작했다.

- 지금껏 폐하만을 위해 살았어요. 하지만 이젠 내 일을 갖고 싶어요. 붉은 용으로서 이보다 더 어울리는 일은 없다고 생각했어요.
- 성녀가 너하고 잘 어울린다고? 니안, 성녀는 신과 결혼하는 일이야. 이 세상 그 누구보다 신을 가장 사랑해야지만 할 수 있는 일이라고. 가슴에 손을 얹고 생각해 봐. 과연 네가 신을 가장 사랑한다고 말할 수 있어? 나보다도 더?

니안의 동공이 흔들렸다. 그녀가 깃펜을 책상 위에 내려놓고는 짧게 심호흡을 했다. 그리곤 비장한 얼굴로 다시 깃펜을 손에 쥐었다.

- 그래서 지금 이렇게 준비하고 있잖아요. 사랑해 보려고.
- 사랑하는 사람이 눈앞에 있는데 왜 다른 존재를 사랑하려고

노력해야 하는데? 그냥 나 사랑해, 나. 네가 마음껏 나 사랑해도, 나 안 죽어. 못 믿겠으면 오늘 밤에라도 당장 시험해 보든가.

그러자 니안이 순식간에 얼굴을 발갛게 달구며 깃펜을 탁, 하고 책상 위에 다시 내려놓았다. 그 사이에도 두루마리에는 푸른빛의 글자들이 쉴 새 없이 떠오르고 있었다.

- 다시 한번 말하지만 넌 인간이야, 니안. 핏줄의 영향으로 용의 힘을 몸에 지니고도 버틸 수 있을 뿐이지 인간이라고. 라우라의 팔찌가 아니었다면 용의 모습으로 변할 수도, 이 세계에 있는 모든 마수에게 동시에 직인을 찍지도 못했다고.

그 순간 신관이 책상 위에 놓인 신의 모래시계를 뒤집으며 말했다.

"이제 마지막입니다. 모래가 다 떨어지기 전에 대화를 마무리 지으시지요."

잠시 멈췄던 푸른 글씨가 두루마리 위에 다시 급하게 떠올랐다.

- 네가 사람을 죽일 수 있을 만큼 강력한 마나를 가진 용이었다면 인간의 몸을 빌려서는 절대 세상에 태어날 수도 없었을 거야.

그 기운을 이기지 못해 너희 어머니가 널 낳기도 전에 돌아가셨을 테니까. 하지만, 널 임신하고 낳는데 아무런 이상이 없으셨지. 너는 어린 시절 내내 네가 용인지도 모를 만큼 몸에 이상 변화를 느끼지 못했어. 네 능력이 갑자기 발현됐을 땐, 엘카트를 처음 접했을 때야. 왜 그랬을까?

니안이 작게 도리질을 쳤다.

- 내 가설은 이래. 엘카트가 지닌 마나가 네게 영향을 끼쳤기 때문이라고. 네가 본래 지니고 있던 마나 때문이 아니야. 넌 그저 운용하는 능력만 갖추고 있었을 뿐이지. 미트라의 환상을 어떻게 깼냐고? 그 어마어마한 힘을? 그야 네가 미트라의 마나로 꽉 찬 환상 속에 있었기 때문이지. 그리고 그때 이미 넌 라우라로부터 그 팔찌를 받은 후잖아. 그전까지, 넌 엘카트가 눈앞에 있지 않으면 전혀 마나 운용을 하지 못했어. 내 말이 틀려?

그때 신관 하나가 시간이 다 되었다는 신호로 큼큼 헛기침했다. 헤이드가 니안의 손에서 깃펜을 뺏으며 말했다.

"니안, 내가 돌아간 다음 혼자서 꼭 해 봐. 라우라의 팔찌를 빼고, 용의 모습으로도 변해 보고, 쿠커스 황국 전체에서 길들여지지 않은 엘카트를 찾아내 동시에 직인도 찍도록 해. 그리고 내일 내가 다시 찾아왔을 때 보고해. 어디까지, 얼마나 해냈는지 말이야. 황제의 명령이다."

오전 황제와의 알현 시간만큼, 빽빽하던 니안의 스케줄이 끝나는 시간도 늦어졌다. 온종일 기도에 집중할 수가 없었다. 본래도 집중하기 힘들었지만, 그가 한 말이 자꾸만 머릿속에서 반복되고 반복되어 유난히 더 힘들었다.

"오늘은 일과가 끝난 후 용으로 모습을 변화시킬 거예요. 황제 폐하의 명령이 있으셨거든요. 그러니 저녁엔 후원에 절대 오지 말고, 혹여 용으로 변한 절 마주치더라도 너무 놀라지 마세요."

그녀는 혹시 모를 사고를 대비해 그녀의 궁에 있는 고용인과 성직자들에게 이렇게 당부를 했다. 후원으로 내려가기 전, 팔찌는 일부러 방에다 빼놓았다. 팔찌를 빼더라도 가까운 곳에 두면 그 영향을 받을 수 있기 때문이었다. 아직 해가 다 지지도 않았는데, 어슴푸레한 하늘에는 이미 희미하게 초승달의 모습이 보였다.

니안이 그 모습을 올려다보며 마음을 가라앉히려 잠시 심호흡을 했다.

'오빠의 말대로 팔찌가 없으면 용의 모습으로 변화할 수 없을

까? 쿠커스 황국 전체에 퍼져있는 엘카트 들과도 소통할 수 없는 걸까?'

그랬으면 좋겠다. 정말로 그랬으면. 그래서 그의 사랑을, 그의 마음을, 그의 몸을 기꺼이 받아들일 수 있었으면 좋겠다.

니안은 늘 해오던 대로 익숙하게 몸에 흩어져있는 마나의 기운을 하나로 모았다. 머지않아 심장이 뜨거워지고 그녀의 몸 주변으로 희미한 붉은 불꽃이 피어오르기 시작했다. 그녀는 두 눈 사이에 정신을 집중하고 자신이 변했던 붉은 용의 모습을 간절히 떠올리며 숫자를 세었다.

'하나, 둘, 셋.'

그러나 그녀의 몸을 휘감은 붉은 불꽃의 기운만 조금 더 강해졌을 뿐, 그녀의 몸은 전혀 변화할 기미가 보이지 않았다. 도저히 안 될 것 같아, 제이디처럼 주변의 공기와 사물에서 떠도는 마나와 마력을 모두 몸으로 끌어당겨 더 큰 마력 덩어리를 순환시켰다. 그리고 다시 붉은 용의 모습을 간절히 그리며 집중해 보았지만, 모습은 변하지 않고 몸만 지쳐갔다.

결국, 니안은 식은땀에 흠뻑 젖은 채 마력 운용을 그만두었다. 제 능력 이상으로 마력을 돌린 건지 다리가 후들거리고 머리가 어질했다.

'설마…… 오빠 말이 맞는 거야?'

당황스러웠다. 단 한 번도 헤이드의 말대로 생각한 적이 없었다.

그녀가 본래 가지고 있는 힘에 라우라의 팔찌가 살짝 힘을 보탠 정도일 거라고 늘 생각해 왔었는데. 대체 이게 어찌 된 일인지 알 수가 없었다. 아니면, 헤이드와 함께 하고픈 마음이 너무 커서 몸이 말을 듣지 않는 걸까?

'용의 모습으로도 변하지 못하는데, 쿠커스 전체에 흩어진 엘카트 들과 어떻게 교감을 나누지?'

쿠커스 황국은 끝에서 끝을 이동하는 데 몇 달이 걸릴 만큼 거대한 국가였다. 그 넓은 땅을 아우르는 마력은 용으로 모습을 변화시키는 것보다 더 큰 힘을 요구했다.

혹시 심리적인 문제 때문에 안 되는 건가 싶어 니안은 잠시 쉬었다가 다시 시도하기를 몇 차례나 반복했다. 그러자 완전히 탈진해 그만 자리에 주저앉고 말았다.

헤이드의 말처럼, 그녀는 팔찌 없이는 운용할 수 있는 마력의 힘에 한계가 있었다. 지금처럼 자유롭게 세상 전체를 움직일 수가 없었다. 그리고 그것은 그것대로 상당한 충격이었다.

'만약 우리가 루드빌에서 미트라를 만나지 못했더라면 어떻게 됐을까? 그래서 라우라의 팔찌를 받지 못했다면? 그럼 과연 예언대로 일이 풀릴 수 있었을까? 난 과연 스스로를 붉은 용이라 칭할 수 있었을까?'

다음 날, 헤이드는 전날과 정확히 똑같은 시각에 니안의 궁을 방문했다. 신관 두 명이 그 방에 함께 했고, 헤이드는 오자마자 어제와 똑같은 두루마리와 깃펜을 내밀었다. 잠시 테이블 위에 놓인 그것들을 복잡한 심경으로 바라보던 그녀가 무겁게 입술을 뗐다.

"폐하께서 명령하신 대로 이행하려고 노력했지만, 뜻대로 되지 않았습니다. 송구합니다."

헤이드의 얼굴에 환희가 번졌다. 가설일 뿐이었는데, 그것이 맞았다니. 그렇다면, 역시 결합의 문제도 제 생각이 맞을 확률이 높았다.

빨리 대화를 나누고픈 마음에 헤이드가 깃펜을 들어 니안의 손에 쥐여주었다. 하지만, 니안은 정중히 고개를 저으며 그 깃펜을 다시 테이블 바닥에 내려놓았다.

"폐하, 제게 시간이 필요합니다."

헤이드를 바라보는 초록 눈동자에 간절함이 가득했다.

"폐하의 명령을 잘 이행할 수 있도록 몸을 추스르고 다시 시도해 보겠습니다. 그렇다고 해도, 제게 두려움이 사라진 것은 아니기 때문에 원하시는 답변을 쉽게 드리기는 힘들 듯합니다. 이런 저를 용서해 주세요."

금방이라도 자리를 박차고 일어날 듯한 분위기에 헤이드의 얼굴에 금세 걱정이 어렸다.

"혹시, 내가 명령한 일을 이행하느라 몸이 상하기라도 한 거야?"

"몸이 상한 건 잘 모르겠지만, 기력이 달리는 건 맞습니다. 허락해주신다면, 오늘은 이만 들어가 쉬고 싶습니다."

니안은 그다음 날도, 그다음 다음 날도 헤이드와 만나기를 거부했다. 사람을 통해 전달된 이유는 몸이 좋지 않아서였다. 아무리 황제라고 한들, 몸이 좋지 않은 여자에게 무조건 나오라고 할 수도 없는 터라 그는 맥없이 뒤를 돌아야 했다.

니안의 시중을 드는 시녀들에게 알아본바, 용의 출현은 없었다. 헤이드는 몸이 달았다. 정말로 몸이 아픈 것인지, 아니면 고민을 거듭하느라 자신을 만나기를 거부하는 것인지 궁금했다. 몸이 아픈 것이라 해도 큰 걱정이었고, 저를 거부하는 것이라면 더 큰일이었다.

그럴수록 그의 시름도 깊어서 쉽게 잠자리에 들 수가 없었다. 그는 잠옷으로 갈아입혀 주려는 시종들을 방에서 물린 채 잠시 테이블에 앉아 포도주를 한 잔 마셨다. 그리고 막 두 번째 잔을 따라 그것을 들고 발코니로 향했다.

속이 답답하고 머리가 복잡했다. 이런 식이라면 다시 원로회를 들쑤셔 놓든, 몰래 니안 궁의 담장을 넘든 해야겠다는 생각을 하며 막 입술에 잔을 가져다 댔을 때였다.

그는 기대하지 못했던 장면을 마주하고 입에 물었던 포도주를 채 삼키지 못하고 기침을 터뜨렸다.

"니안!"

니안이었다. 약간 지쳐 보이긴 했지만, 은은한 달빛을 받으며 주목으로 된 미로 담장을 따라 걷는 건 분명 그가 가장 아끼고 사랑하는 니안이 분명했다.

하늘이 주신 기회다. 도대체 이 시간에 니안이 어떻게 미로까지 나올 수 있었을까? 자신의 모습을 보면 도망칠 게 분명했다. 그러니 도망치지 못하게 해야 했다. 그런 면에서 미로는 더할 나위 없이 좋은 장치였다.

니안으로부터 멀지 않은 곳에, 작은 고양이 한 마리가 보였다. 그는 얼른 그 고양이를 니안 앞으로 보냈다.

"어머나, 세상에. 귀여워라. 이리 와!"

손을 뻗으면 닿을 만한 거리에 앉은 고양이는 막상 니안이 만져주려고 하면 슬쩍 몸을 일으켜 앞으로 자리를 옮겼다. 그러고 가만히 있었다면 그냥 그런가 보다 하고 지나쳤을지도 몰랐다.

하지만 고양이는 마치 어미를 잃은 듯, 배가 고픈 듯, 아니면 몸이 어딘가 몹시 불편한 듯, 간절한 눈으로 니안을 바라보며 가냘프게 울어댔다. 도저히 그냥 지나칠 수가 없었다.

"겁이 많구나. 괜찮아. 이리 와. 내가 도와줄게, 응?"

그렇게 고양이 뒤꽁무니를 쫓다 보니 니안은 어느새 미로 안에 들어와 있었다. 그제야 자신이 얼마나 곤란한 상황에 부닥쳤는지 깨달았다. 금세 얼굴이 창백해졌다. 황궁의 미로는 거대하고 복잡해서 그곳에서 나고 자란 사람이 아니면 쉽게 길을 찾을 수 없었다.

'아, 용의 모습으로 변하면 날 수가 있으니까⋯⋯.'

니안은 손목을 쓰다듬다가 아차 했다. 연습을 위해 팔찌를 방에 빼놓고 온 것이었다.

"어떡하지? 큰일 났네."

니안의 얼굴에 낭패감이 어렸다. 내일 아침 정원사가 나타날 때까지 꼼짝없이 미로 안에서 밤을 새우게 생겼다. 니안은 어쩔 수 없이 쉴 수 있는 벤치나 그늘막이 나올 때까지 미로 안을 걷기로 했다.

"음?"

그러다 형광 꽃나방들이 주목 나무 사이에서 줄지어 날아오르는 모습을 보고 우뚝 걸음을 멈췄다. 나방은 마치 약속이라도 한 듯 춤을 추면서 니안을 향해 날아오고 있었다. 설마 하는 예감이 스쳤다. 그리고 나방이 그녀의 머리 위에서 원을 그리며 빙글빙글 맴돌 때 그 예감은 곧 현실로 바뀌었다.

"데릭⋯⋯."

달빛의 분위기가 향수라도 자극했던지, 그녀에게서 '폐하'라는 호칭이 아닌 익숙한 이름이 흘러나왔다. 미로의 긴 통로 끝 모퉁이에서 나타난 것은 달빛 아래에서 찬란한 금발을 빛내는 헤이드였다.

그는 마치 모든 것을 다 알고 온 것처럼 한 치의 주저함도 없이 성큼성큼 그녀를 향해 걸어왔다. 그제야 아까 새끼 고양이의 행동이 이해가 되었다. 그가, 헤이드가, 자신을 이곳으로 꾀기 위해 보낸 것이 틀림없었다.

"날 언제까지 피해 다닐 생각이야?"

두 걸음 정도 떨어진 앞에서 멈춰 선 그가 물었다. 아무도 없이 단둘만이 남은 게 얼마 만인지 알 수가 없었다. 황궁에 들어온 이후 그를 만날 땐, 항상 먼발치에서나마 시중을 들기 위한 누군가가 기다리고 있었다. 황궁에 들어오기 전에도 일행 중 누군가와는 꼭 함께 있었던 것 같다.

이토록 적막한 시간에, 이토록 은밀한 공간에서 오롯이 단둘만 남겨지다니. 불안과 기대가 엇박자로 부딪치며 심장을 두들겨 댔다.

"황제께서 새 황후를 맞이하실 때까지요."

니안이 비장한 어조로 말했다.

"시간을 달라더니 기어이 그렇게 마음을 정한 거야? 내가 만약 아무하고도 결혼하지 않겠다고 하면. 차라리 너랑 같이 이대로 혼자 늙어 죽겠다면? 니안, 난 네가 아니면 안 된다고 했잖아."

"아무리 생각해도 안 되겠어요. 저 때문에 만인의 태양이신 폐하의 목숨을 걸게 할 순 없어요. 너무 큰 도박이에요."

"니안. 여기 정말 우리 둘밖에 없으니까 편하게 말해. 이렇게 달빛을 쐬면서 나무 아래 있으니까 아르본 숲에 살 때 생각나지 않아?"

부드럽게 짓는 미소가 매혹적이었다. 달빛을 받으며 슬쩍 내리 깐 풍성한 속눈썹도, 손을 잡으려 자연스럽게 뻗어 나오는 팔도 너무도 유혹적이라 니안은 화들짝 놀라며 한 걸음 뒤로 물러났다. 하지만 그는 예상이라도 했던 듯 전혀 흔들림이 없었다.

"처음 만난 순간부터 단 한 번도 너 아닌 다른 사람은 생각해 본 적이 없었어. 난 두렵지 않아."

"난 두려워. 오늘도 대신관님이 찾아오셔서 신신당부하고 가셨 어. 붉은 용의 숙명을 거부하지 말고 받아들이라고. 내 생각에도 그게 모두가 편안하고 행복한 길인 것 같아."

"그들은 욕심에 눈이 멀었어. 널 견제하고 날 자기들 입맛대로 조종할 수 있는 위치에 놓고 싶은 것뿐이야. 전에도 말했잖아. 니 안, 넌 인간이라고. 네가 두려워하는 일은 일어나지 않아."

"어차피 아무것도 확신할 수 없어. 나 때문에 오빠가 죽는다면 견딜 수 없을 거야. 아무리 생각해봐도 그래. 차라리 가지지 못해 도 같은 하늘 아래 숨 쉬며 살아가고 싶어."

그가 장난스럽게 어깨를 으쓱해 보였다.

"그래? 사실 난…… 널 사랑하다 죽는 것도 꽤 의미 있다고 생각 하는데. 낭만적이잖아."

"오빠!"

니안의 얼굴이 하얗게 질렸다.

그런 그녀가 귀여웠던지 그가 환하게 미소 지으며 다시 한 발 다가왔다. 딱 그만큼 뒤로 니안이 물러서려 하는데, 헤이드가 재빠르게 니안의 손을 낚아챘다.

니안은 손을 빼내려 힘을 줬지만, 그는 오히려 그녀가 도망가지 못하게 단단히 깍지를 껴왔다.

"다시 말하지만, 너 때문에 내가 다치는 일은 없어. 넌 한 번도 날 다치게 한 적이 없으니까. 그러니까 날 믿어."

"그래도 무서워. 오빠 없는 세상은 상상할 수도 없으니까."

"오빠라고 하지 마. 난 이제 네 오빠가 아니야, 니안."

그녀를 응시하는 헤이드의 푸른 눈동자가 그윽하고도 부드러웠다.

"헤이드라고 불러."

한쪽 볼을 감싸며 낮게 속삭이는 목소리가 너무도 달콤해서 그대로 안기고 싶은 충동이 일었다. 불현듯 참아왔던 설움이 터졌다.

이렇게 다정한데, 이렇게 아름다운데, 이렇게 사랑하는데. 어째서 나는 도망쳐야만 하는지.

왜 내게 이런 가혹한 운명을 지웠는지 신이 원망스러웠다. 그런 신을 위해 평생을 바친다는 사실도 억울했다. 어느 틈에 눈물이 뺨을 타고 내려왔다. 헤이드가 그녀의 눈물을 엄지손가락으로 살며시 훑었다.

"난 자신 있어. 귀족들도, 원로들도, 신관들까지 모두 이길 자신. 너만 허락하면 돼. 너만 날 믿고 마음을 열면……."

뚫을 듯 두 눈을 들여다보며 그가 간절하게 애원했다.

"그러니까 보여주자, 니안. 그들이 틀렸다는 걸, 응? 제발, 널 내게 허락해 줘."

그가 니안의 허리를 제게 잡아당기며 더욱 몸을 바짝 붙여왔다. 심장이 미친 듯이 고동쳤다. 아, 얼마나 그를 원해왔는가. 얼마나.

작정하고 다가오는 얼굴을 도저히 거절할 수가 없었다. 그의 입술과 숨결이 너무도 그리웠다. 니안의 눈이 저절로 스르르 감겼다. 이내 부드러운 입술이 가볍게 그녀의 입술 위에 내려앉았다 떨어졌다. 그가 여전히 코를 맞붙인 채 나지막이 속삭였다. 최후의 필살기였다.

"지금."

"으……응?"

잘못 들었나? 놀란 니안의 눈이 둥그렇게 커졌다. 그가 다시 한번 확실히 못을 박았다.

"맞아, 지금."

"지……지금?"

"그래!"

"여기서?"

"그래, 여기서……."

그가 다시 입을 맞춰왔다. 아까와는 다른 진한 입맞춤이었다. 벌어진 입술 틈으로 그의 향기가 파도처럼 밀려들었다. 숨이 차오르고 눈앞이 캄캄해져 갔다. 그의 소매를 움켜쥔 니안의 주먹에도 힘이 들어갔다.

"하아……."

그가 만족스러운 얼굴로 천천히 얼굴에서 떨어져 나가더니 아찔한 웃음을 흘리며 니안의 손을 잡아끌었다. 키스에 취해서일까? 그녀의 몸이 홀린 듯 그를 따랐다. 헤이드는 장미 넝쿨이 휘감긴 파고라 아래에서 걸음을 멈추었다. 분홍과 붉은 장미가 흐드러지게 피어 있는 그곳은 아름다운 온실 같았다. 강한 장미 향에 머리가 어지러웠다. 그는 유혹의 눈빛을 감추지 않으며 양손을 뻗어 니안의 두 볼을 부드럽게 감쌌다.

"겁내지 마. 무서워도 하지 마. 내가 널 사랑해서 목숨을 거는 만큼, 너도 용기를 내줘, 니안."

그의 입술이 다시 니안의 입술 위에 내려앉고 주변은 빛 가루를 뿌리는 꽃나방들에게 둘러싸였다. 비록 제대로 된 결혼식 전에 급하게 치르게 된 밤이지만, 가장 아름답게 만들어주고 싶은 헤이드의 마음이었다. 멀리서 들려오는 휘파람새의 상냥한 고음과 올빼미의 풍성한 저음이 마치 아름다운 음악 소리 같았다.

니안은 두 눈을 감은 채 그의 목 뒤로 팔을 둘렀다. 그가 이끄는 대로 완벽히 몸을 맡기며, 니안은 간절히 기도했다. 내일 날이 밝았을 때, 제발 라우라의 신방처럼 이곳을 태우지 않게 해달라고. 그의 따뜻한 푸른 눈을 다시 마주하고 서로에게 행복한 웃음을 전할 수 있게 해 달라고. 그렇게 간절히, 또 간절히 기도했다.

"꺅!"

"어머낫! 폐하!"

"니안 아가씨!"

피곤함에 지쳐 꿈속을 헤매던 니안은 갑작스럽게 들려온 비명과 호들갑스러운 소리에 안 떠지는 눈을 간신히 떴다. 그들 주변에 시녀와 시종들이 민망한 표정으로 둘러서 있었다.

어리둥절한 얼굴로 이불을 잡고 상체를 일으키던 니안은 천천히 머릿속에 돌아오는 전날 밤에 기억에 화들짝 놀라 이불을 목까지 끌어당겼다.

가장 먼저 눈이 마주친 것은 자신의 시녀장인 헤더였다. 그녀의 피부는 잘 익은 복숭아처럼 붉게 물들어 있었고, 눈은 민망함과 황당함에 어쩔 줄 몰라 하고 있었다. 니안은 그제야 이불 속 자신이 알몸이라는 사실을 자각했다. 하얀 깃털이 수북한 가운에 커다란 이불이 한 장 깔려 있고, 그 위에 자신이 앉아 있었다. 니안은 얼른 제 옆으로 고개를 돌렸다. 제 쪽을 바라보며 모로 누운 헤이드는 여전히 잠을 자는 것처럼 두 눈을 꼭 감고 있었다.

이렇게 소란스러운데 꿈짝도 하지 않는 그의 모습에 니안의 심장이 덜컥 내려앉았다.

'서…… 설마……'

니안의 동공이 미친 듯이 지진을 일으켰다. 가만히 누워 있는 헤이드를 보니 이젠 시녀와 시종들 앞에 벌거벗고 있다는 부끄러움조차 잊고 말았다. 손을 뻗어 그를 깨우고 싶었지만, 혹시 하는 걱정이 사실이 될까 봐 무서워 꼼짝도 할 수가 없었다.

"폐…… 폐하……"

니안은 감히 몸에 손 델 생각도 하지 못하고 나지막이 그를 불렀다.

"폐…… 폐하……"

그러나 그는 미동도 하지 않았다. 왈칵 눈과 목으로 물이 차오르고 코끝이 시큰해졌다.

'나 때문에…… 나 때문에…… 혹시……'

더는 미룰 수 없었다. 확인해야 했다. 니안은 천천히 누워 있는 헤이드의 얼굴을 향해 천천히 손을 뻗었다. 다행히 아직 온기가 느껴졌다.

"폐하……. 폐하……"

결국, 두 눈 가득 고였던 눈물이 넘쳐 흘렀다. 그의 뺨에 닿은 손이 정신을 차리지 못하는 그를 초조하게 흔들기 시작했다.

"폐하, 아침입니다. 깨어나십시오. 폐하. 제발……"

"……"

"폐하…… 아…… 제발…… 흑……. 데릭…… 오빠……."

뺨을 타고 턱 끝까지 닿았던 눈물이 무게를 이기지 못하고 바닥으로 추락했다. 이제 니안은 미친 듯이 울면서 헤이드의 어깨를 잡아 흔들고 있었다. 무슨 일이 있어도, 그의 유혹에 넘어가지 말았어야 했는데. 아니, 엄밀히 자신과의 싸움에서 이겼어야 했다. 그의 말을 믿지 말았어야 했다.

운명은 가혹하게도 니안의 편이 아니었다.

"으흐흑…… 헤이드…… 데릭…… 뭐라고 부르든 제발…… 대답을 좀 해 봐. 흑흑…… 제발……."

소란스러웠던 주변은 이제 쥐죽은 듯 적막해졌다. 이제는 모두가 그들이 함께 밤을 보냈다는 사실을 알고 있었다. 그리곤 전설처럼 내려오던 용과 인간 사이 사랑의 저주가 사실임을 확인하고 경악하는 중이었다.

다들 어찌해야 알지 알 수 없어서 그저 멍하니 입만 벌리고 서 있었다.

"이렇게…… 이렇게 될 줄 알았어…… 이렇게……. 흐흐흑……. 난 이제 어떡하라고. 난 이제…… 어떡하라고."

니안의 울음소리가 점점 높아졌다. 숨이 쉬어지질 않았다. 이렇게 허망하게, 정말로 이렇게 허망하게 그가 가 버릴 줄은. 그래도 좋은 결과에 더 많은 희망을 가지고 있었는데, 이렇게 자신이 내걸었던 약속과 가설을 뒤엎고 가 버리면. 도대체 어떡하라고.

점점 이성이 탈주해 반쯤 정신이 나갔을 무렵, 헤이드의 몸을 원망스럽게 두드리는 니안의 손을 누군가가 그러쥐는 느낌이 들었다. 그때만 해도 너무 정신이 없어 그게 누구의 손인지 알지 못했다. 그런데 움찔, 이불이 움직이고, 깔고 앉은 깃털이 한쪽으로 쏠리는가 싶더니 누워 있던 헤이드가 부스스 몸을 일으켰다.

　그제야 그의 몸을 때리던 자신의 손을 잡은 게 헤이드라는 사실을 깨달았다. 니안은 너무 놀란 나머지 그만 뚝 숨을 멈추고 말았다. 눈이 토끼처럼 커지고, 제 눈에 보이는 장면이 헛것이 아닌지 바보처럼 끔뻑거리기만 했어.

　"안 일어난다고 그렇게 자꾸 때리면 내가 아프잖아."

　그리곤 씩, 니안을 향해 짓궂게 짓는 미소가 밝은 아침 햇살 아래 눈부시게 빛났다.

　"어…… 어떻게……."

　"내가 죽은 줄 알았어?"

　"어…… 어떻게……."

　"내가 안 죽는다고 했잖아. 후후……."

　그가 어린아이처럼 빙긋 웃었다. 그리곤 손을 뻗어 온통 뺨을 적시고 있는 니안의 눈물을 훔쳤다.

　"내가 너무 심했지? 놀라게 해서 미안해."

니안과 황제인 헤이드가 함께 밤을 보냈다는 이야기는 사람들의 입을 타고 일파만파 퍼져갔다. 헛소문으로 치부하기엔 본 사람들이 너무 많았다. 아침 일찍 정원을 둘러보는 정원사, 황제와 니안을 찾아 나섰던 여러 시종과 시녀, 신관과 신녀들까지. 눈으로 보고도 믿을 수 없을 만큼 파격적인 장면이었다. 원로회도, 마법부도, 심지어 귀족들까지 발칵 뒤집힐 만한 대 사건이었다.

원로회에서 비상 회의가 소집되었다.

"아니, 도대체 폐하께선 무슨 생각이신 겁니까? 왜 하필 밖에서…… 그것도 그렇게 사람들이 다 볼 때까지 그러고 계셨답니까?"

"일부러 그러신 것 아니겠습니까? 말 그대로 다 보라고요."

원로 하나가 골치 아픈 표정으로 이마를 손으로 짚으며 한탄했다.

"이게 무슨 망신이랍니까?"

"우리도 잘한 거 없습니다. 폐하께서 오죽하면 그러셨겠습니까? 결국, 그렇게 만든 건 우리 원로와 신관, 귀족 대신들이란 말입니다."

"네네, 우리 모두의 협업이 만들어낸 끔찍하도록 수치스러운 스캔들이죠."

백성들도 둘 이상 모이기만 하면 온통 궁에서 벌어진 황제와 붉은 용의 스캔들 이야기로 뜨거웠다. 하지만, 반응은 지도층들과는 사뭇 달랐다.

"그럼 그 소문이 사실이 아닌 거야? 그 왜…… 용과 사람은 함께 할 수 없다는…….'

"그……그러게. 그 전설이 진짜려면 붉은 용하고 밤을 보낸 황제는 진즉 죽었어야…….'

"어이쿠, 이 사람아. 무슨 그런 큰일 날 소리를 해.'

"하하하, 그래도 황제 폐하 정말 대단하지 않아? 어떻게 자기가 죽을 줄 알면서도 그런 일을 벌일 수가 있지?'

"그만큼 붉은 용이 좋다는 거 아니겠어? 껄껄, 동화에나 나올 법한 사랑이구면.'

"나는 전부터 붉은 용이 여자인 게 다 이유가 있다고 생각했었어. 두 분, 얼마나 잘 어울려. 사실 그 괴상한 전설만 아니면, 두 분이 이뤄지는 게 당연한 결과지. 나는 두 분이 결혼한다면 진심으로 축복해 드리고 싶어.'

"나도 그래. 두 분이 결혼해서 세상을 더 살기 좋게 해 준다면야 더할 나위 없이 좋은 일이지.'

"그래. 그거야말로 황금시대 아니겠어? 허허.'

니안의 성녀 교육은 즉각 취소되었다. 그 일이 벌어진 날 니안의 궁에 파견 나와 있던 신관과 신녀들도 신속하게 철수해 버렸다. 백성들의 여론이 헤이드와 붉은 용의 스캔들에 호의적이라는 걸 모르진 않을 텐데도 교구와 원로회, 특히 귀족들의 반응은 싸늘했다.

헤이드는 니안을 자신이 머무는 본궁으로 불러들였다. 일부러 제 침실에 니안을 데려다 놓고, 시중드는 시녀 외엔 아무도 그녀의 얼굴을 보지 못하게 했다. 심지어 그녀를 걱정해 궁을 찾아온 카트린느 조차도 니안을 보지 못하고 돌아갔다.

헤이드가 이런 조치를 취한 데에는 두 가지 목적이 있었다. 하나는 혹시 나쁘게 와전된 소문을 니안이 듣지 않게 하려고, 또 하나는 그녀를 숨김으로써 사람들의 상상력과 호기심을 자극하기 위해서였다. 그래야 그가 가고자 하는 길에 절대 딴지를 걸지 못할 테니까. 더불어 공식 행사를 크게 벌여 얼굴을 더욱 드러내며 자신의 건강을 과시했다.

비록 니안이 헤이드의 침실에 기거하기는 했지만, 사실 둘은 미로에서의 밤 이후 더는 몸을 섞지 않고 자제하는 중이었다.

"증명하고 싶었던 것뿐이니까. 이젠 정말 결혼식이 끝날 때까지 참을 거야. 결혼 전까진 정말 아끼고 싶었는데. 이런 식으로 널 안고, 사람들 입에 오르내리게 만들어서 정말 미안해."

헤이드의 침실에서 보내는 첫날, 곁에 누운 헤이드가 니안의 뺨에 입을 맞추며 이렇게 말했다. 사실 황제의 침실에서 둘 사이에 무슨 일이 벌어지든, 이제 사람들은 아무 상관도 하지 않을 테지만 헤이드는 그런 식으로라도 자신의 진심을 니안에게 전하고 싶었다. 비공식적으로 먼저 그녀를 안고 싶지는 않았다는. 비록 현실은 그의 뜻대로 되지 않았지만, 니안은 그런 헤이드의 마음이 고마웠다.

교구와 원로회는 이 상황을 몹시 난감해했다. 그들에겐 다른 무엇보다 황실의 체면과 위엄이 중요했다. 고로 이 낯뜨거운 가십의 주인공이 하필 만인의 태양과 영험한 붉은 용이라는 사실은 그 자체로 커다란 골칫거리였다. 황실의 체통이 땅에 떨어지고, 붉은 용의 성스러움에 상처가 났다고 여겨졌다. 그들에게 이 둘의 이야기는 아름다운 러브스토리가 아니라 지저분한 추문이었고, 이것을 추문이 아닌 아름다운 사랑으로 결론을 지으려면 방법은 하나밖에 없었다.

결혼.

빌리어드는 배가 아파 죽을 것 같았지만, 보수적인 교구와 원로회의 생각을 바꿀 방법이 없었다. 거기에 백성들의 여론이 황제와 니안에게 호의적이었고, 헤이드의 태도도 지나치게 완강했다. 무엇보다 그가 붉은 용과 밤을 보내고 나서도 이전과 다름없이 강건하니 더는 그 둘을 막을 핑계를 찾을 수가 없었다.

그들은 마지막으로 황제를 만나 이 스캔들의 진위를 다시 확인하고 최종 결정을 내리기로 했다. 그래서 대신관과 귀족, 원로회가 함께 하는 삼합회에 출석하기를 요구했지만, 헤이드는 단칼에 그 제의를 거절했다. 그리고는 할 말이 있으면 세 기관의 수장이 모여

궁으로 오라고 통보했다.

결국, 그들은 날을 잡아 담판을 위해 궁으로 출발했고, 헤이드는 그 소식을 듣자마자 집무실에서 자리를 털고 일어나 제 방에 있는 니안을 찾아갔다.

니안은 집무 중에 갑자기 방으로 자신을 찾아온 헤이드를 당혹스럽게 바라봤다. 본궁으로 들어온 이후 사람들 앞에 그녀가 나서기를 권하는 게 처음이었기 때문이었다.

"왜 그 자리엔 제가 필요해요?"

"대신관이랑 원로회 수장은 제대로 꽉 막힌 보수주의자들이거든. 이참에 완벽하게 두 손 두 발을 다 들게 만들어 버리려고. 니안……."

니안을 바라보는 헤이드의 눈동자에 말할 수 없이 미안한 감정이 떠올랐다.

"……정말 미안해."

"뭐가요?"

"……그…… 그런 모습을 사람들 앞에 보이게 해서."

니안이 어이없다는 듯 웃음을 터뜨렸다.

"일부러 그래놓고. 새삼스럽게!"

나무라는 듯한 말에 헤이드의 얼굴이 주인에게 혼나는 강아지처럼 시무룩해졌다. 니안이 그런 그를 위로하려 부드럽게 말을 이었다.

"도대체 몇 번이나 사과하시는 거예요? 전 정말 괜찮다니까요. 소문이 어떻든 상관없어요. 아무렴 제가 폐하를 죽였다는 소문만 하겠어요? 폐하가 무사하니…… 그걸로 됐습니다."

그 말에 헤이드의 표정이 한결 가벼워졌다. 그리곤 애교스럽게 덧붙였다.

"그럼…… 한 번만 더 해 줘."

"뭐…… 뭘요?"

그날의 일이 떠올라 니안의 볼이 순식간에 붉게 물들었다. 설마 그걸 또 하자고? 하지만, 헤이드의 이번 요구는 조금 다른 것이었다.

"그 사람들 앞에서 살짝…… 불량한…… 자세로 있어 달라고."

그들이 접견실에 들어섰을 때, 대신관은 그대로 눈을 질끈 감고 싶은 심정이었다. 지금껏 황제가 그렇게 불량하고 거만한 자세로 왕좌에 앉은 꼴을 본 적이 없었다. 이 젊은 황제는 도대체 부끄러움이라곤 모르는 것 같았다.

왕의 위엄을 보이기 위해 크고 웅장하게 만들어진 황금색 황좌에서 보통의 황제들은 정좌하고 앉아 있기 마련이었다. 하지만 헤이드는 다리 하나를 한쪽 팔걸이 위에 올리고 흐트러진 자세로 비스듬히 기대앉아 있었다. 그런 그의 허벅지 위에 파니에 하나 없이 얇은 원피스 한 벌만 달랑 입은 니안이 안기듯 앉아 있었다.

그들은 황좌 앞으로 걸어 나가 그 앞에서 고개를 숙였다. 대신관 옆에 선 원로회 수장이 곤란한 표정으로 큼큼 기침을 했다. 무슨 뜻인지 뻔했지만, 헤이드는 가볍게 무시했다.

"그대들이 붉은 용의 안위가 걱정된다고 해서 내가 오늘 특별히 불렀소. 본래는 내 방에서 한 발자국도 못 나가게 하거든."

"소문은 익히 들었습니다. 황제 폐하의 뜻이 어떠한지는 잘 알고 있습니다만, 이런 식으로 하는 건 폐하에게도 붉은 용인 니안 양에게도 득이 될 것이 없습니다. 게다가 니안 양을 가문에 들이신 후 작가는 또 어떻고요. 황실과 귀족은 백성의 모범이 되어야 합니다. 정숙하고 단정해야죠."

대신관이 사뭇 근엄한 목소리로 말했다. 그 말에 헤이드가 입가에 회의적인 미소를 지어 보였다.

"정숙하고 단정하게, 아주 귀족적이고 신사적으로 절차를 밟았잖아, 처음엔. 그걸 무시하고 억지로 못 만나게 한 건 대신관이야."

"제가 언제……."

화들짝 놀란 그가 반박하려 고개를 들었다가, 그들의 민망한 모습에 냉큼 눈을 깔고 고개를 숙였다. 대신관이 민망해하는 모습을 보니, 놀리는 재미가 쏠쏠해서 헤이드와 니안은 자꾸 웃음이 나려고 했다. 그의 속이 얼마나 쓰린지, 표정만 봐도 알 것 같았다.

"그래서 그대들이 내게 하고 싶은 말이 뭔가?"

헤이드가 물었다.

"일단 폐하께서 주장하신 대로, 두 분께서 함께하시는데 목숨의 위협이 없다는 것을 충분히 알게 되었습니다."

"그렇지. 그대들이 믿지 않으니, 내가 몸소 보여줬잖아."

원로회 수장이 또다시 민망한 얼굴로 큼큼 기침했다. 대신관이 다시 말을 이었다.

"우리 교구에서는 더는 두 분의…… 그러니까 인간과 붉은 용의 결합에 관여하지 않기로 했습니다. 무조건 원로회의 결정에 따라 내려오는 지시를 따를 것입니다."

"그것참…… 듣던 중 반가운 소리군."

헤이드가 거만한 목소리로 말했다. 이번엔 빌리어드가 말했다.

"저희는 처음부터 두 분의 결혼에 대해 어떠한 결정권도 가지지 못했습니다. 그러나 니안이 저희 가문과 귀족의 이름에 더는 누를 끼치지 않았으면 하는 바람이 있습니다. 고로 저는 가문과 모든 귀족을 대표해 원로회에서 부디 두 분의 결혼을 허가해 주십사 진정을 넣었습니다."

이번엔 원로회 수장이 말문을 뗐다.

"우리 원로회는 교구와 귀족들의 의견을 수렴해 여러 차례 회의한 결과, 두 분의 결합에도 불구하고 폐하의 건강에 아무 이상이 없음이 확인된바, 더는 두 분이 결혼식을 하지 않은 채……

그…… 밤을 보내는 일이 없도록 이른 시일 내 결혼식을 진행하시
길 요청하는 바입니다."

헤이드의 입가에 승리의 미소가 환하게 걸렸다.

"그럼 정식으로 허가를 하겠다는 뜻이군."

"네, 그렇습니다."

원로회 수장이 떨떠름한 목소리로 대답했다. 니안과 헤이드의
눈동자가 환희의 빛을 내며 맞부딪쳤다.

드디어! 둘은 기쁨이 가득한 얼굴로 서로를 꼭 끌어안았다.

모든 것이 제 궤도를 찾았다. 니안은 황제의 방을 다시 나와 자
신의 궁으로 돌아갔다. 결혼식 전까지, 그들은 보통의 귀족들처럼
적당한 거리를 유지하며 결혼 준비를 하고, 만남을 이어갔다.

둘의 결혼 소식은 황국 전체 방방곡곡으로 퍼졌다. 마수에게 직
인을 찍는 용과 그 마수들을 조종해 황국의 평화를 유지하는 황제
의 결합을 모든 백성은 쌍수를 들어 환영했다. 둘의 결혼 소식에
황국 전체가 축제 분위기였다.

한 달이 채 되지 않아, 수도인 아르본의 성전에서 성대한 결혼식
이 거행됐다. 전국의 모든 귀족이 초대되었고, 아르본 광장에 수많
은 백성이 모여 그들의 태양과 성스러운 붉은 용의 결합을 진심으

로 축하했다.

웨딩드레스를 입은 니안의 모습은 그 어느 때보다 눈부시게 아름다웠다. 헤이드는 황홀한 표정으로 제게로 걸어오는 백색의 니안을 바라봤다. 그리고 마침내 그녀의 손이 제 손에 얹혔을 때, 그는 밀려드는 감동과 환희를 이기지 못하고, 눈가를 축축이 적시고 말았다.

아르본 숲의 오두막에서 처음 니안을 만났을 때부터 지금까지 서로를 의지하며 이겨냈던 숱한 고난이 주마등처럼 머리를 스쳤다. 오늘을 위해서, 이날을 위해서 우리는 그 힘든 일들을 함께 헤쳐 왔던 걸까.

막 성전 문 앞을 나섰을 때, 여섯 마리의 백마가 끄는 하얀 마차가 문 앞에 도착했다. 황실 문양과 함께 고급스러운 금장 장식으로 테두리가 꾸며진 화려한 마차였다. 그들은 그 마차에 올라타 천천히 성전을 나서 백성들이 기다리고 있는 아르본 광장을 향했다. 푹신한 붉은 색 벨벳 쿠션 위에서 헤이드에게 손이 잡힌 채 니안이 속삭였다.

"정말 이날이 올 거라고는…… 상상도 못 했어. 내가 정말로 오빠랑…… 결혼하게 되는 날 말이야."

헤이드의 두 눈이 둥그렇게 커졌다.

"나는 이날이 오지 않을 거라고 상상해 본 적이 없는데?"

"루이스는…… 엄마는 항상 오빠를 탐하는 것은 죄라고 했거든.

그래도 오빠가 날 사랑하는 걸 알고 작은 희망을 품었더랬어. 오래 가진 못했지만. 인간과 붉은 용의 슬픈 저주를 알고 나선…… 내가 오빠를 욕심내서 벌을 받은 게 아닐까 수도 없이 생각했거든."

그가 니안의 손을 부드럽게 쓰다듬으며 말했다.

"그럴 리가 없잖아. 앞으론 다른 사람 말 듣지 말고 내 말만 들어. 내 손만 꼭 잡고, 나만 바라보면서. 언제나 부당한 환경에서 힘들어하는 널 보면서 내게 힘이 생기기를 얼마나 간절히 바랐는지 몰라. 이젠 절대로 널 힘들게 하지 않을 거야. 아무도 네게 손대지 못하게 할 거야. 내가 가진 모든 걸 다 네게 줄게, 니안. 나까지도. 전부."

그의 입술이 조용히 니안의 입술을 덮었다.

그때 뒤에서 말을 타고 마차를 따르던 제이디가 그 순간을 놓치지 않고 손가락을 튕겼다. 오랫동안 준비해 온 회심의 마법이었다.

하늘에서 작고 하얀 꽃송이가 반짝이는 가루와 함께 눈처럼 떨어져 내렸다. 광장의 백성들 사이에서 '와아!' 하는 감탄사가 터졌다가, 곧 황제 부부의 키스를 기뻐하는 함성으로 바뀌었다. 마치 일렁이는 파도처럼 함성은 시차를 두고 인파 속을 차례로 울리며 지나갔다.

눈을 감은 니안은 헤이드가 선사하는 달콤한 키스를 음미하며 그 함성을 들었다. 심장이 기쁨으로 요동쳤다. 세상 사람들의 축하를 받으며 결혼식을 치르고 있다는 사실이 꿈만 같았다.

황궁을 향하는 말들의 발걸음이 그 어느 때보다 우아하고 경쾌했다. 니안은 멧드라하가 했다는 예언의 말을 떠올렸다.

'멜롯의 핏줄 중 붉은 꽃을 꺾는 자만이 차후 300년 동안 대를 이어 황국을 다스리게 될 것입니다.'

붉은 꽃을 꺾는 멜롯의 핏줄. 이제 300년 동안 쿠커스 황국을 평안히 다스릴 멜롯의 후예는 니안의 핏줄이기도 했다.

우리 둘 가는 길에 이 꽃비가 연출해 낸 꽃길만큼이나 편안하고 행복한 길만이 기다리고 있길. 과거의 불행이여, 안녕. 사랑의 저주여, 영원히 안녕, 안녕, 안녕.

헤이드의 입술과 맞닿은 니안의 입가에 행복한 미소가 떠올랐다.

-완결-

작가후기

반란을 피해 도망친 황태자와 불우한 환경에 놓였지만 특별한 능력을 타고난 소녀의 운명적 만남.

순정만화를 좋아했던 터라 어렸을 때부터 꼭 한 번 이 소재로 나만의 이야기를 만들어 보고 싶었습니다. 그런데 어느 순간 세상이 바뀌고, 만화뿐만 아니라 한국 장르 소설에도 로맨스 판타지라는 장르가 생기면서 마침내 오랜 꿈을 이뤄볼 기회가 생겼네요! 너무도 기쁘고 감사한 일입니다.

《붉은 꽃 페르난디》는 고전적인 소재에 현대적인 분위기를 버무린 퓨전 작품입니다. 그래서 이런 소재에 익숙한 어른 세대나 신세대 모두 부담 없이 접근할 수 있도록 최선을 다했습니다. 부디이 책을 읽는 동안 각 캐릭터들이 추구하는 야망과 욕망, 사랑과 집착 그리고 목표를 이뤄가며 겪는 판타지 모험까지 깊이 공감하고 즐길 수 있었으면 하는 작은 바람이 있습니다.

끝으로 이 작품이 세상의 빛을 볼 수 있게 큰 도움을 주신 저스툰 플랫폼과 위즈덤하우스 출판 직원 여러분, 온 마음으로 지원과 응원을 아끼지 않는 가족들, 그리고 이 책을 선택해 주신 독자 여러분께 진심으로 감사의 마음을 전합니다.

2019년 초입

월강 드림

붉은 꽃 페르난디 3

초판 1쇄 인쇄 2019년 3월 5일 **초판 1쇄 발행** 2019년 3월 12일

지은이 월강
펴낸이 연준혁

웹소설사업분사 이사 정은선
책임편집 오가진 **디자인** 조은덕

펴낸곳 (주)위즈덤하우스미디어그룹 **출판등록** 2000년 5월 23일 제13-1071호
주소 경기도 고양시 일산동구 정발산로 43-20 센트럴프라자 6층
전화 031-936-4000 **팩스** 031-903-3893
홈페이지 www.wisdomhouse.co.kr

값 12,800원
ISBN 979-11-89709-78-5 04810
        979-11-89709-75-4 (세트)

• 이 도서의 국립중앙도서관 출판예정도서목록(CIP)은 서지정보유통지원시스템 홈페이지(http://
  seoji.nl.go.kr)와 국가자료종합목록시스템(http://www.nl.go.kr/kolisnet)에서 이용하실 수 있습니
  다. (CIP제어번호 : CIP2019005709)